TISCH 7

Wolfgang Mock

Simplon

1. Auflage, Köln 2006

Umschlaggestaltung: Xavior, Bonn
unter Verwendung einer Illustration von
picture alliance / KPA/HIP/Ann Ronan
Picture Library für den Schutzumschlag
Satz: Angelika Kudella, Köln
Druck und Bindung: Kösel, Altusried-Krugzell
www.tisch7-verlag.de
Printed in Germany
ISBN 3-938476-09-5

Für Ines

Wir sind, mit dem irdisch befleckten Auge gesehn, in der Situation von Eisenbahnreisenden, die in einem langen Tunnel verunglückt sind, und zwar an einer Stelle, wo man das Licht des Anfangs nicht mehr sieht, das Licht des Endes aber nur so winzig, daß der Blick es immerfort suchen muß und immerfort verliert, wobei Anfang und Ende nicht einmal sicher sind. Rings um uns aber haben wir in der Verwirrung der Sinne oder in der Höchstempfindlichkeit der Sinne lauter Ungeheuer und ein je nach der Laune und Verwundung des Einzelnen entzückendes oder ermüdendes kaleidoskopisches Spiel.

Franz Kafka

1

Das Sonnenlicht brach sich in den Eisblumen auf den Scheiben des kleinen Fensters. Am Abend hatte Gianna die Vorhänge nicht zugezogen, als habe sie geahnt, dass an diesem Morgen zum ersten Mal seit Wochen die Sonne scheinen würde.

Im Regen waren sie am Vortag in Domodossola umgestiegen, aus dem Zug in die Postkutsche, die sie auf der schnurgeraden Straße bis Ponte di Crevola brachte. Kurz vor der Brücke ging der Regen in Schnee über. Sie mussten aussteigen und liefen die Straße hinauf bis zu einer großen, hellrot gestrichenen Trattoria. Sie hatten sich aufgewärmt, ihre Wollmäntel dampften die Feuchtigkeit aus, während die Pferde vor den Schlitten gespannt wurden und der Hausknecht ihr Gepäck aus der Kutsche in den Schlitten umlud.

Kein freundliches Willkommen, welches das Tal ihnen bot. So weit weg war die Stadt, Turin mit seinen Lichtern, den breiten Boulevards, den funkelnden Läden und Restaurants unter den Arkaden, die auch den dunkelsten Winter erträglich machten.

Aber hier gab es nichts. Düstere, tief hängende Wolken, trübes Licht fiel aus den Häusern, Dämmerung schon am Mittag. Eine graue Schneewolke hing über dem Tal, und als Gianna und Alessandro sich bei einer heißen Schokolade in der Trattoria gegenübersaßen, fing Alessandro ihren unsicheren Blick auf. Er war froh, als der Schlittenführer hereinkam und sich den Schnee vom Mantel klopfte.

„Der Schlitten nach Brig ist bereit", rief er in die Runde und kippte an der Theke ein Glas Rotwein in einem Zug hinunter.

Schweigend kletterten sie auf den Schlitten und wickelten sich in ihre Decken. Ihnen gegenüber nahmen drei Männer in schweren Mänteln und Stiefeln Platz und zündeten sich ihre Pfeifen an.

Das Schneetreiben war stärker geworden, Alessandro hielt einen großen Schirm über Gianna. Als sie hinter dem Friedhof von Crevoladossola in das Diveria-Tal abbogen, gerieten die Pferde auf der steilen, schneebedeckten Straße ins Straucheln. Der Schlittenführer schlug auf sie ein, sie stemmten sich in den Boden, aber immer wieder rutschten sie auf dem frischen Schnee aus. Er stieg vom Bock und zog die beiden vorderen Pferde am Halfter die Straße hinauf.

Es half nichts.

„Alle Männer vom Schlitten", schrie er.

„Keine Sorge", sagte Alessandro und sprang in den Schnee. Die Pferde machten ein paar vorsichtige Schritte, der Schlitten ruckte an, ein paar Minuten noch liefen die Männer neben den Pferden her, dann stiegen sie wieder auf.

Die Schneewolken wurden dunkler und dichter. Glocken läuteten. Ein Uhr. Obwohl sie im Schneetreiben kaum die Pferde sah, spürte Gianna, wie das Tal enger wurde, die Felswände und die schwarzen Tannen näher kamen. Sie atmete tief ein, um die Beklemmung abzuschütteln. Hier würden sie leben für die nächsten Jahre.

Auf einmal packte sie die Angst, sie richtete sich in ihrem Sitz auf und die Schneeflocken verschwammen vor ihren Augen. Sie fasste sich wieder, als sie Alessandros Blick spürte und unter den Decken seine Hand nach ihrer griff. Ihr Entschluss war gefallen. Wenn sie den Tunnel bauen würden, dann war das eine Chance für Alessandro. Für sie beide. Sie würden an einer neuen Welt bauen, hatte Alessandro gesagt. Und sie glaubte ihm. Doch jetzt fragte sie sich, wie ihre Welt wohl aussehen würde, wenn sie das Tal wieder verließen.

Ab und zu tauchten Schemen von Menschen am Wegesrand auf, zweimal überholten sie eine Kolonne Maultiere, in den Hang geduckte Häuser aus groben Granitblöcken zeichneten sich im Schnee ab, die Fenster dunkel.

„Weit kann es nicht mehr sein", sagte Alessandro.

Zwei Stunden waren sie unterwegs, als sie am Hang neben der Straße einige größere Häuser erkannten. Der Druck von Alessandros Hand wurde stärker.

„Das muss es sein."

„Varzo", rief im selben Moment der Schlittenführer und drehte sich zu ihnen um, „wir sind in Varzo." Mit einem tiefen „Hoooo" brachte er die Pferde vor einem flachen Haus zum Stehen. Licht fiel aus den Fenstern, *Fiaschetteria* stand über der Tür.

„Eine Weinstube", sagte einer der Männer mit einem spöttischen Lachen. Keiner der drei hatte während der Fahrt ein Wort gesagt. Die Hüte tief ins Gesicht gezogen, hatten sie ununterbrochen geraucht. „Bloß nicht", murmelte sein Nachbar, „schnell weiter."

Aber sie hielten doch und einer von ihnen wandte sich überrascht an Alessandro.

„Sie bleiben hier?", Alessandro nickte.

„Für lange?"

„Wir wissen es noch nicht", sagte Alessandro schnell. Der Mann half Gianna vom Schlitten. Als sie neben Alessandro im Schnee stand, schaute sie zu dem Fremden hoch.

„Ja", sagte sie, „ich denke, wir bleiben für länger hier."

Wortlos zog der Mann den Hut, während sich der Schlitten wieder in Bewegung setzte. Einen Moment noch blickte er Gianna nach, dann setzte er seinen Hut wieder auf.

Alessandro nahm die Taschen und ging auf die Tür der Fiaschetteria zu.

„Lass uns hoch ins Dorf laufen", sagte Gianna. Mehr als die Umrisse einiger Häuser war nicht zu erkennen. „Vielleicht ist es weiter oben nicht so dunkel."

Er folgte ihr die schmale Straße hinauf, zwei Frauen beschrieben ihnen den Weg zur einzigen Trattoria im Ort. Wieder läuteten Glocken, und langsam erkannten sie die Konturen des Kirchturms. Sie überquerten eine Brücke, Wasser rauschte unterm Eis. Schließlich standen sie vor der schwach beleuchteten Trattoria.

„Eigentlich kommen die Städter nur im Sommer", hatte der Wirt gesagt, als sie nach einem Zimmer fragten, und Gianna und Alessandro von oben bis unten angesehen. „Aber Sie wollen keinen Urlaub machen. Ich denke, Sie kommen wegen des Tunnels."

„Ja", sagte Alessandro. „Wir wollen sehen, worauf wir uns einlassen."

Der Wirt, ein schmaler Mann mit hellen Hautflecken, die seinem Gesicht das Aussehen einer Landkarte gaben, hatte genickt und ihnen das Zimmer gezeigt.

Den ganzen Nachmittag und Abend verbrachten sie in der Trattoria, in der wohligen Wärme war ihre Unsicherheit verschwunden. Später setzte sich der Wirt zu ihnen. Seine Frau war aus der Küche gekommen und hatte eine Flasche Nebbiolo mitgebracht.

„Was meinen Sie? Wird er gebaut?", fragte sie und schenkte ein.

Alessandro nickte.

„Ich denke schon."

„Sie wollen hier ein Geschäft aufmachen?"

Überrascht schüttelte Alessandro den Kopf.

„Ich bin Ingenieur. Wenn gebaut wird, dann arbeite ich ganz vorn im Tunnel. Bei den Sprengungen. Im Vortrieb."

„Der Tunnel wird alles verändern", sagte der Wirt, „die ersten Geschäftemacher haben sich schon nach Grundstücken und Häusern umgeschaut."

„Das mag sein. Aber Sie werden sehen, es wird doch alles besser werden. Der Tunnel, das ist die Zukunft. Wie die Eisenbahn."

Alessandros Gesicht hatte sich gerötet von der Wärme, vom Wein, von der Zuversicht, die in ihm brannte.

Der Wirt legte ihm die Hand mit den hellen Hautflecken auf den Arm.

„Sie werden noch an mich denken", sagte er abrupt und ging.

Seine Frau blieb am Tisch sitzen.

„Es ist sehr einsam hier im Winter", sagte sie schließlich. „Woher kommen Sie?"

„Aus Turin", sagte Gianna.

„Eine schöne Stadt?"

Gianna lächelte. „Ich kenne keine schönere. Aber ich kenne auch keine andere große Stadt. Außer Genua. Und jetzt bin ich hier."

„Warum bleiben Sie nicht in Turin?"

„Die Männer finden kaum noch Arbeit. Es ist fast unmöglich. Wie in ganz Italien. Die Menschen gehen auf die Straße, reden von Revolution. Viele von ihnen hungern. Deshalb sind wir hier." Ruhig blickte Gianna die Frau an. „Und bei diesem Tunnel dabei zu sein ist etwas Besonderes. Das ist unsere Zukunft. Die Länder Europas zu verbinden. Sie können in der Eisenbahn von Paris nach Mailand fahren. Oder von Le Havre ans Mittelmeer."

Es waren Alessandros Worte, die sie benutzte, und sie spürte, dass sie ein wenig hohl klangen, während die Augen der Frau aufmerksam zwischen Alessandro und ihr hin- und herwanderten.

„Sie haben sicher Recht. Aber was brauche ich Paris, wenn es mir hier gut geht? Und warum zerstört man dieses Tal, nur um nach Paris zu kommen?"

Für einen Augenblick hatte Gianna geschwiegen, auf der Suche nach einer Antwort, aber da war die Frau schon mit einem „Gute Nacht" verschwunden.

Bevor sie ins Bett ging, hatte Gianna einen letzten Blick aus dem Fenster geworfen. Es hatte aufgehört zu schneien. Die Sterne funkelten und der Mond warf ein kaltes Licht auf die gegenüberliegende Talseite.

Sie öffnete kurz die Augen, schloss sie sofort wieder, geblendet von der Wucht des weißen Lichts, das durch die Eisblumen auf der Fensterscheibe brach. Nach einer Weile stand sie auf, legte eine Hand auf das vereiste Glas und schaute durch den getauten Fleck in die schneebedeckte Landschaft. Die strahlende Helligkeit schmerzte, obwohl die Sonne noch hinter den Bergen stand.

Leise, um Alessandro nicht zu wecken, stieg sie wieder ins Bett, und schlief ein.

Als er anfing, sich neben ihr zu bewegen, tauchte sie aus ihren Träumen auf. Ein Sonnenstrahl streifte ihr Gesicht, doch sie hielt die Augen geschlossen. Die Geräusche, die aus dem Tal heraufklangen, trennten sich langsam, das Rauschen der Diveria, Männerstimmen, das schneegedämpfte Klappern von Hufen. Sie spürte seine Bewegungen. Alessandro würde sie beobachten und darauf warten, dass sie die Augen öffnete.

Er beugte sich über sie, Gianna lächelte, als sein Schatten über sie fiel. Dann schmiegte er sich an sie, behutsam wie immer, fast unsicher, suchte er ihr Gesicht ab.

Sie sah über seine Schulter zum Fenster hinaus in den blauen Morgen. Sie schlang ihren Arm um ihn, öffnete hinter seinem Rücken ihre Hand und streckte sie nach der Sonne aus. In ihren Schläfen begann das Blut zu pochen. Während sie so hinaussah, musste sie an die Augen des Mannes im Schlitten denken, seine Frage und sein ungläubiges Lächeln.

Das schwere Plumeau rutschte vom Bett, ihr Fuß half nach, ohne dass Alessandro es bemerkte. Sie löste sich von ihm und zog sich in der Sonne das Nachthemd über den Kopf.

Noch nie hatte Alessandro Gianna so gesehen, so weiß, so strahlend. Der einzige Makel an ihrem Körper war die fingerlange Narbe am Oberschenkel, Erinnerung an eine Welle, die sie als Kind am Strand bei Genua auf einen Stein geworfen hatte.

Sie strich ihre braunen Haare nach hinten und legte sich neben ihn. Ihre Hände wanderten ihren Körper hoch, zu den Brüsten, spielten an den dunklen Brustwarzen, bis sie hart wurden. Sie murmelte leise Worte, die sie noch nie gemurmelt hatte und von denen sie nicht geglaubt hätte, dass sie ihr jemals über die Lippen kämen.

Sie fühlte seine Hände auf ihrem Körper, dann seine Stöße, härter als je zuvor. Mit aller Kraft drückte sie ihm ihr Becken entgegen, stöhnte leise, den Mund an seinem Ohr, klammerte sich an ihn. Er keuchte laut, Gianna biss sich auf die Lippen, um nicht zu schreien, bäumte sich auf, überrascht von seinem unvermittelten Stöhnen.

Sie lachte leise, verunsichert starrte Alessandro sie an. Im Sonnenlicht schimmerten seine Pupillen. Sie musste an ihre Mutter denken. „Die Liebe macht grüne Augen“, hatte sie immer gesagt.

Für einen Moment lagen sie benommen auf dem Bett und lauschten den fremden Geräuschen des Tals. Die Kirchenglocken begannen zu läuten, Alessandro stand auf, nahm das Plumeau und wollte sie zudecken. Aber sie schlug die Decke zur Seite.

„Gefalle ich dir nicht?“

Sein Blick flackerte, als habe er Angst, sie so zu sehen, so völlig nackt. Es war, als fühle er sich ihr unterlegen.

„Doch, aber“, er zögerte, „ich finde, es gehört sich nicht.“

„Wir lassen so viel zurück, wenn wir hier her kommen“, Gianna griff nach ihm, aber er wich ihr aus, „warum nicht auch das? Was ist schon dabei. Es gefällt dir doch. Und mir auch.“

Er hatte mit seiner plötzlichen Gier etwas in ihr bewegt, das sie nicht kannte, fast so etwas wie Triumph, aber auch Enttäuschung. Sie griff nach seiner Hand, als ahne sie, dass dieser Morgen mit seiner geheimnisvollen Helligkeit und seiner Nacktheit der Anfang eines langen Weges war, den sie, jeder für sich, gehen mussten.

Auch Alessandro spürte, dass etwas zwischen sie getreten war, das er nicht begriff. Er sah ihren Körper in der Sonne leuchten, hob die Decke vom Boden und legte sie über seine Frau. Doch hartnäckig schob sie sie wieder bis auf die Hüften und griff nach ihm.

„Komm, es ging so schnell.“

Er räusperte sich.

„Deck dich zu.“

Auf einmal fröstelte sie. Die Sonne schien ihre Kraft zu verlieren, während sie schweigend nebeneinander lagen, jeder in seinen Gedanken.

„Wie nennen wir ihn?“, fragte Gianna.

Er lachte, und sie spürte seine Erleichterung.

„Glaubst du …?“

Sie nickte.

„Errico, wenn es ein Junge wird."

Hinter dem Haus gab es einen dumpfen Schlag, der Hund in seinem Verschlag fing an zu bellen und an seiner Kette zu reißen. Alessandro sprang zum Fenster. Ein Schneebrett war vom Dach gerutscht und auf die Hundehütte gefallen.

„Errico?"

„Ja. Wie Errico Malatesta."

Gianna hörte den Namen nicht zum ersten Mal. Es war nur einer von vielen, die man abends in Turin in den Trattorien der Studenten hörte, wenn von Revolution die Rede war. Ein russischer Name war oft dabei, den sie sich nie merken konnte, dann noch zwei deutsche. An einen erinnerte sie sich noch, Karl Marx. Diese Namen waren wie Bojen in einem Meer endloser Diskussionen, manchmal hatte sie den Eindruck, es reiche, den Namen zu nennen, um sich unter den Studenten Ansehen zu verschaffen. Wie berauscht hatten sie in den Kneipen gesessen und von einer besseren Welt geträumt. In Turin hatte sie noch vor kurzem Malatestas Zeitung in der Hand gehabt, *l'Agitazione.*

„Der Anarchist?"

„Jemand, der sieht, dass es so nicht weitergeht. Jemand, der sieht, dass die Menschen Frieden brauchen und sich nicht ausbeuten lassen sollten."

Gianna hatte Alessandro in Turin kennen gelernt, kurz bevor er sein Diplom an der Ingenieurschule Valentino gemacht hatte. Sie mochte die Studenten, die abends in den Bars standen, rauchten und ihre Diskussionen nur unterbrachen um nachzuzählen, ob das Geld noch für den nächsten Wein reichte.

Alessandro war immer einer der Lebhaftesten gewesen. Unter seinen Freunden gab es viele, die besser aussahen, und Gianna hätte die Wahl gehabt. Er war klein, gerade so groß wie sie, ein schmaler Kopf auf einem breiten Oberkörper. Aber sie entschied sich für ihn, für die Kraft und für die Zuversicht, die von ihm ausging.

Viele hatten diese Zuversicht nicht. Hungerrevolten waren im Land ausgebrochen, die Arbeitslosigkeit trieb die Menschen über die Alpen nach Frankreich, in die Schweiz, ja bis nach Deutschland. Und die, die nicht selber gehen konnten, schickten ihre Kinder in die französischen Glashütten oder dorthin, wohin immer sie sich verkaufen ließen.

Auch für seine jungen Ingenieure hatte Italien kaum Verwendung. Wie oft hatte sie an den bedrückend stillen Abschiedsfeiern teilgenommen, wenn wieder einer von Alessandros Freunden das Land verließ. Nicht einmal mehr im Norden des Landes gab es genug Arbeit. Einige kamen in der Textilindustrie unter, ein paar in den Werften. Erst seitdem die Stahlwerke in Piombino aufgemacht hatten, war es besser geworden.

Doch dann war Alessandro mit der Nachricht vom Tunnel gekommen. Eine Schweizer Gesellschaft wollte einen Tunnel unter dem Monte Leone, unter dem Simplon-Pass hindurch, bauen.

„Malatesta ist doch aus deinem Ort. Hat er nicht die Bauern aufgestachelt?“ Sie wusste, dass Alessandro diese Art von Spott nicht mochte, und prompt richtete er sich im Bett auf.

„Er stammt aus dem Nachbarort. Aber er hatte doch Recht. Sie verhungern bei uns.“

„Warum bist du dann nicht wie er und hilfst deinen Leuten?“

Träge streichelte sie ihre Brust und blinzelte in die Sonne.

„Ich kann das nicht“, antwortete Alessandro und kämpfte gegen das Gefühl von Fremdheit an, das in ihm aufstieg, als er sie so da liegen sah. „Jeder muss an seinem Platz kämpfen. Der Tunnel, das ist mein Platz. Er wird Italien Frieden bringen. Und Wohlstand. Wenn wir viele solcher Tunnel haben und die Eisenbahnen einmal ganz Europa miteinander verbinden, dann werden Leute wie Malatesta überflüssig.“

Sie lächelte ihn an.

„Gut. Nennen wir ihn also Errico.“ Dann hob sie die Decke. „Komm.“

Doch er ertrug ihren Blick nicht und stieg aus dem Bett. Wieder rutschte ein Schneebrett vom Dach, der Hund heulte auf.

„Lass uns nach unten gehen und frühstücken. Wir wollten uns doch den Ort ansehen."

Als er aus dem Zimmer lief, ballte sich ihre Hand zur Faust.

Sie stand auf, hängte sich die Decke über die Schultern und trat ans Fenster. Nach links verschwand das Tal hinter einer Biegung. Überall leuchteten die steilen, schneebedeckten Talwände.

Es war eine enge Welt.

2

„Bertolli möchte Sie sehen."

Der Student ließ die Tür zu Alessandros Zimmer auf und rannte ohne eine Antwort abzuwarten davon, so als erwarte er, dass auch Alessandro sofort losliefe.

Doch Alessandro zögerte. Bertolli war sein Lehrer und hatte ihm nach seinem Diplom eine Stelle an der Ingenieurschule Valentino verschafft. Und es war Bertolli gewesen, der ihm empfohlen hatte, sich das Tal der Diveria anzusehen.

„Überlegen Sie sich, ob Sie es sechs Jahre dort aushalten."

Alessandro, der sich mit zwei weiteren Assistenten ein kleines Zimmer im linken Flügel des Castello del Valentino teilte, ahnte, warum Bertolli ihn rufen ließ. Und obwohl er sich in seinem Leben kaum etwas stärker gewünscht hatte, fröstelte ihn plötzlich.

Er warf einen Blick aus dem Fenster. Durch die Zweige des Parks schimmerte der Po, auf der gegenüberliegenden Seite des Flusses hatten zwei Barken am Ufer festgemacht. Eine Hochzeitsgesellschaft saß auf den flachen Schiffen unter Dächern aus weißem Leinen. Ab und zu hob der Wind die Stoffbahnen in die Höhe. So ein Fest hätte er Gianna auch gern geboten. Aber das Geld war nicht da. Gelächter schallte vom Fluss her, der Wind trug das Klingen von Gläsern zu ihm hinauf.

Alessandro ordnete seinen Schreibtisch, als würde er den Raum nie wieder betreten. Durch die Gänge des Schlosses lief er vorbei an den Labors, Studenten kamen aus den Hörsälen und grüßten, geistesabwesend grüßte er zurück.

Bertollis weißer Haarkranz war über die Zeichnung einer geologischen Formation gebeugt. Er winkte Alessandro heran und drehte das Blatt zu ihm hin. Alessandro sah ein Höhenprofil, die höchste Spitze bei 2800 Metern, unmittelbar neben dem Monte Leone mit seinen fast 3600 Metern. In großen Wellen zogen sich Gesteinsformationen durch den Berg. Unter dem Höhenprofil war ein langer Kanal eingezeichnet, 19 803 Meter stand am Rand des Kanals.

Der Simplon. Der längste Tunnel der Welt, dachte er.

„Da werden Sie durchmüssen. Fast zwanzig Kilometer durch den Berg. Über Ihnen mehr als zweitausend Meter Fels. Kein Mensch weiß, wie es unter den Bergen aussieht. Auch wenn alle das Gegenteil behaupten."

Bertolli blickte auf.

„Niemand weiß, was da auf Sie zukommt. Niemand."

Alessandros Herz schlug ein paar Mal leer in seiner Brust.

„Die Entscheidung ist also gefallen?"

Bertolli beobachtete ihn ruhig.

„Die Entscheidung ist gefallen. Diese Woche wird der Vertrag unterzeichnet. Und wenn Sie wollen, sind Sie dabei."

Alessandro machte zwei Schritte rückwärts, bis er an den alten Sessel stieß, den Bertolli für seinen Mittagsschlaf nutzte und über dessen Lehne noch immer seine abgeschabte Samtjacke hing. Keiner seiner Assistenten wagte sich in diesen Sessel zu setzen. Ein Reflex ließ Alessandro zögern, dann sackte er hinein.

Die Welt um ihn herum zog sich zurück, die Geräusche verschwanden, eine Stille, die ihn erschreckte. Sein ganzes Leben hatte Alessandro Glück gehabt, und auch jetzt hatte es ihn nicht verlassen. Ein reicher Onkel, der Lieblingsbruder seiner Mutter, hatte ihn nach Turin geholt, ihn in die Schule geschickt und ihm das Studium möglich gemacht, als Einzigem seiner fünf Geschwister. Als er Alessandro abholte, hatte sein Onkel ihn festhalten müssen auf dem Wagen, sonst wäre er herunter gesprungen und zu seinen Brüdern zurückgelaufen.

„Wir wollen ja nicht", hatte der Onkel gesagt, „dass aus dir ein zweiter Malatesta wird."

Eines Abends hatte Bertolli sich in der Bibliothek leise neben ihn gestellt, um zu sehen, was er las. Als Alessandro ihn bemerkte, stand er auf, Bertolli drückte ihn sanft in den Stuhl und nahm das Buch in die Hand. Es war ein Band des 1887 in Leipzig erschienenen Handbuchs der Ingenieurwissenschaften. Ein Standardwerk des Tunnelbaus. In all den Jahren hatte kein Student es angerührt. Auch Bertolli nicht.

„Sie lesen Deutsch?"

„Ich versuche es."

Im Haus seines Onkels waren Deutsche ein- und ausgegangen, große Männer mit strohigen Bärten, die gern lachten, ihr knarrendes Italienisch an ihm ausprobierten und ihn kurze Sätze wie „schlaues Kerlchen" oder „bis zum nächsten Mal" nachsagen ließen. Sein Onkel handelte mit Stoffen und Leder, und der größte Teil ging nach Deutschland. So schnappte Alessandro ihre Worte auf, bis er merkte, wie wenig ihm das half.

„Nichts habe ich verstanden, kein Wort", murrte er eines Tages, als er mit Freunden vom Ufer des Po zurückkam.

„Was hast du nicht verstanden?", fragte sein Onkel.

„Diesen Deutschen mit dem riesigen Schnauzbart. Der in der Via Carlo Alberto wohnt und immer unten am Po entlangläuft. Manchmal redet er laut vor sich hin und verliert kleine Zettel aus seinen Taschen."

Es war eine düstere Gestalt, wilde ungebändigte Haare, der Schnauzbart und eng beieinander stehende Augen. Kinder waren hinter ihm hergelaufen, der Deutsche hatte sich drohend umgedreht, als er das Klappern ihrer Holzschuhe hörte und auf sie eingeschrien. Alessandro hatte zugehört, aber nichts verstanden.

„Haltet euch fern von ihm", hatte seine Tante ängstlich gesagt. Der Onkel sah es praktischer.

„Interessiert dich, was er so redet?"

Alessandro hatte genickt.

„Gut", sagte sein Onkel, „aber ich will Erfolge sehen."

Seitdem kam an zwei Nachmittagen in der Woche ein blasser

Mann mit grüner Strickweste ins Haus und brachte Alessandro deutsche Vokabeln und Grammatik bei.

Den Mann mit dem Schnauzbart sah Alessandro nur noch einmal, kurz nach Neujahr, als er in seltsam torkelnden Schritten die Via Po hochkam. Ein paar Tage später hörte er von Freunden, dass er zwischen den Pferdedroschken auf der Piazza Carlo Alberto zusammengebrochen war.

Er schreckte aus seinen Erinnerungen hoch und blickte Bertolli an, der die Papierberge auf dem Tisch durchwühlte.

„Und nun?"

„Und nun? Und nun? Nur keine Eile." Bertolli reichte Alessandro ein Papier.

„Ich habe der Simplon-Gesellschaft Ihren Namen bereits telegrafiert."

Alessandro wusste, dass Bertolli als Gutachter für die Tunnelbaugesellschaft und deren Auftraggeberin, die Schweizer Jura-Simplon-Bahn, arbeitete. Für sie war er der Menschenfischer. In ganz Norditalien spürte er die fähigsten Ingenieure auf. Manche musste er umwerben, locken, die meisten kamen von allein, weil am Tunnel mehr Geld bezahlt wurde als in der Armee, wohin viele vor der Arbeitslosigkeit geflüchtet waren. Zusammen mit Tausenden von Arbeitern würden sie sich von der italienischen Seite aus durch den Berg graben und sprengen, die Schweizer von Norden her, von Brig.

„Die Tunnelbaugesellschaft hat ein Büro in der Nähe des Bahnhofs. Dort gehen Sie hin, dann schickt man Sie zum Arzt. Gesund sind Sie ja?"

Alessandro nickte benommen.

„Und nehmen Sie Ihre deutschen Wörterbücher mit. Es sind vor allem Deutsche, die das Projekt leiten. Im Norden, in der Schweiz, aber auch bei uns im Süden."

„Haben Sie mich für eine besondere Arbeit vorgeschlagen?", fragte Alessandro.

Bertolli zögerte einen Augenblick, schließlich nickte er.

„Die schwerste. Und die interessanteste."

„Am Vortrieb?"

„Genau da."

Die stärkste Hitze, die größte Gefahr. Wenn der Berg zurückschlug, traf es immer die, die ganz vorn arbeiteten. In Alessandros Ohren begann es zu pochen.

„Und wissen Sie warum?" Bertolli wartete Alessandros Antwort nicht ab. „Weil hier auf unserer Seite auch die besten Deutschen arbeiten. Bellmer und Sandau und all die anderen sind Koryphäen. Ihre Partner am nördlichen Tunnelausgang auch. Sie sollen sehen, dass wir mit ihnen mithalten können. Keiner kann das besser als Sie."

Bertolli fixierte Alessandro.

„Aber ich kann noch telegrafieren, dass wir das ändern."

Alessandro schüttelte den Kopf.

„Um keinen Preis."

„Das hätte mich auch überrascht."

Die stärkste Hitze. Die größte Gefahr. Vielleicht war alles falsch, was er sich immer gewünscht hatte. Hunderte von Menschen waren am Gotthard gestorben, aus Schwäche, zerfressen vom Grubenwurm und ausgezehrt von der schlechten Luft oder einfach nur, weil sie vom Berg verschüttet wurden.

Bertollis Stimme kam von weit her. Alessandro schreckte hoch.

„Verzeihung, Professor."

„Im August geht es los."

„So schnell?"

Bertolli nickte.

„Ich muss nur hier kündigen, dann bin ich frei."

„Und Ihre Frau? Sie ist schwanger, nicht wahr?"

Gianna hatte Recht behalten an dem Sonnenmorgen vor vier Monaten.

„Du bekommst deinen Errico."

„Und wenn es ein Mädchen ist?"

Sie hatte ihm in die Augen gesehen und dann gelächelt.

„Er wird ein Junge. Und wir nennen ihn Errico."

Alessandro hatte die Bemerkung seines Onkels nicht vergessen. Jetzt würde er zwar kein zweiter Malatesta, aber sein Sohn würde wenigstens Malatestas Namen tragen.

„Ihre Familien haben nichts dagegen?" Bertolli warf ihm einen neugierigen Blick zu. „Eine harte Zeit kommt auf Sie zu. Der Tunnel wird Ihr Leben sein. Für mehr ist kaum Platz."

Alessandro zuckte mit den Schultern.

„Wir haben beide nicht viel Familie."

Das verband sie von Anfang an. Ohne Wurzeln zu leben. Manchmal, wenn er vor Müdigkeit in der Bibliothek einschlief, sehnte Alessandro sich nach seinen Brüdern, seiner Mutter. Doch wenn er versuchte, sich an ihre Gesichter zu erinnern, verschwammen sie. Auch Gianna sprach nur selten von ihrem Vater, der zur See gefahren war. Irgendwann kam er nicht mehr zurück, und sie war mit ihrer Mutter nach Turin gezogen. Nur manchmal erzählte sie vom Meer, der untergehenden Sonne, die die Wolken über dem Golf von Genua blutrot färbte.

Vor einem Jahr, als Alessandro zum ersten Mal von dem Tunnelprojekt hörte, hatte er Gianna gefragt, ob sie mit ihm an den Simplon käme, wenn er dort Arbeit fände.

Sie hatte ein paar Tage mit der Antwort gezögert, schon verließ ihn die Hoffnung. Doch dann willigte sie ein, und sie heirateten Hals über Kopf. Nur sein Onkel war dabei, seine Tante, Giannas Mutter und zwei Freundinnen. Die Mutter war eine schlanke lebhafte Frau, die schwarze Kleider ohne Korsett trug und ihre Zeit damit verbrachte, sich mit anderen Frauen zu treffen und über ihre Unterdrückung durch die Männer und die Familie zu diskutieren. Sie lachte Gianna aus, als sie bei der Hochzeit zu weinen begann, weil kaum mehr als ein Dutzend Menschen in die kleine Kirche gekommen waren. „Sei froh, dass ihr mit leichtem Gepäck reist", sagte sie. Giannas Freundinnen standen ganz hinten in der Kirche und tupften sich die Augen mit ihren Taschentüchern.

Als er seinem Vater von der Hochzeit schrieb, beschimpfte der ihn in einem langen Brief, den er seinem jüngsten Sohn diktieren musste, weil er nicht schreiben konnte. Aber Alessandro wusste, dass er nur seine Scham überspielte. Für eine Reise seiner Mutter und der Geschwister nach Turin hätte das Geld nicht gereicht.

„Nein", sagte Alessandro, „viel hält uns hier nicht."

„Und vielleicht", gab Bertolli zurück, „ist es auch besser, aus der Stadt herauszukommen. Nicht für mich, ich bin ein alter Mann, aber für Sie und Ihre Familie."

Alessandro setzte sich auf und wartete ab. Sie waren Ingenieure. In all den Jahren hatte er nie ein Wort zur Politik von Bertolli gehört. Ihn interessierte das Funktionieren von Maschinen, die besten Methoden, sich durch einen Berg zu sprengen. Nicht die Politik.

Doch niemand konnte mehr der Gewalt entkommen, der Unruhe in den Städten. Menschen zogen durch die Straßen, Militär schoss auf sie, Bomben explodierten. In den Kneipen der Studenten war von Revolution die Rede. In Turin und Mailand wurden die ersten Arbeiterkammern eingerichtet.

„Vielleicht ist das alles ja nur der Anfang", murmelte Bertolli, „dann ermorden sie keine Könige und Politiker mehr, sondern sich gegenseitig. Und man hat einfach Recht, nur weil man in der Mehrheit ist."

Drei Jahre zuvor hatten sie in Frankreich den Staatspräsidenten getötet, im April des vergangenen Jahres versuchten Anarchisten, König Umberto in die Luft zu sprengen. Hungerrevolten verunsicherten die Menschen. Im Mai waren Studenten in Mailand zusammen mit Arbeitern auf die Barrikaden gegangen, Polizei und Militär schossen von ihren Pferden auf die Demonstranten, mehr als hundert Tote hatten danach auf den Gehsteigen und in den Hauseingängen gelegen.

Bertolli starrte an die Wand.

„Anarchisten, Sozialisten, was weiß ich. Ich verstehe sie nicht. Ich verstehe nicht, was sie wollen. Verstehen Sie das?"

Alessandro räusperte sich.

„Ich glaube schon“, sagte er vorsichtig. „Seit Monaten gibt es kaum ein anderes Thema. Es ist der Hunger. Und die Ausbeutung. Wie Sklaven werden die Landarbeiter gehalten, in den Fabriken ist es kaum anders. Das kann nicht gut gehen. Die Menschen wollen ihre Ketten loswerden.“

„Aber es wird ja immer schlimmer. Haben Sie von den Frauen gehört, die sich mit dem Blut der Toten beschmiert haben?“

Die Zeitungen waren voll davon gewesen, dass die Frauen und Mädchen nach dem Massaker in Mailand mit blutverschmierten Fratzen durch die Stadt gezogen waren.

„Man muss versuchen, sie zu verstehen. Immer weniger Menschen häufen immer mehr Reichtum an“, sagte Alessandro vorsichtig.

„Muss man das verstehen? Mag sein, dass Sie das können. Ich kann es nicht. Es ist grauenvoll, alles bricht auseinander. Unsere Gesellschaft. Unser Land. Gehen Sie in die Berge. Vielleicht lebt es sich dort besser.“

„Vielleicht.“

Bertolli drehte sich um und gab ihm die Hand.

„Viel Glück. Sehen Sie sich vor. Es wird schwer werden. Sehr schwer.“

„Ich weiß“, sagte Alessandro.

„Nein“, antwortete Bertolli, „das wissen Sie nicht.“

Alessandro lief ein Stück am Po entlang, wo er als Kind dem Deutschen mit dem riesigen Schnauzbart begegnet war. Er blieb stehen und starrte auf das träge fließende Wasser. Etwas quälte ihn. Er nahm Abschied.

Die Sonne brütete in den mittäglich stillen Straßen. Er bog in die Via Po, im Fiorio ließ er sich zwei Portionen Gianduia-Eis einpacken. Er sprang mit großen Schritten die hölzernen Stufen hoch zu ihrer Wohnung. Gianna saß am Fenster und las. Mit dem Ärmel wischte er sich den Schweiß aus den Augen. Sie schaute ihn an und wusste, warum er mitten am Tag nach Hause kam.

„Der Tunnel. Sie bauen ihn?“

Er nickte.

„Ich habe Eis mitgebracht.“

Er sah, wie sich Giannas Kinnmuskeln verspannten. Dann lächelte sie plötzlich.

„Ein Eis? Gut, lass uns Eis essen.“

3

Gianna war, als verstelle sich das Tal.

Schon nach wenigen Wochen waren sie zum zweiten Mal in das Tal der Diveria aufgebrochen. Alessandro hatte die ärztliche Untersuchung hinter sich gebracht, Gianna die Wohnung aufgelöst. Das Büro der Tunnelbau-Gesellschaft telegrafierte nach Varzo und reservierte ein Zimmer in der Pension, die sie schon kannten.

Wieder hatten sie den Zug bis Domodossola, dann weiter die Kutsche genommen. Giannas Herz pochte, als sie den Dunst der Ebene unter sich ließen, die Hufe über die Ponte di Crevola donnerten.

Da war es. Das Val Divedro leuchtete vor ihnen in der Nachmittagssonne, ein frischer, kühler Wind wehte, in dem sie Salz zu riechen glaubte, als wolle der Berg sie mit der Luft des Meeres locken.

Bis herunter an die Diveria, die jetzt kaum mehr war als ein schmaler Bach, reichten die dichten Tannen, an den steileren Stellen des Tals leuchtete grauer Fels.

Die Übelkeit, mit der sie seit Stunden kämpfte, ließ sie in Schweiß ausbrechen. Sie legte die Hände über den Bauch, schloss die Augen und dachte an ihre ungetragenen violetten Stiefeletten, ganz unten in der Reisetasche.

Stimmen drangen in ihren Dämmerschlaf. Einzelne zuerst, dann ein anhaltendes Gemurmel, dazwischen laute Rufe und Gelächter. Als sie die Augen öffnete, sah sie das schwarze Band von Menschen, das sich die Straße hinaufzog. Männer, die Jacken um das Bündel unter ihrem Arm geschlungen, mit offenen Westen, den Hut im Nacken. Frauen, die müde Kinder hinter sich herzogen, manche noch einen Säugling im Arm. Immer wieder musste die Kutsche einem Kind oder einem beladenen Esel ausweichen.

Oben am Hang eine Baustelle, die Trasse für den Zug von Domodossola hinauf zum Tunnel.

Unbehagen beschlich Gianna. Gefangen vom Lärm auf der Straße, entdeckte sie hinter dem Grün der Tannen eine tückische Düsternis.

Alessandro, der immer unruhiger wurde, je weiter sie das Tal hinauffuhren, hatte sich neben den Kutscher gesetzt. Plötzlich klopfte er mit der Hand aufs Dach. Sie sah aus dem Fenster zu ihm hoch, sein lachendes Gesicht erschien über der Kante der Kutsche.

„Wir sind bald da", rief er.

Wenig später quietschten die Bremsblöcke, und sie hielten vor der Fiaschetteria. Das Gesicht des Unbekannten auf dem Schlitten stieg vor Gianna auf, sein ratloser Blick, als sie ihm sagte, dass sie in Varzo bleiben wollten.

Jetzt waren sie angekommen.

Alessandro sprang vom Bock und half ihr aus dem Wagen. Sie war im sechsten Monat, aber man sah es kaum unter dem Umhang. Der Kutscher warf das Gepäck herunter. Viel mitgenommen hatten sie nicht, ein paar Kleider und ein Dutzend Bücher, an denen sie hingen. Und ihre Stiefeletten, die sie eingepackt hatte, als Alessandro nicht hinsah. Die wenigen Möbel, Spiegel und Bilder würden nachkommen, wenn sie eine Bleibe gefunden hatten.

Sie ließen das Gepäck vor der Fiaschetteria stehen, Alessandro drückte dem Wirt ein paar Centesimi in die Hand und nannte ihm ihre Pension.

Die Sonne stach, als sie den Weg bergan nach Varzo gingen. Hinter den Bergen waren Wolken aufgezogen. Alessandro hatte die Jacke über die Schulter geworfen und krempelte die Ärmel hoch, als er sich mit einer heftigen Bewegung zu Gianna umdrehte und auf die gegenüberliegende Talseite zeigte.

„Ist es nicht schön hier?"

Doch Gianna hatte ihn längst gesehen.

„Sieh nicht hin. Schwangere sollten das nicht sehn."

„Sei nicht albern", sagte sie, aber sie wandte den Kopf ab. Der Mann saß im Schatten eines Hauses. Als sie näher kamen, schien er zu spüren, dass sie über ihn sprachen und drehte das Gesicht weg. Seine linke Gesichtshälfte war eingedrückt, wo einst das Auge gesessen hatte, war nur noch eine dunkle, zusammengepresste Öffnung, darüber eine hohe, wulstige Stirn, einige wild wuchernde Haarbüschel. Das rechte Auge schien mitten unter der Stirn zu sitzen.

Alessandro spürte einen metallischen Geschmack im Mund, die Härchen auf Giannas Arm stellten sich auf. Als er den Blick des Mannes im Rücken fühlte, drehte Alessandro sich um. Langsam hob der Einäugige die Hand zum Gruß.

„Da sind Sie also wieder."

Die Frau schob Gianna einen Stuhl hin, bot ihr ein Glas Wasser an. Sie saßen im unteren Raum der Pension, Restaurant und Bar zugleich. Holzdielen, kleine Weinfässer auf Regalen an der Wand. Gianna wischte sich den Schweiß vom Gesicht.

„Und zwar für länger", sagte sie. Das Atmen fiel ihr schwer. Sie würde sich an die Enge im Tal und die steilen Wege gewöhnen müssen.

„Wenn Sie sich ausgeruht haben, zeige ich Ihnen Ihr Zimmer", sagte die Frau.

Es war dasselbe, nur ohne Eisblumen.

Die nächsten Tage verschwand Alessandro am frühen Morgen und kehrte nie vor der Dämmerung zurück. In der Pension wohnten einige Ingenieure, die meisten teilten sich ein Zimmer. Beim Abendessen war sie die einzige Frau außer der Wirtin und den beiden Kellnerinnen.

Tagsüber saß Gianna allein im Speisezimmer, wanderte durch den Ort, über die enge Piazza neben der Kirche. Überall im Ort wurde gebaut, eine Trattoria entstand neben der anderen. Manchmal holte sie ihre Stiefeletten hervor, packte sie dann sorgfältig wieder weg. Sie würde warten müssen, bis nach der Geburt.

Sie setzte sich auf eine Bank in die Sonne, blickte hinunter zur Passstraße, auf der der Strom der Menschen nicht abriss, und langsam verlor die Enge des Tals ihren Schrecken.

„Kennen Sie ihn?"

Sie saß mit der Wirtin im Speisesaal, als der Mann mit dem entstellten Gesicht vor dem Fenster vorbeilief.

„Jeder kennt ihn hier." Sie schaute ihm nach und schlug ein Kreuz. „Alle gehen ihm aus dem Weg. So ein Gesicht, das bringt kein Glück."

„Woher hat er das?"

„Vom Mont Cenis. Er hat als Kind im Tunnel gearbeitet. Vor gut dreißig Jahren. Ein Stützbalken soll gebrochen sein und ihn fast erschlagen haben. Erzählt man zumindest. Ein paar von den Arbeitern kennen ihn auch vom Gotthard. Da war er wohl auch dabei. Er muss um die vierzig sein. Jetzt bettelt er. Oder fegt nachts die Kneipen aus."

Gianna würgte eine plötzliche Übelkeit hinunter.

Abends beim Licht der Öllampe hörte Alessandro nicht auf zu erzählen. Vom Tunnel, von der Zukunft. Von dem neuen Jahrhundert, von dem sie nur noch ein Jahr und ein paar Monate trennten. Von ihren Kindern. Dann legte er ihr die Hand auf den Bauch und sie wurde müde.

Von ihrer Bank am Hang konnte Gianna hören, wie der Lärm unten im Tal täglich anschwoll. Die Straße von der Ponte di Crevola hinauf wurde verbreitert, die Trasse für die Eisenbahn von Domodossola herauf war deutlich zu erkennen. Pferdefuhrwerke schafften Steine, Bauholz und Rohre heran. Am Ufer der Diveria entstanden die ersten Häuser für die Arbeiter, eine Kantine, das Krankenhaus. Ununterbrochen hämmerten die Schmiede und die Steineklopfer.

Eines Mittags lief zum ersten Mal ein tiefes Grollen durch das Tal.

„Jetzt geht es los. Sie sprengen“, sagte der Wirt. Zorn lag in seiner Stimme, die Arme mit den weißen Pigmentflecken vor der Brust verschränkt.

An dem Abend fiel Alessandro erschöpft neben Gianna ins Bett.

„Was war das heute Mittag? Die Sprengung.“

„Der Richtstollen“, murmelte er in die Dunkelheit. „Wir legen den Richtstollen an.“ Er wusste, dass sie nicht fragen würde, aber auf seine Erklärung wartete. „Durch den Richtstollen vermessen wir die Tunnelachse. Damit der Tunnel schnurgerade wird. Er beginnt unterhalb der Straße an der Diveria. Aber der Zug nimmt später einen anderen Ausgang. Im Tunnel zweigt er in einer großen Kurve ab.“

Dann lagen sie schweigend nebeneinander auf dem Bett. Erst als Alessandro ihr wieder die Hand auf den Bauch legte, schlief sie ein.

Seit ihrer Ankunft war Gianna nicht wieder unten im Tal gewesen. Es zog sie eher den Hang hinauf, durch die Wiesen oberhalb von Varzo, wo der Blick weiter wurde und der Lärm der Tunnelbaustelle kaum noch zu hören war. Aber selbst in Varzo spürte man, dass immer mehr Menschen zum Simplon strömten. Als sie angekommen waren, wuchs auf den schmalen Wegen um Varzo noch Gras. Jetzt war es verschwunden. In ihrer Pension war jedes Zimmer belegt, abends standen die Männer vor der Trattoria in der warmen Abendluft. Jeden Sonntag drängten sich mehr Menschen in der Kirche.

Gianna lief langsam den Berg hinauf, als sie plötzlich Stimmen hörte. Versteckt hinter Bäumen lag eine kleine Kapelle, davor ein rechteckiger Platz, auf dem ein Dutzend Männer standen. Jeder hielt einen Eispickel, der Priester ging leise murmelnd an den Männern vorbei, eine Schale mit Weihwasser in der Hand, und segnete die Pickel.

Im Schatten eines Apfelbaumes blieb Gianna stehen, nahm ihren Hut ab. Als die Prozedur vorbei war, zündeten die Männer ihre Pfeifen an. Einer von ihnen entdeckte sie, lief in die Kapelle und erschien mit einem ausgefransten Korbstuhl.

„Setzen Sie sich doch. Sie sind die Frau des Ingegnere Tello, nicht wahr?"

Er lächelte sie an, ein junger Mann, kaum achtzehn Jahre, kurzes Jackett und hoher Kragen.

„Sie kennen meinen Mann?"

„Jeder kennt ihn."

„Sind Sie auch Ingenieur?"

Jetzt lachte er. „Nein, ich bin zwar der Jüngste von ihnen", sagte er und zeigte mit dem Daumen über seine Schulter in Richtung der Männer, „aber ich kenne die Berge gut. Morgen früh steige ich mit den Landvermessern auf. Wir müssen bis auf den Monte Leone. Fast 3600 Meter hoch. Sie vermessen zum letzten Mal den Tunnel. Überall auf den Bergspitzen werden Triangulationspunkte angebracht."

„Und Sie lassen sich Ihre Eispickel weihen?"

„Die Madonna beschützt uns. Der Berg kann tückisch sein."

Die Männer hatten sich, gefolgt vom Pfarrer, ins Tal aufgemacht. Als sie an Gianna vorbeikamen, zogen sie den Hut.

Der junge Mann blieb einen Moment unschlüssig neben ihr stehen, lächelte sie entschuldigend an und lief hinter den anderen her.

Eine warme Brise wehte vom Tal herauf, im Rascheln der Blätter gingen das Hämmern und der Baulärm unter. Gianna tastete vorsichtig ihren Bauch ab, legte beide Hände darüber und schlief auf dem Stuhl ein, den Hut neben sich im Gras.

„Wie lange wird es noch dauern?" Der Speisesaal leerte sich, als sich die Frau des Wirts zu Gianna setzte.

„Noch dreieinhalb Monate, nicht ganz vielleicht."

„Und das Kind soll hier aufwachsen?"

Gianna sah sie überrascht an.

„Warum nicht? Besser als in der Stadt. Mit all der Unruhe und Gewalt. Da ist es hier doch friedlicher."

„Und wo wollen Sie wohnen?"

„Sie bauen Wohnheime unten im Tal und einfache Häuser für die Ingenieure. Sogar ein Garten soll dabei sein. Das ist mehr, als wir in Turin hatten."

„Haben Sie eine Ahnung, wie viele Menschen bald da unten wohnen?"

Gianna schüttelte den Kopf.

„Tausende, sagt mein Mann. Da unten werden Tausende wohnen. Sie werden sich nach Turin sehnen. Das wird schlimmer als in jeder Stadt."

Gianna wurde blass, die Frau legte ihr die Hand auf den Arm. „Als ich klein war, erzählten die Alten im Dorf, wie Napoleon mit seinem Heer hier durchgezogen ist. Seine Soldaten haben die erste Straße gebaut. Es muss eine Kloake gewesen sein. Und jetzt wird alles noch schlimmer." Ihr Griff wurde fester. „Da sollte man keine Kinder großziehen."

„Warum erzählen Sie mir das?" Aufgebracht zog Gianna ihre Hand zurück.

„Verzeihen Sie mir. Ich wollte Sie nicht erschrecken. Aber ich fürchte mich vor dem, was auf uns zukommt. Bitte", sie nahm Giannas Hand, „es tut mir leid."

Dann lächelte sie. „Vielleicht kann ich es wieder gutmachen. Ich habe gesehen, dass Sie gern den Hang hinauflaufen. Meine Schwester hat ein Haus, oberhalb des Ortes. Wir wollten es erst an einen der reichen deutschen Ingenieure vermieten. Sie sollen in den nächsten Tagen hier ankommen. Aber ich finde, Sie sollten es haben. Es wird nur etwas schwer werden, bis das Kind da ist. Der Weg ist steil."

„Jeder Meter nach oben ist mir Recht. Lassen Sie uns hingehen."

Es war ein schmaler Weg, steinerne Stufen, Gras bewachsen, links und rechts von Mauern aus rohem Fels gesäumt. Die Sonne brannte, sie ruhten sich im Schatten aus. Die Mauern der Häuser waren aus geschichtetem, groben Granit, getrennt durch Gassen aus getretener Erde. Torbögen verbanden die Dächer mit dem steil aufragenden Hang. Über den Türen waren Marienfiguren ins Mauerwerk eingelassen, hinter den Häusern verwilderte Obstgärten, vereinzelt ein Kastanienbaum. Tief unten das Tal. Gianna lächelte.

„Da vorn ist es", sagte die Frau.

Ein paar Schritte weiter ragte ein Haus aus grauen Steinquadern mit zwei Balkonen zur Talseite in die Höhe. Die Balkone waren mit schweren Holzbalken abgestützt, darunter klebten Schwalbennester. Neben dem Haus sprudelte eine Quelle, deren Wasser sich in einem langen Steinbottich sammelte. Wo das Wasser überlief, wucherte blühender Schnittlauch.

Der Hang war hier so steil, dass sich der Zugang zum Haus auf der zweiten Etage befand. Die Frau schloss die Tür auf, Staub tanzte in den Sonnenstrahlen, die durch die Verschläge fielen. Erst jetzt sah Gianna, wie dick die Mauern waren. In jedem Zimmer stand ein Ofen, oft auch noch Möbel. Sie öffnete eine Holztür und trat auf den Balkon. Die Glocken läuteten in der lähmenden Mittagshitze, Vögel badeten im Steinbottich vor der Quelle. Unvermittelt schossen sie davon und verschwanden in den Ritzen der Hausmauer. Am Himmel war ein Bussard aufgetaucht, der langsam seine Kreise zog. Einige Meter den Hang hinunter lag ein vernachlässigter Gemüsegarten, begrenzt von einer Reihe Apfelbäume.

Sie atmete tief ein. Kaum ein Geräusch war zu hören und der Blick ging weit ins Tal. Hinter dem Haus stieg der Berg an, auf einer Felsnase konnte sie im Dunst die winzige weiß gekälkte Kapelle von Trasquera erkennen.

Hier müsste es gehen. Hier könnte sie es aushalten.

„Ich rede noch mit Alessandro. Aber ich glaube, wir nehmen es."

Die Frau lächelte. Vor der Tür blieb sie stehen und zeigte auf den Weg, den sie gekommen waren und der am Haus vorbei weiter den Hang entlanglief.

„Auf dieser Mulatteria kommen Sie fast bis nach Iselle, zur Tunnelbaustelle. Für Ihren Mann wäre das praktisch."

Gianna lachte, sie fühlte sich erleichtert wie seit langem nicht mehr. Alessandro könnte sich ein Maultier anschaffen. Ein Ingenieur mit einem Maultier.

Zwei Tage später stand sie mit ihrem Mann wieder am Fenster des Hauses. Aus dem verhangenen Himmel fiel ein warmer Regen und färbte die Häuser schwarz. Als es angefangen hatte zu regnen, wollte er umkehren. Doch sie hatte nur ihre Röcke gerafft und war schneller gelaufen.

„Ist dir das nicht zu weit? Oder zu einsam?"

„Auf keinen Fall."

Alessandro nahm sie in die Arme.

„Es tut mir leid, dass ich so wenig zu Hause bin. Aber wenn die Arbeit einmal läuft, dann wird es besser."

Sie drückte ihn an sich.

„Sicher", sagte sie leise und glaubte ihm sogar.

Vor der Tür zeigte sie ihm die Mulatteria nach Iselle.

„Das wär's doch", lachte er, „ein Maultier."

„Der Herr Ingenieur mit einem Maultier."

Die Wände der Zimmer waren neu geweißt, das schönste Zimmer hatte eine grüne Grastapete bekommen. Frauen aus dem Ort hatten ihr beim Umzug geholfen, aus der Pension konnte Gianna zwei Matratzen mitnehmen, bis ihre eigenen da waren. Alessandro schickte ein Telegramm nach Turin, in den nächsten Tagen würden auch die Möbel kommen.

Müde saß Gianna in der Abenddämmerung auf dem Balkon, als sie das Klappern der Hufe hörte. Sie hatte nach Wein, Obst und Wurst, Kartoffeln und Fleisch geschickt. Sie lief zur Tür, vielleicht waren es auch schon die Möbel. Alles, was hier herauftransportiert wurde, musste man entweder selbst tragen oder auf den Rücken von Maultieren binden.

Doch als sie die Tür aufmachte, stand Alessandro vor ihr. Hinter ihm wackelte ein Maultier unschlüssig mit den Ohren. Ein Stück vom rechten Ohr fehlte. „Toto", sagte Alessandro und trat zur Seite. Die großen Zähne des Tiers erschreckten Gianna ein wenig.

Doch es dauerte nicht lange und sie konnte Toto am Geräusch der Hufe erkennen.

Die Sonne war untergegangen und färbte den Bauch der Abendwolken flammend rot. Ein Mädchen aus dem Dorf stampfte Esskastanien in der Küche. Gianna war im Garten und goss ihre Pflanzen. Diesmal war Totos Hufschlag schneller als sonst, Alessandros Stimme trieb ihn an.

„Sie haben die österreichische Kaiserin Elisabeth ermordet. Ein Anarchist. Luigi Luccheni. Er hat sie erstochen. Am Genfer See." Alessandro hatte sich nicht die Zeit genommen, Toto in den Stall zu bringen, sondern ihn am Griff der Haustür festgebunden und war zu ihr in den Garten gestürzt.

„Diese Irrsinnigen", sagte sie leise, und plötzlich wusste sie, dass dieser Wahnsinn sie überallhin verfolgen würde, bis in die letzten Alpentäler.

Angst lag in ihrem Blick, als ahne sie, was ihn bewegte.

„Wir werden ihn nicht Errico nennen", sagte Alessandro schließlich in die Stille hinein. „Wir können ihm nicht den Namen eines Anarchisten geben. Jetzt nicht mehr."

Gianna lehnte sich an die Gartenmauer. Aus ihrer Angst war Panik geworden.

„Doch. Wir bleiben dabei." Er versuchte sie zu umarmen, aber sie stieß ihn weg. „Es bringt Unglück, den Namen zu ändern. Wie bei Schiffen."

Als ihr Vater damals nicht mehr zurückkam, hatte ihre Mutter nur gesagt: „Er hat es gewusst." Der Name des Schiffs, auf dem er angeheuert hatte, war wenige Tage zuvor mit einem neuen übermalt worden.

Als Alessandro sah, wie ihre Hände zitterten, schwieg er.

„Das Glück wird ihm nachlaufen“, lachte die Hebamme, als Errico seinen ersten Schrei ausstieß, und zeigte auf die Schäfchenwolken, die am Himmel standen, obwohl es ein klirrend kalter Dezembertag war.

4

Nach Erricos Geburt verschwanden die Schäfchenwolken und es begann zu schneien. Wenn Alessandro das Haus verließ, war er nach wenigen Metern in den dichten Flocken verschwunden. Dann bildete er sich ein, Erricos Stimme zu hören, die nach ihm rief.

Müde stand Alessandro mit einem Dutzend Arbeitern und Ingenieuren vor der kahlen Felswand neben der Tunnelbaustelle. Zwei Männer hängten die italienische Flagge über ein weißes Kreuz, das auf den Fels gemalt war. Ein Priester, der aus Novara heraufgekommen war, las mit blau gefrorenen Händen eine kurze Messe. Aus der Reihe der schwarz gekleideten Arbeiter löste sich ein Mann, den Alessandro als Betacca kannte, stand einen Augenblick bewegungslos vor der Wand. Dann holte er weit aus und führte mit seiner Spitzhacke einen kräftigen Schlag gegen den Fels. Hier würde einmal das Tunnelportal entstehen, hier würden die Züge im Berg verschwinden oder aus ihm hervorschießen.

Die Männer applaudierten.

Es waren noch drei Tage bis Weihnachten.

Ein Mann löste sich aus der Gruppe der Ingenieure und kam auf Alessandro zu. Untersetzt, ein mächtiger, kahler Schädel mit wasserhellen Augen und schmalem quadratischen Kinn, von dem sich eine Narbe bis kurz unter den linken Wangenknochen zog.

„Ingegnere Bellmer", sagte Alessandro und schüttelte ihm die

Hand. Erst ein einziges Mal, Anfang Herbst, hatte er den Deutschen zu Gesicht bekommen.

„Gute Arbeit, Tello“, sagte Bellmer in einem zähflüssigen Italienisch, während sich die Schneeflocken auf seinem kahlen Schädel in kleine Tröpfchen auflösten. Die Versammlung vor der Felswand zerstreute sich langsam, die Arbeiter machten sich zum Richtstollen auf, die Ingenieure zum Tunnelbüro. „Wirklich hervorragend, was Sie in den letzten Monaten geleistet haben“, sagte Bellmer noch einmal. „Wir sehen uns bei der Weihnachtsfeier.“

Sie waren eine Qual gewesen, die letzten Monate. Als er im August in dem Tal angekommen war, hatte er sich in Iselle gemeldet. Die Tunnelbaugesellschaft hatte das Posthotel übernommen, fast alle Ingenieure, die den Beginn der Arbeit organisierten, wohnten hier. In zwei düsteren Räumen war eine provisorische Krankenstation entstanden.

„Krossitz“, hatte sich einer der Ingenieure vorgestellt, seine Papiere angesehen, „aha, Bertolli schickt sie, sehr gut“ gemurmelt und ihm daraufhin noch einmal die Hand geschüttelt. „Sie übernehmen den Richtstollen.“

Alessandro war der Schweiß ausgebrochen. Nicht nur wegen der Augusthitze und der Enge des Raums. Bisher hatte er nur Klassen mit Ingenieurschülern unterrichtet. Jetzt sollte er einen Tunnel bauen.

Nächtelang saß er mit immer neuen Ingenieuren im Tunnelbüro, Krossitz sein einziger Fixpunkt. Die anderen Gesichter wechselten fast täglich. Dann sah er Gianna vor sich, wie sie neben dem kalten Essen auf ihn wartete, sprang nervös von seinem Stuhl und riss die Fenster auf.

„Wenn sie sehen, wie hart das hier wird, hauen die meisten wieder ab“, sagte Krossitz eines Abends erschöpft, Verachtung in der Stimme. Dann hatte er Alessandro angesehen, der mit vor Müdigkeit geröteten Augen die nächsten Schichten plante.

„Und Sie, wie lang halten Sie durch?“

„Bis wir auf der anderen Seite sind“, sagte Alessandro brüsk.

Der Richtstollen führte unterhalb der Simplonstraße in den Berg hinein. Vor dem Stolleneingang hatte die Tunnelbaugesellschaft das Gelände roden lassen und ein eingeschossiges Observatorium errichtet. Zehn Meter entfernt davon wurde der erste Achspunkt aufgestellt, ein gemauerter Steinsockel mit Metallspitze, über den die Tunnelachse vermessen wurde. Eine Holzbrücke über die Diveria verband den Eingang des Richtstollens mit der gegenüberliegenden Seite, auf der immer neue Gebäude gebaut wurden. Überall waren die Tannen verschwunden, die hier noch gestanden hatten, als er Gianna im August aus der Kutsche geholfen hatte. Und weiter unten, wo das Tal breiter wurde, waren selbst die Hänge abgetragen worden, um Platz zu schaffen für die Menschen, die die Suche nach Arbeit an den Simplon trieb. An der Passstraße schossen die Kneipen aus dem Boden wie Pilze nach einem warmen Regen.

In regelmäßigen Abständen rollten Sprengungen durch das Tal, der Richtstollen fraß sich langsam in den Berg hinein.

Doch irgendetwas stimmte nicht. Es dauerte eine Weile, bis er herausgefunden hatte, was es war. Zu viele Männer lungerten im Tunnel herum und arbeiteten nicht, unterhielten sich in ihrem sizilianischen Dialekt. Immer wieder kam es zu Streit, eines Tages sah Alessandro, wie einer der Arbeiter im Richtstollen mit seinem Messer nach einem anderen stieß. Und der Capo, der Vorarbeiter, schaute weg.

In kleinen Gruppen waren die Sizilianer aufgetaucht und hatten sich bei der Tunnelbaugesellschaft gemeldet. Sie blieben unter sich, sorgten dafür, dass sich das auch während der Arbeit nicht änderte. Aber sie arbeiteten langsam, und die Capos schienen Angst vor ihnen zu haben. Die Sizilianer wurden immer mehr.

Alessandro sprach einen der Capos an, doch der stellte sich dumm. Alle hatten die Erkennungsmarken, die jedem Arbeiter vom Tunnelbüro ausgehändigt wurden, aber Alessandro sah immer wieder, wie sie ihre Marken auf dem Weg zum Tunnel mit anderen Arbeitern tauschten.

„Sie lassen andere für sich arbeiten und nehmen ihnen dafür einen Teil ihres Solds ab", räumte einer der Capos ein, dem Alessandro in eine Trattoria gefolgt war, „aber sie drohen dir mit ihren Messern, wenn du was sagst."

Im Herbst war er Bellmer zum ersten Mal begegnet. Alessandro hatte in seinem Büro gesessen und überlegt, wie er gegen die Sizilianer vorgehen sollte, als plötzlich Krossitz mit Bellmer in der Tür stand.

„Ingenieur Bellmer", stellte Krossitz ihn vor. „Er wird den Vortrieb hier vom Süden aus leiten. Ihr zukünftiger Chef, mit anderen Worten."

Alessandro stand auf, Bellmer reichte ihm die Hand und blickte ihn prüfend an.

„Freut mich, Sie kennen zu lernen, Ingegnere Tello", sagte er in seinem zähen Italienisch.

„Ich freue mich auch, Signore Ingegnere", antwortete Alessandro auf Deutsch.

Bellmer lächelte kurz, dann legte er ein paar Blätter mit Zahlenkolonnen vor ihm auf den Tisch, Zeit- und Entfernungsangaben.

„Wir liegen zurück. Auf der Nordseite in Brig haben sie später angefangen mit dem Richtstollen und sind schon weiter. Was ist los?"

Alessandro zögerte. Er würde sich gegenüber dem Deutschen nicht über die eigenen Landsleute beschweren.

„Ich will mir meine Vorarbeiter, die Capos, selber auswählen", sagte er, „und den größten Teil der Arbeiter auch. Dann wird es laufen. Dafür garantiere ich."

Jeder Capo war für zwanzig bis fünfundzwanzig Mann verantwortlich. Bellmer sah zu Krossitz herüber, der zuckte mit den Schultern.

„Normalerweise nehme ich die, die mir am besten geeignet scheinen."

„Lassen sie mich die Capos aussuchen, dann wird es besser", drängte Alessandro.

Krossitz nickte Bellmer zu.

„Einverstanden", hatte Bellmer gesagt und war wieder verschwunden.

Seitdem saß Alessandro jeden Abend in seinem Büro, studierte Personalpapiere. Auf vielen war da, wo die Unterschrift hingehörte, nur ein Kreuz, bisweilen mit ein paar Schnörkeln. Kaum eine Handvoll Arbeiter konnte lesen und schreiben.

Endlich hatte er seine Capos zusammen. Piemontesen zumeist, große, kräftige Männer aus den Bergen, die ihren Wein mit in den Tunnel nahmen, zwei unaufhörlich fluchende und rauchende Römer waren auch dabei, die bunte Schals trugen, als er sie zu sich rief.

Alle hatten sie in der Armee gedient und von den Älteren einige im Gotthard-Tunnel gearbeitet. Alle waren mindestens einen Kopf größer als die Sizilianer. Er hatte ihnen gesagt, was er von ihnen erwartete und sie hatten ihm schweigend zugehört.

Seitdem kamen sie schneller voran im Tunnel, und nach und nach verschwanden die Sizilianer wieder aus dem Tal.

Bellmer hatte allen Grund ihm zu danken.

Die Glocken läuteten, Alessandro trieb sein Maultier an, er hatte Gianna zugesehen, wie sie Errico stillte und dann seinen guten Anzug nicht gefunden. Jetzt war er spät dran zur Weihnachtsfeier. Der Schnee lag fast einen halben Meter hoch.

Der Richtstollen über der Diveria wirkte wie eine leere Augenhöhle in der verschneiten Hangwand. Vor dem Observatorium versuchte sich ein Soldat in seinem Unterstand warm zu halten. Alle vier Stunden wurde er abgelöst, oben aus der Kaserne, die einen halbstündigen Fußmarsch in Richtung Grenze lag. Die Soldaten bewachten die Ferngläser und Theodoliten, mit denen regelmäßig die Tunnelachse vermessen wurde.

Alessandro grüßte den Soldaten, der grinste zurück, als er den Ingenieur mit seinem Maultier erkannte. Seit es angefangen hatte zu schneien, brachte Alessandro Toto in einer Hütte neben dem

Observatorium unter. Er hängte ihm seinen Sack mit Futter um und warf ihm eine Decke über. Als er den Schuppen verließ, trat er auf ein Stück Zündschnur. Eine fingerdicke, mit Teer ummantelte Schnur mit einem Kern aus Schwarzpulver. Er fragte sich, wie die Schnur hier hinkam, steckte sie ein und ging wieder hinaus in den Schnee.

Gegenüber vom Richtstollen wurde eine Trattoria in den Hang gebaut, Zweige mit bunten Bändern hingen über dem Eingang. Das Dach war schon gedeckt, im Januar würden die Fenster eingesetzt.

Dahinter entstanden die Duschhallen, in denen sich Arbeiter und Ingenieure nach der Schicht waschen konnten, Wand an Wand mit dem Kesselhaus und den Filterbecken.

Alessandro lief schneller. Heute würde er sie zum ersten Mal alle beieinander sehen, die Deutschen, von denen der Plan mit dem Simplon-Tunnel stammte und die den Tunnel bauen würden. Sandau würde da sein, der die Arbeiten an der Südseite leitete, und seine Partner von der Nordseite, aus Brig. Man erzählte sich die seltsamsten Geschichten von ihnen, sie könnten nicht anders leben, als immer wieder im Inneren der Erde zu verschwinden und Wochen, manchmal Jahre später nach unendlichen Qualen wieder aufzutauchen.

Das Rieseln des Schnees dämpfte den Lärm der Schmiede, ein Pferd wieherte. Links und rechts verschwanden die Flanken des Tals in dem schneeigen Grau des Himmels.

Ein Postschlitten stand auf der Simplonstraße, Alessandro erkannte Bellmer und Sandau, die gerade abstiegen. Er begann zu laufen. Alessandro hatte Sandau bisher nur von fern und auf Zeitungsbildern gesehen. Die beiden gingen zu dem neuen Bürogebäude, drei Etagen hoch, mit kleinen Erkern im Dach. Die oberen Etagen waren mit Holz verkleidet. Erst vor zwei Wochen war das Haus fertig geworden.

Alessandro kam bei dem Gebäude an, als die Tür hinter Bellmer und Sandau zufiel. Er ärgerte sich. Er wäre gern mit den Deutschen zusammen an der Tür angekommen, und wenn auch nur, um ihnen den Vortritt zu lassen.

Er klopfte sich den Schnee vom Mantel. Der Flur war voller Menschen in dunklen Anzügen, steifen Kragen und Krawatte. Eine Frau nahm ihm den Mantel ab, er folgte den anderen in die erste Etage. In einem großen Zimmer rumorten zwei Öfen, an den Wänden hingen Tannenzweige, mit Sternen aus Stroh und Papier geschmückt. Sicher die Kinder der Deutschen, dachte er.

Die Luft war stickig vom Qualm der Zigarren und Pfeifen, die Fenster beschlagen. Jemand hatte ein Loch in die Feuchtigkeit auf der Scheibe gewischt und Alessandro fiel sein erster Morgen hier mit Gianna ein. Damals, als sie ihn mit diesem seltsamen Ausdruck angesehen hatte. Es war eine Herausforderung gewesen.

Er schüttelte den Gedanken ab, als ihn ein junger Ingenieur am Arm fasste.

„Alessandro." Ein Schüler von Bertolli, Andrea Noce. Sie umarmten sich. Einer, der in den Kneipen immer am lautesten vom Klassenkampf philosophiert hatte. Sie hatten ihn den „roten Noce" genannt, auch wegen seiner rötlichen Haare.

„Ich dachte, du hättest dich der Revolution verschrieben", lachte Alessandro.

Noce sah ihn einen Moment lang irritiert an, entspannte sich aber schnell wieder.

„Von etwas muss man ja leben."

„Also doch erst das Fressen und dann die Moral?" Alessandro grinste ihn an, aber er spürte, dass Noce keine Lust hatte, die alten Debatten aufzuwärmen. „Vergiss es. Seit wann bist du hier?"

„Zwei Wochen. Aber ich komme kaum aus dem Büro. Wir entwickeln die Ventilation für den Tunnel."

Ein Deutscher kam und zog Noce mit sich fort.

„Wir sehen uns", rief er und verschwand.

Alessandro schüttelte noch ein paar Hände, als Bellmer auf ihn zukam. Unwillkürlich richtete er sich auf.

„So schnell sieht man sich wieder, Glückwunsch zu Ihrem Sohn, habe ich heute erst erfahren."

Er nahm Alessandro zur Seite.

„Tello, das war wirklich gute Arbeit bei dem Richtstollen. Wir haben viel aufgeholt."

„Noch ist er nicht fertig, Ingegnere", antwortete Alessandro vorsichtig.

Bellmer ging nicht darauf ein.

„Krossitz hat mir erzählt, wie Sie das Problem mit den Sizilianern gelöst haben."

„Sie passten einfach nicht hierhin. Keine guten Arbeiter."

„Ich bin froh, dass Sie das sagen und nicht ich." Bellmers glattes Gesicht verzog sich zu einem unregelmäßigen Lächeln. Der Schmiss auf seiner linken Gesichtshälfte schien einen Nerv getroffen zu haben.

„Es hat gedauert, bis ich dahinter kam, Ingegnere. Ich war noch nie für so viele Menschen verantwortlich."

„Es werden bald noch mehr", sagte Bellmer, „Hauptsache, Sie haben es schnell in den Griff bekommen."

„Die Capos sind wichtig. Man muss seinen Capos vertrauen können, dann geht es."

Bellmer nickte. „Ja", sagte er langsam, „wenn man eine Handvoll Leute findet, denen man vertrauen kann, hat man gewonnen."

Alessandro schaute sich um.

„Wo ist eigentlich Ingegnere Krossitz? Ich habe ihn lange nicht mehr gesehen."

„Seine Frau hielt es hier nicht aus. Wie so viele. Er ist wieder in Deutschland."

„Dabei hat er sich noch beschwert, wie viele Arbeiter wegen der Schufterei wieder aufgeben", sagte Alessandro.

„Krossitz wird nicht der Letzte sein."

Bellmer sah Alessandro nachdenklich an.

„Keine Sorge."

Ein paar junge Ingenieure gesellten sich zu ihnen, die meisten kannte er und stellte sie Bellmer vor. Bellmer fragte sie aus, was sie machten. Sie bauten das Dampfmaschinenhaus, das Dynamitlager und die Wasserleitungen für die hydraulischen Bohrmaschinen.

Beeindruckt hörte Alessandro zu, wie Bellmer jeden sofort mit Namen anredete, ohne auch nur einen Einzigen zu verwechseln.

Ein Glas wurde angeschlagen, die Gespräche erstarben. Sandau und seine Partner von der Schweizer Seite standen nebeneinander, vielleicht dreißig Ingenieure und Vertreter der Tunnelbaugesellschaft erwartungsvoll um sie herum.

Sandau war ein hoch gewachsener Mann, der sich gebückt hielt, wie Menschen, die es gewohnt sind, sich zu ihren Gesprächspartnern hinunterzubeugen. Sein Bart war so lang, dass er seine Krawatte verdeckte.

„Die Zeit der Vorarbeiten ist vorbei", sagte Sandau. „Die Richtstollen am Nord- und Südende des Tunnels sind so gut wie fertig. Sie alle haben dazu beigetragen, dass wir hier im Süden wie geplant gestern mit dem Tunnelportal beginnen konnten." Sein Italienisch war seltsam breit. „Zehntausend Meter liegen vor uns, von jeder Seite aus, zehntausend von Norden und zehntausend vom Süden, von unserer Seite aus. Das bedeutet noch gut fünf Jahre harte Arbeit."

Bertolli hatte von sechs gesprochen, erinnerte sich Alessandro. Entweder wusste er mehr als die anderen, oder er war einfach nur pessimistisch.

Die Wärme machte ihn müde. Applaus ließ ihn aufschrecken, er spürte Bellmers Blick und fühlte sich ertappt.

Sandau hob die Hand, das Klatschen ebbte ab.

„Ich wünsche Ihnen und Ihren Familien ein schönes Weihnachtsfest und ein gutes Jahr 1899." Er machte eine kurze Pause. „Ein Jahr noch und das neue Jahrhundert bricht an. Unser Tunnel wird dazu beitragen, dass das nächste Jahrhundert das friedlichste der Menschheit wird."

Wieder klatschten die Männer. Alessandro blickte zu Bellmer

hinüber, aber der unterhielt sich mit seinem Nachbarn, einem schmächtigen Mann mit sorgsam gestutztem Bart, der den Kopf etwas schief hielt.

Dann wurden die Türen zum Nebenraum aufgeschoben, auf einem langen Tisch standen Wein, Gläser und Berge von süßem Gebäck. Ein paar junge Arbeiter, herausgeputzt mit weißem Hemd und Weste, bunte Bänder um die Taille, schenkten piemontesische Spanna-Weine aus und behielten die Kerzen im Auge, die auf den Tischen brannten.

Alessandro ließ sich ein Glas geben und nahm sich von dem Gebäck, als sich der schmächtige Mann zu ihm gesellte.

„Cesare Lenga", stellte er sich vor, „ich bin der neue Arzt. Wie geht es Ihrer Frau?"

Alessandro schaute ihn überrascht an.

„Gut, danke."

Der Arzt lächelte.

„Sie war ein paar Mal bei mir. In den letzten Wochen vor der Geburt habe ich sie zwei, dreimal besucht. Zu mühsam für sie, in ihrem Zustand ins Tal zu kommen."

Gianna hatte die Arztbesuche mit keinem Wort erwähnt.

„Danke", sagte Alessandro hastig, „es tut mir leid, ich hatte es vergessen. Es gab so viel zu tun."

„Wohl wahr." Der Arzt nippte an seinem Wein und betrachtete Alessandro. „Ein Kind ist etwas Schönes. Besonders, wenn es noch klein ist. Ein Kind kann uns Erwachsenen viel Kraft geben. Lassen Sie sich das nicht nehmen. Auch wenn Sie viel zu tun haben. Und ein Kind verändert die Menschen." Der Arzt räusperte sich, fast entschuldigend. „Es kann Menschen so verändern, dass wir sie nicht mehr verstehen, obwohl wir doch glauben, sie gut zu kennen."

Dann hob er sein Glas.

„Auf Errico, den kleinen Revolutionär."

Alessandro schwieg. Warum hatte Gianna nie von Lenga gesprochen?

„Ich selbst habe erst im Sommer geheiratet", sagte Lenga, „als klar war, dass ich die Stelle hier bekomme. Wir haben zwei Boote gemietet und auf dem Po gefeiert. Unterhalb des Castello del Valentino, der Ingenieurschule. Die kennen Sie ja."

Alessandro nickte langsam.

„Ich habe dort gearbeitet", sagte er geistesabwesend und sah die weißen Stoffdächer der Boote, die sich im Wind blähten, als Bertolli ihn rufen ließ.

„Ich weiß", sagte der Arzt.

„Sie wissen eine Menge über mich", gab Alessandro zurück, „und ich weiß nichts von Ihnen."

„Das holen wir nach." Noch einmal hob der Arzt sein Glas und ging dabei ein paar Schritte rückwärts.

„Besuchen Sie mich, wenn Ihnen danach ist. Ich würde mich freuen."

Alessandro ließ sein Glas nachfüllen, aber das Gespräch mit dem Arzt hatte ihn unruhig werden lassen, und die laute Gesellschaft machte ihn nervös. Eine halbe Stunde später holte er sich seinen Mantel. Als er ihn überzog, spürte er das Stück Zündschnur in der Tasche, das er im Schuppen neben dem Observatorium gefunden hatte.

Er lief zum Bürogebäude. Der Schnee knirschte, die Diveria grummelte unter einer Decke aus Eis. Er musste die Pläne für die Schichten nach Weihnachten aufstellen. Später am Nachmittag war noch ein Treffen mit Bellmer und den Capos angesetzt, die am Vortrieb arbeiteten.

Dann würde er nach Hause reiten, mit Gianna das Weihnachtsfest vorbereiten und Errico dabei zusehen, wie er unter seiner dicken Daunendecke träumte. Und darauf warten, das Gianna ihm erzählte, was sie tat, wenn er das Haus verließ.

Als er fast am Tunnel war, hörte er vor sich eine helle Kinderstimme. Zwei Gestalten schälten sich aus den tanzenden Schneeflocken. Ein Mann, ein Kind an seiner Hand. Alessandro erkannte Bellmers kahlen Kopf.

„Da sind wir", sagte Bellmer.

Er stand mit dem Kind gegenüber dem Eingang des Richtstollens, geduckt unter das Dach des Observatoriums, das kleine Mädchen neben Bellmers grauem Schatten kaum zu erkennen. Ab und zu tauchte der Eingang des Richtstollens als schwarzes Loch in den tanzenden Flocken auf.

Das Mädchen trat unruhig von einem Fuß auf den anderen, als friere es. Sein Vater schwieg und starrte auf den Tunneleingang.

„Da müssen wir durch. Unter dem ganzen Berg hindurch."

„Warum?", fragte die helle Stimme des Kindes.

„Ich werde dafür bezahlt. Das ist meine Arbeit. Und ich mache sie gern. Außerdem ist es eine gute Sache. Aber jetzt ist erst einmal Weihnachten."

„Wie oft muss ich noch schlafen, bis es soweit ist?"

„Drei mal. Und dann noch ein Jahr, dann beginnt ein neues Jahrhundert."

„Was für ein Jahrhundert?"

„Das zwanzigste."

„Darf ich vorher mal mit in den Tunnel?"

Der Deutsche setzte sich das Mädchen auf die Schultern und machte mit dem Kind noch ein paar Schritte auf den Eingang des Richtstollens zu.

„Im nächsten Jahr nehme ich dich mit."

„Auf einem Muli?"

„Auf einem Muli."

Alessandro wollte sich davonmachen, als er hinter sich Schritte im Schnee hörte. Er drehte sich um und blickte in das von dicken Wülsten überzogene Gesicht des Einäugigen. Der Schreck lähmte ihn für einen Moment, er suchte nach ein paar Münzen und ließ sie in die Hand des Mannes fallen. Sein Kopf ruckte hin und her, und Alessandro war, als lache er, als er im Schneetreiben verschwand.

Alessandro warf einen letzten Blick auf Bellmer, der noch immer mit seiner Tochter in das Loch des Richtstollens starrte.

Völlige Stille herrschte um ihn herum, nur das Fallen der Schneeflocken war zu hören. Es war eine Stille, als hielte man den Kopf unter Wasser, bis zum letzten Atemzug, bis der Kopf explodierte. Eine Stille, in der man darauf wartete, dass sie mit einem lauten, hässlichen Geräusch endete.

5

Hinter den nassen Fensterscheiben sah er nur müde, schwarze Schimären. Seit Tagen zog die Menschenschlange durch den kalten Regen die Passstraße hinauf, Richtung Simplon.

Cesare Lenga saß in der oberen Etage des zweigeschossigen Gebäudes, einen Stapel Personalbögen vor sich. Er hielt den Kopf leicht angewinkelt, sein Halsnerv schmerzte in der feuchten Kälte. Seit ein paar Wochen hatte er ein provisorisches Krankenhaus bezogen, gut zwanzig Minuten von der Tunnelbaustelle entfernt talabwärts, wo das Bett der Diveria breiter wurde.

Er stand auf, stellte sich ans Fenster und starrte auf die Menschen, die die Passstraße hinaufkamen. Manche zogen Karren hinter sich her, eine Frau hielt sich am Hals eines Esels fest. Ein kleines Kind lag mehr auf dem Esel, als dass es saß.

Jedes Frühjahr waren die Zeitungen Italiens voll von Berichten über die Transalpini, die Wanderarbeiter, die sich zu Tausenden über die Alpenpässe nach Norden aufmachten. Nomaden nannte man sie. Sobald der Schnee zu tauen anfing, zogen sie los, auf der Suche nach Arbeit in der Schweiz, in Frankreich oder Deutschland. So weit von ihrem Ziel entfernt, wirkten sie schon jetzt erschöpft und entmutigt.

Lenga warf einen Blick in den Himmel. Bis vor kurzem hatte es nachts geschneit. Ein plötzlicher Kälteeinbruch und die Säumer, die mit ihren Schaufeln und Hacken die Passstraße freihielten, würden die Leichen von erfrorenen Transalpini aus dem Schnee graben.

Die Berge waren wie Staumauern, dachte Lenga. Sie halten den Wohlstand im Norden fest. Diese Nomaden wandern über die Berge, um Arbeit zu finden. Sie sind von ihren Familien getrennt, sie werden krank, sie sterben. Er dachte an seine Frau Paola, die er in Turin gelassen hatte, bis das geplante Hospital bezugsfertig war. Ganz oben unter dem Dach gab es eine Wohnung für sie, größer als alles, was sie in Turin bezahlen konnten.

Ein Pfleger steckte den Kopf zur Tür herein.

„Sie haben wieder welche geschickt."

Dutzende von Männern scherten täglich aus dem Zug der Transalpini aus und meldeten sich im Büro der Tunnelbaugesellschaft. Die, die geeignet schienen, schickte man zu Lenga.

„Ich komme", sagte er und warf einen Blick auf seine Statistik. hundertvierundzwanzig Männer und Kinder hatte er in den letzten Wochen untersucht, zweiundzwanzig akzeptiert.

Viele der Männer, insbesondere die älteren, die schon am Gotthard gearbeitet hatten, litten an Leistenbrüchen. Er musste sie wieder raus auf die Straße schicken, zusammen mit den Augenkranken oder denen, die fast taub waren. Am Vortag erst hatte ihn ein Mann aus den Abruzzen verflucht, als er ihn wegschickte, weil er über sechzig war. Es war ein leiser Fluch gewesen, aber er hatte Lenga am Abend nicht einschlafen lassen.

Bis Mittag arbeiteten sie durch. Er blickte in Gesichter von Menschen, die den Weg über den Pass kaum schaffen würden, geschweige denn die Kraft hatten, es mit dem Berg aufzunehmen.

„Einen noch, dann machen wir Pause", sagte Lenga.

Der Pfleger rief etwas in Richtung Tür, ein Kind kam herein, begleitet von einer Frau. Eine junge Frau, dunkler Rock und schwarze, geschnürte Stiefeletten, die eher nach Mailand gepasst hätten als in ein Alpental. Über dem Rock trug sie eine Schürze, über allem einen alten Militärmantel. Sie hatte einen kleinen, aber vollen Mund. Ab und zu fuhr sie mit der Zungenspitze nervös über die Lippen. Ihre Haare wurden von einem grünlich gemusterten Tuch gehalten.

Er schaute sich den Jungen an. Er wäre nicht der Erste, den er wegschickte, weil er unter fünfzehn war.

„Wie alt bist du?" Lenga kannte die Antwort.

„Fünfzehn", sagte der Junge.

Er hatte braune, lebhafte Augen, gesunde Zähne. Er saß auf der vorderen Kante des Stuhls, die Hände unter die Oberschenkel gesteckt.

„Bald sechzehn", sagte die Frau und zog die Abschrift einer Geburtsurkunde aus ihrem Armeemantel. Sie war in einem Dorf in der Emilia Romagna ausgefertigt.

„Pietro Colesso? Das bist du?"

Der Junge rutschte auf seinen Händen umher, nickte schließlich.

„Alle nennen mich Pico."

Er log. Sie mochten ihn Pico nennen, aber er war nicht der Pietro der Geburtsurkunde. Die Frau beobachtete ihn wachsam, versuchte in seinem Gesicht zu lesen. Als er sie ansah, wurde ihr Blick herausfordernd. Er musste lächeln.

„Sie sind die Mutter?"

Die Frau nickte, streifte den Armeemantel ab und legte ihn über ihre Knie.

„Und der Vater?"

Sie antwortete nicht, zuckte nur mit den Schultern.

„Dann wollen wir mal", sagte er, „warten Sie bitte draußen."

Die Frau schien gut für den Jungen zu sorgen. Kein Rasseln in der Brust, keine Hernie. Von all den Männern, die er heute untersucht hatte, war keiner so gesund wie dieser Junge.

„Weißt du, dass man heutzutage an den Zähnen sehen kann, von welcher Mutter ein Kind abstammt?", fragte er den Jungen. Ein plumper Trick, aber einige Kinder waren darauf reingefallen und hatten zugegeben, dass die Frau, die sie begleitete, nicht ihre Mutter war. Manche der Kinder zogen schon seit Jahren durchs Land. Fanden sie keine Arbeit, stahlen sie. Die Frauen versorgten sie und nahmen ihnen dafür ab, was sie verdient oder gestohlen hatten.

Pico sah ihn ruhig an.

„Ich habe mir die Zähne der Frau angesehen. Sie ist unmöglich deine Mutter."

Pico schüttelte langsam den Kopf.

„Das mit den Zähnen, das glaube ich nicht. Oder Sie irren sich in meinen Fall, Dottore."

Lenga lächelte und reichte ihm seinen Personalbogen.

„Du kannst dich morgen im Büro der Tunnelbaugesellschaft melden. Sie werden dich nehmen."

„Und?", fragte die Frau, als Lenga dem Jungen die Tür öffnete.

„Lächeln Sie mal", sagte Lenga.

Ein vorsichtiges Lächeln zog über ihr Gesicht.

„Ich habe mich geirrt", sagte Lenga zu dem Jungen, „es sind doch dieselben Zähne."

Lenga ließ sich einen Teller Pferdecarpaccio und Polenta bringen und trank ein Glas Roten dazu, dann stellte er sich wieder ans Fenster. Es regnete stärker. Immer noch wanderten Menschen die Passstraße hinauf, einige hatten sich Planen über die Schultern gelegt oder hielten sie mit Stöcken über den Kopf. Die, die nicht mehr konnten, hatten sich an die Wände der Hütten und Kneipen entlang der Passstraße gehockt, um Schutz vor dem eisigen Regen zu suchen.

Immer mehr werden hier im Tal hängen bleiben, dachte er, nicht nur die Transalpini. Der Tunnel war eine riesige Maschinerie, die Menschen aus dem ganzen Land anzog.

Ein bewaldeter Felsvorsprung talaufwärts verdeckte den Blick auf die Baustelle, aber Lenga hörte das Hämmern der Schmiede, in der die Bohrköpfe nachgeschmiedet wurden, das Quietschen und Rumpeln der Transportloks, wenn sie über die Brücken holperten. Fast fünfhundert Meter zog sich die Baustelle jetzt auf beiden Seiten der Diveria entlang, mit dem hohen Kamin neben der Halle für die Dampfmaschinen, mit den Schienensträngen der Versorgungszüge, den Bürogebäuden und Werkstätten. Und den Wohnheimen für die Arbeiter.

Lenga zog seine verspannten Schultern hoch, als er an die Wohnheime dachte. Er hatte die Tunnelbaugesellschaft gewarnt, sogar zweimal an Sandau geschrieben, aber niemand hörte auf ihn. Man hatte den Arbeitern verboten, auf ihren Zimmern zu rauchen und zu trinken, selbst das Singen sollten sie unterlassen. Lenga hatte die Bauleitung gebeten, ein Auge zuzudrücken, aber die Deutschen hatten es abgelehnt. Seitdem standen die Wohnheime leer.

Es hatte nicht einmal einen Monat gedauert und eine Viertelstunde talabwärts, wo das Tal breit wurde, waren die ersten Hütten an der Diveria entstanden, an einem Flecken, den die Einheimischen Balmalonesca nannten. Die Baugesellschaft hatte schnell reagiert, inmitten der Hütten ein provisorisches Hospital gebaut, in dem er jetzt die Einstellungsuntersuchungen vornahm.

Die Hütten wurden immer mehr. Von Balmalonesca war bald keine Rede mehr, nur vom Negerdorf. Auch an der Schweizer Seite hatte sich so eine Geschwulst gebildet, in Naters.

Lenga fragte sich, wo die Frau und der Junge, der sich Pico nannte, Unterschlupf gefunden hatten. Die Frau würde es nicht schwer haben. Gut sechshundert Arbeiter lebten bereits im Tal, bald würden es Tausende sein. Er hatte ihren Blick gesehen. Sie wusste, dass sie hier überleben konnte, unter all den Männern. Und sie würde nicht die Einzige bleiben.

Die Tür wurde aufgerissen.

„Sie streiken, Dottore."

Im Erdgeschoss saßen die Pfleger in einem schmalen Raum. Einige dösten in der Wärme, andere spielten Karten, ein paar Münzen vor sich auf dem Tisch. Sie legten die Hand über die Münzen, als Lenga eintrat.

„Ich bin bald zurück."

Die Passstraße war voller Menschen, die zur Tunnelbaustelle liefen. Frauen trommelten auf Töpfen oder schwangen Ratschen. Zwischen den Maschinenhallen und Bürogebäuden vor dem Tunneleingang war es schwarz von Arbeitern.

Oben auf der Passstraße sah Lenga einen Trupp Soldaten mit

ihren Kappen und großen Kragenspiegeln, die Gewehre vor der Brust.

Die Arbeiter drängten sich auf der Brücke, die unterhalb am Richtstollen über die Diveria führte. Das Trommeln der Frauen erstarb, von der schweigenden Masse ging etwas Bedrohliches aus.

Vorsichtig zwängte Lenga sich zwischen den Menschen hindurch, fast alles Männer in schwarzen Hosen und Jacken, eine Mütze, einen runden Hut auf dem Kopf. Dazwischen die Jungen, in denselben abgetragenen Kleidern, als Kinder fast nur an ihrer Größe und nicht an ihren Gesichtern zu erkennen.

In einem drohenden Halbkreis hatte sich diese schwarze Masse um vier Männer geschart, die am Ufer der Diveria standen und miteinander verhandelten. Einer von ihnen war Sandau, der deutsche Ingenieur, der die Tunnelarbeiten im Süden leitete. Die anderen beiden waren Capos. Ein junger Offizier, einige Schritte entfernt, ließ sie nicht aus den Augen. Nach einer Weile verschwanden sie im Bürogebäude.

Bewegungslos und schweigend verharrten die Männer im Regen. Lenga wartete, was passieren würde, als sich eine Hand auf seine Schulter legte.

„Keine Patienten, Dottore?"

Alessandro stand hinter ihm.

„Sie wollten mich doch besuchen, Tello", gab Lenga zurück.

„Wenn ich Zeit hätte, war ausgemacht."

„Jetzt können Sie ohnehin nichts tun. Kommen Sie, wir gehen in unser kleines Behelfskrankenhaus."

Alessandro warf noch einen Blick auf die düstere Menschenmenge, Regen tropfte aus seinen Haaren. Lenga hielt seinen Schirm über ihn.

„Kommen Sie."

Sie waren ein paar Minuten nebeneinanderher gelaufen, als der Arzt auf ein zweistöckiges Haus auf der anderen Seite der Diveria zeigte. Aus dem Dach sprang ein halbfertiger Erker hervor.

„Unser Hospital. Noch zwei, drei Monate, dann ist es so weit. Dann sind wir endlich raus aus dem Provisorium in Balmalonesca."

Vor ihnen nahmen langsam die Hütten der Bretterstadt Konturen an.

„In diesen verdammten Hütten verstecken sie sich und wiegeln die Arbeiter auf", sagte Alessandro unvermittelt.

„Wer versteckt sich hier?", fragte Lenga.

„Die Leute, die die Streiks organisieren."

„Die Sozialisten und Gewerkschafter?"

Alessandro zuckte mit den Schultern.

„Sozialisten, was weiß ich. Leute, die behaupten, dass der Tunnel nur den Kapitalisten nutzt. Dabei verdienen die Arbeiter hier mehr als irgendwo sonst in Italien. Sie sind besser versorgt als bei jeder anderen Arbeit. Wir stellen Essen, Unterkünfte, wir sorgen für ihre Gesundheit. Hier gibt es keine sozialen Probleme. Hier nicht."

Schweigend sah Lenga ihn an, der Regen prasselte auf den Schirm.

„Wir haben doch alle das gleiche Ziel."

„Warten wir es ab", meinte Lenga, „wo so viele Menschen zusammen leben, spricht einiges dafür, dass nicht alle das gleiche Ziel haben. Schon gar nicht die, die hier in den elenden Baracken wohnen, und die, die das Geld für den Tunnel geben. Und noch sind wir ja erst am Anfang. Noch ist alles überschaubar. Und bisher stehen hier auch nur einige wenige Hütten."

Lenga stieß die Tür zum Krankenhaus auf.

„Ich lasse uns einen heißen Tee bringen."

„Gern", sagte Alessandro, „ich habe Zeit. Heute fährt keine Schicht mehr in den Tunnel."

In der Nacht wurde Lenga von Schüssen aus dem Schlaf gerissen. Er sprang von seinem Feldbett. Wieder fielen Schüsse bei den Hütten.

Am nächsten Morgen standen Soldaten auf der Straße. Als er seine Pfleger fragte, was passiert sei, schwiegen sie achselzuckend. Doch zwei Pfleger tauchten nicht wieder auf, schließlich stellte Lenga neue ein.

Und als er in seiner Mittagspause zum Tunnel hochlief, standen mehr Soldaten als gewöhnlich neben dem Eingang. Einen Tag hatte der Streik gedauert, jetzt war der Spuk vorbei.

„Sie bekommen auch nicht mehr als zuvor", sagte einer der Soldaten spöttisch zu ihm, als die Arbeiter zur Mittagsschicht wieder im Tunnel verschwanden.

6

Ich hatte es wieder, dieses Reißen an den Füßen, diese Angst unterzugehen, keine Luft mehr zu bekommen. Wie damals, als wir bei Crotone in der Brandung standen. Wenn die Wellen vor uns niederkrachten und das zurückströmende Wasser uns fast die Beine weg zog. Ich habe mich immer an den großen Jungen festgehalten. Sie lachten, wenn ich Angst hatte. Ich stand in der Brandung und das Wasser zerrte an mir und ich konnte nicht schreien, weil mir der Hals zuging. Sie mochten das, wenn ich Angst hatte. Dann hielten sie mich und ihre Hände waren überall an mir. Ich versuchte sie abzuschütteln, doch dann ließen sie mich los und ich griff wieder nach ihnen und ihre Hände waren wieder überall. Man gewöhnt sich daran. Entweder du bist stark oder du musst oben schwimmen, sonst sieht es schlecht für dich aus, haben die Großen gelacht. Seitdem fühle ich dieses Reißen, wenn die Angst kommt.

Sie war lange weg, die Angst. Als ich mit den Kleinen unterwegs war. Eine gute Zeit. Glücklich war ich, wirklich glücklich. Aber das geht nicht ewig. Man muss sich entscheiden. Wenn man zu lange glücklich ist, lauert irgendwo ein großes Unglück. Wie eine Schlange im Gras. Man muss alles in der Waage halten. Oder irgendwann mal alles setzen. Alles was ich habe. Mich. Da kam der Simplon gerade recht. Was sollte ich da mit den Kleinen. Mehr Geld als für eine Geburtsurkunde hatte ich sowieso nicht. Und Pico war mir der liebste. Es war aber hart mit den anderen. Ein paar haben geweint. Doch es musste sein. Und es ist gut so. Bloß nicht sein Herz an etwas hängen. Ohne Herz lebt man am besten. Aber schön ist es nicht. Ich weiß nicht, ob ich das durchhalte.

Der Dottore hat gewusst, dass was nicht stimmte mit Picos Geburtsurkunde. Dass ich lächeln soll, das hat lange niemand mehr zu mir gesagt. Alle wollen sie was. Aber lächeln, das ist lange her. Als der Dottore das sagte, wusste ich, dass sie Pico nehmen.

Das Meer wäre mir lieber gewesen. Nur wer braucht schon einen Tunnel am Meer. Am Meer ist mehr Raum. Man muss ja nicht ins Wasser, wenn man nicht will. Hier ist es fast zu eng zum Atmen. Wie unter Wasser. Wie in einer Welle. In einer Welle von Menschen, die in dieses Tal geschwappt ist. Du musst stark sein oder oben schwimmen, haben die Großen gesagt. Unten kostet das Leben Kraft, das muss mir niemand mehr erzählen. Ein paar kenne ich, die an der ruhigen Oberfläche leben. Ich muss jemanden finden, der oben schwimmt.

Sie haben gesagt, dass viele Menschen hierher kommen. Pico hat es mir aus der Zeitung vorgelesen. Aber dass es so viele sind. Pico hat es auch mit der Angst bekommen. Jedenfalls hat er meine Hand genommen.

Der Dottore schwimmt sicher oben. Er hat kühle Augen, obwohl er sich Sorgen macht. Um irgendetwas. Seine Frau vielleicht.

Wenn ich nur jemanden hätte. Aber solche Männer kommen nie zu uns. Vielleicht muss man nur warten, bis es hier noch voller wird.

Es gibt schon ein paar, die zu uns kommen, die sind auch keine Arbeiter. Ich weiß nicht was sie sind. Sie können schön reden. Tagsüber hocken sie zusammen, abends gehen sie durch die Hütten und Kneipen und reden auf die Arbeiter ein. Sie sprechen von Freiheit. Freiheit. Ich bin auch frei. Ich kann machen, was ich will. Aber gern bin ich es nicht. So frei. Niemand, der für mich da ist. Ohne, dass gleich seine Hände überall sind. Nur Pico vielleicht.

Manchmal kommen die Schönschwätzer zu uns. Roh sind sie und herrisch. Und falsch. Tagsüber reden sie davon, dass die Kapitalisten schuld daran sind, wie wir leben, nachts klopfen sie an unsere Türen. Manchmal denke ich ja, sie haben Recht. Wer weiß schon, wie wir so leben.

Doch bessere Menschen sind sie auch nicht. Sie spielen sich auf, machen sich wichtig. Einige schlagen sogar die Mädchen. Mich werden sie nicht schlagen. Ich habe mein Messer.

Es ist ein bisschen unheimlich im Tal. So als liege etwas in der Luft. Die Menschen sind gereizt. Die meisten sind zu erschöpft, aber irgendwas tut sich. Immer mal wieder ist von Streik die Rede. Ohne Pico wüsste ich kaum, was auf den Zetteln steht, die überall rumliegen. Mehr Geld wollen sie, wie jeder. Aber irgendetwas anderes tut sich hier noch. Die Männer machen so seltsame Andeutungen.

Vielleicht bin ich ja auch nur nervös. Ich habe es noch nie mit so vielen Menschen aushalten müssen. Und unsere Hütte, direkt unter einer senkrechten Felswand. Das macht mir Angst. Dann wache ich nachts auf und bekomme keine Luft und spüre das Reißen an den Füßen.

Varzo wäre schön. Oben in Varzo ist die Luft besser als in Balmalonesca. Nicht der Gestank, die Enge. Man kann weit über das Tal schauen.

Die Spiegelscherbe an der Wand sagt mir, dass der Simplon meine große Chance ist. Jetzt muss ich alles setzen.

7

Gianna stand auf dem Balkon, hob Errico in die Höhe und zeigte ihm den Atem des Ungeheuers. Ununterbrochen stieg Rauch aus dem hohen Kamin der Dampfmaschinenhalle. An frostigen Tagen wehten auch kleine weiße Wölkchen in den Himmel, wenn die Transportlokomotiven ihren Wasserdampf abließen. Zu sehen war das Ungeheuer von hier oben nicht, zu sehen war nur sein Atem.

Als Gianna zum ersten Mal den Rauch über dem Tal sah, ergriff sie eine plötzliche Angst. Es war ein klirrend kalter Herbstmorgen, über Nacht war es frostig geworden, und einen Augenblick lang fürchtete sie, es sei Feuer im Tunnel ausgebrochen.

Als Alessandro am Abend zurückkam und sie nach dem Qualm fragte, hatte er sie eine Weile angesehen.

„Wenn es dich etwas mehr interessieren würde, was da unten im Tal geschieht, hättest du auch weniger Angst."

Errico hatte nie Angst vor dem Atem des Ungeheuers. Er lag in ihrem Arm und schaute den Rauchwolken nach, wie der Wind sie davontrieb, manchmal streckte er sich, als wolle er nach ihnen greifen. Dann drehte er den Kopf zu Gianna, und sie sah dieses überraschte Staunen in seinen Augen. Alessandros Augen, an jenem Morgen vor nicht einmal zwei Jahren, als sie ihm im hellen Licht gezeigt hatte, was sie von ihm wollte. Diesen überraschten, ratlosen Blick seines Vaters hatte sie nie vergessen, und denselben Blick hatte auch Errico.

Es stimmte schon, viel wusste sie nicht von dem, was unten im

Tal geschah. Jetzt legte sie Errico öfter in den Kinderwagen und lief mit ihm den Hang hinunter. Wenn er den Schornstein des Dampfmaschinenhauses sah, ruderte er mit den Armen und wollte so nah wie möglich daran vorbeigefahren werden.

Sie wartete mit ihm an der Passstraße, bis mittags die Männer nach ihrer Schicht aus dem Tunnel kamen. Dicht gedrängt saßen sie auf den schmalen Wagen. An die zweihundert mussten es sein. Errico saß auf ihrem Arm, still schaute er den Arbeitern zu, wie sie von den Wagen sprangen und ins Badehaus gingen.

Lange bevor er ihn sehen konnte, wurde er unruhig, stemmte sich hoch, bis sich Alessandros verdrecktes Gesicht aus dem Trupp der Männer löste. Errico streckte ihm die Arme entgegen, während Alessandro, das Hemd schweißnass am Körper, auf sie zukam. Er hob seinen Sohn in die Höhe und zeigte ihn den Männern, die aus dem Tunnel kamen. Manche bekreuzigten sich, manchmal kam ein jüngerer Arbeiter zu ihnen und berührte vorsichtig die Haare des Kindes.

Denn Erricos Haare waren von einem strahlenden Gold.

Beim letzten Mal hatte Alessandro mit Errico im Arm ein paar Schritte auf den Stolleneingang zu gemacht und leise „Bald nehme ich dich mit" gesagt. Gianna hatte ihn nicht verstehen können, aber sie ahnte, was er sagte.

Tage und Nächte verschwand Alessandro im Tunnel. War er zu Hause, dann war er in Gedanken dort. Seine ganze Kraft ließ er dort. Noch kein einziges Mal war er mit ihr nach Domodossola gefahren, die Absätze ihrer violetten Stiefel waren ohne jeden Kratzer. Nachts lag sie neben ihm und sehnte sich nach seinem Körper.

„Wir hängen hinter dem Zeitplan zurück. Bellmer arbeitet ununterbrochen, er braucht mich", sagte Alessandro erschöpft. Doch seine Entschuldigungen halfen ihr nicht, wenn er sich spät in der Nacht ins Haus schleppte, erschöpft ins Bett sank und Gianna sich schämte, dass sie an die Blicke anderer Männer dachte. Um sich zu beruhigen, horchte sie auf Erricos Atem im

Nebenzimmer und träumte sich schließlich durch einen unruhigen Schlaf.

Der Simplon fraß von ihrer Liebe.

Zweimal bat sie Alessandro, ein Wochenende mit ihr zum Markt nach Domodossola zu fahren.

„Ich wüsste jemanden, der auf Errico aufpasst. Wir könnten die Nacht in Domodossola bleiben."

Er hatte ihren Kopf zwischen seine Hände genommen und „nächsten Monat" gemurmelt, „versprochen". Sie ließ ihm sechs Wochen Zeit, zählte die Tage. Aber er hatte es vergessen und sie mochte ihn nicht mehr daran erinnern. „Ich hoffe, du bist glücklich", hatte ihre Mutter im letzten Brief geschrieben.

Alessandro war am Tisch eingeschlafen. Aber er musste gespürt haben, wie Gianna sein Gesicht beobachtete. Seine Augenlider zuckten, als wehrten sie sich, dann riss er die Augen auf und sah sie erstaunt und verlegen an. Sie liebte diesen Blick.

„Der Tunnel wird euch alle fressen", sagte sie leise.

Erschöpft schüttelte er den Kopf, ein schwaches Lächeln zog über sein Gesicht.

„Wir sind zu viele."

„Aber wir sind nur zu zweit."

Als die drückende Hitze des Sommers sich aus dem Tal zurückzog, machte Gianna sich wieder regelmäßig mit Errico auf den Weg ins Dorf. Er war schwer geworden und kräftig, im Winter würden sie seinen ersten Geburtstag feiern.

Aus dem Dorf hatte sie ein Mädchen als Hilfe, Maria. Sie lief mit dem Kinderwagen vor Gianna her, sang leise ein Lied, den Oberkörper nach hinten gebogen, hatte sie ihre Mühe, den Kinderwagen auf dem steilen Pfad zu halten. Manchmal mussten sie den Wagen über Unebenheiten tragen. Schon im Frühjahr wollte Alessandro mit ein paar Arbeitern den Weg ausbessern, aber auch das hatte er vergessen.

In Varzo schickte Gianna Maria zum Einkaufen. Täglich änderte der Ort sein Gesicht. Jedes Mal, wenn sie durch die Gassen lief, hatte ein neues Lokal, ein neues Geschäft aufgemacht. Die Plätze waren voller Menschen, an der Brücke standen Männer zusammen, dunkle Hosen und weißes Hemd, eine Pfeife im Munde, und spielten Boccia.

Direkt gegenüber der Brücke hatte eine Pasticceria aufgemacht, daneben eine Latteria und ein Alimentari. In den Geschäften standen Frauen, die sich über die steigenden Preise beschwerten. Kinder trieben große Reifen vor sich her, ein paar junge Männer standen lachend zusammen. Als Gianna an ihnen vorüberging, erstarb das Lachen und sie spürte deren Blicke wie Hände. Aus den Blumenkästen an den Fenstern wucherten rote Geranien, die in der warmen Nachmittagsluft träge hin- und herschaukelten.

Gianna sog das alles in sich auf, die Bilder, die Geräusche. Wie sehr ihr das alles fehlte, dieses Leben, unter Menschen zu sein, alles das, was sie aus Turin gewohnt war.

Sie setzte sich mit Errico in den Schatten einer Platane. Die jungen Männer schlenderten an ihr vorbei und warfen ihr verstohlen Blicke zu. Der kleinste von ihnen, die schwarzen Haare an den Kopf gestriegelt, dunkle Augen, eine große fleischige Nase, drehte sich zu ihr um und warf ihr einen Kussmund zu. Gianna unterdrückte ein Lächeln. Sie spürte, wie sie errötete, als Erricos sie anstarrte.

Ein Junge war neben Errico stehen geblieben und schaute ihn gedankenverloren an. Langsam hob er die Hand und strich über Erricos blonde Haare. Gianna wollte ihn zurückhalten, aber als sie sein versunkenes Gesicht sah, ließ sie es. Errico strahlte ihn an.

„Wie heißt du?", fragte Gianna den Jungen.

„Pico", antwortete er mit der Andeutung einer Verbeugung, „und wie heißt er?"

„Errico."

„Errico", wiederholte er leise, „die Madonna beschütze ihn." Dann lief er davon.

Immer mehr Menschen kamen auf dem Platz zusammen,

schlenderten in Gruppen über die Brücke, blieben vor den Läden und Trattorien stehen. Viele waren ärmlich gekleidet, sie hörte italienische Dialekte, die sie nicht verstand. Zwischen den Männern vereinzelt Frauen, manche mit bloßen Armen und barfuß, Körbe voller Obst auf dem Kopf. Zwei Bäuerinnen, mit bunt besticktem Wams, einer kugeligen Kappe auf dem Kopf, zogen eine Ziege am Strick hinter sich her. Sie sah auch besser gekleidete Frauen mit großen Strohhüten. Die Frauen der Ingenieure, vermutete sie.

Durstig von der Wärme lief sie durch den Ort, unter dem Portal der Kirche hindurch, zur Pension, in der sie mit Alessandro gewohnt hatte. Das Restaurant war leer bis auf eine Frau, die in der Ecke des Raums vor einem Glas Menta mit Wasser saß. Gianna setzte sich ans Fenster.

Errico döste in seinem Wagen, die Wirtin ließ sich nicht blicken. Schon überlegte Gianna, ob sie wieder gehen sollte, als sie das Rascheln von Stoff hinter sich hörte und ein paar unverständliche Worte.

Als sie sich umdrehte, erschrak Gianna fast vor der Schönheit des Gesichts, in das sie blickte. Die Frau hatte eine auffällig glatte, helle Haut, blaue Augen unter geschwungenen, zur Schläfe hin auslaufenden Augenbrauen. Die Nase war gerade, der Mund mit seinen vollen Lippen auffallend breit in dem schmalen Gesicht. Eine Flut blonden Haars wurde von blassblauen Bändern zusammengehalten. Ihren Strohhut hielt sie in der Hand.

Die Frau merkte, dass Gianna sie nicht verstand, und entschuldigte sich in einem stockenden Italienisch mit hartem Akzent.

„Bellmer“, sagte sie, „Friederike Bellmer. Ich hatte gedacht“, sie zögerte, „wegen Ihres blonden Sohns, dass Sie vielleicht auch aus Deutschland kämen. Entschuldigen Sie“, sagte die Frau leise, „ich wollte nicht stören.“

Gianna schüttelte den Kopf.

„Bleiben Sie doch.“ Sie reichte ihr die Hand. „Tello. Gianna Tello. Bitte setzen Sie sich.“

Gianna zog ihr einen Stuhl heran. Das Geräusch weckte Errico, der sich aufsetzte und die Frau anlächelte. Auch Gianna fiel es schwer, den Blick von ihrem Gesicht zu lösen. Die Wirtin brach den Bann, als sie zwei Menta auf den Tisch stellte, Gianna begrüßte und Errico über den Kopf strich.

„Der Vater meiner Mutter war blond, ein Däne, der in Neapel blieb“, sagte Gianna.

„Es tut mir wirklich leid“, sagte die Frau, „aber das einzige blonde Kind, das ich bisher hier gesehen habe, ist meine Tochter Grete. Margarethe.“

Friederike Bellmer war älter als Gianna, Mitte dreißig, aber sie hatte die Haut eines jungen Mädchens. Sie wohnte mit ihrer Familie oberhalb der Tunnelbaustelle in Iselle, auf dem gegenüberliegenden Ufer der Diveria. Gianna war einige Male an der Brücke von Iselle vorbeigekommen. Eine Fachwerkkonstruktion aus Eisen, die sie an eine Postkarte vom Eiffelturm erinnerte.

Gianna erzählte ihr, wie sie durch die Wirtin an ihr Haus gekommen waren. „Aber Sie sind zum ersten Mal hier in Varzo“, sagte sie schließlich.

Friederike Bellmer schüttelte den Kopf.

„Oh nein“, wehrte sie ab, „wir sind uns nur nicht begegnet. Aber es macht keinen Spaß, so allein. Manchmal ist es wie Spießrutenlaufen. Die Männer starren mich an, rufen mir leise Worte nach, die ich nicht verstehe. Vermutlich, weil sie denken, ich kann mich nicht wehren in ihrer Sprache. Meist sitze ich deshalb hier.“ Sie zeigte nach hinten ins Restaurant. Als sie wieder zum Fenster hinaussah, leuchteten ihre blauen Augen.

Dann lachte sie leise.

„Für die Männer ist es ja auch nicht leicht hier. Oder haben Sie viel von Ihrem Mann?“

Bevor Gianna antworten konnte, zog ein plötzliches Erkennen über Friederikes Gesicht. „Tello? Dann ist Alessandro Tello Ihr Mann?“

Gianna schwieg.

„Dann brauchen Sie mir nicht zu antworten. Mein Mann spricht oft von ihm. Er hält viel von Ingegnere Tello. Und er schätzt nur solche Kollegen, die hart arbeiten.“

Einen Moment schwiegen sie, dann sagte Gianna leise: „Manchmal habe ich Ihren Mann schon verflucht."

Friederike sah sie an, ohne Überraschung.

„Ich auch. Glauben Sie mir, ich auch. Aber es hat keinen Sinn. Man muss lernen, mit ihnen zu leben, ohne dass sie da sind." Sie machte eine kurze Pause. „Wenn man denn mit ihnen leben will."

Musik klang von weit her. Eine Gitarre, eine Geige und eine Flöte. Wahrscheinlich, dachte Gianna, spielen sie auf dem Platz vor der Brücke.

„Aber selbst nach all den Jahren habe ich mich noch immer nicht daran gewöhnt." Sie lächelte Gianna an, als wolle sie sie aufmuntern.

„Das ist nicht der erste Tunnel, an dem Ihr Mann mitarbeitet?", fragte Gianna.

Jetzt lachte Friederike.

„Tunnel, Bergwerke, Schienentrassen. Überall in Europa, im Kaukasus, bis vor wenigen Monaten in Spanien. Posadas, in der Nähe von Cordoba, und in Almeria."

Die Namen sagten Gianna nichts, aber eine leichte Beklemmung kroch ihr ins Herz.

„Mein Mann hat dort in den Silberbergwerken gearbeitet." Friederike Bellmer lächelte wieder, wie verzaubert betrachtete Gianna dieses Gesicht. „Wahrscheinlich merkt man es noch am Akzent."

„Ein wenig", gab Gianna zu.

Es fing schon an zu dämmern, die Kirchenglocken läuteten sechs Uhr. Maria war mit den Einkäufen gekommen, Gianna hatte ihr eine Limonade gekauft und sie dann mit den Taschen nach Hause geschickt. Sie würde Errico allein zurückschieben.

Friederike Bellmer stand auf.

„Ich begleite Sie ein Stück", sagte Gianna, „es ist, wie Sie sagen: Allein macht es keinen Spaß."

Sie lachten, Errico wurde unruhig in seinem Wagen.

Friederike beugte sich zu ihm hinunter.

„Darf ich?", fragte sie.

Als Gianna nickte, nahm sie Errico aus dem Wagen. Vorsichtig griff er nach ihren Haaren und hielt eine Locke fest.

Nebeneinander liefen sie durch den Ort, hinunter zur Simplonstraße. Friederike war fast einen Kopf größer als Gianna, doch Gianna genoss es, mit der Frau zusammen die Straße entlangzugehen. Männer und Frauen blieben stehen und sahen ihnen nach, immer wieder liefen Kinder ein paar Schritte mit.

„Sie wohnen da oben?“, fragte Friederike.

„In dem Haus, da ganz oben.“ Gianna zeigte den Berg hinauf, doch dann merkte sie, dass sie auf das falsche Haus zeigte. Ihres lag noch höher, irgendwo in der Dämmerung. Aber es brannte kein Licht und sie fand es nicht.

„Na ja, irgendwo da oben“, sagte sie schließlich.

Fuhrwerke kamen vorbei, zwei, drei mussten sie anhalten, bis eins nach Iselle fuhr. Friederike handelte einen Preis aus und kletterte auf den Kutschbock. Als der Wagen anfuhr, winkte sie Gianna zu.

„Kommen Sie mich besuchen. Wann immer Sie mögen. Fragen Sie einfach nach mir. Den Namen kennt jeder in Iselle.“

Gianna winkte zurück, Errico auf dem Arm. Um seinen Zeigefinger hatte sich ein langes Haar gewickelt.

Es wurde dunkel, als sie nach Hause kam. Die Tunnelbaugesellschaft hatte Bogenlampen an der Baustelle aufgestellt, die aus dem Tal heraufschienen. Doch ihr Weg lag bald im Dunkeln, nur der Mond warf einen schwachen Schatten. Leise sang sie Errico ein Lied vor, immer wieder blieb sie stehen, um sich zu vergewissern, dass sie auf dem richtigen Weg war. Plötzlich hörte sie Geräusche in der Nacht, Schritte, das Kollern von Steinen. Als sie stehen blieb, erstarben auch die Geräusche. Sie ging langsam weiter, sofort waren die Schritte wieder da. Unmittelbar vor ihr zeichneten sich die Konturen einer Scheune vor dem Nachthimmel ab. Sie nahm Errico aus dem Wagen und drängte sich mit ihm an die Scheune. Wieder die Schritte, ganz nah, dann ein leises Meckern. Da erkannte sie die beiden Ziegen. Ihre Vorderläufe waren zusammengebunden, um sie am Weglaufen zu hindern und sie versuchten mit seltsamen Bocksprüngen vorwärts zu kommen.

Erleichtert drückte Gianna Errico an sich und ließ den Kinderwagen stehen. Maria würde ihn morgen holen.

Sie lief schneller, Alessandro musste schon zurück sein. Doch das Haus war leer. Enttäuscht nahm sie Errico mit in die Küche, wärmte etwas Polenta und Hühnerfleisch auf, schälte zwei Äpfel und fütterte ihn.

Das Haar um seinen Finger wollte er nicht hergeben.

Als sie sich ans offene Fenster setzte, sah sie unten den schwachen Schimmer der Lampen im Tal. Sie hörte, wie sich das schlaflose Ungeheuer regte, das Kreischen der Lokomotiven auf ihren Schienen, es polterte, wenn sie die Diveria überquerten.

Die Glocken hatten zehn Uhr geläutet. Es würde nicht mehr lange dauern, dann brachten die Lokomotiven mit schrillen Pfiffen die Nachtschicht in den Tunnel.

Es wurde kühl und sie schloss das Fenster, lauschte auf Erricos Atemzüge und das Knacken, mit dem die Wärme sich aus den Steinen und Balken des Hauses zurückzog.

Friederike Bellmers Worte gingen ihr nicht aus dem Kopf.

„Wenn man denn mit ihnen leben will.“

8

Mit geschlossenen Augen lag Alessandro auf dem Bett. Brütend heiß hatte der Tag zwischen den Bergen gehangen, aber die Hitze besaß nicht mehr die Kraft des Sommers. Noch zwei, drei Wochen, dann würden die Bäume ihre Farben wechseln und ihr zweiter Winter am Simplon beginnen.

Errico schlief auf seiner Brust. Seine linke Hand hatte er zur Faust geballt, drückte sie vor den halboffenen Mund. Alessandro streichelte die winzige Hand und fragte sich, in welcher Welt sein Sohn wohl leben würde, wenn er erst einmal so alt war wie er jetzt. In seinem Tagtraum malte Alessandro sich eine friedliche Welt aus, eine Welt, in der die Menschen mit der Eisenbahn durch Europa fuhren, sich auf fremden Bahnhöfen begrüßten und manchmal mit traurigen Gesichtern von den Kriegen und Unruhen erzählten, die das Jahrhundert zerrissen hatten, in dem er geboren war. Hunger und Verzweiflung würden niemanden mehr durch die Straßen und vor die Gewehrläufe der Milizen und Soldaten treiben. Es musste einfach besser werden im nächsten Jahrhundert. Wofür quälten sie sich sonst durch den Berg.

Unten im Haus sprach Gianna mit dem Küchenmädchen, aber ihre Worte wurden durch ein Grollen überdeckt, das aus dem Tal hinaufrollte. Sie sprengen den Platz vor dem Tunneleingang frei, für die Bahnstation und für die Anschlussgleise, die von Domodossola hoch kamen, dachte er schläfrig. Er spürte Erricos regelmäßige Atemzüge und wartete darauf, wieder müde zu werden.

Nichts half ihm so wie das friedliche Atmen seines Sohnes, wenn er keinen Schlaf fand.

Da schrie Toto, der vor dem Haus graste, und das tote Pferd, das sie gestern aus dem Stollen gezerrt hatten, fiel ihm wieder ein.

Und der Anblick der Frau.

Er mochte die Pferde mit ihren großen Scheuklappen. Sie zogen die Karren, mit denen der Abraum nach den Sprengungen vom Vortrieb weggebracht wurde, bevor er auf die Tunnelbahn verladen werden konnte. Manchmal erzählte er Errico von den Pferden. Nur dass viele von ihnen taub waren von den Sprengungen und blind von der ewigen Dunkelheit im Tunnel, das verschwieg er.

Immer wieder wurden sie von Splittern getroffen. Der Fels war härter als vorhergesagt, manchmal brauchten sie für die hydraulischen Bohrmaschinen zwei oder dreimal so viele Bohrer wie geplant. Nach neun Monaten hatten sie sich erst einen Kilometer durch den Berg gearbeitet, an der Nordseite kamen die Arbeiten fast doppelt so schnell voran. Durch den hohen Gesteinsdruck platzten scharfe Felssplitter mit lautem Knall aus dem Fels. Das Pferd hatte sich aufgebäumt, als der Splitter sein Auge durchbohrte, mit dem Geschirr den Wagen umgerissen. Der Junge, der das Pferd führte, wollte es beruhigen, aber es schleuderte ihn zur Seite, bäumte sich immer wieder auf, mit dumpfem Krachen schlug sein Schädel gegen die Stollendecke.

Der Junge hatte geschrien, die Männer liefen vom Vortrieb herbei, ein paar Augenblicke starrten sie im flackernden Licht ihrer Öllampen auf das Pferd, wie es versuchte sich aufzurichten und den blutenden Schädel vor den Fels schlug. Dann warfen sie sich in das Geschirr, drückten es zu Boden. Ein Messer schimmerte auf, der Arbeiter stieß es tief in den Hals des Tieres. Zwei Männer mussten den weinenden Jungen zurückhalten.

Als sie das tote Pferd auf einem Abraumwagen aus dem Stollen zogen, wartete Alessandro neben der hydraulischen Lok, um in den Stollen einzufahren. Ein Junge, blutverschmiert, lief neben dem Wagen her und hielt den Kopf des Pferdes.

Die Männer erzählten ihm, was geschehen war, und Alessandro zog den Jungen vorsichtig von dem Pferd weg.

„Wie heißt du?"

„Pico", antwortete er leise.

„Bist du verletzt?", fragte Alessandro.

Der Junge antwortete nicht.

„Geh unter die Dusche, zieh dich um und dann lass uns zum Doktor gegen. Nur um ganz sicher zu sein."

Am Stollenausgang waren zwei Männer aufgetaucht, die einen breiten Karren an Seilen hinter sich herzogen. Sie verhandelten leise mit den Arbeitern, die neben dem Pferdekadaver standen, dann hievten sie ihn auf den Karren und zogen ihn fort.

Der Junge kam aus dem Duschgebäude.

„Wo ist Lux?"

Alessandro war überrascht, dass sie den Pferden Namen gaben.

„Sie haben es weggebracht."

„Was geschieht mit ihm?"

„Ich denke, sie verbrennen es", sagte Alessandro.

Dann sah Pico den Karren, warf einen prüfenden Blick auf Alessandro, als wolle er herausfinden, ob er ihn bewusst belog. Er schüttelte leicht den Kopf, als sei er enttäuscht von ihm.

„Nein", sagte er leise, „sie werden es schlachten."

Sie liefen talabwärts, vorbei an den Bürogebäuden. Aus der lang gestreckten Werkstatt waren das Kreischen der Schleifgeräte und das Stampfen der Schmieden zu hören. Oberhalb der Werkstätten am Hang leuchtete der weiß gekälkte Rohbau des Hospitals. Die Fenster und Türen fehlten noch, Anfang November sollte es bezugsfertig sein.

Der Junge hinkte, zog das rechte Bein etwas nach.

„Schmerzen?", erkundigte sich Alessandro. Der Junge schüttelte den Kopf und versuchte, das Hinken zu unterdrücken. Arbeiter kamen ihnen entgegen, in einer halben Stunde begann die Zwei-Uhr-Schicht.

„Wo wohnst du?“, fragte Alessandro.

„Unten im Dorf“, antworte der Junge, „in Balmalonesca.“

Noch nie hatte Alessandro einen Fuß in die Bretterstadt gesetzt, die an beiden Ufern der Diveria, eine knappe Viertelstunde zu Fuß talabwärts, entstanden war. Je tiefer sie sich in den Berg wühlten, je mehr Arbeiter sie brauchten, umso größer wurde diese geheimnisvolle Ansammlung von Baracken, baufälligen Holzhäusern, winzigen Läden und dunklen Kneipen.

Als er das erste Mal mit Gianna in das Tal gekommen war, lebten kaum fünfhundert Menschen in den Dörfern um den Tunneleingang. Jetzt waren es weit über zweitausend.

Die meisten Ingenieure und einige Capos wohnten in Varzo und Iselle oder in einem der Häuser, die die Tunnelbaugesellschaft für sie gebaut hatte. Von den Hütten in Balmalonesca hielten sie sich fern. Negerdorf, sagten sie und grinsten spöttisch. Das einzige solide Gebäude in Balmalonesca war das Haus, in dem die provisorische Krankenstation untergebracht war.

Die Schritte des Jungen neben ihm wurden langsamer, als die ersten Bretterhütten auftauchten. Alessandro folgte seinem Blick. Eine Frau kam ihnen entgegen, schlank, ihr Mund mit auffällig vollen Lippen. Ihre Haare hatte sie mit einem Tuch hochgebunden. Schließlich blieb der Junge stehen.

„Deine Mutter?“, wollte Alessandro wissen.

Zögernd nickte er, wich dabei Alessandros Blick aus.

Als sie vor ihm stand, musterte sie ihn, fuhr sich schließlich mit der Zungenspitze über die Unterlippe und lachte ihn an. Ihre Füße steckten in Holzschuhen. Sie trug eine aufgekrempelte Männerhose und ein bis zum Hals hochgeknöpftes Männerhemd. Als sie sich zur Seite drehte, klaffte es zwischen zwei Knöpfen leicht auf und er sah die nackte Haut ihrer Brust unter dem Hemd.

„Was ist mit ihm?“, fragte sie und sah Pico an.

„Das ist der Ingegnere Tello“, sagte Pico, bevor Alessandro antworten konnte.

Alessandro nickte.

„Ich wollte ihn zum Arzt bringen. Ein Pferd hat gescheut und ihn getreten."

„Kann er nicht arbeiten?"

„Das soll der Arzt entscheiden."

Sie betrachtete ihn unschlüssig, zog ihre Unterlippe durch die Zähne. Wieder klaffte das Männerhemd leicht auf, und in diesem Moment fing sie Alessandros Blick auf.

Ihre Haltung veränderte sich, ihre Augen wurden groß, sie streckte sich. Alessandro spürte, wie Pico ihn beobachtete.

„Ich kümmere mich drum. Machen Sie sich keine Mühe. Ich gehe mit ihm zu Dottore Lenga." Sie wandte sich an Pico. „Lauf schon vor zum Dottore. Ich bin gleich da."

Pico hinkte davon.

Sie machte einen Schritt auf Alessandro zu. Er roch die dumpfe Wärme, die aus ihrer Kleidung aufstieg.

„Wenn Sie wissen wollen, wie es Pico geht, kommen Sie mich doch besuchen, Ingegnere. Fragen Sie nur nach Marcella."

Wieder zog sie die Unterlippe durch die Zähne, Alessandro fühlte eine plötzliche Gier. Erschrocken trat er einen Schritt zurück. Über die Schulter der Frau hinweg sah er, wie Pico zu ihnen herüber starrte. Alessandro glaubte so etwas wie Verachtung in seinem Blick zu erkennen.

„Kümmern Sie sich gut um den Jungen", sagte er hastig und lief davon.

In seiner Erinnerung hörte Alessandro noch ihr leises Lachen hinter seinem Rücken. Er verscheuchte den Gedanken an die Frau und spürte wieder Erricos Atemzüge auf seiner Brust.

Vorsichtig legte er ihn neben sich aufs Bett und richtete sich auf. Die Dämmerung kroch langsam das Tal hinauf, fast transparent hing der aufgehende Mond zwischen den Spitzen der Bergkette auf der gegenüber liegenden Talseite. Unten im Tal ließen die elektrischen Bogenlampen den Dunst des frühen Abends geheimnisvoll leuchten. Die Kirchturmuhr von Varzo schlug halb acht, von weit her war das aufgeregte Läuten kleiner Glocken zu hören.

Er ging in die Küche. Gianna stand am Herd und zog ein Brot aus dem Ofen. Das Band, mit dem ihre Bluse am Hals geschlossen wurde, war aufgegangen, und als sie sich zu ihm umdrehte, sah er den geröteten Ansatz ihrer Brust. Die Brust der Frau aus Balmalonesca war dunkler gewesen. Er ging auf Gianna zu, sie lächelte ihn an und er küsste sie. Sie stieß ihn leicht zurück, ihr Lächeln wurde stärker. Er hatte das Mädchen übersehen, das in einem Winkel der Küche eine Bagna Cauda aus Kapern, Anchovis und Knoblauch anrührte. Ein Dutzend hart gekochte, halbierte Eier lagen neben ihr. Verlegen deutete sie einen Knicks an.

„Ich muss um zehn am Tunnel sein. Bellmer will mich sehen. Er macht sich Sorgen, weil wir nicht schneller vorankommen", sagte er leise zu Gianna.

Als er sich an den Küchentisch setzte, brachte das Mädchen die Bagna Cauda und die Eier, Brot und mit Käse überbackene Polenta. Gianna stellte ein Glas Rotwein daneben und eine Karaffe Wasser und setzte sich zu ihm.

„Frag ihn, wie es seiner Frau geht", bat Gianna, „er soll sie von mir grüßen." Gianna hatte ihm erzählt, wie sie Frau Bellmer getroffen hatte. Alessandro schüttelte den Kopf.

„So gut kennen wir uns nicht. Er ist mein superiore, mein Chef. Wir sprechen nicht über Privates."

„Aber ihr kennt euch doch bald ein Jahr."

„Das ändert nichts", antwortete Alessandro.

Schweigend aß er. Erst als er Brot, Polenta und ein paar von den Eiern in die Bagna Cauda getaucht hatte, nahm er einen Schluck Rotwein.

Gianna schaute ihm beim Essen zu und spielte an den Bändern ihrer Bluse.

„Wann bist du zurück?"

Das Mädchen hantierte in ihrer Küchenecke mit dem Geschirr.

„Es kann spät werden."

„Weck mich auf", sagt Gianna leise.

Alessandro lächelte, fuhr mit der Hand über Giannas Oberschenkel und dachte an den Ausschnitt und die braune Brust der Frau aus Balmalonesca.

Eine Weile noch waren Totos Huftritte in der Nacht zu hören. Dann wurde es still. Gianna hatte Alessandro immer wieder gebeten, eine Lampe mitzunehmen, wenn er in der Dunkelheit auf dem Maultier ins Tal ritt. Aber das Tier kannte den Weg besser als er, auch ohne Licht.

Sie nahm eine Kerze und ging nach oben. Leise machte sie die Tür zu Erricos Zimmer auf. Sie wusste, was sie erwartete. Mit offenen Augen lag Errico im Bett. Immer wenn sein Vater das Haus verließ, schlug er die Augen auf. Nie weinte oder schrie er, aber es dauerte, bis er wieder einschlief.

Sie legte sich neben ihn. Gemeinsam starrten sie in die Nacht und lauschten auf das ferne Grollen der Sprengungen. Bald würden sie sie nicht mehr hören, wenn Alessandro den Stollen erst einmal tief genug in den Berg hineingetrieben hatte.

An der Quelle neben dem Haus schepperte ein Eimer, jemand holte noch spät Wasser. Dann sah Gianna dem Mondlicht zu, das langsam durchs Zimmer wanderte, und schlief ein.

9

In dem neuen Spiegel sehe ich viel jünger aus. In der Scherbe war alles zerkratzt und matt. Jetzt sieht man die Fältchen besser. Jedes Fältchen ein Jahr. Dass mich der Ingegnere in dem abgetragenen Männerhemd sehen musste. Er hatte ein wenig Angst. Vor mir, oder vor sich selbst. Das nächste Mal habe ich ein schönes Kleid an. Ich hoffe, er kommt wieder, der Ingegnere. Wie er mich angesehen hat. Ganz plötzlich kam dieser Blick in seine Augen. Er hat es selbst kaum gemerkt, erst als es zu spät war. Ich konnte fast sein Herz klopfen hören.

Ein paar der Ingenieure waren schon hier. Manchmal sogar mittags. Einmal sind extra welche aus der Schweiz über den Pass zu uns gekommen. Obwohl sie auch so ein Dorf haben auf der schweizer Seite, und einige Mädchen haben dort sogar schon gearbeitet. Aber die Schweizer machen ihnen wohl das Leben schwer. Jedenfalls sind sie alle wieder hier.

Viele Männer kommen auch nur her, um uns anzustarren. Als wären wir aus einer anderen Welt. Auch der Priester war schon mal hier. Er hat uns ein schlechtes Gewissen gemacht. Und dann gesagt, wenn wir für seine Kirche spenden, dann wird er für uns beten. Ich habe ihn ausgelacht. Ein paar Mädchen haben gezittert. Aber das ist wie ein Spiel. Und wenn man einmal gesetzt hat, kann man nicht mehr zurück. Da kann man sich das Zittern sparen.

Wenn viele kommen, an warmen Tagen, habe ich kaum noch Zeit, für die Männer in unserer Hütte zu kochen. Und für Pico.

Ich sollte ein anderes Mädchen finden zum Kochen. Es sind so viele hier im Tal, die sich noch nicht an die Männer gewöhnt haben.

Als ich Pico hinken sah, spürte ich es wieder, dieses Reißen in den Füßen. Aber der Dottore hat mich beruhigt. Dann hat er Pico rausgeschickt und gefragt, ob ich mich nicht auch mal untersuchen lassen wollte. Ich wollte wissen, ob er denn die anderen Mädchen untersucht, aber er hat den Kopf geschüttelt. Außer mir war noch keine bei ihm. Manche Frauen kommen nur einmal, wenn die Kinder ihre Einstellungsuntersuchung haben. Und dann sieht er sie nie wieder. Die, die allein an den Simplon kommen, sieht er sicher überhaupt nicht. Ob ich Angst vor einer Untersuchung hätte, wollte er wissen, und wie lange ich am Simplon bleiben wolle. Bis er fertig ist.

Ich soll alle drei Monate vorbeikommen. Wenn Sie das hier überleben wollen, lassen Sie sich regelmäßig untersuchen. Mir wurde ganz warm und er hat wohl gesehen, dass ich Angst bekam. Er sagte noch, ich würde mich doch gut um Pico kümmern, der Junge sei gesund, da solle ich mich auch um mich kümmern. Ich wäre doch mein eigenes Kapital, und als er merkte, dass ich das nicht verstand, hat er gesagt, ich hätte doch nur mich, meine Gesundheit.

Da hat er Recht. Ich habe nur mich.

Er hat mir eine Flüssigkeit und eine Art Schweinsblase mit einem Klistier gegeben und verlangt, ich solle mich nach jedem Mann sofort ausspülen. Je schneller, umso besser. Und er hat mir geraten, meine Schamhaare abzurasieren. Wegen der Sauberkeit. Als ich ihm sagte, das macht keines der Mädchen, hat er gelacht und gesagt, was alle anderen machten, sei nicht interessant. Interessant sei eher, was nur wenige haben. Geld nahm er keins, die Gesellschaft, die den Tunnel baut, übernimmt das.

Pico konnte sich fast eine ganze Woche ausruhen und bekam sogar einen großen Teil seines Lohns. Die Hütte, die er jetzt für uns gefunden hat, ist weg von der Felswand, näher am Bach. Da schlafe ich auch viel besser.

In dem neuen Spiegel sieht man sich genauer. Nachdem ich bei dem Arzt war, ekele ich mich ein wenig vor dem, was ich hier tue, und koche wieder mehr für Pico und die Männer. Ich hoffe, das hält eine Weile an. Aber ich kenne mich.

Außerdem war jetzt schon zweimal der Tenente da, oben aus der Kaserne der Alpini. Wenn ich auch nichts von Soldaten halte. Die Männer, die im Tunnel arbeiten, sind mir lieber. Sie sind erschöpft und schneller fertig. Sie sind dankbar, wenn man ihnen dabei hilft. Der Tunnel saugt sie aus. Man kann ihnen was vormachen. Sie glauben schnell, dass sie ihre Kraft noch nicht verloren haben.

Beim letzten Mal hat der Tenente zwei Freunde aus dem Norden mitgebracht. Es hat wehgetan, aber jeder hat mir drei Lire gegeben. Als er ging, hat sich der Tenente für die beiden entschuldigt. Muss er nicht. Doch, er bestand drauf. Da musste ich ein wenig lachen.

Und als diese seltsamen Männer kamen, hat er mir auch geholfen. Sie wollten, dass ich ihnen von meinem Geld abgebe. Sie haben mir gedroht, sie würden mir die Arme brechen. Einer von ihnen gehörte zu den Aufrührern, die nachts die Arbeiter gegen die Tunnelbaugesellschaft aufhetzen. Ich habe sie hingehalten, bis der Tenente wieder da war. Ich habe ihn gefragt, ob es ihm gefallen würde, wenn ich mein Schamhaar abrasiere. Er wurde rot und fuhr sich über den Bart, als hätte ich von ihm verlangt, er solle ihn auch abschneiden. Er hat gefragt, was er dafür tun müsse. Ich erzählte ihm von den beiden Männern. Sie sind nie wieder aufgetaucht.

Der neue Spiegel ist auch gemeiner als die alte Scherbe. Man schaut rein und kann dem Leben zusehen, wie es verrinnt. Jeden Tag. Ununterbrochen. Wenn ein Mann kommt, hänge ich immer einen Rock über den Spiegel. Das Reißen in den Füßen war schon lange nicht mehr da.

Nur wenn ich Pico sehe, gibt es mir einen Stich ins Herz.

Ich glaube, er möchte wieder weg hier. Er hat mir erzählt, dass er in Varzo das blonde Haar des kleinen Jungen berührt hat. Den ganzen Abend hörte er nicht auf damit. Und dann hat er erzählt, dass er auch so ein komisches Gefühl hat. Als ob sich hier etwas zusammenbraut. Mir wurde ganz flau. Aber wir können nicht weg. Wo sollen wir denn hin? Ich werde alle drei Monate zu dem Dottore gehen. Ich muss das hier überleben. Ich will das Spiel zu Ende spielen. Irgendwie oben schwimmen.

10

Mit beiden Händen fuhr Bellmer sich über den kahlen Schädel, ließ die Handflächen auf den Ohren, als wolle er den Lärm des Tals aus seinem Kopf pressen, das ununterbrochene Stampfen aus der Pumpenhalle und dem Dampfmaschinenhaus. Gut fünfhundert Meter zog sich die Baustelle unterhalb der Tunnelausgänge an der Diveria entlang, eine Wüste aus flachen Gebäuden, getretener Erde, rostendem Schrott. Zement- und Kalkmagazine waren entstanden, Lokomotivschuppen, Werkstätten, Bürogebäude, alles überragt von den Kaminen des Kesselhauses und der Pumpenhalle. Hinter seinem Büro hämmerte die Bohrerschmiede.

Die Bauleitung und Sandau hatten weiter unten im Tal ihr Büro in dem großen Gebäude. Doch er war für den Vortrieb zuständig und sie hatten ihn in unmittelbarer Nähe des Tunneleingangs untergebracht, wo alles unterging im Lärm der Schmiede, den quietschenden Loren, die den Abraum aus dem Tunnel hinunter zu den Steinmühlen fuhren, wo er zu Bausand zerkleinert wurde. Tag und Nacht war das Krachen der Mühlen zu hören.

Er richtete sich auf und der Lärm brandete in seinen Kopf zurück. Ein Vorhof der Hölle.

Die Arbeiter kamen vom Tal herauf, reihten sich unter seinem Fenster in die lange Schlange vor dem Tunnelbüro ein, um sich ihre Erkennungsmarken und Grubenlampen zum Schichtbeginn abzuholen. Sie trugen ihre dunklen Jacken und Hosen, eine Mütze auf dem Kopf, kaum einer, der nicht rauchte. Ein paar kleinere waren dabei, ganz sicher noch keine fünfzehn Jahre alt, immer auf dem Sprung, das Gegenteil zu behaupten. Über einhundertundfünfzig Männer fuhren jetzt pro Schicht ein.

Die Uhr in seinem Büro zeigte halb zehn. Er sah aus dem Fenster, versuchte einzelne Gesprächsfetzen zu verstehen, ohne Erfolg. Sein Schädel schmerzte und die Sprachen all der Länder, durch deren Berge er sich gewühlt hatte, hämmerten hinter seiner Stirn.

Für einen kurzen Moment gaben seine Knie nach, er tastete nach dem Stuhl und ließ sich hineinfallen. Einfach sitzen bleiben. All diese Tunnel hatten ihn bisher nirgendwohin gebracht. Immer war er den Tunneln gefolgt, von Norwegen nach Böhmen, von dort nach Spanien und jetzt in dieses Tal. Er hatte in einsamen Orten im Gebirge gehaust, an unbewohnten Küsten. Aber er war nie zu Hause gewesen.

Und immer war seine Frau dabei. Wie hielt eine so schöne Frau ein derartiges Leben aus? Sie liebte Städte, die Boulevards mit ihren hellen Gaslaternen, das Theater. Aber nie hatte er ein Wort von ihr gehört, dass sie dieses Leben leid sei. Für ihre Kinder hatte sie die besten Lehrer gefunden, wenn er abends nach Hause kam, war sie es, die ihm die Haustür öffnete, noch bevor er seine Hand nach der Türklinke ausstreckte.

Der Simplon würde sein letzter Tunnel. Er wollte endlich ankommen.

Bellmer lockerte die schweren Schultern. Vor ihm lag ein Stapel Statistiken, ein Blatt mit Kurven hing an der Wand. Sie verloren immer mehr Zeit. Von Brig aus kam der Vortrieb schneller voran, der Berg war weicher. Hier im Süden wehrte sich der harte Fels, Antigoriogneis. Sie brauchten gut zehn Bohrlöcher pro Sprengung, oft mehr. Auf der Schweizer Seite waren es manchmal nur sechs. Hier im Süden kamen sie pro Sprengung nicht einmal anderthalb Meter vorwärts, im Norden dagegen fast zwei. Dort arbeiteten in drei Schichten fast tausend Menschen im Tunnel, im Süden nur knapp fünfhundert.

Er schob die Papiere zur Seite. Nicht nur die Zeit, auch die Kosten liefen ihnen davon. Jeder Tag, den sie verloren, brachte der Tunnelbaugesellschaft fünftausend Franken Konventionalstrafe ein.

Als er Totos Hufe auf der Stahlbrücke hörte, die vor dem Tunnelbüro die Diveria überquerte, zog ein Lächeln über sein Gesicht. Selbst im Lärm des Tals ging das Geräusch des Maultiers nicht unter. Er beugte sich zum Fenster und sah Alessandro im Licht der Lampen auftauchen. Da trat ein dicklicher Mann in den Lichtkreis der Lampe, Stahlbrille, eine seltsame Mütze mit großem runden Büschel und Soutane. Don Settone, der neue katholische Priester, den der Bischof von Novara ins Tal geschickt hatte, damit die Menschen im Tunnel ihren Glauben nicht völlig verlören. Bellmer sah, wie Alessandro abstieg.

Der Priester war ein junger Mann mit einem gefrorenen Lächeln, kaum Mitte zwanzig, dem es schwer fiel zu glauben, dass es nicht nur Katholiken unter den Ingenieuren gab. Er hatte Bellmer besucht, ihn um Geld gebeten. Eine Kirche wollte er bauen, in Balmalonesca. Als er herausfand, dass Bellmer Protestant war, war er noch blasser geworden und hatte sich verabschiedet.

Ein Schwarm von Fledermäusen flatterte über den beiden durchs Licht.

Bellmer starrte auf seine Hände, sie waren feucht vom Schweiß. Langsam knöpfte er die Weste auf und zog seine Uhr hervor. Wenn die Zehn-Uhr-Schicht eingefahren war, würde er mit Tello zum Vortrieb aufbrechen. Sie mussten eine Möglichkeit finden, schneller voranzukommen. Er schwitzte.

Als er wieder aufblickte, war der Lichtfleck unter der Bogenlampe leer. Wenig später klopfte es und Alessandro trat ein.

„Guten Abend, Tello.“ Bellmer reichte ihm die Hand.

Die Lokomotive, die die Arbeiter in den Tunnel brachte, pfiff gellend, das Echo flog zwischen den Bergen hin und her.

„Signore Ingegnere“, sagte Alessandro. Wenn sie allein waren, sprachen sie eine Mischung aus Deutsch und Italienisch, je nachdem, welche Worte ihnen zuerst in den Sinn kamen. Bellmer zeigte auf die Unterlagen.

„Wir fallen immer weiter zurück."

„Ich weiß. Aber die Männer arbeiten bis zur Erschöpfung. Seitdem die Sizilianer weg sind, faulenzt niemand mehr im Tunnel. Es sind immer noch viele dabei, die unter sich bleiben. Vor allem die aus dem Süden. Aber sie arbeiten wie alle anderen."

Bellmer hielt Alessandros Blick fest, als würde es ihm leichter fallen, Alessandros Italienisch zu verstehen, wenn er ihm dabei auf die Lippen sah. Es war seine Art herauszufinden, ob jemand die Wahrheit sagte. Mehr denn je brauchte er einen Vertrauten unter den Italienern.

Aber er wollte warten, bis er Tello endgültig einweihte.

Es gab etwas, was Bellmer ihm verheimlichte. Alessandros Blick folgte dem Deutschen, der aufgestanden war und im Zimmer auf und ab ging.

„Irgendeine Idee, wie wir schneller vorankommen können?", fragte Bellmer.

„Wir müssten schneller Schuttern. Den Abraum nach den Sprengungen schneller wegräumen."

„Das hieße, den Tunneldurchmesser am Vortrieb vergrößern, mehr Platz schaffen", gab Bellmer zurück. „Das kostet Geld. Der Tunnelleitung können wir damit nicht kommen."

„Es ist einfach der Berg", sagte Alessandro. Bellmer beendete seine Wanderung. „Es ist heiß in den Stollen, die Ventilation könnte besser sein, aber vor allem ist der Fels zu hart. Wenn wir eine bessere Ventilation hätten, das wäre schon was."

Seit ein paar Monaten hatten sie zwei Eingänge zum Tunnel, eigentlich drei. Den Eingang durch den Richtstollen, der unmittelbar vor der Tunnelbaustelle begann. Durch den Richtstollen wurde die Tunnelachse vermessen und durch diesen Stollen fuhren die Arbeiter ein. Fast dreihundert Meter tief im Berg mündete der Richtstollen in den Hauptstollen. Neben dem Hauptstollen, in einer Entfernung von siebzehn Metern, wurde der Parallelstollen gegraben. Vom Hauptstollen und Parallelstollen bog in einer großen Kurve eine Zufahrt ins Freie, auf der später einmal die Züge durch den Tunnel fahren würden. Die Tunnelportale an den beiden Ausgängen waren schon zu erkennen.

„Das wird dauern“, sagte Bellmer. „Die Ventilatorengebäude werden nicht vor Ende des Jahres fertig.“

Er sah auf seine Taschenuhr, halb elf.

„Die Schicht arbeitet schon, lassen Sie uns gehen.“

Er verschloss die Fenster und griff nach seinem Hut.

„Was wollte Don Settone eigentlich von Ihnen?“, fragte Bellmer.

„Was will ein Priester wohl?“, grinste Alessandro.

„Geld oder Ihre Seele?“

„Geld.“

Im Erdgeschoss des Tunnelbüros wurde noch gearbeitet. Zwei ältere Männer sortierten die Grubenlampen und Erkennungsmarken, die die Arbeiter nach ihrer Schicht hier abgeben mussten.

Bellmer beugte sich über den Tresen, die Männer, große Papierbögen vor sich auf dem Tisch, standen auf.

„Wie viele sind in dieser Schicht im Tunnel?“, fragte Bellmer.

Ein schmieriger Zeigefinger wanderte über den Papierbogen.

„Hundertachtundvierzig, sechs Krankmeldungen, Ingegnere.“

Sie ließen sich ihre Grubenlampen geben, dann stieß Alessandro die Tür auf und sie standen in der warmen Nacht. Unmittelbar hinter dem Tunnelbüro lag das Badehaus.

„Lassen sie uns schnell einen Blick in die Waschkauen werfen.“

Sie waren eingerichtet wie die Kauen von Bergwerken. Die Arbeiter wechselten zu Schichtbeginn in ihre Arbeitskluft, hängten ihre Kleider an eine lange Kette, die unter dem Dach über eine Rolle lief, und zogen sie an der Kette in die Höhe. Kamen sie von ihrer Schicht zurück, wuschen sie sich, ließen ihre Kleider wieder herab, hängten ihre Arbeitshosen und Hemden an den Haken und zogen sie wieder hoch, so dass sie bis zur nächsten Schicht trocknen konnten.

Sie liefen durch den gekachelten Flur, vorbei an den Duschräumen und den Badewannen für die Ingenieure. Alessandro wusste, was sie erwartete.

„Warum ziehen sich nicht alle Arbeiter um?“ Sie standen unter den Kettenzügen und starrten nach oben. „Wie viele Hosen mögen da hängen?“, fragte Bellmer halblaut.

„Keine achtzig“, schätzte Alessandro.

„Und hundertachtundvierzig Arbeiter sind im Tunnel.“ Fragend blickte er Alessandro an. „Warum nutzen die einen die Duschen, die anderen nicht? Mehr kann man doch kaum für sie tun.“

„Geben Sie ihnen Zeit. Es sind einfache Menschen. Sie sind Duschen nicht gewohnt. Manche wollen es auch nicht. Sie sagen, das würde sie verweichlichen. Und sie würden krank. Die Haut würde weich.“

„Was für ein Irrsinn“, murmelte Bellmer, „dann wollen wir uns wenigstens umziehen.“

Sie verließen das Waschhaus, aus der Kneipe, die gegenüber dem Eingang zum Richtstollen lag, drang Lärm. Frauenstimmen kreischten, Männer lachten, die Musik von Gitarren kam aus den offenen Fenstern.

„Wenigstens wissen wir, wo sie ihr Geld lassen“, sagte Bellmer.

„Die Baugesellschaft hätte das Lokal selbst betreiben sollen, dann würde sie mit Sicherheit ein Geschäft mit dem Tunnel machen.“

„Vielleicht sollten wir uns das überlegen“, gab Bellmer zurück, „dann hätten wir ein leichteres Leben.“

Von den Waschhallen lief ein überdachter Schienenweg zum Eingang des Richtstollens. Wenn die Arbeiter aus dem Schacht kamen, schützte die Überdachung sie vor der Witterung außerhalb des Tunnels, bis sie sich im Badehaus umziehen konnten.

Unter der Überdachung wartete eine schmale Lok, die Loren voller Bohrstangen, Maurersteine und Holzbalken. Der Lokführer zog seine Mütze, als er Bellmer und Alessandro kommen sah. Bellmer gab ihm die Hand und begrüßte ihn mit Namen. Der Mann lächelte und machte eine knappe Verbeugung. Der Deutsche verstand sein Handwerk, dachte Alessandro. Er konnte nicht nur Tunnel durch Berge sprengen, er wusste auch die Menschen zu nehmen.

„Wir gehen zu Fuß", sagte Bellmer zu dem Zugführer, der enttäuscht mit der Achsel zuckte. „Noch sind es ja kaum tausend Meter."

Sie setzten ihre gewachsten Kappen auf und entzündeten den Docht der Grubenlampen. Vorsichtig tasteten sie sich auf den schmalen Gleisen in den Tunnel hinein, bis die Augen sich an das Dunkel gewöhnt hatten. Im Richtstollen war es eng, die Schienenspur nur achtzig Zentimeter, der Tunnel kaum drei Meter breit. Ein Pfiff, sie drängten sich an die Wand, schwenkten ihre Grubenlampen. Der Materialzug mit den Bohrköpfen für den Vortrieb fuhr an ihnen vorbei.

Feuchter schwarzer Schlamm schmatzte unter ihren Stiefeln, manchmal huschte der schnelle Schatten einer Ratte vorbei. An der Tunnelwand liefen die Druckwasserleitungen für die Bohrmaschinen entlang.

Dann ging der Richtstollen in den Hauptstollen über und Bellmer atmete unwillkürlich auf. Nach rechts zweigte der Schienenstrang ab, der in einer großen Kurve zum Tunnelportal führte. Auf den nächsten hundert Metern war der Tunnel bereits ausgemauert. Fast sechs Meter hoch wölbte sich die Tunneldecke über ihnen, ebenso breit war er an seiner bauchigsten Stelle, verjüngte sich dann leicht zum Boden hin. An den Wänden Stapel von Mauersteinen und hölzernen Stützbalken.

Am Ende der Ausmauerung lag der Tunnelbahnhof. Zwei Arbeiter luden die Bohrköpfe vom Transportzug auf kleine, von Pferden gezogene Loren um. Fast jede Woche rückte der Tunnelbahnhof tiefer in den Tunnel, je weiter die Ausmauerung fortschritt.

Dort wo der Tunnel fertig ausgekleidet war, rissen die Arbeiter das bis unter die Tunneldecke aufragende Holzgerüst wieder ein. Als sie Bellmer und Alessandro näher kommen sahen, zogen sie ihre Mützen und grüßten.

Sie zwängten sich an Flaschenzügen vorbei, mit denen Mauersteine auf die Gerüste gehoben wurden. Überall schimmerten die Grubenlampen im Gebälk über ihnen. Dann kamen sie zum ersten Querstollen. Alle zweihundert Meter verbanden solche Querstollen den Hauptstollen mit dem Parallelstollen. Bellmer hockte sich vor einen mannsgroßen Stahlschrank und rüttelte am Schloss. Als es nicht nachgab, nickte er zufrieden.

Wieder ahnte Alessandro, dass Bellmer ihm etwas verschwieg. In den Schränken lagerte das Dynamit für die Sprengungen.

„Kommen Sie“, sagte Bellmer.

Der Tunnel wurde enger, die Luft stickiger. Neben ihnen der nackte Fels. Quadratische Holzstempel stützten die Tunneldecke. An den Wänden lagen Stützbalken und die stählernen Handbohrer der Arbeiter. Alle Geräusche gingen unter im hellen Klang von Stahl auf Stahl. Oft hielt ein Arbeiter den Bohrer, ein zweiter hieb im Schein der Grubenlampe darauf ein. Überall schlugen Menschen auf den Fels ein.

In regelmäßigen Abständen wurden Schächte durch den Fels nach oben getrieben bis zur Höhe des Tunnelfirsts. Von dort aus wurden Firststollen nach vorn und hinten gegraben, um den Tunnel auf seine endgültige Höhe und Breite auszubrechen. Durch den Fels hindurch waren die Schläge der Hämmer zu hören. Es war, als fräße sich ein metallener Tausendfüßler durch den Berg.

Schatten tanzten über die Wände, an manchen Stellen waren die Wände zwischen den Stützbalken mit Brettern verschalt, weil der Gesteinsdruck immer wieder große Splitter abspringen ließ.

Unbeeindruckt von der Hitze lief Bellmer voran, zwängte sich zwischen den Gerüsten hindurch. Regelmäßig blieb er stehen, warf prüfende Blicke auf die Wände.

„Achten Sie auf die Fäkalien.“

Einen Moment war er abgelenkt, aber der üble Kotgestank

warnte ihn. Fast wäre Alessandro gegen die mit Torf ausgelegte Metallschale gestoßen. Die Arbeiter nutzten sie, um während der Arbeit ihre Notdurft zu verrichten. Erwischten die Capos jemanden dabei, wie er sich einfach ins Dunkel des Tunnels hockte, wurde er sofort gefeuert.

Vor ihm schoben zwei Männer schmale Loren in Richtung Vortrieb, jetzt hörte er das Hämmern der hydraulischen Bohrmaschinen. Zwei Pferde mit Scheuklappen standen bewegungslos an der Stollenwand.

Die Bohrmaschinen erinnerten Alessandro immer an Kanonen. Sie waren auf Lafetten montiert, wurden auf Schienen bis an die Wand des Vortriebs herangefahren. Auf dicken Zylindern steckten die Bohrköpfe, hohle Stahlstangen mit acht Zentimetern Durchmesser, vorn eine dreizackige Krone. Hydraulische Leitungen speisten die Zylinder.

Er sah den Männern dabei zu, wie sie die Lafette an den Tunnelwänden verspannten, dann hämmerten die Zylinder die Stahlrohre in den Fels. Bei jedem Stoß drehte sich das Bohrgestänge weiter, bis zu siebenmal in der Minute.

Gut ein Dutzend Männer bediente die Maschinen, schaffte neue Bohrköpfe heran, räumte abgesprungenes Gestein von den Gleisen. Drei Maschinen arbeiteten gleichzeitig, Wasser spritzte bei jedem Stoß aus den Leitungen. Sogar während des Schichtwechsels fraßen sich die Bohrmaschinen durch den Fels. Nächtelang hatte er mit Bellmer an der reibungslosen Ablösung der Schichten gearbeitet.

Der Capo am Vortrieb reichte Bellmer und Alessandro die Hand. Es war einer von denen, die Alessandro ausgewählt hatte, um mit den Sizilianern fertig zu werden.

„Wie viele Bohrlöcher, Rondo?“, schrie Alessandro, sein Gesicht so nah an dem des Capo, dass er die verdreckten Poren seiner Haut hätte zählen können.

„Zwölf“, schrie Rondo zurück, „gut einen Meter tief. Mehr geht nicht.“

Unvermittelt ließ das Hämmern nach, die Bohrer wurden zurückgezogen. Die Männer schütteten Wasser über die heißen Bohrköpfe, zogen einige von ihnen aus der Halterung der Maschine und ersetzten sie durch neue. Es gab Schichten, da verbrauchten sie über hundertfünfzig solcher Bohrköpfe.

Bellmer machte sich Notizen in ein Heft. Die Mineure rollten die Bohrmaschinen auf den Schienen in den Tunnel hinein, weg vom Vortrieb.

Ein gellender Pfeifton. Aus dem Dunkel des Tunnels kam ein bläuliches Licht auf sie zu. Das Dynamit. Zwei Arbeiter schleppten den Kasten mit dem Sprengstoff, den Zündpatronen und den Zündschnüren heran, Grubenlampen mit blauem Glas in der Hand.

Rondo nahm vorsichtig die in Pergamentpapier gewickelten Dynamitwürste aus der Kiste, stieß sie mit einer langen Holzstange in die Bohrlöcher, steckte Zündpatronen und Zündschnüre darauf. Dann zog er ein Streichholz aus der Tasche und zündete die langen Schnüre an.

„Zündung", schrie er. Die schwarzen Schnüre zischten in der Dunkelheit, die Männer rannten zurück in den Tunnel bis zum nächsten Querstollen, ein Tier lief zwischen Alessandros Beinen hindurch, zu groß für eine Ratte. Atemlos hockten sie sich mit dem Rücken zum Vortrieb auf den Boden, die Hände über den Ohren. Ein helles Krachen, dann ein dumpfes Grollen und ein Schwall feuchtheißer, beißend stinkender Luft. Automatisch hatte Alessandro die Sprengungen mitgezählt. Es waren genau zwölf.

Sie warteten ein paar Minuten, Rondo ging als Erster zum Vortrieb zurück, sah sich den Ausbruch an, pfiff schließlich seine Arbeiter herbei. Mit Hacken und Schippen zogen sie das von der Explosion glühend heiße Gestein auseinander, besprühten es mit Wasser und schaufelten den Ausbruch in Körbe aus Espartogras, die sie zu den Loren schleppten. Waren die Loren voll, zogen die Pferde sie zurück in Richtung Tunnelbahnhof, wo sie auf einen Zug umgeladen wurden.

„Wie tief?", fragte Bellmer.

Rondo stieß mit einer Messlatte gegen den Fels.

„Knapp neunzig Zentimeter."

Bellmer hockte auf einem Balken und machte sich Notizen. Alessandro wusste, was er da aufschrieb. Vier bis fünf solcher Angriffe schafften sie in drei Schichten, im Durchschnitt kamen sie pro Angriff kaum einen Meter weit, manchmal etwas weiter. Im Norden schafften sie zwei Meter und mehr. Er kannte die Zahlen. Es waren seit Monaten immer dieselben. Aber es gab keine Lösung. Der Fels war einfach zu hart. Sie hatten versucht, den Abraum nach der Sprengung mit Druckwasser vom Vortrieb wegzuspülen, alles erfolglos. Zu teuer, zu aufwendig. Aber die Herren von der Tunnelbaugesellschaft würden keine Ruhe geben.

Alessandro folgte den Pferden in den Tunnel. Helle Stimmen trieben die Tiere an. Ein paar Jungen liefen nebenher und rauchten.

„Ist Pico hier?", fragte Alessandro einen von ihnen. Der Junge schüttelte den Kopf.

„Er ist krank. Noch zwei Tage."

Wenigstens war er beim Arzt gewesen. Alessandro schlängelte sich zwischen den Arbeitern zurück in Richtung Vortrieb. Es stank nach den Ausdünstungen der Arbeiter, nach Urin und nach Sprengstoff. Die vielen kleinen Wasseradern hatten den Tunnelboden zu einer matschigen schwarzen Masse werden lassen. Überall stauten sich Pfützen.

Zwei Arbeiter packten etwas in ein Hemd und knoteten die Ärmel zusammen. Als Alessandro näher kam, legten sie das Bündel hin und eine Jacke drüber.

„Was habt ihr da?" Der Jüngste senkte den Kopf und antwortete nicht.

Alessandro ging zu dem Bündel und schnürte es auf. Ein Hundekadaver, Blut lief ihm aus Maul und Nase.

„Was hat der Hund hier zu suchen?", fuhr Alessandro den Jungen an.

„Er ist mir gefolgt. Ich wollte es doch auch nicht." Tränen traten dem Jungen in die Augen. „Und kurz vor der Sprengung ist er nach vorn zum Vortrieb gelaufen."

„Du weißt, dass das verboten ist."

Ein älterer Arbeiter watete durch das Wasser auf sie zu.

„Es wird nicht wieder vorkommen. Ich kümmere mich um ihn."

„Sorgt dafür, dass der tote Hund aus dem Tunnel verschwindet. Wir können keine Krankheiten durch verwesende Kadaver gebrauchen", sagte Alessandro leise.

Sie nickten.

„Ich kann mich darauf verlassen? Wenn Bellmer das gesehen hätte, gäbe es jetzt Ärger. Großen Ärger."

„Wir fahren ihn mit der nächsten Lore raus."

Die Männer um Alessandro herum hatten aufgehört zu arbeiten und sahen zu ihnen herüber.

„Macht das", sagte Alessandro. Der Junge murmelte ein leises „Danke".

Es dauerte, bis er wieder auf Bellmer stieß. Der Deutsche saß auf einer Bohrmaschine, ihm gegenüber Rondo, der Capo, auf einem Stapel Schienen. Um sie herum schlängelten sich die hydraulischen Leitungen, über die die Bohrmaschinen angetrieben wurden.

„Wir können nur hoffen, dass der Fels langsam weicher wird", sagte Rondo.

„Könnten wir zum Schuttern mehr Leute einsetzen?"

Der Capo schüttelte den Kopf.

„Mehr als sechs oder sieben hat keinen Sinn. Es ist zu eng und mit der schlechten Ventilation …"

Er sprach nicht weiter. Bellmer nickte.

„Wir legen mehr Pressluftrohre und pumpen mehr Luft in den Vortrieb. Das wird helfen."

Als er Alessandro sah, steckte Bellmer sein Notizheft weg.

„Zurück. Schnell."

Gebückt zwängten sie sich durch den Stollen, gefolgt von Rondo, zwischen den Arbeitern hindurch, vorbei an den Pferden. Wasser platschte unter ihren Füßen, sie stiegen über Holzstempel und Baumaterial, bis sie zum nächsten Querstollen kamen, der zum Paralleltunnel hinüberführte.

Dann hörten sie die Rufe der Arbeiter. Alle Geräusche erstarben. Die Männer legten ihre Pickel weg, die Jungen hielten die Pferde an und drängten sich mit den Rücken an die Tunnelwand. Bellmer blieb stehen, und dann sah auch Alessandro das blaue Licht, das langsam auf sie zukam. Sie füllten das Dynamitlager auf.

Eine gespenstische Prozession zog an ihnen vorbei. Ein Arbeiter ging voran, der Mann in der Mitte trug das Dynamit auf einem Tragegestell auf dem Rücken, während der dritte bereit war, den Mann mit dem Tragegestell bei jedem Straucheln aufzufangen.

Die Männer bogen in den Querstollen ab, gefolgt von Rondo und Bellmer. Auf einem flachen Wagen stand einer der Stahlschränke. Der Capo öffnete ihn mit einem Schlüssel, den er um den Hals trug. Vorsichtig setzten die Männer das Tragegestell ab und nahmen eine Kiste herunter. Bellmer trat zu ihnen, aber nur Alessandro sah, wie sich die drei Männer einen überraschten Blick zuwarfen, als sie Bellmer erkannten.

Auf der Kiste waren Zahlen eingebrannt, Qualität und Durchmesser der Dynamitpatronen. Bellmer nahm eine Patrone heraus und tastete sie ab. Schließlich schloss der Capo die Kiste in den Stahlschrank ein, und die Männer löschten die blaue Lampe. „Alles sicher“, rief Rondo in den Tunnel und das Hämmern setzte wieder ein, das Quietschen der Loren.

„War was mit dem Dynamit?“, erkundigte sich Alessandro. Auf den Schienen stand die Draisine, mit der die Arbeiter den Sprengstoff und Zündkapseln in den Tunnel gefahren hatten. Zum Schutz vor Erschütterungen hatte sie eine besonders weiche Federung. Erschöpft ließ Bellmer sich auf die Draisine sinken.

„Nein“, sagte er und starrte in das Licht seiner Grubenlampe, „aber wenn wir schon mal hier sind, kann eine Kontrolle ja nicht schaden.“

Er lügt, dachte Alessandro, während die Männer, die das Dynamit gebracht hatten, auf die Draisine stiegen.

„Wollen Sie mit, Ingegnere?"

„Gern", sagte Bellmer.

Während der Fahrt versuchte Alessandro, in Bellmers Gesicht zu lesen, aber der hielt die Augen geschlossen und schien zu schlafen.

11

Es gab nur wenige, die die Töne hörten im Atem des Tals.

Sie fielen von den bewaldeten Hängen, hingen im Regen, gaben dem Lärm im Tal einen neuen Klang.

Pico hörte sie vom ersten Ton an. Schon vor ein paar Tagen waren sie ihm aufgefallen. Zuerst hatte er nicht gewusst, was er da hörte, einzelne Töne, die langsam, fast ängstlich zu einer Melodie zusammenfanden, sich aus den Geräuschen schälten. Er lief ihnen nach, an den Gebäuden vorbei, verlor sie im Kreischen des Sägewerks, lief schneller, bis er sie wiederfand und ihnen zu einem dreigeschossigen weißen Haus oberhalb der Diveria folgte.

Mit den Arbeitern der Sechs-Uhr-Schicht war er aus dem Tunnel gekommen, hatte sich geduscht und trockene Kleider übergezogen. Lange würden sie nicht trocken bleiben. Er blickte in den grauen Himmel, aus dem es seit Tagen regnete. Um ihn herum husteten die Männer, klappten die Kragen ihrer Jacken hoch, zogen die Mützen ins Gesicht und traten in den Regen hinaus. Er nahm eine ölgetränkte Plane, die er im Tunnel gefunden hatte, legte sie über Kopf und Schultern und marschierte los. Ein paar Jungen lachten ihn aus, als er so durch den Regen ging, und riefen ihm Mädchennamen nach. Die ersten Male hatte es ihn gestört. Doch dann hatte er an den Ingegnere und sein Maultier gedacht, das immer unter dem Vordach des Tunnelobservatoriums festgebunden war, den Sack mit Hafer um den Hals. Über den Ingegnere hatten die Arbeiter auch gelacht, und es war ihm auch egal gewesen.

In letzter Zeit war er dem Ingegnere einige Male begegnet. Er hatte nach Zeichen des Wiedererkennens gesucht, aber der Ingegnere wirkte abwesend, in Gedanken.

Es war ein lautloser, dünner Regen, der sich im Wind mal in Wellen bewegte, mal bewegungslos und grau ins Tal fiel. Pico hielt sich dicht an den Gebäuden, um der Nässe zu entkommen. Wie feiner Sand hörten sich die Regentropfen auf der Plane an und übertönten fast die Melodie.

Er stellte sich unter ein Vordach, nahm das Öltuch vom Kopf und starrte zu dem weißen Haus hinauf. Im obersten Stock stand eine Balkontür auf. Kein Wind ging mehr, und es schien, als hinge das weiße Haus an tausend grauen Regenfäden, die es zur Musik in Richtung Himmel zogen.

Vom Dach tropfte es auf seine Schultern, er spürte es kaum und ließ sich von der Musik davontragen. Der Lärm aus dem Tal zog sich zurück, die dichten Wälder Umbriens tauchten vor ihm auf, das ärmliche Dorf, in dem er geboren war. Durch die Blätter fielen Sonnenstrahlen in den Bach, den er mit seinen Geschwistern zu einem Teich aufstaute. Er spürte seine Tränen kaum, die sich mit den Regentropfen vermischten.

„Gefällt es dir?"

Pico fuhr herum und prallte gegen einen schmächtigen Mann, der seinen Schirm über sie hielt. Der Dottore. Seine Brillengläser waren beschlagen, die linke Schulter in die Höhe gezogen.

„Ja", Pico fasste sich, „sehr."

Der Doktor lächelte, mit den Gedanken weit weg, und nickte. „Sie spielt auch wirklich gut."

Eine Weile schwiegen sie und hörten dem Klavier zu.

„Ein Piano?", fragte Pico.

„Größer. Ein Flügel", sagte der Arzt, putzte seine Brille und sah ihn von der Seite an. „Du bist Pico", sagte er schließlich, „habe ich Recht?"

„Stimmt", antwortete Pico.

„Was macht die Hüfte?"

„Ist in Ordnung."

„Hat die Musik einen Namen?“, fragte er nach einer Weile.

„Abschied“, sagte der Arzt leise. „Das Stück heißt Abschied. Und der, der es geschrieben hat, heißt Franz Liszt.“

„Verstehe.“ Pico zog sich das Öltuch wieder über den Kopf.

Der Arzt hielt ihn an der Schulter fest.

„Die Socken. Zieh dir zu Hause trockene Socken an. Das ist wichtig, wenn du bei diesem Wetter gesund bleiben willst.“

Pico lehnte sich an die Hauswand, schlüpfte aus seinen Holzschuhen, zog seine Socken aus und steckte sie in die Tasche.

„Ich habe nur das eine Paar“, murmelte er und verschwand im Regen.

Lenga sah hinter ihm her, beobachtete, wie er ging. Er hatte den Eindruck, Pico versuche, sein rechtes Bein zu entlasten. Er erinnerte sich gut an die zerschundene Haut und die schwere Prellung, die der Tritt des Pferdes auf dem Beckenknochen des Jungen hinterlassen hatte.

Aber vielleicht täuschte er sich und es war der schlammige, steinige Weg, den er hinunterlief. Und was war so ein Tritt gegen die Arbeit im Tunnel. Er dachte an Picos Gesicht bei der Einstellungsuntersuchung. März oder April musste es gewesen sein. Schmal war es geworden, die Haut fahl und seine Mundwinkel endeten in scharfen Falten. Nur seine Augen hatten nichts eingebüßt von ihrer Lebhaftigkeit.

Ohne Anfang, ohne Ende schwebte die Musik durch den Regen, Variationen der immer gleichen Melodie. Einen Augenblick glaubte Lenga, die Töne sehen zu können. Seit drei Wochen war Paola hier, seine Frau. Schon vor ihrer Ankunft war er jeden Tag in die Wohnung in der obersten Etage des Krankenhauses gegangen, hatte die Möbel hin- und hergerückt, Blumen und Kakteen bestellt, Konfekt aus der Schweiz, eingelegte Aprikosen aus dem Wallis. Er wollte nicht vor Paola in die Wohnung einziehen, das würden sie gemeinsam machen.

In Domodossola hatte er am Bahnsteig gewartet, Paola in die

Arme genommen. Gemeinsam waren sie mit der Kutsche das Tal hinaufgefahren. Der Abend war früh gekommen, und sie war schweigsam geworden. Viel erkennen konnte sie nicht in der Dunkelheit, das beruhigte ihn etwas. Dann tauchten die Konturen einer Hütte am Straßenrand auf. Im Licht der Tür schrien zwei Männer aufeinander ein, Schläge fielen, andere stellten sich zwischen die beiden, dann war der Spuk vorbei.

Die Kutsche fuhr jetzt langsamer, neigte sich stark zur Seite. „Ein Bergrutsch", sagte Lenga und nahm ihre Hand, „keine Sorge, sie haben die Straße repariert."

Dann rollte ein Grollen das Tal hinunter. Ihre Hand verkrampfte sich in seiner.

„Sie sprengen", murmelte Lenga.

Gemeinsam waren sie in die Wohnung im obersten Stock des Krankenhauses hinaufgestiegen, allein in dem leeren Krankenhaus. Ohne ein Wort war Paola durch die Zimmer gelaufen, kein Blick für die Blumen. Im Erkerzimmer war sie stehen geblieben.

„Der Flügel fehlt noch."

Verspätet war er dann doch noch eingetroffen. Seitdem spielte sie dieses Stück. Immer und immer wieder.

Lenga straffte sich und lief über die Diveria-Brücke zum Krankenhaus. Mitten auf der Brücke blieb er stehen. Der Regen war kräftiger geworden und trommelte auf seinen Schirm. Das Wasser der Diveria hatte sich in einen dünnen, grauen Schlamm verwandelt. Im Regenschleier zeichneten sich talabwärts die Konturen von Balmalonesca ab.

Das monotone Geräusch des Regens auf seinem Schirm ließen ihn Paola für einen Augenblick vergessen. Das Bretterdorf war eine Niederlage. Sie hatten alles geplant, an alles gedacht. Sie hatten Kantinen mit preiswertem Essen für die Arbeiter gebaut, Schlafsäle für die Männer, Unterkünfte für die Familien. Sie hatten in Varzo und überall im Tal Häuser angemietet für die Ingenieure und Arbeiter.

Und trotz allem waren da unten immer neue Hütten entstanden. Wie eine Geschwulst, deren Wachsen man hilflos zusieht. Eine ganze Bretterstadt. Ein Krebs.

Die Menschen wollten die Fürsorge nicht. Die Kantine der Tunnelbaugesellschaft mieden sie, weil sie dort nicht singen und keinen Alkohol trinken durften. Dafür war in Balmalonesca und entlang der Talstraße zwischen Varzo und Iselle fast jedes Haus zur Kneipe geworden.

Schließlich lächelte er in sich hinein. So schlimm war es ja nicht, wenn die Menschen nicht alles akzeptierten, was man ihnen vorsetzte. Dann mussten sie eben lernen, mit den Konsequenzen fertig zu werden. Schon vom ersten Tag an kamen Männer in seine Sprechstunde mit eitrigen Augen oder Schmerzen in den Leisten. Nur die wenigsten kamen wieder, wenn er ihnen sagte, dass sie Gonorrhö oder Syphilis hatten.

Er stieß die Tür zum Krankenhaus auf. Aus der obersten Etage rollte die schwere Melodie durch die leeren Flure. Es roch nach frischer Farbe und Desinfektionsmitteln. Ein paar Tage noch, dann würde das Krankenhaus eröffnet und er könnte raus aus den engen Räumen in Balmalonesca.

Er lief den Gang entlang, vorbei am Zimmer des Wärters, der die Kranken- und Unfallscheine der Arbeiter entgegennehmen würde, bog nach links durch die Doppeltür in den Operationssaal. Schränke und Lampen fehlten noch. Der Operationstisch stand in der Mitte des Raums. Ein Mann vermaß die Entfernung zur Decke und zum Wandanschluss der elektrischen Leitung.

„Dottore." Er gab Lenga die Hand.

„Schaffen Sie es bis Anfang November?", fragte Lenga.

„Aber ja. In zwei Wochen können Sie den ersten Patienten aufschneiden."

An den Operationsraum schloss das Bad an, gegenüber die Krankenzimmer und die Isolierstation. Er hätte sich eine größere Isolierstation gewünscht. Vor allem für die Kinder. Hilflos hatte er im Winter mit ansehen müssen, wie eine Epidemie die andere ablöste:

Scharlach, Masern, Keuchhusten, Bronchitis, Durchfall. Waren die Kinder erst einmal krank, war es ihren Müttern nicht beizubringen, sie von den anderen Kindern fernzuhalten. Den ganzen Tag umlagerten die gesunden Kinder die Betten der kranken. Nur im Sommer wurde es besser.

Auf dem Friedhof in Trasquera wurden die ersten kleinen Kreuze über den Kindergräbern aufgestellt. Auch in Varzo war er schon zweimal hinter einem Kindersarg hergelaufen. Erst vor einigen Tagen hatten die Soldaten ihn holen lassen. Auf der Simplonstraße war ein Wagen umgestürzt. Als sie dem Paar beim Aufrichten halfen, fiel eine Kinderleiche heraus. Er hatte sie untersucht, das Kind war am Fieber gestorben. Die Eltern hatten es in ihrem Heimatdorf beerdigen wollen.

Das Zimmer musste reichen, um das Sterben der Kinder zu verhindern.

Im Krankenzimmer waren zwölf Betten aufgestellt, in einer Ecke stapelten sich die Matratzen. Lenga stieß einen leisen Fluch aus und warf den Stapel um. Dann machte er sich auf die Suche nach den Arbeitern und ließ sie die Matratzen auf die Betten verteilen.

„Wenn ihr sie aufeinander legt, fangen sie an zu schimmeln."

Er fühlte die Heizkörper, glücklicherweise waren sie warm.

In der ersten Etage befand sich sein Labor. So etwas in Turin, und seine Praxis wäre bald die beste der Stadt.

Lenga warf noch einen Blick in das Krankenzimmer im ersten Stock. Wieder zwölf Betten, aber die Matratzen lagen schon auf den Bettgestellen.

Am Fuß der Treppe in den zweiten Stock blieb er einen Augenblick stehen. Dann lief er hoch, folgte den Klängen des Flügels, bis zu der Tür, hinter der seine Frau spielte. Er klopfte, einmal, ein zweites Mal etwas drängender, rief „Paola". Die Töne schwollen an, als wehrten sie sich gegen sein Klopfen. Er öffnete die Tür, ging langsam auf den Rücken seiner Frau zu und legte ihr die Hände auf die Schultern. Im schimmernden Lack des Flügels sah er, dass sie die Augen geschlossen hielt.

„Wo bist du?“, fragte er leise.
Sie richtete sich auf, schloss den Deckel.
„Hier, bei dir.“

Seit diesem Abend war Paola völlig verändert. Tage vor der Eröffnung des Krankenhauses hatte sie ihr Lieblingskleid an den Schrank gehängt, war eines Morgens ohne ein Wort verschwunden. Dann hatte sie dem Hausmädchen die Organisation der Eröffnung abgenommen, Wein, Käse, Schinken, Fasan und Polenta bestellt, eingelegtes Gemüse, Blumen. Paola ließ das obere Krankenzimmer leer räumen, Tische und Stühle herschaffen.

Nicht einmal hatte sie am Flügel gesessen.

Am Abend vor dem Empfang hatte sie in dem Kleid vor ihm gestanden. Er erinnerte sich gut daran, wie sie es vor fast einem Jahr in Turin in der Oper trug. Sie hatte ihn gefragt, ob das Dekolleté nicht zu gewagt sei, aber er hatte nur gelacht. Jetzt war das Dekolleté hinter einem leicht gekräuselten Stück Seide verschwunden. Nur wer das Kleid kannte, wusste, dass es später eingefügt war.

„Schade“, sagte er mit einem Augenzwinkern. Paola drehte ihm den Rücken zu und zog sich langsam aus.

Am Morgen der Eröffnung stand sie lange vor ihm auf, prüfte das Arrangement des Buffets und sogar die Girlanden vor der Tür. Als die Kapelle am Mittag nicht mit dem Spielen aufhören wollte, ging sie mit vollen Gläsern von einem Musikanten zum anderen und sorgte für Ruhe.

Es war ein wunderschöner, klarer Novembertag, die Sonne schien, aber so flach wie sie stand, waren die ersten Strahlen erst spät ins Tal und noch später auf das Krankenhaus gefallen.

Sein Krankenhaus. Sein erstes Krankenhaus.

Zur Mittagszeit sah er sie kommen, Sandau vorneweg, der auffällig lange weiße Bart leuchtete in der Sonne. Oft war Sandau nicht im Tal. Fast ununterbrochen reiste er durch die Schweiz und Italien, verhandelte mit den Behörden und den Banken. Seine Ingenieure und Büroleiter folgten ihm mit ihren Frauen und Kindern. Schon von weitem erkannte er die Frau des deutschen Ingegnere Bellmer, die die meisten italienischen Männer und ihren eigenen überragte. Der katholische und der evangelische Geistliche waren auch dabei, gingen auf gleicher Höhe, von den Kindern der Ingenieure getrennt. Und ohne ein Wort miteinander zu wechseln.

Sandau hielt eine kleine Ansprache, während die Kinder über den Boccia-Platz neben dem Krankenhaus tobten und ihre weißen Socken schmutzig machten, bevor ihre Mütter eingreifen konnten.

Dann durfte das älteste das rote Band vor der Tür des Krankenhauses durchschneiden, die Kapelle hatte angefangen zu spielen. Arbeiter, die von ihrer Schicht kamen, waren stehen geblieben und hatten geklatscht.

Sandau ließ sich von Lenga das Krankenhaus zeigen, im Labor war der schweigsame Deutsche vor dem Mikroskop stehen geblieben.

„Führt Sie das in Versuchung?“, fragte Sandau in seinem mühsamen Italienisch.

Lenga glaubte, er habe Sandau nicht richtig verstanden. Doch der schaute ihn nur unverwandt an und wiederholte seine Frage.

„In Versuchung?“

Der Deutsche nickte.

„Mehr zu tun, als vielleicht notwendig ist. Mehr zu operieren, als Sie es sonst tun würden. Mehr Krankheiten auf die Spur zu kommen, als bisher.“

„Je besser wir suchen können, umso mehr werden wir finden“, sagte Lenga. „Und je präziser wir eingreifen können, umso besser werden wir heilen können.“

„Manchmal frage ich mich, wie das weitergeht.“

„Es wird immer weitergehen“, gab Lenga zurück, „immer. Es ist ja kein Selbstzweck. So wie Sie Tunnel bauen, damit die Menschen besser leben, leichter reisen. Das ist ja auch kein Selbstzweck.“

Lenga sah Sandau an, als rechne er mit Widerspruch.

„Ja“, hatte Sandau nur geantwortet und ihn freundlich angesehen, „so wird es wohl sein.“

Lenga zog an seiner Zigarre und schaute den Gestalten nach, die vom Krankenhaus hinunter zur Brücke gingen. Sie waren die Letzten gewesen, immer wieder wollten sie auf das neue Krankenhaus anstoßen.

Jetzt hatte die kleine Gruppe die Diveria überquert und blieb stehen. Selbst über diese Entfernung hörte er Noces näselnde Stimme, die alle Gespräche zum Erliegen brachte, wenn er zu viel getrunken hatte. Lenga ahnte, worüber sie sprachen. Ab und zu warfen sie einen Blick zurück, als hätten sie Sorge, beobachtet zu werden.

Lenga trat in den Schatten des Hauses. Eben noch hatten sie ihre abschätzigen Witze über das Negerdorf gemacht, jetzt warteten sie mit lautem Lachen darauf, dass einer den ersten Schritt machte.

Die Diskussion wurde lauter, dann zogen sie gemeinsam weiter nach Balmalonesca. Keiner von ihnen würde in seine Praxis kommen, wenn die Syphilis ihn quälte. Damit gingen sie zum Arzt in Domodossola.

Morgen, dachte Lenga, morgen werden die ersten Kranken in mein neues Krankenhaus kommen.

Ein paar Stimmen waren noch zu hören, sie kamen aus seiner Wohnung. Paola und Gianna saßen mit der Frau des deutschen Ingenieurs in einer Ecke des Zimmers. Sorgfältig achteten sie darauf, dass die Deutsche jedes Wort der Unterhaltung verstand. Paola lächelte ihm zu.

Die meisten Gratulanten waren schnell wieder verschwunden. Sandau hatte einen Schluck Weißwein getrunken, Alessandro und Bellmer hatten ihre halbvollen Gläser mit sich herumgetragen, aber nur selten daran genippt. Als letzte ging die kleine Gruppe, die jetzt nach Balmalonesca zog.

Nur Alessandro war noch geblieben. Lenga stellte sich zu ihm ans Fenster.

„Warst du schon einmal dort?“, fragte Alessandro leise, als wolle er sichergehen, dass die Frauen ihn nicht hören konnten.

„In Balmalonesca?"
Alessandro nickte.
„Jeden Tag. Bis gestern war meine Praxis in dem Bretterdorf."
„Du weißt, was ich meine. Im Dorf selber."
Der Arzt überlegte kurz.
„Zweimal. Mit Leuten aus Varzo. Sie wollten die hygienischen Verhältnisse kontrollieren. Hätten wir uns sparen können. Sie hatten keine Ahnung, was sie erwartete, und sie wussten auch nicht, was sie machen sollten. Sie hätten sämtliche Behausungen niederreißen müssen. Seitdem ignorieren sie das Thema Balmalonesca."
„Sie nennen es Negerdorf und gehen doch immer wieder hin", sagte Alessandro, „Noce mit seinen Leuten auch?"
Lenga nickte langsam.
„Sie haben zwar noch ein bisschen beratschlagt, vermutlich weil sie wussten, dass ich sie von hier aus sehen konnte. Aber dann sind sie losgezogen, ohne sich noch einmal umzudrehen." Lenga lächelte vor sich hin. „Betrunken wie sie waren."
„Es ist wie eine Wunde, die die Fliegen anzieht", flüsterte Alessandro, und dachte an die Frau, ihren Geruch, das aufspringende Hemd. „Warum leben die Menschen so? Die Tunnelbaugesellschaft hat Häuser für sie gebaut, saubere helle Schlafsäle mit Bädern. Ich kenne kein Unternehmen, das seinen Arbeitern so etwas bietet. Wir sind das fortschrittlichste Unternehmen auf italienischem Boden. Aber sie wollen es nicht. Genauso wenig wie die Kantine, wo sie billig essen konnten. Aber sie sind weggeblieben. Und in Naters auf der schweizer Seite ist es auch nicht besser."
Lenga war überrascht, wie sehr Alessandro sich erregte.
„Überall reden die Arbeiter von der Revolution und vom Fortschritt. Aber wenn der Fortschritt da ist, wollen sie ihn nicht."
„Vielleicht wollen sie selber bestimmen, was Fortschritt ist. Sie haben keine Lust auf Schlafräume, in den sie nicht trinken und rauchen dürfen. Was sollen sie in einer Kantine, die ihnen keinen Alkohol ausschenkt und in der Männer bedienen?"
„Ich verstehe es trotzdem nicht", antwortete Alessandro. „So zu leben. In dem Schmutz."

„So kann es kommen“, sagte Lenga leise, „man will das Beste und kommt mit dem Kopf unter dem Arm nach Hause.“

Es war dunkel geworden. An der Tunnelbaustelle sprangen die elektrischen Lampen an. Im Abendnebel tauchten sie das Tal in milchigen Dunst.

Die Frauen waren verschwunden. Auf einmal hörten sie Musik und Lenga ballte unwillkürlich die Faust. Doch es war nicht Liszt, es war eine Nocturne von Chopin.

Alessandro hatte sich kaum gerührt, die Hände auf dem Fensterbrett, starrte er in die Dunkelheit.

„Was ist mit dir?“, frage Lenga.

„Nichts“, sagte Alessandro und richtete sich auf. Seit Tagen fragte er sich, was Bellmer ihm verschwieg. Doch mehr als alles andere beschäftigte ihn der Gedanke, welcher der Männer wohl zu der Frau in Balmalonesca gehen würde.

12

Sie fühlen sich stark, wenn sie zu mehreren kommen. Und angetrunken. Die meisten halte ich mir vom Hals. Manche fangen an zu betteln, und ich treibe den Preis hoch. Viele kommen, weil sie keine Frau haben, manche, weil sie eine haben. Mir sind die am liebsten, die eine haben. Sie reden viel. Da kann ich abschalten. Es interessiert mich einfach nicht. Oft habe ich das Gefühl, wenn ich sie so reden höre, dass manche Männer alt werden, ohne auch nur einmal geahnt zu haben, was leben heißt. Aber das denken sie vielleicht auch von mir.

Ich weiß auch nicht genau, was leben heißt. Glücklich sein, das könnte es bedeuten. Ich war auch glücklich. Aber an diese Tage kann ich mich kaum erinnern, diese Tage vergisst man. Nur so ein Gefühl bleibt. Vielleicht ist leben, wenn man leidet. Daran erinnert man sich. Oder man kann etwas Seltenes, Schönes. Klavierspielen. Vom neuen Krankenhaus ist das Klavier bis zu uns hinunter zu hören, wenn der Wind richtig steht. Selbst wenn es kalt ist, gehe ich dann vor die Hütte oder mache das Fenster auf. Es ist, als käme die Musik aus einer anderen Welt. Ich vergesse den Dreck um mich herum, das Elend, dass abends die Männer an meine Tür hämmern, selbst wenn sie genau wissen, dass noch einer bei mir ist. Manchmal, wenn ich in den Spiegel sehe, dann will ich das nicht. Und wenn es zu viele werden, habe ich wieder das Gefühl, die Brandung würde mich wegreißen.

Pico hat mich so traurig angesehen die letzten Wochen. Aber wenn die Männer an meine Tür klopfen, dann habe ich das Gefühl, jemand zu sein in diesem Schlamm und Dreck, der sich hier ansammelt. Und manchmal ist es auch so, als ob die Männer, wenn sie nur bei mir sind, schon am Ziel wären. Dann werden sie vor Erschöpfung kaum noch hart und liegen neben mir. Einige weinen sogar. Wenn sie wollen, hole ich meinen kleinen Lederriemen. Sie sind richtig dankbar.

Wenn ich so was könnte wie Klavierspielen, dann wäre ich vielleicht glücklich. Dann bräuchte ich die Männer nicht. Vielleicht müsste ich auch nur lesen und schreiben können. Der Dottore hat nicht mit der Wimper gezuckt, als er mein rasiertes Geschlecht gesehen hat. Er war wohl zufrieden, dass ich es überhaupt tue. Ein guter Tausch, habe ich dann doch gesagt. In jedem Fall hat er geantwortet. Aber er hat nicht gefragt, was ich damit meine. Immer erkundigt er sich nach Pico.

Sie haben sein neues Krankenhaus eingeweiht. Danach kamen so viele Ingenieure wie lange nicht. Es war kühl, aber sie liefen in den Gassen von Balmalonesca auf und ab, amüsierten sich in den Kneipen, lauter als die Arbeiter. Sie fühlten sich nicht wohl in ihrer Haut. Ständig kamen sie an unserer Hütte vorbei. Ich habe mich in meinem gestreiften Korsett ans Fenster gestellt, langsam „Feiglinge" gesagt, immer wieder, so dass sie es mir vom Mund ablesen konnten. Zweimal liefen sie noch vorbei, dann trauten sie sich herein. Ich bekam einen Ingegnere mit rötlichem Haar ab. Er sprach ein bisschen durch die Nase. Als er sah, dass ich rasiert war, kniete er sich über mich, vergrub sein Gesicht zwischen meinen Beinen und ich musste ihn massieren. Es dauerte lange, so betrunken wie er war. Dann begann er, mich zu beschimpfen und versuchte mich zu schlagen. Ich hielt ihm mein Messer an den Hals, er schwieg und bezahlte. Als er ging, hat er sich umgedreht und gegrinst und gesagt, bald seid ihr hier alle weg. Vor der Tür stand schon der Soldat, der jetzt auf uns aufpasst.

Es macht mir nichts, wenn sie mich beschimpfen. Ich weiß, dass sie nur verzweifelt sind und sich schämen. Ich schäme mich auch. Vor Pico. Ich sollte ihn fragen, ob er mir Lesen und Schreiben beibringen will. Vielleicht steige ich etwas in seiner Achtung. Aber ich muss mich dazu aufraffen. Es fällt mir schwer. Wenn ich mit einem der Mädchen durch Varzo laufe, tuscheln sie hinter unserem Rücken und manchmal hören wir sie Negerdorf sagen.

Wozu soll ich da noch Lesen und Schreiben lernen. Um Weihnachten einen Brief nach Crotone zu schreiben, ist es ohnehin zu spät. Obwohl es schön wäre, jetzt, wo in ein paar Wochen das neue Jahrhundert beginnt. Ich werde zu dem Schreiber nebenan gehen. Und ihnen zu Hause erzählen, wie ich hier am Simplon lebe. In einem schönen Haus, mit einem blonden Sohn und einem Ingegnere, der einen Tunnel durch den Berg sprengt. Und wie stolz sie sein könnten. Und wie sie mir fehlen würden, die Mutter und die Geschwister. Aber sie hätten ja das Geld, das ich ihnen regelmäßig schickte. Und viele Grüße von meinem Mann, dem Ingegnere.

Glücklicherweise ist niemand gestorben in den zwei Hütten, die letzte Woche niedergebrannt sind. Ein paar Leute aus Varzo waren hier und haben sich alles angesehen, dann haben sie gedroht, viele Hütten abzureißen. Ich hörte, wie sie flüsterten über den Dreck, den Schimmel in den Hütten, den Gestank der Betten. Aber die Tunnelbaugesellschaft will keine Unruhe, und so haben sie alles gelassen, wie es ist.

Ich muss Pico noch sagen, dass ich Weihnachten viel zu tun habe. Oft waren wir zusammen Kuchen essen in den letzten Jahren und sind durch die beleuchteten Straßen der Städte gezogen. Damals waren wir ja noch mehr, und die Kleinen bekam ich kaum weg von den Schaufenstern mit dem Spielzeug. Wie unsere Gesichter glänzten in den Schaufenstern. Später ließ ich Pico und die Kleinen gehen. Die Tage um Weihnachten sind eine gute Zeit zum Betteln. Vor allem für Kinder. Und zum Stehlen.

13

Der Reiter verließ im dichten Schneetreiben die Passstraße und verschwand zwischen den Gebäuden der Baustelle. Tello mit seinem Maultier, dachte Bellmer, bevor er erkannte, dass der Mann einen Uniformmantel trug.

Er wandte sich wieder den Männern zu, die in dem verräucherten Büro saßen, drei italienische Capos, ein Übersetzer und Sandau. Seit zwei Stunden schon verhandelte Sandau mit ihnen in dem stickigen Raum. Bellmer sah, dass er schwitzte in seinem Tweedanzug, es stank nach feuchter Wolle, Pfützen von geschmolzenem Schnee hatten sich um die Stiefel der Capos gebildet. Eine Einigung war nicht in Sicht, da musste er nur in die verkniffenen Gesichter der Männer blicken.

Es klopfte. Der Uniformierte stand vor der Tür. Schweigend griff er in seine Jacke und reichte Bellmer ein Telegramm.

„Hundt", las Bellmer halblaut, „ist zusammengebrochen. Kommen Sie so schnell wie möglich nach Brig."

Sandau nahm ihm das Telegramm aus der Hand und las es. Einen Augenblick lang zeigte er keine Reaktion. Dann erlosch etwas in seinen Augen. Er lehnte sich an den Türrahmen, fuhr sich mit beiden Händen durch den Bart, als reiße er daran.

Nicht Hundt, dachte Bellmer. Nicht mit vierundfünfzig Jahren. Gemeinsam hatten Hundt und Sandau den Plan für den Simplon-Tunnel ausgebrütet, aber es war immer wieder Hundt, der die Schweizer Politiker bearbeitet hatte, der nie lockerließ. Ohne Hundt wären die ersten Schläge in die Felsen des Monte

Leone niemals geschlagen worden. Er hatte die Bohrmaschinen gebaut, die sich Tag und Nacht durch den Berg fraßen. Es war unmöglich.

„Bitten Sie um Bestätigung", murmelte Sandau und Bellmer übersetzte für den Telegraphisten. „Wenn Sie die Bestätigung haben, antworten Sie, dass ich sofort komme."

Der Mann verschwand.

Die drei Capos, die ihnen schweigend zugesehen hatten, standen auf.

Sandau räusperte sich.

„Wer ist noch im Haus?"

„Ingegnere Noce."

Bellmer vergrub den Kopf in den Händen, um die Tränen zu verbergen. Er kannte Hundt sein ganzes Berufsleben. Die Frauen der beiden waren befreundet, Hundts zweite und Bellmers erste Tochter waren am selben Tag geboren. Die Kinder waren miteinander groß geworden, als Bellmer für das Ingenieurunternehmen Hundt und Sandau in Cordoba und Almeria versucht hatte, alte Silberbergwerke wieder aufzuschließen. Sein ältester Sohn Wilhelm lebte seit ein paar Monaten bei den Hundts in Brig, weil er dort in die Schule ging.

„Holen Sie bitte Noce."

Die Capos drehten ihre Mützen in den Händen. Zwei von ihnen bekreuzigten sich, als Sandau sie ansah.

„Wir haben es gehört", murmelte der älteste Capo, „wir kommen wieder, wenn wir wissen, wie es weitergeht."

Vom Fenster aus sah Bellmer sie im dichten Schneetreiben verschwinden. Ein Teil seines Lebens war weggebrochen. Hundt und Sandau waren Namen, die in ganz Europa einen Klang hatten. Sie hatten Bergwerke und Tunnel gegraben, nach Silber und Erzen in Spanien gesucht. Dann tauchte Sandaus Gesicht neben seinem im Fensterglas auf und eine Hand legte sich auf seine Schulter.

Unwillkürlich musste er lächeln. Hundt war Sandau kaum bis zur Schulter gegangen. Wenn sie sich fotografieren ließen, war

Hundt manchmal auf ein paar Bände Brockhaus gestiegen oder eine Kiste, damit beide Köpfe nebeneinander aufs Bild kamen. Aber Sandau hatte nie Hundts mitreißende Energie gehabt. Er war derjenige gewesen, der diese Energie in die richtigen Kanäle lenkte. Der ideale zweite Mann. Das wussten beide. Und das hatte sie groß gemacht.

Bellmer erinnerte sich noch gut an das Gespräch der beiden, als sie den Zuschlag für den Simplon-Tunnel bekamen. Hundt wollte das Nordportal, weil er kein Italienisch sprach und Sandau schon einmal in Italien gearbeitet hatte.

„Schlag du dich mit den Italienern rum."

Es klopfte. Noce stand in der Tür.

„Hundt ist zusammengebrochen", sagte Sandau leise. „Ich habe um Bestätigung telegrafieren lassen. Es ist vielleicht nicht so schlimm."

Knapp eine Stunde warteten sie, nur selten fiel ein Wort, sie vermieden, von Hundt zu sprechen.

„Er ist wieder da", sagte Bellmer plötzlich, dann, fast entschuldigend, „der Reiter".

Es klopfte erneut, und der Mann aus dem Telegraphen-Amt hielt ihnen ein weiteres Telegramm entgegen, länger als das erste.

„Warten Sie bitte", sagte Sandau.

Hundt war schon vor zwei Tagen nach dem Frühstück zusammengebrochen. Nicht spektakulär. Er war bleich von seinem Stuhl aufgestanden, hatte die *Berliner Neuesten Nachrichten*, die immer mit drei Tagen Verspätung in Brig eintrafen, fallen lassen und sich vorsichtig neben dem Tisch auf den Boden gelegt. Seine Frau und seine Tochter hatten ihn entsetzt angesehen und nach einem Arzt geschickt. Der glaubte, es sei der Typhus, mit dem Hundts jüngste Tochter und seine Frau gekämpft hatten. Aber dann hatte Hundt angefangen zu delirieren, zwischendurch setzte sein Herz immer wieder aus.

Es war nicht der Typhus. Es waren die unzähligen Berge, durch die Hundt sich hindurch gegraben hatten, die Minen, die Bergwerke, die er in den Fels gesprengt hatte. Jeder Tunnel hatte ihn ein Jahr gekostet, jedes Bergwerk. Und die Toten, die im Berg geblieben waren, hatten ihn verfolgt, vor allem in Spanien, wo sie gestorben waren wie die Fliegen im ersten Herbstfrost. Die Frauen der Bergleute hatten sich vor Hundts Haus zusammengerottet und ihn verflucht.

Bellmer las das Telegramm noch einmal. Der kleine Raum verschwamm um ihn herum. Er faltete das Papier zusammen und suchte in seinen Taschen nach ein paar Centesimi für den Boten.

„Telegrafieren Sie, dass wir uns sofort auf den Weg machen." Dann, zu Sandau gewandt: „Am besten wir nehmen die Pferde. Das geht am schnellsten bei dem Schnee."

Sandau schüttelte den Kopf.

„Sie werden hier bleiben müssen." Er machte einen Schritt auf Bellmer zu, hob die Hand, um jeden Widerspruch zu unterdrücken. „Bitte. Noce wird mit kommen. Sie müssen bleiben. Begleiten Sie mich eine halbe Stunde, wir besprechen alles Nötige. Dann reiten Sie zurück und sorgen dafür, dass der Vortrieb reibungslos weitergeht. Wir dürfen nicht noch mehr Zeit verlieren."

Einen Moment kämpfte Bellmer mit sich, ob er Sandau von seinem Verdacht berichten sollte. Aber er entschloss sich zu warten.

Es hatte früh begonnen zu schneien in diesem Jahr, als wolle die Natur eine Decke über die riesige Wunde legen, die die Baustelle dem Tal geschlagen hatte. Mitte November, aber schon lag eine Schneedecke mit tiefen Schlittenspuren auf der Straße.

Sie ritten an der Baustelle vor dem Südportal vorbei, eine kleine Lok mit sechs Wagen voll ausgebrochenem Gestein rollte aus dem Tunnel, warme, feuchte Luft quoll aus dem Schacht und kondensierte in der Kälte zu weißem Nebel.

Sandau und Noce hatten sich in schwere Filzcapes gehüllt. Gut zehn Stunden würden sie unterwegs sein, oben am Pass bei den Mönchen essen und die Pferde wechseln, im Morgengrauen in Brig bei Hundt sein.

Weiße Atemwolken schossen aus den Nüstern der Pferde.

„Was machen wir mit den Capos?“, fragte Bellmer. „Sie drohen noch immer mit Streik.“

„Wir warten ab. Je mehr man ihnen gibt, umso mehr verlangen sie“, sagte Sandau bitter, „früher hat sie die Arbeit müde gemacht. Heute haben sie noch die Kraft zu streiken. Ich hoffe, sie verhalten sich ruhig.“

Vor ihnen tauchte der Grenzposten in der Dunkelheit auf. Ohne sich für ihre Papiere zu interessieren, drückte er die Schranke in die Höhe. Sandau beugte sich auf seinem Pferd zu Bellmer hinüber.

„Sie kehren jetzt um. Sorgen Sie dafür, dass am Vortrieb alles läuft. Sie wissen, dass wir hinter der Zeit liegen. Vielleicht kommt Hundt ja wieder auf die Beine.“

Zwei Tage später war Hundt tot.

Wieder war ein Reiter von der Telegrafenstation in Iselle ins Tal geritten und hatte ein feuchtes Telegramm unter seinem Mantel hervorgeholt. Immer heftiger hatte Hundt deliriert, sein Herz hatte nicht aufgehört, diesen neuen, tödlichen Rhythmus zu schlagen, vom dem sein Geist gepackt war. Zwei Tage hatte er im Koma gelegen, bevor auch sein Körper aufgab.

Geistesabwesend starrte Bellmer auf das Telegramm. Noch einen Monat, schoss es ihm durch den Kopf, und er hätte das neue Jahrhundert erlebt.

Als er nach Hause kam, hatte seine Frau ihm die Tür geöffnet, seine Augen gesehen und laut „Nein“ geschrien. Sie brachten Margarethe zu Bett, setzten sich in die Küche und bekämpften ihren Schmerz mit den Geschichten von früher. Wie sie und Hundts Frau in Spanien am selben Tag ihre Töchter bekommen hatten, nur ein Zimmer voneinander entfernt. Zuerst hatten sie gedacht, sie würden von derselben spanischen Hebamme betreut, bis sich herausstellte, dass die Hebammen eineiige Zwillinge waren. Und wie Hundt zu seinem Vergnügen mit dem Pferd von Cordoba nach Lissabon ritt, um sich von dort nach Hamburg einzuschiffen. Hundt, der für jedes Problem eine Lösung fand.

Sie hatten nicht gemerkt, wie es kalt geworden war in der Küche. Erst als Friederike seine Hand nahm, fröstelte Bellmer und legte Holz im Herd nach.

„Wir nehmen morgen den Postschlitten."

Er machte nicht einmal den Versuch, es ihr auszureden.

„Und Margarethe?"

„Gianna, die Frau von Alessandro Tello wird sich um sie kümmern."

Zwei deutsche Ingenieure begleiteten sie nach Brig. Hinten auf dem Postschlitten lagen Kränze, für die die Capos bei den Arbeitern gesammelt hatten. Im Morgenlicht dampften die Pferde, langsam färbte sich der Himmel über ihnen blau, aber kein Sonnenstrahl fiel in die tiefe Gondoschlucht. Mächtige Eiszapfen hingen von den Felswänden, viele hatten die Wegmacher schon abgeschlagen, damit sie nicht auf die Reisenden stürzten. Als sie hinter Gabi in die Ebene vor Simplon Dorf kamen, ließen sie die Schatten der Berge hinter sich. In der Sonne fiel allmählich die Starre der Kälte und Trauer von ihnen ab. Sie wechselten einige Worte miteinander, erkundigten sich nach den Familien. Die Männer fragten Friederike, ob es sie störe, wenn sie rauchten, und hielten ihre Gesichter in die Sonne.

Im Hospiz auf dem Simplon-Pass löffelten sie eine heiße Suppe neben dem großen Kamin und wärmten sich auf.

Sie fuhren bis in den Abend hinein. Nur das Traben der Hufe war noch zu hören über dem Knirschen der Schlittenkufen. Dann schälten sich die Konturen des Stockalper Schlosses aus der Dämmerung. Durchgefroren stiegen sie im Hof des Schlosses vom Schlitten. Eine alte Hausiererin erwartet sie. Neben ihr stand eine kleine Gestalt, die auf Bellmer und Friederike zu rannte, als er vom Schlitten stieg.

„Wilhelm!"

Er umarmte seinen Sohn, hob ihn in die Luft.

„Müsstest du nicht längst schlafen?"
„Wir sehen uns doch so selten."
Dann umarmte er seine Mutter.
Er nahm ihre Hand und sie folgten der Alten wortlos in die erste Etage.
In einem eiskalten Eckzimmer lag Hundt aufgebahrt.

Die Trauerfeier war schnell vorbei. In der Kapelle des Schlosses kroch ihnen die Kälte des Steinbodens in den Körper. Hundts Frau, gelähmt vor Schmerz und mitgenommen vom gerade besiegten Typhus, hatte kein Wort hervorgebracht. Seine älteste Tochter, an die Mutter gedrängt, hörte nicht auf zu zittern. Sandaus Frau und Friederike Bellmer standen hinter den beiden, die Arme um sie gelegt.

Acht Bergleute trugen den Sarg am Mittag durch die engen Gassen von Brig über den Sebastiansplatz hinunter zum Bahnhof. Seine Frau ging hinter dem Sarg, gestützt von Freunden und ihren Kindern. Dann Sandau, die Frauen und die Ingenieure. Der Himmel strahlte in einem blendenden, unbarmherzigen Blau, ein böiger Wind schoss durch die Gassen, dass die Frauen ihre schwarzen Hüte festhalten mussten.

In einem Nebenraum des Bahnhofs stellten sie den Sarg ab, der Trauerzug löste sich auf. Kaum waren die Frauen gegangen, sorgte Bellmer dafür, dass der Sarg in den Kühlwagen geladen wurde, der ihn nach Deutschland bringen würde.

Noch am Bahnhof nahm Sandau Bellmer zur Seite.

„Wir sollten heute Abend noch zurück. Noce ist auch schon unterwegs. Hier ist alles geklärt. Die Schweizer haben einen Nachfolger für Hundt gefunden. Ich treffe mich heute Nachmittag mit ihm, dann fahren wir zurück."

„So spät fährt kein Schlitten mehr", warf Bellmer ein.

„Die Post in Brig stellt uns einen. Und einen guten Schlittenführer", gab Sandau zurück.

Friederike stand mit Wilhelm am Schlitten, als sie einstiegen.

„Kann ich bei den Setzers bleiben?“, fragte Wilhelm leise.

Setzer war ein Schweizer, der am Nordeingang des Tunnels in Brig arbeitete und zwei Jungen in Wilhelms Alter hatte.

Fragend sah Bellmer seine Frau an, die ihm einen beruhigenden Blick zuwarf und kaum merklich nickte. Sie würde noch ein paar Tage in Brig bleiben, sich um Hundts Frau und Wilhelm kümmern.

Bellmer zog den Schal enger um den Hals. Ihre Köpfe steckten in Mützen aus Marderfell. Das gedämpfte Schlagen der Hufe auf der dicken Schneedecke ließ ihn schläfrig werden. Nur die dunkle schweigsame Gestalt Sandaus neben ihm, unförmig in den schweren Decken, hielt ihn wach. Vorn auf dem Bock saßen zwei Schlittenführer, ihr mürrisches Schweigen von gelegentlichen Flüchen und kurzen Rufen unterbrochen, mit denen sie die Pferde antrieben.

Der klare Himmel und der Wind versprachen eine kalte Nacht.

Der Schlitten hatte die erste Steigung hinter sich, sie bogen ins Gantertal ab. Im Licht der Sterne und des Schnees schimmerte das helle Gestein der napoleonischen Brücke. Bald hatten sie den Wald hinter sich gelassen und der eisige Wind, der vom Steinugletscher ins Tal fiel, packte sie und ließ die Pferde scheuen. Vereinzelt blinkte ein Licht aus den Hütten der Wegmacher, die die Verwehungen von der Passstraße schaufelten. Manchmal standen sie am Wegesrand, eine Laterne in der Hand, sprangen auf den Schlitten, murmelten einen Gruß und fuhren ein kurzes Stück bis zur nächsten Verwehung mit.

„Wer weiß, was ihm erspart geblieben ist.“ Sandaus Bart zitterte in der Dunkelheit.

Bellmer schwieg.

„Wir sind zu langsam. Uns fehlt fast ein Meter täglich. Und wir wissen noch nicht, was auf uns zukommt. Wenn es so weitergeht, sind wir bankrott, ehe der Tunnel fertig ist. Die Konventionalstrafen ruinieren uns. Ein Jahr haben wir hinter uns, mindestens vier müssen wir noch. Eher fünf. Oder noch mehr. Hundt hätte eine Lösung gefunden. Vielleicht."

Mit einem Ruck drehte er sich zu Bellmer um.

„Kennen Sie das auch, Bellmer? Dass Sie nicht weiter wollen. Dass Sie morgens nicht aus der Tür wollen. In den nächsten Tunnel, nur um nach Stunden wieder ans Tageslicht zu kriechen? Um dann nach drei, vier Jahren Ihre Familie an den nächsten Ort zu verpflanzen? Ihre Kinder sprechen drei Sprachen, nur Deutsch können sie nicht. Und manchmal sehen sie mich an wie einen Fremden."

Die kalte Luft schmerzte Bellmer in den Lungen.

„Mal zur Ruhe kommen, das wäre schön. Kraft tanken. Dann könnte es ruhig so weitergehen."

„Und Ihre Familie? Wie kommt die damit zurecht?"

Nachdem Bellmer in Hannover sein Ingenieurstudium hinter sich gebracht hatte, verschlug ihn die Arbeit nach Belgien. Friederike kannte er, seitdem sie vierzehn war und er sechzehn. Nie hatte er geglaubt, dass sie mehr in ihm sehen würde als den Freund von nebenan. Schon mit zwanzig hatte er kaum noch Haare auf dem Kopf, die schweren Augenlider hatten ihm etwas Kaltes, Abweisendes gegeben. Sie dagegen war eine Schönheit, mit ihren großen Augen, die zu den Schläfen hin ausliefen wie die einer Königin auf einem ägyptischen Relief. Als er für einige Tage aus den belgischen Bergwerken nach Hause kam, hatten sie sich auf einem Geburtstagsfest wieder gesehen. Den ganzen Nachmittag fragte sie ihn nach seinen Reisen und seiner Arbeit aus, wies die Männer ab, die mit ihr tanzen wollten, und wich nicht von seiner Seite. Am nächsten Tag hatte er einen steifen Nacken gehabt, weil er die ganze Zeit zu ihr aufblicken musste.

Ein Jahr später hatten sie geheiratet und sie war mit ihm nach Spanien aufgebrochen.

„Ich glaube, meine Frau kommt damit zurecht", sagte Bellmer, zögerte einen Augenblick, „ich hoffe es zumindest."

„Und, sind Sie glücklich?"

Bellmer blickte Sandau überrascht an. Es war nie dessen Art gewesen, derart persönliche Fragen zu stellen. Aber es war ihm ernst. Er wartete auf eine Antwort.

War er glücklich? Vier Jahre hatte er mit Friederike in Spanien gelebt, Bergwerke gegraben, den Vortrieb geleitet. Dann hatte Hundt vom Simplon erzählt, ein halbes Jahr später hatte er sich mit seiner Familie in Malaga eingeschifft, fünf sonnige Tage später waren sie in Genua an Land gegangen, mit dem Zug nach Domodossola gefahren und schließlich weiter mit der Postkutsche.

Als sie in das Divedro-Tal abbogen, hatte Friederike nur gestrahlt und die Kinder hatten sich erkundigt, ob Italiener Hunde gern hätten. „Zum Fressen gern", hatte Friederike geantwortet und sie hatten die nächste halbe Stunde nicht aufgehört, vor sich hin zu kichern. Nur dass sie ihren Ältesten, Wilhelm, nach Brig gegeben hatten, weil dort die bessere Schule war, schmerzte ihn.

„Doch", antwortete Bellmer, „ich glaube schon, dass ich glücklich bin."

Sandau seufzte und schaute wieder nach vorn.

„Das war ich auch. Ich kann nur nicht glauben, dass das jetzt alles vorbei sein soll. Alles haben Hundt und ich gemeinsam aufgebaut. Fast zwanzig Jahre lang."

„Ich darf nicht daran denken. Verstehen Sie?", hörte er Sandau flüstern, „ich darf nicht. Sonst verschwinde ich aus diesem Tal und kehre nie wieder zurück."

Er hob eine Hand, die in einem unförmigen Fellhandschuh steckte, und ließ sie wieder sinken.

„Hundt hätte nie an das gedacht, was hinter ihm lag. Nur das, was vor ihm lag, zählte. Hundt war so."

Bellmer hatte Sandau immer in der dritten Person von Hundt sprechen hören, selbst wenn sie nebeneinander am selben Tisch saßen.

„Nur das, was vor ihm lag", wiederholte Sandau.

Der Wind hatte sich gelegt, ein dünner Nebel verbarg die Sterne, die Nacht wurde pechschwarz und undurchdringlich. Die Pferde liefen langsamer, die Steigung nahm zu. Als sie Berisal hinter sich gelassen hatten, fiel leichter Schnee, die scharfen Kristalle schmerzten im Fahrtwind.

Das Schneetreiben wurde dichter, sie konnten die steilen Abhänge neben der Straße nur noch ahnen. Jetzt eine Lawine, schoss es Bellmer durch den Kopf, und das war es. Aber selbst dann würde der Tunnel weitergebaut.

Bellmer versuchte zu erkennen, wo sie waren. Vielleicht auf der Höhe von Kaltwasser. Ein paar Kilometer entfernt würden die Bohrtrupps der Nord- und der Südseite in fünf oder sechs Jahren aufeinander treffen, mehr als zweitausend Meter unter dem Berg.

Sandau brütete vor sich hin, ab und zu spürte Bellmer, dass sein Blick auf ihn fiel. Plötzlich rissen die Wolken auf, die Sterne leuchteten wieder. Sie waren durch die Schneewolken hindurch gefahren.

Es war fast Mitternacht.

Neben der Straße tauchten Lichter auf. Mit scharfen Pfiffen trieben die Kutscher die Pferde an, wenig später hielten sie vor dem Hospiz auf der Passhöhe. Hunde schlugen an. Die Tür ging auf und ein Mönch stand in dem quadratischen Lichtfleck, ein großer Bernhardiner neben ihm.

Sie wickelten sich aus ihren Decken, stiegen vom Schlitten und klopften den Schnee von den Schultern.

„Lange nicht gesehen, Umbo", sagte Bellmer und trat ein.

„Ein trauriger Anlass", antwortete der Mönch.

„Sie wissen von Hundt?"

Der Mönch nickte.

„Seit zwei Tagen schon."

Der Mönch führte sie ins Speisezimmer. Feuer loderte im Kamin, Kerzenleuchter und ein paar abgegessene Teller standen auf den langen Holztischen.

„Wir haben eure letzten Gäste wohl gerade verpasst?", fragte Bellmer, während sie ihre Hände vor den Kamin hielten. Ein paar junge Mönche waren aufgetaucht und hängten ihre Decken neben dem Kamin zum Trocknen auf.

„Ganz knapp“, antwortete der Mönch einsilbig.

Ein paar Burschen kamen aus der Küche, räumten die langen Tische ab, brachten frische Teller, einen Kessel mit Bouillon und stellten eine Karaffe Clos du diable auf den Tisch. Durch die halboffene Küchentür sah Bellmer, wie zwei junge Mönche die Flanke eines Ochsen zerteilten und auf den Rost legten.

„Sie sind spät dran“, sagte Umbo, als er ihre Suppenteller abräumte und das Fleisch brachte, „so spät kommen nur wenige hier vorbei.“

Sandau machte eine Geste in Richtung Küche.

„Der ein oder andere aber schon.“

„Manchmal“, brummte er und verschwand.

Sie waren allein. Die beiden Schlittenführer saßen bei den Mönchen in der Küche. Ab und zu spürte Bellmer ihre Blicke.

„Schmuggler“, murmelte er leise, „vermutlich beherbergen sie ab und zu Schmuggler. Sie lassen sie hier übernachten und verpflegen sie.“

„Schmuggler?“, fragte Sandau leise zurück.

„Stoffe, Wein“, antwortete Bellmer. „Im Sommer treiben sie ganze Viehherden von Italien durch die Berge ins Wallis.“

Sandau sah ihn zweifelnd an.

„Die Mönche und die Schmuggler?“

„Die Mönche und die Schmuggler“, wiederholte Bellmer.

Sie zahlten, tranken ihren Wein aus und riefen die Schlittenführer. Der Mönch brachte sie zur Tür. Neben der Tür stand eine Madonna in der Mauernische, deren Füße die beiden Schlittenführer mit einer schnellen Bewegung berührten. Hinter dem Haus bellten die Hunde.

„Gute Fahrt“, sagte Umbo.

„Wünschen Sie uns Glück“, antwortete Sandau, aber der Mönch hatte sich schon umgewandt und sie hörten die schweren Riegel vor die Tür fallen.

Die Schlittenführer spannten eins der Pferde aus und banden es hinten an den Schlitten. Von jetzt an ging es bergab.

Die Schneeflanken und Gletscher leuchteten im Licht der Sterne, Felsen und Bäume warfen lange Schatten. Vom Mond war nicht mehr zu sehen als eine hauchdünne Sichel.

„Sie schätzen uns nicht sehr hier in den Bergen", bemerkte Sandau nach einer Weile.

„Warum sollten sie? Wir nehmen ihnen die Existenzgrundlage. Heute bringt die Kutsche im Jahr mehr als zehntausend Leute über den Pass. Aber wer fährt noch über den Berg, wenn der Tunnel fertig ist. Die Wegmacher und die Kutscher können ihre Familien nicht mehr ernähren, sie werden nicht mehr gebraucht. Die Hospize werden veröden, die Menschen abwandern. Sie alle leben vom Verkehr über den Pass", antwortete Bellmer.

Sie fuhren jetzt schneller, die Steinbrücke vor Simplon Dorf tauchte auf, dann knirschte der Schlitten durch das Dorf, kein Licht war zu sehen, selbst im Hotel Zur Post war es dunkel. Links und rechts neben der Schlittenspur hatten die Wegmacher fast zwei Meter hohe Schneewände aufgeschaufelt. Bellmer dachte an die Arbeiter, die sich in diesem Augenblick tief unter ihnen durch den Berg wühlten und streckte die Hand zu der Schneemauer aus, die an ihnen vorbeiflog.

„Niemand wird mehr den Pass freischaufeln im Winter, wenn der Tunnel fertig ist. Dann sind die Orte hier oben fünf Monate im Jahr von der Außenwelt abgeschnitten. So sieht ihre Zukunft aus. Kein Wunder, dass sie uns nicht mögen."

Langsam verengte sich die Schlucht. Unter ihrem Eispanzer gurgelte die Diveria, vereinzelt schimmerte ein Licht in der Entfernung. Das einzige Geräusch war das Knirschen der Kufen im Schnee, das bis in den Körper aufstieg.

„Finden Sie falsch, was wir hier machen?"

Bellmer riss sich aus seinen Träumen und versuchte das Gesicht von Sandau in der Dunkelheit zu erkennen. Aber Sandau ließ ihm nicht die Zeit zu antworten.

„Wir geben ihnen doch viel mehr als wir nehmen." Sandaus Stimme klang drängend, als versuche er, sich selbst zu überzeugen, als erwarte er Unterstützung.

„Sie wissen nur, was wir ihnen nehmen“, antwortete Bellmer, „sie wissen nicht, was sie dafür bekommen.“

„Das mag sein. Aber sie wehren sich gegen etwas, was sie niemals aufhalten können. Selbst wir könnten es nicht. Wenn wir den Tunnel nicht bauen, dann tun es andere. Es gibt keinen Weg zurück. Man kann uns nur aufhalten. Wie mit den Streiks. Oder uns ruinieren. Aber zurückdrehen kann das Rad niemand.“

Vielleicht war jetzt der Moment, dachte Bellmer, dann wäre es raus. Knirschend zog der Schlitten durch eine Kurve, das Pferd, das hinten am Schlitten angebunden war, schnaubte erschreckt. „Sie könnten mit Gewalt versuchen, den Tunnel zu verhindern.“

„Wie das?“ Sandaus Stimme klang plötzlich fremd und scharf.

„Es fehlt Dynamit. Über zweihundert Kilo. Ich fürchte, es ist gestohlen worden.“

„Warum weiß ich davon nichts?“

„Ich bin selbst erst vor einer Woche drauf gekommen. Obwohl ich den Verdacht schon länger hatte. Und dann starb Hundt. Ich dachte, es sei der falsche Moment, davon anzufangen.“

„Wenn es um den Tunnel geht, gibt es keinen falschen Moment.“

„Zuerst hoffte ich, es sei eine Ungenauigkeit in der Kalkulation. Bei den Mengen Dynamit, die wir verwenden. Allein dreißig Kilo für jede Sprengung im Vortrieb. Dann habe ich nachgerechnet. Es sind immer kleine Mengen, aber sie addieren sich. Es ist schwer, den genauen Überblick zu behalten. Wenn die Männer am Vortrieb zusammenarbeiten, ist es leicht etwas zu stehlen. Sie füllen einfach ein Bohrloch weniger und zweigen den Rest ab.“

„Vielleicht hat es ja nichts zu bedeuten.“ Sandaus Stimme klang erschöpft. „Bald ist Neujahr. Sie verkaufen das Dynamit an wer weiß wen. Vielleicht wollen sie zum Jahreswechsel nur etwas mehr Lärm veranstalten. Hier wird doch alles gestohlen. Baumaterial, Holz, Geld. Das wissen Sie auch.“

„Sicher, aber Dynamit ist etwas anderes. Und die Zeiten sind danach“, gab Bellmer zurück. Er war irritiert. Es war nicht Sandaus Art, solche Probleme leicht zu nehmen. „Die Schweiz und

Norditalien sind voll von Anarchisten. Sie wiegeln die Arbeiter auf. Und bei den Menschen, die hier am Pass leben, finden sie alle Unterstützung, die sie brauchen."

Sandau schwieg einen Moment, Bellmer sah, wie sich der dunkle Schatten neben ihm aufrichtete.

„Gut. Was schlagen Sie vor?"

Sandaus Stimme war jetzt wieder konzentriert.

„Es gibt einen jungen Ingenieur, Alessandro Tello. Er ist mit für den Vortrieb zuständig. Die Arbeiter vertrauen ihm. Und ich auch. Ich kenne ihn gut. Ich könnte ihn fragen, ob er etwas weiß." Als Sandau unschlüssig schwieg, sagte Bellmer noch „Seine Frau passt manchmal auf unsere Tochter auf", so als ob das den Ausschlag geben könnte.

„Warten Sie noch", sagte Sandau, „versuchen Sie, das Loch zu stopfen. Erst wenn das nicht klappt, schalten Sie Tello ein. Sie sind näher dran an den Arbeitern als ich. Wenn alles nicht hilft, müssen wir uns an die Polizei wenden. Oder die Armee."

Die Armee. Als ob die Armee etwas gegen Attentäter ausrichten könnte. Das waren die Ideen des neunzehnten Jahrhunderts. In den Kneipen nannten sie Sandau nicht ohne Grund einen Arbeiterfeind. Soldaten aufmarschieren lassen, wenn nichts mehr ging. Ohne über Alternativen nachzudenken.

Sie schwiegen, bis sie unter sich die Lichter der Tunnelbaustelle sahen. Irgendwo da unten braute sich etwas zusammen, dachte Bellmer.

„Wir haben es geschafft", murmelte Sandau in die Nacht.

Noch lange nicht, dachte Bellmer und sehnte sich plötzlich nach Friederike.

Drei Tage später kam seine Frau aus Brig zurück und als er den Schlitten näher kommen sah, war ihm, als weiche die Kälte aus dem Tal. Er half ihr vom Schlitten, sie legte ihre Arme um ihn, drückte ihr Gesicht in die tauenden Schneeflocken auf dem Pelz seines Mantelkragens. Sacht versuchte er ihre Arme zu lösen, weil er die grinsenden Gesichter der Arbeiter ahnte, die auf dem Weg zur Schicht an ihnen vorbeikamen. Doch sie hielt ihn fest, so fest wie lange nicht mehr.

„Ist etwas mit Wilhelm?"

„Nein", sagte sie, „er ist glücklich und wohnt jetzt bei den Setzers." Dann verstärkte sich der Druck ihrer Arme, bis er ihren Körper durch die winterliche Kleidung spürte.

„Ich bin schwanger", flüsterte sie und die Welt schien stillzustehen.

14

Das neue Jahrhundert begann als Fiebertraum, der kein Ende nehmen wollte. Ein quälendes Feuer brannte hinter Picos Augen. Sein Hals schmerzte, er konnte kaum den Mund schließen, jeder Atemzug ein schleimloses Rasseln. Seit Wochen kam und ging das Fieber, immer wieder griff es mit neuer Heftigkeit an. Pico wälzte sich auf den Rücken, kam auf Marcos Hand zu liegen, hielt sich die kalte Hand an die Stirn und schob sie weg.

Kurz nach Neujahr hatte sich das Fieber in den Hütten von Balmalonesca eingenistet. Ein seltsames Neujahr, wie ein Gespenst war es eingezogen, hoch zum Pass, die Angst im Gefolge. Es hatte geschneit wie seit Jahren nicht mehr und an den steilen Berghängen lauerten die Lawinen. Überall hingen Zettel, die davor warnten, Lärm zu machen oder Feuerwerkskörper zu zünden. Selbst das Grölen von Betrunkenen erstickten ihre Mitzecher im Schnee. Ein falscher Laut, eine Erschütterung und der weiße Tod würde sich ins Tal stürzen und alles unter sich begraben.

In der Silvesternacht waren Frauen und Kinder zur Kirche nach Iselle gelaufen. Verloren trottete Pico die ersten Schritte hinter ihnen her, blieb schließlich zurück und schaute hinauf nach Varzo, zu den leuchtenden Fenstern. Er sehnte sich nach dem, was hinter den Fenstern lag, nach dem Licht der Kerzen, der Wärme. Marcella beschützte ihn, aber das konnte sie ihm nicht geben.

Ob es eine italienische Familie war oder eine deutsche, konnte er an den Weihnachtsbäumen erkennen.

Oberhalb des Ortes schimmerten noch ein paar vereinzelte Lichter, der schmale Weg hinauf war freigeschaufelt. Irgendwo dort oben musste der Ingegnere Tello wohnen, der ihn damals zum Arzt geschickt hatte.

Pico wusste nicht, was ihn den Berg hinauftrieb. Er war nass geschwitzt, bis er das Haus gefunden hatte. Schemen bewegten sich hinter den Eisblumen der Fensterscheiben, dann rieb eine Hand über die Scheibe und ein glänzender Lichtstrahl fiel in die Nacht. Eine Frau, das blonde Kind im Arm, trat ans Fenster. Das Kind sah genau in seine Richtung. Pico fühlte sich ertappt und verbarg sich hinter einem Baum.

Bewegungslos stand er vor dem Haus, gebannt vom Licht, das herausfiel. Er spürte die Kälte nicht, die seine Beine hochkroch, die kleinen Schneehauben, die auf seinen Schultern und seiner Kappe emporwuchsen. Die Tür ging auf und ein Schatten huschte an ihm vorbei, das Hausmädchen, das vor Mitternacht zu Hause sein wollte. Im Fenster sah er, wie die Frau dem Ingegnere Tello das Kind entgegenhielt. Wieder zeigte das Kind nach draußen und im Kranz der Eisblumen leuchtete sein Haar. Der Ingegnere öffnete das Fenster.

„Ist dort jemand?“, rief er, zögerte einen Moment, als warte er auf eine Antwort, und schloss es wieder.

Von weit unten aus der Ebene wehte Glockengeläut hinauf. Pico zitterte in der schwarzen Kälte.

Mitternacht. Das neue Jahr begann. Das neue Jahrhundert.

Er wartete, ob auch in Iselle oder Varzo die Glocken läuten würden, aber sie blieben ruhig. Die Angst vor Lawinen war stärker als die Freude über das neue Jahrhundert. Doch in dem Haus schienen sie die fernen Glocken auch gehört zu haben. Der Ingegnere hob seinen Sohn lachend zur Zimmerdecke empor und nahm dann seine Frau in den Arm. Aber vielleicht haben sie eine Uhr, dachte Pico müde und hoffte, dass Marcella einen Kuchen gebacken hatte. Aber er glaubte nicht daran.

Als er in das Bretterdorf zurückkehrte, drang Lärm aus den

Kneipen. Die Tür des winzigen Zimmers, das Marcella in ihrer Hütte bewohnte, war verschlossen. Ein paar Männer warteten davor und ließen schweigend eine Flasche Roten herumgehen.

Seit dieser Nacht tobte das Fieber in Pico. Manchmal zog es sich zurück und er ging zur Arbeit in den Tunnel, führte acht Stunden die Pferde. Nach der Schicht lief er durch die Kälte zurück, kroch auf sein Etagenbett und versuchte zu schlafen und sich gegen die Gewalt des Fiebers zu wehren.

Ein Hustenanfall schüttelte ihn, kalt wehte es in die Hütte. Jemand hatte die Tür geöffnet und trat sich den Schnee von den Schuhen.

Pico versuchte die Augen zu öffnen, hinter einem Vorhang aus Tränen und Schmerzen tanzten Schatten durch den Raum. Er richtete sich auf. Mehrere Männer saßen um den Tisch in der Mitte des Raumes, Öllampen warfen ein unstetes Licht über die Gesichter. Pico holte tief Luft, der Gestank in dem kleinen, quadratischen Raum stach in seine Lungen. Als er sich langsam auf sein Bett sinken ließ, spürte er wieder Marcos Hand unter seinen Rippen. Er erschrak, wie kalt sie war, und schob sie zur Seite.

Marco lag hinter ihm an der Wand, er war einen Kopf größer, aber kaum älter. Sie teilten sich das Etagenbett, bisweilen schlief ein Fremder hier, wenn sie im Tunnel arbeiteten. Jedes Mal wieder ekelte Pico sich vor dem fremden Geruch, trotz der ewig dreckigen Laken und dem Gestank in dem Raum.

Vor drei Tagen war das Stechen in der Brust unerträglich geworden. Er hatte die Nächte durchgehustet, Marco hatte ihn in die Seite gestoßen, aber dann fing auch er an zu husten und zu fiebern.

Pico dämmerte vor sich hin, das blonde Kind des Ingegnere sprang durch den Raum, zog ihn aus dem Bett vor einen warmen Kamin, der nach gebackenen Äpfeln roch und süßem Gebäck. Das Holz des Fußbodens war merkwürdig warm, aber als er nach unten sah, war es nur der Lehmfußboden der Hütte seiner Eltern. Der blonde Junge drückte ihm das Gebäck gegen die Lippen und bettelte „Iss doch was".

Die Stimme wurde lauter und Pico riss die Augen auf.

Marcella stand vor ihm und hielt ihm eine Schüssel heiße Bouillon mit Rotwein hin.

Mühsam richtete Pico sich auf, kämpfte gegen das fast übermächtige Verlangen sich wieder hinzulegen. Die ersten Schlucke der Brühe machten seine Nase frei und die Halsschmerzen erträglich.

Von den Männern, die um den schmalen Tisch saßen, stieg der Gestank von Kohl, feuchten, verschwitzten Kleidern und Fäkalien zu ihm auf. Niemand öffnete das Fenster bei der eisigen Kälte.

Die Wände des Raums waren zugestellt mit Etagenbetten, jeweils drei so eng übereinander, dass Pico sich im obersten Bett kaum aufrichten konnte. In vielen Nächten schliefen zwei Männer in jedem Bett, oft in den Kleidern, die sie zur Arbeit trugen. Manchmal hatte Pico die Mützen und Hüte gezählt, die vor den Betten lagen, um herauszufinden, wie viele Menschen hier schliefen.

„Noch eine Tasse?"

Pico nickte abwesend, ganz mit seinen Schmerzen beschäftigt.

„Und was ist mit Marco?", fragte Marcella.

„Er schläft."

„Dann lassen wir ihn schlafen." Sie brachte Pico noch eine Tasse Bouillon und ein Brot mit einem Stück Salami.

„Das wird dir gut tun."

Die Tür flog auf, ein paar Männer kamen herein, schüttelten sich den Schnee aus den Jacken und von den Mützen und grüßten in die Runde.

Pico stellte die Tasse auf das Fußende seines Bettes und legte sich auf die Seite, zog das Hufeisen, das er im Tunnel gefunden hatte und immer bei sich trug, aus seinem Gürtel und schob es unter den schmierigen Sack mit seinen Habseligkeiten, der ihm als Kopfkissen diente.

Auf der Seite liegend kaute er das Brot und die Salami, während er mit fiebrigen Augen die Männer beobachte und versuchte, den Schmerz in seiner Brust zu vergessen.

„Sind wir vollzählig?"

Der Mann hatte ein kränkliches Gesicht, wirkte zu schmächtig, um im Tunnel zu arbeiten. Pico hatte ihn noch nie gesehen. Die Glatze und die wirren Haare über den Ohren hätte er nicht vergessen. Er zog ein Heft aus der Jacke, die grobe Zeichnung eines bärtigen Mannes mit düsteren Augen auf dem Umschlag. „Luigi Luccheni", stand in großen Lettern unter dem Bild. Der Mann fuhr sich über die Augen, als wische er eine Träne beiseite.

„Das ist er. So sah er aus. Solche wie er, die zeigen uns den Weg. Was wir tun müssen in diesem Jahrhundert." Langsam ließ er seinen Blick über die Männer am Tisch gleiten. „Das wird unser Jahrhundert. Das Jahrhundert der Freiheit. Das Jahrhundert unseres Kampfes. Gegen die Bonzen. Gegen die Kapitalisten."

„Aber wir sollten uns nicht von der Polizei erwischen lassen", rief einer der Männer am Tisch. Auch er war klein, sah nicht aus, als hätte er körperlich viel gearbeitet in seinem Leben. Seine Finger spielten mit einer dünnen Zigarre.

Woher die beiden wohl kamen? Sie sprachen anders, als hätten sie es gelernt, das Reden. Die anderen Männer waren Bergarbeiter und ein Maurer, der am Tunnelportal arbeitete.

Marcella stellte eine Terrine mit Suppe auf den Tisch. Unter ihnen Betten holten die Männer Blechtassen hervor und Teller und nahmen sich von der Bouillon.

„Wer ist das?", fragte Marcella, zeigte mit dem Kopf auf das Bild mit dem bärtigen Mann. Sie war am Tisch stehen geblieben. Die beiden Männer neben ihr ließen vorsichtig ihre Hände unter den langen Rock gleiten, sie lächelte müde, setzte einen Fuß zur Seite, um ihre Beine leicht zu spreizen.

„Luccheni", sagte einer von ihnen, „er hat die österreichische Königin am Genfer See erstochen. Elisabeth."

„Der Idiot", sagte sie, machte einen schnellen Schritt zur Seite, um die Hände der Männer abzuschütteln, „das war eine gute Frau. Jeder hat sie geliebt. Sogar die Italiener."

Der Mann mit der Zigarre sprang auf.

„Was weißt du schon. Du lebst hier im Dreck und verteidigst

eine Königin, die nie in ihrem Leben einen Finger gerührt hat. Die Menschen wie uns nur ausgesaugt hat."

„Sie hatte eben Glück", gab Marcella zurück, „aber sie war ein guter Mensch."

„Verschwinde." Der junge Mann machte eine fahrige Bewegung mit der glimmenden Zigarre und einen Moment sah es so aus, als wollte er sie schlagen.

Ein Hustenanfall schüttelte Pico. Marcella trat an sein Bett, ihr Gesicht auf der Höhe seiner Augen. Sie streichelte sein heißes Gesicht. Als sie die Hand zurückzog, war sie nass von seinen Tränen.

„Du wirst schon wieder, mein Kleiner ", sagte sie. Er starrte in ihr Gesicht, in das sich erste Spuren ihres Lebens eingruben, schmale Falten, eine verschorfte Narbe unter dem linken Wangenknochen, aber brennende, lebendige Augen. Marcella war anders als seine Mutter. Seine Mutter hatte ihm Lesen und Schreiben beigebracht, war immer blasser geworden, hatte zu husten angefangen und war eines Morgens nicht mehr aufgewacht.

Marcella konnte nicht einmal ihren Namen erkennen, wenn man ihn vor ihr in den Schnee schrieb. Aber als sein Vater ihn fortgeschickt hatte, weil es im Dorf nichts mehr zu essen gab, war es Marcella gewesen, die ihm beigebracht hatte, auf der Straße zu überleben.

Er war nach Mailand gewandert, die Straßen waren voller Menschen, Horden von Kindern, die wie er nicht wussten wohin. In Mailand lief er vor der italienischen Kavallerie davon, die demonstrierende Arbeiter durch die Stadt hetzte. Als die ersten Schüsse fielen, versteckte er sich hinter Weinfässern in einem Hinterhof. Ein älterer Mann war ihm gefolgt, hatte sich neben ihn auf den Boden sinken lassen und war langsam verblutet. Als Pico in Panik weglaufen wollte, hatte er ihn festgehalten. „Wo der Tod einen holt, lässt er den zweiten davonkommen", hatte der Mann geflüstert und war gestorben.

Marcella hatte er getroffen, als sie bei einem Bauern im Norden arbeiteten. Eines Morgens hatte er den Bauern laut schreien hören,

Marcella war aus dem Haus gerannt, hatte seine Hand genommen und sie waren weggelaufen. Immer weiter zogen sie nach Norden, Marcella las auf dem Weg noch ein paar Kinder auf. In Turin bettelten sie. Da hatte Marcella vom Tunnel unter dem Simplon gehört. Sie hatte die Kleinsten an einen Bettler in Turin verkauft und war mit Pico weitergezogen.

„Ihr bringt Königinnen um und lasst euresgleichen verrecken", fauchte sie.

„Du sollst verschwinden", sagte der mit der Zigarre, „wir haben hier Wichtiges zu bereden. Und nimm das Kind mit."

Doch da hielt plötzlich eine schwere Faust die Hand mit der Zigarre fest.

„Lass sie in Ruhe", sagte eine tiefe Stimme. Es war einer der Tunnelarbeiter, mit dem Pico noch nie ein Wort gewechselt hatte. „Der Junge ist krank und sie kümmert sich um ihn. Ihr könnt wiederkommen, wenn ihr wollt. Aber solange der Junge krank ist, bleibt er hier und sie auch."

Die beiden Männer zögerten kurz, dann widmeten sie sich wortlos ihrer Suppe.

Marcella holte ihm eine Tasse heißes Wasser und kippte einen Schuss Grappa hinein.

„In einem Zug, Kleiner", sagte sie und hielt ihm die Tasse hin. Er brauchte zwei, aber dann brandete das Feuer in ihm hoch, er hustete, die Tränen schossen ihm in die Augen, der Schmerz in seiner Brust bäumte sich auf, aber schließlich ließ er nach. Sie zog eine Decke über ihn und er schloss die Augen.

Aber Pico schlief nicht. Er hörte den Männern zu und dachte an das Bild der österreichischen Königin, eine große, dunkel gekleidete Frau mit lockigen, hochgesteckten Haaren und langen, schwarzen Handschuhen. Im Herbst, nachdem sie aus Mailand weitergezogen waren, sah er plötzlich ihr Bild in allen Zeitungen. Keine zwei Jahre war das her. Immer wieder musste Pico den Leuten, mit denen er auf der Straße unterwegs war, die Geschichte vorlesen, wie die österreichische Königin am Genfer See ein Boot besteigen wollte. Wie Luccheni sie mit einem selbst gemachten

Messer erstochen hatte. Sie hatte noch ein paar Schritte gemacht, bevor sie zusammenbrach.

Einige hatten ihn bestaunt, weil er so flüssig lesen konnte, doch die meisten wollten die Geschichte nur hören, um sich immer wieder vor Begeisterung auf die Schultern zu schlagen.

Abends, wenn sie auf den Plätzen der Vororte übernachteten oder am Rand der Dörfer, stießen Männer zu ihnen, die Reden hielten, von Anarchismus, von den Arbeitern, die sich zusammentun müssten. Von den Ketten, die sie abwerfen würden. Nach kurzer Zeit verschwanden sie wieder, manche von ihnen hörte Pico später in anderen Städten, wo sie die gleichen Reden hielten.

Das Lachen der Männer am Tisch drang durch sein Fieber. Marcella brachte neuen Wein. Die Fremden sprachen jetzt leiser, aber es half nichts, die Jahre im Vortrieb hatten die Mineure fast taub werden lassen und die beiden mussten wieder lauter sprechen. Immer wieder fiel Pico in einen unruhigen, schweißnassen Schlaf.

Er zwang sich hinzuhören, doch seine Fieberwellen zogen ihn davon. Die Königin mit den schwarzen Handschuhen lief durch den Tunnel, als wolle sie die Männer hinaustreiben. Plötzlich stand sie vor ihm schüttelte ihn an der Schulter.

„Wir müssen Marco wecken. Er muss was essen."

Pico öffnete die Augen. Die Männer sahen schweigend herüber, Marcella stand vor ihm. Der reißende Schmerz beim Schlucken ließ ihn aufstöhnen.

Marcella half ihm vom Bett, mit einer Hand hielt Pico sich am Bettpfosten fest. Mit fiebrigen Augen sah er sich um, jede Faser seines Körpers schmerzte. Die schmächtigen Männer, die die ganze Zeit geredet hatten, steckten das Heft mit dem Bild Lucchenis ein und erhoben sich.

„Ihr garantiert mir für den Jungen. Dass er nicht redet", sagte einer von ihnen zu den Männern am Tisch, ohne Pico dabei anzusehen.

In diesem Moment fuhr ein Stich durch seinen Körper. Verwirrt vor Schwäche griff er sich an die Brust. Aber es war Marcella, die geschrien hatte.

„Er ist tot. Marco ist tot."

Die beiden Männer sprangen auf.

„Es ist besser, wenn man uns hier nicht sieht."

„Feiges Pack. Ihr könnt nur reden, immer nur reden", schrie Marcella hinter ihnen her, „aber um eure eigenen Leute kümmert ihr euch nicht."

Zusammen mit den Arbeitern zog Marcella Marco vom Bett. Sie legten seinen leblosen Körper auf den Boden.

„Wir holen einen Arzt", schlug der Maurer vor. Mit einer schnellen Bewegung fing er Pico auf, als der den Bettpfosten losließ, einen Schritt auf Marco zumachte und zusammenbrach.

Pico wurde wach, weil er seine Hand nicht bewegen konnte. Schon die Bewegungslosigkeit schmerzte. Er spürte, dass alles anders war. Um ihn herum war es kühl und frisch und er ließ sich Zeit, die Augen zu öffnen. Es war Marcella, die seine Hand hielt, und als er die Augen aufschlug, sah er noch einen Moment die Verzweiflung in ihrem Gesicht. Der Druck auf seiner Hand ließ nach, sie beugte sich über ihn und küsste ihn auf die Stirn.

„Gottseidank."

Er lag in einem kleinen, hellen Zimmer auf einem sauberen Bett aus weißen Stahlrohren. Im Haus waren leise Klaviertöne zu hören.

„Wie lange bin ich hier?"

„Fünf Tage."

Marcella hatte sich verändert. Sie trug ein neues dunkelblaues Kleid, hatte einen Hut neben sich auf dem Boden liegen und als sie sich über ihn gebeugt hatte, roch sie so gut wie noch nie.

Sie wollte aufstehen, als der kleine Arzt ins Zimmer trat, doch er legte ihr die Hand auf die Schulter und drückte sie sanft in den Stuhl.

„Du Glückspilz. Ein Zimmer für dich ganz allein."

Er untersuchte Pico, hörte ihn ab.

„Es hat gut gewirkt." Zufrieden betrachtete ihn der Arzt und zeigte ihm eine Schachtel, auf der in Buchstaben, die Pico kaum entziffern konnte, *Aspirin* stand.

„Ganz neu. Du warst mein Versuchsobjekt. Noch ein paar Tage, und du kannst wieder raus."

Er gab Marcella die Hand, verbeugte sich leicht und Pico sah, wie ihr die Röte den Hals hinaufwanderte.

Als sie ihn aus dem Krankenhaus entließen, sah er auch die beiden Männer wieder, die in ihrer Hütte gesessen und von Luccheni erzählt hatten. Sie gingen an ihm vorbei, ohne ein Zeichen des Wiedererkennens.

Die Sonne schien und wie Schößlinge stießen die ersten Hausdächer durch die Schneedecke, unter der sie den ganzen Winter begraben waren.

15

Ich hätte ihn fast sterben lassen. Dabei habe ich gesehen, wie unglücklich Pico war. Seit wir zusammen sind, haben wir die Zeit zwischen den Jahren gemeinsam verbracht. Aber ich musste mich wie eine läufige Hündin in einen Zwinger voller Rüden werfen. Wie Schnee war sein Gesicht, als wir ihn ins Krankenhaus brachten. Der Dottore hat alles stehen und liegen lassen und sich um ihn gekümmert. Aber ich habe den Blick schon gespürt, den er mir zuwarf. Sie haben nicht gut aufgepasst auf Ihren Sohn in letzter Zeit. Und ich spürte wieder dieses Reißen an den Füßen, als ich Picos weißes Gesicht sah, auf dem sich nichts mehr regte. Marco haben sie schon einen Tag später beerdigt, außer mir war niemand dabei. Der Priester noch, aber der hat kein Wort mit mir gewechselt. Nicht einmal angesehen hat er mich. Im Krankenhaus konnte ich kaum erkennen, ob Pico atmete. Er könnte jetzt auch neben Marco in der Erde liegen.

Der Winter hat auch sein Gutes. Der Geruchssinn kehrt zurück. Im Sommer erstickt er im Gestank von Balmalonesca. Das Bretterdorf ist im Winter eine gefrorene Kloake. Ich merkte das an der zierlichen Frau, die mir im Krankenhaus begegnet ist. Sie muss die Frau des Dottore sein, alle grüßen sie voller Respekt. Sie gab mir die Hand. Sie sind die Mutter des kleinen Pico, sagte sie ohne jeden Spott in der Stimme, und als ich nickte, legte sie mir die Hand auf den Arm und sagte, es stehe nicht gut um ihn, aber auch nicht ganz so schlecht. Ich solle mich zu ihm setzen, das helfe mehr, als der Dottore für ihn tun könne. In Varzo wechseln die Frauen die Straßenseite, wenn ich ihnen entgegenkomme, und in manchen Trattorien werde ich nicht bedient, da kann ich die besten Kleider anziehen, die ich habe. Und das sind manchmal viel bessere als ihre.

Aber die Frau des Arztes ist immer wieder in Picos Zimmer gekommen, hat sich neben mich gesetzt und da roch ich ihr Parfüm. Ich kannte den Geruch nicht, aber es duftete wie junger Weißwein mit etwas Zitrone. Und sie hat Pico über die Wange gestrichen und meine Schulter gedrückt, als sie wieder ging.

Abends in unseren Hütten tauchen immer noch die Männer auf, die Hände haben, als könnten sie keine Axt halten, und erzählen davon, dass sie einen Generalstreik vorbereiten gegen die Kapitalisten und ihre Knechte und das Großbürgertum und die Ausbeuter. Sie brüsten sich damit, Menschen zu töten und reden von großen Taten, die sie planen. Aber das tun sie nur, um nicht mit den kleinen Taten anfangen zu müssen. Den Menschen zu helfen, die ihnen gegenüber sitzen. Sie sind feige. Wie die, die abgehauen sind, als Pico vor seinem Bett zusammenbrach. Sie sind wie die Generäle deren Bilder man in den Zeitungen sieht. Wie sie ihre Truppen in den Krieg schicken und in Hotels hinter der Front wohnen und sich bei Kerzenschein vollfressen.

Viel besser bin ich auch nicht. Die ganzen Silvesternacht ist Pico draußen herumgelaufen, wie damals, hat er gesagt, als wir uns die Schaufenster angesehen haben. Aber hier am Simplon gibt es doch keine Schaufenster, habe ich geantwortet. Er sah mich traurig an und bekam einen Hustenanfall. Und jetzt liegt er im Krankenhaus und selbst wenn ich meinen Handrücken unter seine Nase halte, kann ich kaum seinen Atem spüren. Aber manchmal, hat die Frau des Dottore gesagt, wird er wach in der Nacht, und dann füttern sie ihn.

Vor ein paar Tagen, als ich bei ihm war, bin ich mit dem Kopf auf seiner Schulter eingeschlafen und da hat mich eine Hand geweckt. Es war Picos Hand und er hat gelächelt, und ich habe ihn endlich gefragt, ob er mir Lesen und Schreiben beibringt, dann würde ich auch nicht mehr neben seinem Bett einschlafen. Das nächste Mal habe ich ein paar alte Zeitungen aus einer Trattoria mitgenommen und Pico gebracht und er hat mir daraus vorgelesen und ich habe mir die Überschriften erklären lassen. Der Dottore ist gekommen und hat etwas gemurmelt, was sich anhörte wie das war knapp. Ein Pfleger sagte mir, Pico sei dem Tod von der Schippe gesprungen. Oben in Trasquera, wo sie die Toten immer hinbrachten, weil der Friedhof in Iselle noch nicht fertig ist, hätten schon Feuer gebrannt, um den Boden aufzutauen. Aber die Feuer hätten nicht richtig brennen wollen und das wäre ein gutes Omen gewesen. Pico hörte das alles mit an, und plötzlich kamen mir die Tränen und ich habe mich geschämt. Da hat er sich in seinem Bett aufgesetzt und mich umarmt.

Ein bisschen fürchte ich mich davor, wenn der Frühling den Gestank nach Balmalonesca zurückbringt. Aber dann können wir uns in die Berge setzen, wenn er frei hat, und lesen und schreiben und ich suche ihm ein Mädchen, das wie ich aus Kalabrien stammt und wie ich für ihn kocht. Ich werde dafür sorgen, dass der Simplon uns nicht auffrisst.

16

Wie das Knistern von brennendem Gras raste das Geklapper der Telegrafen übers Land, hetzte aus den Städten in die Dörfer, die im sonnendurchglühten Sonntagnachmittag auf die Kühle des Abends warteten. Dann schickten die Priester ihre Ministranten in die Kirchen, sie warfen sich an die Glockenseile und es war, als nehme das Geläut die Verfolgung der Telegramme auf.

Endlich erreichte es auch die letzten Winkel des Landes, die Inseln vor der Küste, die abgelegenen Dörfer am Aspromonte und die höchsten Täler der Alpen.

Bellmer schreckte auf, als das Geläut wie eine Springflut das Tal hinaufkam und als letzte vor der Schweizer Grenze die Kirchenglocken von Iselle zu läuten begannen. Friederike, die neben ihm im Garten lag, öffnete die Augen, blinzelte ihn schläfrig an und warf einen Blick auf den Kleinen. Hans war keine drei Wochen alt, und es gab kaum etwas, das ihn wecken konnte.

„Der Tunnel?“, fragte Friederike.

Bellmer schüttelte den Kopf.

„Das wüsste ich, bevor die Glocken läuten.“

Er richtete sich in seinem Stuhl auf.

„Seltsam. Sie läuten überall im Tal.“

„Sicher irgendetwas Katholisches.“

Es war früh heiß geworden in diesem ersten Sommer des zwanzigsten Jahrhunderts und sie war froh, als Dottore Lenga vor drei Wochen gekommen war und sie mit den Worten „Es kann jeden Tag soweit sein“ ins Krankenhaus mitgenommen hatte. „Paola würde sich freuen“, hatte er hinzugefügt, „und eine Hebamme wohnt auch im Haus.“

Vor zwei Wochen war sie mit Hans im Arm wieder nach Hause gekommen. Jetzt holte sie ihren Schlaf nach.

Doch das Geläut nahm kein Ende.

Bellmer stand auf.

„Siehst du Grethe irgendwo?“, fragte seine Frau leise.

Neben dem Haus leuchteten Margarethes blonde Haare im hohen Gras. Ein paar italienische Kinder jagten hinter ihr her, dann tauchten sie im Gras unter und er hörte ihr helles Lachen.

„Sie spielt im Garten. Eigentlich tobt sie. Wie immer.“

Hummeln standen summend über den wilden Blumen, Tessa, das Hausmädchen, stellte einen Krug auf den Steintisch, Wasser mit Zitronensaft.

„Ohne Zucker.“

„Gut so.“ Friederike schenkte sich ein Glas ein. Das Mädchen schaute ihr zu, wie sie den ersten Schluck nahm, lachte und schüttelte sich.

„Acido“, sagt sie, beugte sich dann zu Hans in seinem Kinderwagen, murmelte ein paar zärtliche Worte und verschwand wieder im Haus. Friederike schüttelte den Kopf. Tessa war etwas eigenartig, aber sie hatte noch nie ein Mädchen gehabt, das sich so gut mit Margarethe verstand. Und um Hans kümmerte sie sich so liebevoll, dass Margarethe bisweilen eifersüchtig wurde.

Bellmer ging ins Haus, hinauf in die zweite Etage. Das Haus lag auf der rechten Seite der Diveria, etwas oberhalb von Iselle, und von hier aus konnte er das ganze Tal überblicken. Neben dem Zollgebäude mit seinen Torbögen lag das Posthaus, vor dem drei Kutschen standen. Etwas talabwärts auf dem gegenüberliegenden Hang leuchtete Sandaus Villa zwischen den Bäumen.

Alles schien wie immer.

Dann sah er die beiden Soldaten, die aus dem Telegrafenamt in Iselle kamen. Im Laufen setzten sie ihren Filzhut mit der schwarzen Krähenfeder auf, die dunkle Jacke mit den Sternen auf dem Revers noch offen, warfen sie sich auf ihre Pferde und ritten das Tal hinauf, wo ihre Garnison lag. Wenig später flog die Tür des Telegrafenamtes erneut auf, ein Bote rannte die Passstraße hinunter in Richtung Tunnelbaustelle, bog links ab auf den breiten Weg zu Sandaus Villa.

„Und?", fragte Friederike von ihrem Liegestuhl aus, als er wieder aus dem Haus kam.

„Ich weiß nicht", antwortete Bellmer. „Irgendetwas stimmt nicht."

Einen kurzen Augenblick dachte er an Krieg und ein frostiges Schaudern überfiel ihn. Ein Krieg mit England? Um den Buren gegen die Engländer den Rücken zu stärken? Die Engländer hatten deutsche Dampfer vor Südafrika aufgebracht, es stand in all den deutschen Zeitungen, die sie sich schicken ließen. Aber das war Monate her und seitdem hatte der deutsche Kaiser den Buren die kalte Schulter gezeigt. Mit Frankreich? Er fluchte im Stillen, dass er sich so wenig für Politik interessierte. Wer weiß, was inzwischen geschehen war, die Zeitungen kamen so spät. Sein Rücken verkrampfte sich, es dauerte eine Weile, bis er sich wieder fing. Ein Krieg war ausgeschlossen. Aber was war mit den beiden Soldaten und dem Mann, der zu Sandaus Villa hinaufgelaufen war?

„Setz dich doch wieder. Wenn du schon einmal einen freien Tag hast, solltest du ihn auch genießen."

Bellmer nickte abwesend, setzte sich unter den Schirm und schaute seiner Frau dabei zu, wie sie im Schatten vor sich hin döste. Stundenlang konnte er dieses Gesicht ansehen, die helle Haut, die unter den Augen durch die Anstrengungen der Geburt grau geworden war. Dieses Gesicht, das ihn durch ganz Europa begleitet hatte, ohne seine Schönheit zu verlieren, das nicht zu altern schien, das nach drei Kindern noch schöner geworden war.

Doch die Unruhe ließ ihn nicht los. Er musste wissen, was es mit dem Glockengeläut auf sich hatte und den Männern, die aus dem Telegrafenbüro gestürzt waren.

Hinter dem Haus schimpfte das Mädchen leise mit Margarethe. Er sah die beiden im Haus verschwinden, Tessa hatte seiner Tochter den Arm um die Schulter gelegt und verdeckte sie fast völlig.

Margarethes Freundinnen kletterten schweigend über die niedrige Mauer und verschwanden.

„Vermutlich hat sie mal wieder ihr weißes Kleid ruiniert“, murmelte Friederike mit geschlossenen Augen.

Bellmer goss sich ein Glas Zitronenlimonade ein, im Haus stritten die beiden Mädchen leise miteinander, er hörte das Summen der Hummeln und Fliegen im Gras, selbst die Glocken klangen auf einmal versöhnlicher. Er blickte auf das erschöpfte Gesicht seiner Frau und auf Hans, der in seinem Kinderwagen plötzlich eine winzige Faust nach oben reckte, so als wehre er sich gegen seine ersten Träume. Und wie seit langem nicht mehr spürte Bellmer dieses überwältigende Gefühl von Glück, diesen Moment, in dem alles stillsteht.

„Ingegnere.“

Bellmer sah sich nach der Stimme um. Der Mann stand vor dem schmiedeeisernen Gatter vor dem Haus. Es war mit einem eisernen Haken gesichert, da es so leicht in seinen Scharnieren ruhte. Der Mann hielt ein Papier in die Höhe. Er war einer der italienischen Capos, älter schon, außer Atem vom Laufen. Bellmer winkte ihn herein und achtete drauf, dass er das Gatter wieder schloss.

Der Mann hielt ihm ein Telegramm hin. Es war ein langer Text in Italienisch und während Bellmer ihn langsam Wort für Wort las, schlich sich ein schriller, quälender Ton in das Glockengeläut. Kein Krieg. Aber wieder diese hinterhältige Gewalt, die sich wie ein Parasit durch Europa fraß und alles vergiftete. Ein Mann, der wohl Bresci hieß, hatte den italienischen König Umberto in Monza mit drei Schüssen getötet.

Bellmer ließ das Telegramm sinken, spürte kaum, wie Friederike es ihm aus den Händen zog. Zur Reifeprüfung hatte sein Vater ihm eine Reise nach Berlin geschenkt. An einem Samstag waren sie Unter den Linden spazieren gegangen, plötzlich blieben die Menschen stehen und winkten, der Kaiser fuhr in einer offenen Kalesche in Richtung Tiergarten.

Ein Mann hatte ihn an die Seite gerempelt und auf den Kaiser geschossen. Aber er hatte ihn verfehlt, und sein Vater hatte sich mit anderen Passanten auf den Mann gestürzt. Stundenlang hatten sie auf dem Polizeirevier warten müssen, bis ihre Zeugenaussagen aufgenommen worden waren. Erst am nächsten Morgen konnten sie nach Hause zurückfahren.

Nur drei Wochen später hatte ein anderer Attentäter mehr Glück gehabt und den Kaiser schwer verletzt. Damals hieß es, die Sozialisten steckten unter einer Decke mit den Anarchisten.

Es war eine fremde, neue Kraft, eine unbekannte Welt, die da entstand und das alte Europa bedrohte. Überall warfen die Anarchisten Bomben, erstachen und erschossen Menschen, fast jede Woche ging das so. Vor ein paar Tagen hatte sogar ein Sechzehnjähriger versucht, den Prinzen von Wales zu töten. Und es war auch nicht das erste Attentat auf Umberto.

Bellmer holte einen Stuhl für den Capo und goss ihm von der Zitronenlimonade ein.

„Sandau weiß es schon?“, fragte Bellmer.

Der Capo nickte. „Er wurde als Erster informiert.“

„Was ist mit den Soldaten? Zwei von ihnen rannten aus dem Telegrafenbüro.“

Er spürte den abschätzenden Blick des Capo und musste an die Aufrührer in Balmalonesca denken. Vielleicht war der Capo einer von denen, die laut gelacht hatten, als sie das Telegramm in den Händen hielten.

„Die Garnison ist informiert. Der Befehl ist wohl, sich zurückzuhalten. Es scheint, dass der neue König angeordnet hat, die Soldaten sollten in ihren Kasernen bleiben.“

Der Capo nippte an seiner Limonade und stellte sie wieder hin, sah dann entschuldigend zu Friederike hin.

„Zucker?“, fragte sie und er nickte. Friederike rief nach dem Mädchen, mit einem koketten Knicks stellte Tessa eine Zuckerdose vor den Capo.

„Glauben Sie, das ist der Anfang von mehr?“, fragte Bellmer ohne den Capo aus den Augen zu lassen.

„Eine Revolution, meinen Sie?“, fragte er erstaunt zurück und rührte zwei Löffel Zucker in seine Limonade. „Nein, das glaube ich nicht. Diese Anarchisten sind Einzelgänger. Sie haben keine Organisation. Eine Revolution schaffen nur wir Sozialisten. Aber die Zeit ist noch nicht da. Und wir ermorden niemanden“, fügte er stolz hinzu, wobei er ein wenig den Oberkörper aufrichtete.

Er trank die Limonade aus, ließ sich den Zucker, der sich auf dem Boden abgesetzt hatte, in den Mund tropfen. Beim Aufstehen warf er einen Blick in den Kinderwagen.

„Ein Junge? Die Madonna schütze ihn.“

Dann verneigte er sich knapp, schloss das Gatter vorsichtig und verschwand zwischen den Häusern von Iselle.

Im Tal hörte eine Glocke nach der anderen auf zu läuten.

„Was für eine Zeit“, sagte Friederike leise, „vielleicht ist es nicht das Schlechteste, jetzt hier in den Bergen zu sein, weit weg von allem.“

Er nahm ihre Hand, die sie ihm aus ihrem Liegestuhl entgegenstreckte.

„Mag sein, dass du Recht hast.“

„Aber irgendwas macht dir doch Sorgen. Ist was mit dem Tunnel?“

Er schüttelte den Kopf. Seit dem Winter war kaum noch Dynamit verschwunden. Sandau hatte ihn gebeten, nichts zu unternehmen, solange es nicht schlimmer wurde. Es hatte ihn geärgert, dass Sandau allen Konflikten aus dem Weg ging, aus Angst, die Capos würden die Arbeiter auffordern zu streiken. Aber jetzt sah alles anders aus. Sie hatten den König getötet. Wer weiß, was sie mit dem Dynamit vorhatten. Jetzt konnte er nicht länger abwarten und zusehen. Aber das musste Friederike nicht wissen.

„Ich gehe ins Büro, vielleicht wissen sie schon mehr.“

Er gab ihr einen Kuss, sie hielt seinen Kopf einen Augenblick länger fest.

Als Bellmer in Richtung Gatter ging, kam Margarethe aus dem Haus gesprungen, barfuß, aber in einem sauberen Kleid.

„Papa! Warte auf mich. Gehst du runter ins Negerdorf?"

Friederike erwischte ihre Tochter am Kleid und zog sie zu sich heran.

„Du weißt, dass ich es abscheulich finde, wenn du so redest. Das ist das letzte Mal, dass ich dir das sage. Tessa kommt auch unten aus dem Tal. Und ich will nicht, dass man so über sie spricht."

Margarethe nickte zerknirscht, schaute ihren Vater an.

„Kann ich trotzdem mit?"

Er warf einen Blick zu Friederike, als sie nickte, klatschte Margarethe in die Hände. „Nur mit Schuhen", sagte er, und sie kam mit Holzschuhen aus dem Haus zurück. „Holzschuhe zu dem Kleid?", murmelte Bellmer fragend, während Margarethe vor ihm in die Höhe sprang. Er öffnete das schwere Gatter, winkte seiner Frau zu und zog es wieder ins Schloss.

Sie liefen durch Iselle, Margarethe vorneweg. Sie streckte ihre Hand nach hinten und wartete darauf, dass ihr Vater sie ergriff.

Plötzlich blieb sie stehen.

„Der Mann, der da gestorben ist, kanntest du den?"

Sie hatte gelauscht, als er mit Friederike über das Attentat sprach.

„Nein."

„Dann weißt du auch nicht, wie er aussah?"

Bellmer suchte nach einer Zehn-Centesimi-Münze in seiner Tasche und hielt sie ihr hin.

„Das war er. Der König."

Schweigend drehte sie die kupferne Münze in ihren Händen und reichte sie schließlich zurück.

„Und jetzt? Wo gehn wir hin?", fragte sie.

„Ich wollte ins Büro." Er überlegte kurz. „Aber eigentlich würde ich lieber den Ingenieur Tello besuchen. Oben in Varzo."

„Den mit dem Muli? Das wird ein langer Marsch. Nur gut, dass ich die Holzschuhe angezogen habe." Sie drehte sich zu ihm um, ihre Haare flogen zur Seite und sie streckte ihm ein kleines Stückchen ihre Zunge raus. Das riskierte sie nicht oft.

Gianna mochte diesen deutschen Ingenieur. Es amüsierte sie, wie aufrecht er sich hielt, um neben seiner Frau nicht noch kleiner zu wirken. Ab und zu war er mit schweren Schritten den Weg zu ihrem Haus hinaufgewandert, um mit Alessandro zu reden. Brachte Bellmer seine Tochter mit, konnte Gianna ihr blondes Haar schon von weitem leuchten sehen. Und wenn Margarethe mit Errico vor der Tür spielte, ging niemand vorbei, ohne zu fragen, ob sie Geschwister seien.

Bei Bellmers sprödem Italienisch konnte Gianna ein Lächeln nie unterdrücken, aber selbst wenn sie lachte, hatte er keinen Blick für sie, so, wie die anderen Ingenieure ihr hinterherschauten. Nicht die Arbeiter und Mineure, deren geflüsterte Bemerkungen sie ignorierte, sondern die Blicke der Ingenieure, die sie spürte, wenn sie ins Tal ging. Blicke, die sie brauchte.

Aber eine Frau, die so schön war wie Bellmers, warf einen Schatten über alle anderen und schien Bellmer blind zu machen. Der Gedanke versetzte Gianna einen leichten Stich.

Diesmal hörte sie Margarethe schon von weitem. Im letzten Herbst hatten die Brombeerhecken, die wilden Rosen und die Feigenbäume den Weg fast überwuchert. In diesem Sommer waren die Hecken noch dichter geworden. Margarethe erzählte laut von den Nachstellungen ihrer Freundinnen, die ihr beim Spielen das Kleid zerrissen hatten. Erst dann erblickte Gianna die blonden Haare.

„Es ist der Ingegnere Bellmer mit seiner Tochter."

Gianna rüttelte Alessandro wach, der im Halbdunkel des Zimmers döste. Er sprang auf, knöpfte sich die Weste zu, legte einen Kragen und die Krawatte um und ging hinter ihr her zur Haustür.

Sie nahm Bellmer, der sich den Schweiß von der Stirn wischte, die Jacke ab. Margarethe lief durchs Haus auf der Suche nach Errico und verschwand mit ihm im Garten. Alessandro versuchte in Bellmers Augen zu lesen, was er von ihm wolle. Es musste mit dem Läuten der Glocken zu tun haben.

Sie gingen nach oben und setzten sich auf den Balkon. Die Abendsonne warf lange blaue Schatten auf die Berge.

„Von hier oben aus glaubt man nicht, wie sich das Tal verändert hat", sagte Bellmer.

„Das ist der Grund, warum wir hier oben wohnen", antwortete Gianna. Aber ein Blick in Bellmers Augen sagte ihr, dass sich dort unten etwas zusammenbraute, ob sie es sahen oder nicht.

Unter dem Balkon spielten die Kinder an der in Stein gefassten Quelle. Margarethe kletterte auf die Ummauerung, um dem Maultier, das im Garten graste, in die Augen sehen zu können, aber das Tier machte sich davon und Margarethe stieß einen lauten Fluch aus. Gianna schimpfte sie vom Balkon herunter aus, aber es fiel ihr schwer ernst zu bleiben. Schließlich holte sie eine Karaffe mit eiskaltem Wasser und Weißwein, warf noch einen fragenden Blick auf Alessandro und ließ die beiden allein.

„Manchmal ist man ein bisschen weit weg von allem", sagte Alessandro.

„Aber die Glocken haben Sie gehört?"

„Das schon, aber die Tunnelsirene sprang nicht an. Rauch war auch keiner zu sehen. Da dachte ich, so schlimm wird es kaum sein."

„Es war ein Attentat. Auf Ihren König, Umberto."

Alessandro wurde blass. Malatesta, dachte er, das war Malatesta.

„Weiß man, wer es war?", fragte er mit trockenem Mund.

„Bresci oder so ähnlich."

Bellmer hatte sein ganzes Leben mehr aus Bequemlichkeit denn aus Überzeugung die Nationalliberalen gewählt, wenn er in Deutschland war und seine Arbeit es zuließ. Er fand es vernünftiger, eine protestantische Partei zu wählen als eine katholische. Vor allem, weil die meisten der jüngeren Unternehmer, die er kannte, die Nationalliberalen unterstützten und er sich gerne als einer der ihren sah. Wenn es ihnen gut geht, dann auch uns Ingenieuren, sagte er und daran hatte er sich immer gehalten. Nachdem sich Frankreich und Deutschland arrangiert hatten, herrschte in Europa seit fast dreißig Jahren Frieden. Kriege gab es noch, aber nur in China oder Südafrika.

„Das ist weit weg“, hatte er zu Friederike gesagt, „das berührt uns nicht.“

„Wie willst du das wissen?“, hatte sie geantwortet, „irgendwann schwappt das alles auch zu uns herüber.“

Sie hatten das Thema gemieden, aber Friederike behielt Recht. In den letzten Jahren geriet in Europa alles in Bewegung. Es verunsicherte Bellmer, dass die Arbeiter anfingen, sich zusammenzuschließen. Er sah die Aushänge der Gewerkschaften und der sozialdemokratischen Parteien, las mit Verwunderung die Namen ihrer Abgeordneten in den Parlamentsberichten der Gazetten. Die Arbeiter streikten und Männer mit Bomben und Pistolen töteten in ganz Europa Menschen. Nicht nur Könige und Kaiserinnen. Im März war eine Bombe durch ein Fenster ins Haus des Generalkommissars der Pariser Weltausstellung geflogen. Immer häufiger tauchten die Namen der Anarchisten in der Zeitung auf, Kropotkin, Bakunin. Errico Malatesta, den sie vor zwei Jahren in Ancona festgenommen hatten. Und der ein Jahr später wieder entkommen war.

„Es geht mich vielleicht nichts an“, Bellmer wich Alessandros Blick aus, „aber warum trägt ihr Sohn diesen Vornamen?“

Eine Pause entstand. Beide ahnten, dass von der Antwort viel abhängen würde. Nur was, das wussten sie nicht. Vielleicht mussten sie sich etwas Unbekanntem, Geheimnisvollen in den Weg stellen. Oder für ihre Hoffnungen mehr tun, als täglich zwölf Stunden im Tunnel zu arbeiten, mit matten Gliedern und schwindelndem Kopf ans Tageslicht zurückzukehren, häufig mit einem hohen Pfeifton in den Ohren, der Tage anhielt. Und sie ahnten, dass mit dieser Antwort ein Schatten über das Tal fallen könnte, der nie mehr verschwinden würde.

„Tello“, Bellmer sprach alle seine Ingenieure nur mit Nachnamen an, „wenn Sie …“

Alessandro ließ ihn nicht ausreden.

„Haben Sie schon einmal jemanden vor Hunger sterben sehen? Frauen, die Kinder bekommen, so klein, dass sie nicht einmal eine Chance hätten, selbst wenn die Brust ihrer Mutter Milch gäbe? Was sie nicht tut, weil sie seit Monaten kaum etwas zu essen hat. Können Sie sich vorstellen, in einer Hütte groß zu werden, deren Boden aus getretener Erde besteht? Wie Ihre nackten Füße im Frühjahr am Boden kleben bleiben, wenn die Luftfeuchtigkeit steigt und der Boden weich wird? Und wie zwei, drei von den Kindern, mit denen Sie aufgewachsen sind, plötzlich nicht mehr da sind, wenn der Winter einmal ungewöhnlich streng war. Nicht so kalt wie bei Ihnen in Deutschland oder hier in den Alpen. Nur etwas kälter, als es in der Gegend um Neapel normal ist."

Bellmer hatte seinen Blick von der gegenüberliegenden Talseite losgerissen und sah Alessandro an.

„Das vergessen Sie nie, auch wenn Sie den Sprung schaffen in ein anderes Leben. Ich habe Glück gehabt. Ich konnte weg und etwas lernen und arbeiten. Sonst wäre ich vielleicht auch einer von den Menschen, die am Anfang des Jahres über den Simplon wandern und im Herbst zurück. Ich würde meine Frau monatelang nicht sehen, meinen Sohn auch nicht und vielleicht hätte mich dann eines Nachts auf dem Weg über den Simplon der Schnee überrascht. Man sagt ja, in den letzten Augenblicken vor dem Erfrieren hätte man Halluzinationen. Sehr schöne sogar. Vielleicht wäre das der glücklichste Augenblick meines Lebens geworden."

Er hatte den Blick gesenkt. Dann fasste er sich, schluckte den Kloß in seinem Hals hinunter und lächelte.

„Vielleicht hätte ich auch gelernt, Bomben zu basteln. Oder mit einem Revolver auf vorbeifahrende Kutschen zu schießen", sein geistesabwesendes Lächeln wurde breiter und er schaute Bellmer jetzt in die Augen, „und Sie können mir glauben, ich würde nicht daneben schießen."

Als Bellmer nicht antwortete, sprach Alessandro weiter.

„Ich finde das nicht richtig. Ich finde, dass niemand so leben muss, solange andere im Überfluss prassen. Ich bin aber kein

Kämpfer. Malatesta ist über zwanzig Jahre älter als ich und er hat noch mehr Elend gesehen. Er ist ein großer Mann, auch wenn ich ihn nur einmal von fern gesehen habe, als Junge. Ich bin kein großer Mann. Ich hatte einfach Glück. Und weil ich kein Kämpfer bin, und weil ich nicht vergessen will, woher ich komme, habe ich meinen Sohn nach ihm benannt. Ich war mir nicht immer sicher, ob das richtig war. Vielleicht, weil ich einfach nur feige bin." Tränen liefen Alessandro über das Gesicht. „Jetzt wissen Sie, weshalb mein Sohn Errico heißt."

Bellmer antwortete nicht sofort. Ein falsches Wort und Tello würde ihm für immer entgleiten.

„Sie haben doch nicht nur Glück gehabt", tastete er sich an Alessandro heran. „Sie haben sich doch auch bewusst entschieden. Als Ihre Chance kam, haben Sie sie ergriffen. Viele tun das nicht. Aus Angst, dass mit der Chance auch der Kampf kommt. Und sagen Sie nicht, wir führten keinen Kampf. Vielleicht kämpfen wir den größeren Kampf. Jeden Tag. Die Fürsten und Könige verschwinden. Aber ein Tunnel verschwindet nie mehr. Man kann ihn sprengen, zuschütten, aber als Idee lebt er weiter. Als Idee von einem schnelleren Weg. Von einer besseren Verbindung. Und mit den Zügen, die durch den Tunnel fahren, mit dem Verkehr kommt der Wohlstand. Ich glaube, dass eher der Verkehr hilft, dass in Ihrem Dorf kein Mensch mehr erfrieren muss, als ein toter König."

„Ich hoffe, Sie haben Recht. Und dass es nicht nur ein paar italienische Großgrundbesitzer sind, die ihren Weizen und ihr Obst in den Norden schaffen wollen. Oder ein paar Generäle, die ihre Kanonen und Soldaten schneller durch Europa schicken können."

„Die wird es auch geben." Bellmer entspannte sich ein wenig, als er Alessandro lächeln sah. „Aber das ist nur der Anfang. Die Spitze des Eisberges. Bald wird es mit den Transalpini vorbei sein. Die Menschen werden im Land Arbeit finden. Und Soldaten braucht dann auch niemand mehr."

Alessandro blickte ihn an.

„Das glauben Sie?"

„Warum nicht? Es ist doch schon besser geworden. Seit dreißig

Jahren lebt Europa relativ friedlich. Das hat es lange nicht gegeben. Dreißig Jahre. Das Rad lässt sich nicht zurückdrehen. Die Menschen wollen den Frieden. Wir sorgen dafür, dass sie aufeinander zugehen können. Sich kennenlernen."

Langsam zog die Dämmerung auf. Nur an den Bergspitzen hielt sich ein rötlicher Lichtstreifen. „Wenn ich auch sonst nicht an viel glaube, daran glaube ich ganz fest."

„Das ist schon mehr, als viele andere von sich sagen können. Aber warum interessiert Sie der Vorname meines Sohnes?"

„Wir arbeiten bald zwei Jahre zusammen. Und ich schätze Ihre Arbeit sehr. Aber wir wissen nur wenig voneinander."

Bellmer wich ihm aus. Alessandro überlegte, was in den letzten Tagen schief gelaufen sein könnte. Vielleicht war es aber auch nur Bellmers mühsames Italienisch, das diese Sätze so drohend klingen ließ.

Bellmer fuhr sich mit der Hand über den kahlen Schädel, halb Verzweiflung, halb Entschuldigung.

„Ich meine das so, wie ich es sage. Und ich vertraue Ihnen."

Alessandro schwieg.

„Wir haben ein Problem", sagte Bellmer schließlich zögernd, „wir sind zu langsam."

„Der Fels ist viel härter als erwartet."

„Das meine ich nicht", unterbrach Bellmer ihn, zog seinen Stuhl herum, sodass er Alessandro, dem die letzten Sonnenstrahlen ins Gesicht fielen, gegenübersaß. „Uns wird Dynamit gestohlen", sagte er leise, „viel Dynamit."

„Dynamit?" Alessandro sah in die wasserhellen Augen und spürte plötzlich, dass dieser Mann für das, was er glaubte, kämpfen würde. Mit ihm oder ohne ihn. Auch gegen ihn, wenn es sein musste.

„Seit Monaten schon. Ich habe es vor dem Winter bemerkt. Manche Bohrlöcher waren nicht so tief wie angegeben. Es war nicht nur der harte Stein, der uns so langsam vorankommen ließ."

„Davon weiß ich nichts. Wann immer ich die Bohrlöcher überprüft habe, hatte alles seine Richtigkeit."

Bellmer nickte. „Das glaube ich Ihnen. Aber oft genug sind nur die Mineure am Vortrieb."

„Das wird sich nie vermeiden lassen. Auch wenn wir Tag und Nacht im Tunnel sind."

„Auch das ist mir klar."

Ein Frösteln kroch an Alessandros Körper hoch. Im Glas der Balkontür spiegelte sich sein Gesicht wie unter dem dünnen Eis eines gefrorenen Sees. Dann tauchte Bellmers haarloser Kopf neben seinem auf. Zwei Untote. Das Frösteln wurde stärker.

„Aber vielleicht könnten Sie etwas herausbekommen", sagte das haarlose Gesicht.

„Warum ich?"

„Die Menschen hier vertrauen Ihnen. Sie kennen doch fast jeden. Sie könnten sich umhören."

„Sie wollen, dass ich meine eigenen Leute verrate. Nachdem Sie wissen, dass ich zum Bombenwerfen zu feige bin, soll ich sie bespitzeln und verraten."

Bellmers Gesicht in der Fensterscheibe blieb unbewegt.

„Sie sollen niemanden verraten. Überzeugen Sie sie. Sie wissen, dass Gewalt sinnlos ist. Aber Sie verstehen auch das Anliegen dieser Menschen. Vielleicht verkaufen sie das Dynamit nur, um ihren Sold aufzubessern. Vielleicht versuchen sie, einen von uns zu töten. Werfen Sandau eine Bombe in sein Haus. Oder in meins. Oder in eins der anderen Ingenieure."

Er schwieg einen Augenblick, als wolle er Alessandro Zeit lassen.

„Dabei tut die Tunnelbaugesellschaft alles für die Arbeiter. Baut Krankenhäuser und Unterkünfte. Beim Gotthard sind nach einem Jahre schon mehr als fünfmal so viele Menschen gestorben wie hier. Und die Arbeiter werden besser bezahlt als anderswo in Italien."

Bellmers Spiegelbild hatte den Mund kaum bewegt, so leise hatte er gesprochen. Jetzt drehte Alessandro sich zu ihm um, stand auf und ging ohne ein Wort.

Gianna saß mit Errico vor dem Haus, während Margarethe das Maultier mit einem Löwenzahn fütterte. Der Deutsche hatte seine Jacke angezogen, wirkte drohend in der Dämmerung mit seiner hohen, breiten Stirn, die sie an einen abgeschliffenen Fels im Fluss erinnerte. Errico rutschte von der Bank, machte ein paar unbeholfene Schritte auf ihn zu, der Deutsche hob ihn wortlos hoch.

„Ich habe auch einen Sohn, der ist noch kleiner als du", sagte er. „Manchmal wünschte ich, ich könnte mit euch tauschen."

Im Halbschatten des Eingangs sah Gianna Alessandro stehen, als Bellmer Errico wieder abgesetzt hatte, war er verschwunden.

„Und was ist mit mir", fragte Margarethe neben dem Maultier, „willst du auch mit mir tauschen?"

„Du bist ja schon fast erwachsen", antwortete Bellmer und nahm ihre Hand, „wir müssen los, bevor es dunkel ist."

Er verbeugte sich leicht vor Gianna. Als sie aufstehen wollte, um Alessandro zu holen, hielt er sie zurück.

„Wir haben uns schon verabschiedet."

Nachdenklich blieb Gianna vor dem Haus sitzen, bis das Geklapper von Margarethes Holzschuhen im fernen Rumoren des Tals unterging.

17

Wenn sie als Kinder die Kaktusfeigen von den Kakteen brachen und nicht aufpassten, spürten sie tagelang die feinen Stacheln in den Fingern. Sie schmerzten nicht, manchmal vergaßen sie sie sogar, aber dann waren die Stacheln wieder da, wenn man die Hand in die Hosentasche steckte oder sie abends über die Bettdecke rieb.

So hatte sich auch das Gespräch mit Bellmer in Alessandro festgehakt. Es war, als hätte etwas in ihm einen Sprung bekommen.

Die untergehende Sonne hatte den Himmel in einen tiefen Orangeton getaucht, der in ein perlmuttglänzendes Grau überging. Er liebte diese Sonnenuntergänge über dem rumorenden Tal, in dem immer neue Arbeiterbaracken entstanden, das Pfeifen der Loks und den ewigen Qualm aus den Schloten der Tunnelbaustelle.

Als Alessandro jetzt ins Tal blickte, berührte ihn das kaum und plötzlich, begleitet von einem heftigen Schmerz, wusste er, was Bellmers Besuch ihm genommen hatte: seine Zuversicht. Wie ein wertvoller Spiegel, der nach einem Schlag nicht zerbrochen, aber gesprungen war. Man schaut hinein und die Welt, die zurückblickt, passt nicht mehr so glatt zusammen wie zuvor.

Doch das war es nicht allein. Eine stille Wut staute sich in Alessandro auf, wenn er an den Deutschen dachte. Seine eigenen Landsleute bespitzeln. Auch wenn Bellmer es nicht so formulierte, es war nichts anderes.

Schlimmer aber wog, dass Bellmer ihm diese Zuversicht genommen hatte, die ihn die Arbeit durchhalten ließ. Wenn er in den Tunnel einfuhr und zwischen den Stützbalken hindurchkroch zum Vortrieb, über sich das Schlagen der Hämmer im Firststollen hörte, hatte er das Gefühl, er krieche durch die Eingeweide eines Tiers, und Angst lähmte ihn. Fast dreitausend Meter hatten sie geschafft, knapp zweitausend davon waren ausgemauert. Über fünfhundert Menschen arbeiteten in jeder Schicht im Tunnel und täglich dauerte der Weg zum Vortrieb länger.

Nach dem Gespräch mit Bellmer hörte er zum ersten Mal sein Herz schlagen, als er in den Tunnel einfuhr, und musste sich zwingen, ruhig zu atmen.

Schließlich hatte etwas in ihm nachgegeben. Er hockte gebückt neben den Arbeitern im Querstollen, die Hände gegen die Ohren gepresst, und wartete auf die Explosion, als er sich bei dem Gedanken ertappte, wie er es wohl anstellen könne, etwas über das Dynamit herauszufinden. Er wollte den Gedanken abschütteln, doch es gelang ihm nicht, und als er den Tunnel verließ, kontrollierte er die Dynamitvorräte in jedem einzelnen Schrank.

Viele der Capos und Arbeiter kannte er. Befreundet waren sie nicht, aber Respekt hatten sie voreinander. Er war der Ingegnere und sie die Capos. So waren die Verhältnisse. Aber er könnte mit Noce reden. Noce, dem Klassenkämpfer. Seine näselnde Stimme war in allen Kneipen Turins zu hören gewesen. Und jetzt verdiente er sein Geld hier im Tunnel und amüsierte sich in Balmalonesca. Das Geld, dachte Alessandro, kauft uns allen unsere Träume ab.

Vielleicht hatte Noce eine Idee. Sie hatten ab und zu ein Glas zusammen getrunken, aber Noce lebte allein und hatte sich mit ein paar Männern der Tunnelbaugesellschaft zusammengetan, die ihre Zeit in den Kneipen des Tals und mit Ausflügen in die Bordelle von Balmalonesca oder Domodossola totschlugen.

Er fand Noce bei den Ventilatorengebäuden. Sie waren fast fertig, nur die Turbinen fehlten, die die Ventilatoren der Tunnellüftung antreiben sollten.

„Heute Abend, nach der Schicht?“, fragte Alessandro.
„Gern. Und wo?“
„Sag du was, ich kenn mich nicht so aus.“
Noce lachte.
„Musst du auf deinen Ruf achten?“
„Schaden kann es nicht“, gab Alessandro zurück.
„Gut, dann sagen wir in Iselle, im Gasthaus bei der Post.“

Das Tal und die Passstraße hatten in den letzten Monaten endgültig ihr Gesicht verloren. Als Alessandro am Abend die Straße nach Iselle hinaufritt, kam er an einer ununterbrochenen Reihe von Baracken vorbei, oft bestanden sie aus nicht mehr als Brettern und Segeltuchplanen. Ein Schuhmacher aus der Toskana, andere boten eingelegte Fische und Wein aus Apulien, Reis aus der Lombardei und Latium an. Alessandro zügelte sein Maultier. An Nägeln hingen Enzianwurzeln, die, um den Hals getragen, vor Verletzungen schützen, oder winzige Flaschen mit Öl aus Maikäferengerlingen, die gegen Rheuma helfen sollten. In einem kleinen Korb lagen Geldbeutel aus Maulwurfshaut. Ein handgeschriebenes Schild versprach, dass ihnen nie das Geld ausginge.

Die meisten Hütten waren schwach beleuchtete Schänken, aus denen der Dunst von Alkohol und Tabaksqualm zog. Frauen lehnten in den Fenstern und riefen hinter ihm her, brachen in schrilles Gelächter aus, als er wortlos vorbeiritt. Vor den Kneipen saßen Arbeiter und Soldaten, die Uniformjacken aufgeknöpft, den Filzhut neben sich.

Alessandro fand Noce in dem Gasthof unter all den Menschen nicht sofort, erst als er ihn winken sah. Sie bestellten sich Gnocchi und Stinchett. Gianna mochte keine Kalbshaxe, aber Alessandro lief das Wasser im Mund zusammen, als er die mit Kreide auf die Innenseite der Tür geschriebene Speisekarte las.

Sie hatten sich lange nicht gesehen.

„Es ist eine Schande“, begrüße ihn Noce, „aber Gianna lässt dich sicher nicht aus ihrem Bett.“ Er lachte, besann sich und sagte „Entschuldige“.

Sie sprachen über die alten Zeiten in Turin, über Bertolli und den Tunnel, und warteten ab, wohin sich das Gespräch bewegen würde.

„Mitte nächsten Jahres sind die Ventilatoren einsatzbereit, dann wird das Arbeiten im Tunnel erträglicher. Wir blasen die Frischluft in den Parallelstollen, dann durch den letzten Querstollen bis zum Vortrieb. Damit wird alles einfacher für euch."

Noce sprach leise und schnell, doch sein nasaler Tonfall hob sich selbst gegen den Lärm des Speiseraums ab.

„Aber das willst du doch alles nicht wissen", sagte er schließlich und griff nach der Rotweinflasche. Alessandro reagierte nicht, so dass Noce sich vorbeugte und etwas lauter fragte. „Was willst du denn nun wirklich von mir? Oder hat Gianna dich rausgesetzt?" Er lachte und goss Wein nach.

„Hast du schon mal davon gehört, dass im Tunnel Dynamit gestohlen wird?", fragte Alessandro unvermittelt.

„Dynamit?" Noce kniff die Augen zusammen und beugte sich ganz nah zu Alessandro über den Tisch. „Bist du sicher?"

„Ja, schon."

„Ich bin doch der Letzte, der so etwas erfahren würde." Noce schaute geistesabwesend auf seinen Teller. „Ich sitze den ganzen Tag im Büro und rechne vor mich hin, verhandele mit den Turbinenherstellern aus Novara und Mailand. Ich war erst ein einziges Mal im Tunnel. Wie kommst du gerade auf mich?"

„Du warst immer einer, der am lautesten von Revolution gesprochen hat und davon, dass die Arbeiter sich von ihren Ketten befreien sollten. Ich dachte …"

Alessandro brach ab, als er Noces wütendes Gesicht sah.

„Du spinnst doch. All das Gerede liegt Jahre zurück. Da war ich jung. Das kann nicht dein Ernst sein."

Seine näselnde Stimme hatte eine ungewohnte Schärfe bekommen, von den anderen Tischen schauten ein paar Männer zu ihnen herüber.

Hinter Noces Rücken zwängte sich der Einäugige zwischen den Tischen hindurch. Er drehte ihnen den Rücken zu, in dicken

Wülsten verschwand sein Hals in einem dreckigen Hemd. Er räumte Teller und leere Weingläser ab und bettelte die Gäste an.

„Tut mir leid, Noce. Ich dachte, du hättest irgendwelche Kontakte. Oder vielleicht mal was gehört."

„Tello, du spinnst. Und du bezahlst das Essen. Sonst bin ich dir wirklich böse."

Der Einäugige stand jetzt an ihrem Tisch und streckte ihnen die offene Hand hin. Alessandro konnte kaum den Blick von dem Gesicht nehmen, während er nach Kleingeld in seinen Taschen suchte.

„Lass es", sagte Noce zu Alessandro und schob dem Mann ihre noch halb volle Weinflasche zu.

„Nimm sie mit und verschwinde. Und hol uns die Kellnerin."

Noce begleitete Alessandro zur Post, wo er sein Maultier neben den Postpferden angebunden hatte.

„Jetzt lerne ich Toto mal kennen", lachte Noce, „jeder redet von dem Ingegnere, der auf einem Maultier zur Arbeit kommt." Er strich Toto über den Hals. „Na ja, eigentlich reden nur noch die Neuen darüber, die anderen haben sich daran gewöhnt."

Dann reichte er Alessandro die Hand.

„Nimm mir meine Fragen nicht übel", sagte Alessandro, „und das mit dem Dynamit bleibt unter uns."

„Keine Sorge." Noce schüttelte den Kopf.

„Kommst du nicht mit zurück?"

Noce sah ihn an und lächelte wieder.

„Du hast Gianna, vergiss das nicht."

Toto scheute, bevor Alessandro das Gesicht in der Dunkelheit erkannte. Der Einäugige packte Totos kurze Mähne und das Tier blieb bewegungslos stehen. Der Mann schwankte, Alessandro schwieg vor Schreck. Dann streckte der Einäugige seine geballte Faust zu ihm hinauf, ein ungeduldiges Gurren drang aus seinem Hals. Alessandro hielt seine Hand auf und der Einäugige ließ einen zusammengefalteten Zettel hinein fallen. *Sprich mit Reto Vescara* stand in sauberer Schrift auf dem Papier.

Gianna hörte Totos Huftritte in der Nacht und zündete die Öllampen an. Sie war im Sessel eingeschlafen. Auf dem Tisch stand unter einem Handtuch Alessandros Essen. Sie griff nach dem Brief in der Tasche ihres Rocks, da stand ihr Mann schon in der Tür und blinzelte ins Licht. Sie blieb in ihrem Sessel sitzen und lächelte ihn an.

„Spät geworden."

Er nickte langsam, dann sah er das Essen.

„Ich habe schon gegessen."

Er blickte sie an, hatte den Eindruck, als warte Gianna auf eine Erklärung.

„Mit Noce. Wir waren im Gasthaus in Iselle, neben der Post."

„Und was hast du gegessen?"

Er zögerte einen Moment.

„Stinchett."

Gianna fing leise an zu lachen.

„Du sagst das, als hätte ich es dir verboten."

Sie stand auf und lehnte sich an ihn, roch den Rotwein, den Rauch aus dem Gasthaus in seiner Jacke. Sie roch es gern.

„Hast du sonst noch was zu beichten?", fragte sie und drückte sich an ihn. Er schob sie zurück.

„Wie kommst du darauf?"

„Nur so." Sie nahm seine Hand und zog ihn hinter sich aus dem Zimmer. „Lass uns zu Bett gehen."

Noces Bemerkung über Gianna fuhr ihm durch den Kopf, als er hinter ihr die Treppe hochging. Im Schlafzimmer machte sie die beiden Öllampen an. Sie zog sich aus, der Brief knisterte in ihrer Tasche, aber sie ignorierte ihn und begann die Bänder ihres Mieders zu lösen. Da blies Alessandro die Lampen aus. Es traf sie wie ein Stich, eine Nadel, die tief in ihr Innerstes drang. Ihre Hände begannen zu zittern, die Fingerkuppen wurden taub. Wie eine Fremde lag sie neben ihm im Bett, an seinem Atem hörte sie, dass er wach war, aber sie rührte sich nicht. Sie legte eine Hand auf ihre Brust und wartete, dass sich ihr rasendes Herz beruhigte.

Das Licht des frühen Morgens ließ Gianna die Gespenster der Nacht vergessen. Beim Ankleiden hatte sie den Brief aus der Tasche ihres Rocks gezogen und noch einmal gelesen. Zwei Tage wartete sie auf eine Gelegenheit, mit Alessandro zu sprechen.

„Stella hat mir geschrieben. Sie wird nach Orta kommen, ihre Tante hat eine Villa am See. Sie möchte, dass ich sie besuche."

Gianna beobachtete weniger Alessandro als sich selbst, während sie das sagte. Alessandro stand an der Balkontür und schaute Errico zu, der im Garten mit dem Mädchen spielte.

„Stella?", fragte er, obwohl er sich genau an dieses lebhafte Mädchen mit den kurz geschnittenen roten Haaren erinnerte. Bei einem Fest am Po hatte sie alle damit schockiert, dass sie einen Herrenanzug trug. Sie war Schneiderin und als eine der wenigen Freundinnen Giannas zu ihrer Hochzeit gekommen.

„Ja, Stella. Stella Morelli. Ich würde sie gern wiedersehen. Ein, zwei Tage. Es ist ja nicht weit. Gut eine Stunde, und ich bin in Domodossola. Von dort nehme ich die Bahn."

„Kommt sie allein nach Orta?"

Gianna zögerte. „Ich denke ja." Alessandro würde das nicht gefallen, aber sie gab ihm keine Gelegenheit, darauf einzugehen. „Wir könnten Errico zu Friederike Bellmer geben. Sie würde sich freuen. Noch ein blondes Kind."

Jetzt musste auch Alessandro lächeln.

„Wir sollten das nicht zu oft machen. Sie wird behaupten, es wäre ihr eigenes."

Eine Last fiel von Gianna ab. Erst als sie ihre Reisetasche packte und im Schrank ihre Stiefeletten sah, musste sie sich zusammennehmen, um die Tränen zurückzuhalten. Sie hatte sie das erste Mal mit Alessandro tragen wollen. Und das Leder der Sohle hatte noch keinen einzigen Kratzer. Ihre Mutter hatte manchmal gesagt, dass ein Leben ohne Männer auch sehr schön sein kann. Damals hatte Gianna nur gelacht und nicht hingehört.

Errico hatte eine Hand in Alessandros Haaren vergraben, mit der anderen hielt er seinen hölzernen Pinocchio umklammert. Der

Morgen war klar und kalt, noch fehlte den Bergen und dem Himmel die Farbe. Errico liebte diesen Ritt auf den Schultern seines Vaters. Er sah auf den großen Hut seiner Mutter, die den Hang hinunterlief, dabei beschwingt von Stein zu Stein sprang. Toto, mit zwei Taschen beladen, trottete hinter ihnen her.

Unten auf der Passstraße stieg seine Mutter in die offene Kutsche, wickelte sich in eine Decke, Errico, von Alessandro hochgehalten, gab ihr einen Kuss.

Als die Kutsche über den staubigen Weg bergab rollte, fasste Errico nach der Hand seines Vaters. Schließlich verschwand die Kutsche unter den Tannen, noch einmal leuchtete das gelbe Band am Hut seiner Mutter zwischen den Bäumen, dann war sie verschwunden. Errico umklammerte Alessandros Mittelfinger.

Allmählich trug der Wind das Quietschen der Loks am Tunneleingang zu ihnen her, die leise Melodie einer Ziehharmonika wehte durch den Morgen, raue Männerstimmen begannen zu singen.

In diesem Augenblick löste sich der Kamm des gegenüberliegenden Hangs in flüssiges Gold auf. Lange Blitze schossen ins Tal, als sich die Sonne über den Bergen in die Höhe schob.

Das Tal bei Iselle war so schmal, dass Alessandro mit seinem Sohn schneller bei den Bellmers war als die Sonne. Friederike Bellmer stand im Garten und schnitt die Hecke. Sie zog die Handschuhe aus, Alessandro hob Errico von den Schultern und schnürte die Tasche von Totos Rücken. Margarethe kam aus dem Haus gelaufen, machte einen überstürzten Knicks, als sie Alessandro sah, sagte „Guten Morgen, Ingegnere“ und zog Errico mit sich ins Haus.

„Macht es auch keine Umstände?“, fragte Alessandro.

Er musste zu ihr aufsehen, so groß war Friederike Bellmer. Sie trug einen groben Pullover mit hohem Kragen gegen die morgendliche Kälte und eine weite, braune Hose. Ihre blonden Haare hatte sie mit einem Band nach oben gebunden.

„Er kann bleiben, solange er will“, sie lächelte, „oder solange Sie wollen." Sie bückte sich, nahm die Tasche mit Erricos Pinocchio auf. Er folgte den Bewegungen ihres Körpers, als sie sich aufrichtete, wandte er den Blick ab, zu spät.

Alessandro dankte ihr, und während er Toto den Weg hinunter ins Tal zog, bildete er sich ein, ihren Blick im Rücken zu spüren. Er musste sich beherrschen, nicht zurückzusehen. Erst als er sicher war, dass die Häuser von Iselle ihm den Blick verstellten, wandte er den Kopf, einfach nur um dem Drang nachzugeben.

Als Gianna zurückkehrte, trug sie ein neues Kleid und einen neuen Hut und ein Lächeln, von dem er sicher war, dass es nicht ihm, sondern einer Erinnerung galt.

Das Lächeln war ihm sofort aufgefallen, das Kleid erst, nachdem sie sich in ihrem Wohnzimmer zweimal um die eigene Achse gedreht und ihn erwartungsvoll angesehen hatte. Über ihre Schulter hinweg schaute er in den Spiegel mit den blinden Flecken und erschrak über sein blasses Gesicht. Es wirkte, als sei es durch eine dicke Eisschicht von der Welt getrennt.

Später hatte sie sich von ihm beim Auskleiden helfen lassen, dann hatte sie ihn ins Bett gezogen, aber jede ihrer Zärtlichkeiten betrachtete er mit demselben Misstrauen wie ihr Lächeln. Als schließlich all ihre Versuche ohne Erfolg blieben, hatte sie sich auf den Rücken fallen lassen.

„Der Tunnel, der tötet alles ab in dir. Du musst mal wieder den Kopf frei bekommen. Ruh dich aus."

Aber es fehlte die Enttäuschung und die Bitterkeit, die oft in ihrer Stimme mitgeschwungen hatten, wenn er, müde von der Arbeit und gelähmt vom Gedanken an das Dynamit, neben ihr eingeschlafen war. Er schaute zu ihr hinüber und sah sie lächeln.

Gesichter drängten sich in den Käfig, in dem er hauste, Marcella, die Mutter des Pferdejungen, Friederike Bellmers großer, geschmeidiger Körper, Giannas Lächeln, Bellmer, Dynamit in den Händen. Es würde ihn Kraft kosten, hier rauszukommen, Gewalt sogar. Eine Gestalt, die er nicht erkennen konnte, schlug mit einer Eisenstange oben auf seinen Käfig, er sprang nach der Stange, versuchte sie zu fassen, um den ohrenbetäubenden Lärm zu beenden.

„Alessandro." Giannas Stimme drang durch seinen Traum. „Alessandro." Sie rüttelte ihn sanft. Jemand hämmerte an die Haustür, eine Kinderstimme rief „Ingegnere Tello".

Alessandro brauchte einen Augenblick, um ins Leben zurückzufinden, dann sprang er auf, lief die Treppe hinunter. Als er die Tür aufmachte, stand ein Junge vor dem Haus, seine Mütze in beiden Händen wie zum Schutz vor der Brust.

„Dottore Lenga schickt mich. Er hat einen Verletzten, der nach Ihnen fragt. Der Dottore sagt, es sei eilig."

Alessandro zog ihn ins Haus und ging mit ihm in die Küche. Im Herd glühten noch ein paar Scheite.

„Ich bin gleich soweit."

Als Alessandro fertig angezogen in die Küche kam, kaute der Junge auf einem Brot und trank eine Tasse Kakao. Gianna stand am Herd.

„Was ist passiert?"

Er sprach einen apulischen Dialekt, den Alessandro kaum verstand. Nach einer Sprengung im Vortrieb war jemand verletzt worden. Mehr war aus ihm nicht herauszubekommen.

Im konturlosen Licht der Morgendämmerung liefen sie den Hang hinunter, dem rasselnden Atem des Tals entgegen. Unten angekommen, bog der Junge wortlos in Richtung des Bretterdorfs ab. Offene Feuer flackerten zwischen den Häusern, betrunkene Stimmen kreischten Flüche und Obszönitäten.

Das Krankenhaus war hell erleuchtet, vor der Tür wollte Alessandro einen Moment verschnaufen, doch die Tür flog auf und Lenga stand vor ihm.

„Zu spät", sagte er und gab Alessandro die Hand. „Du kommst zu spät." Er zündete sich eine Zigarette an.

„Sie haben ihn vor knapp einer Stunde gebracht. Ich habe den Kleinen gleich losgeschickt, dich zu holen."

„Wieso mich?"

„Er hat deinen Namen geflüstert. Mehrfach."

„Dann lass uns zu ihm gehen“, sagte Alessandro ungeduldig, aber Lenga hielt ihn zurück.

„Die Leute, die ihn brachten, behaupteten, ein Fels habe ihn erschlagen. Bei einer Sprengung. Er sei nicht weit genug zurückgegangen.“ Lenga machte eine nachdenkliche Pause und zog an seiner Zigarette. „Er war schwer verletzt, das stimmt schon. Er blutete aus Nase und Ohren.“

„Aber?“

„Ich habe einen Stich gefunden. Einen schmalen Einstich im Rücken. Nahe am Herzen. Weil die Klinge so schmal war, ist wenig Blut ausgetreten. Es hat gedauert, bis er tot war.“

Alessandro sah den Arzt ratlos an.

„Du weißt, was das heißt?“, fragte Lenga.

Ein ungläubiges Lächeln zog über Alessandros Gesicht. Was der Arzt da sagte, war ausgeschlossen.

„Irgendjemand hat versucht ihn zu töten und ihn dann in der Nähe der Sprengung liegen gelassen.“

„Unmöglich“, sagte Alessandro leise, „das glaube ich nicht.“ Dann stand er auf. „Ich will ihn sehen.“

„Er sieht schlimm aus“, sagte Lenga.

Sie liefen den hellen Korridor zum Totenzimmer. Lenga stieß die Tür auf. Die Leiche lag nackt auf dem Bauch.

„Da ist der Einstich“, sagte Lenga und zeigte auf eine winzige bläuliche Wunde unter dem linken Schulterblatt.

„Weißt du, wie er heißt?“, fragte Alessandro.

„Reto Vescara, wenn ich es richtig verstanden habe“, antwortete Lenga und gab seinen Pflegern ein Zeichen, den Mann umzudrehen.

Einen Augenblick war Alessandro ratlos, dann erinnerte er sich: der Name auf dem Zettel des Einäugigen.

Alessandro sah in die aufgequollenen Augen der Leiche, schaumiges Blut stand in ihrem Mund.

Ihm wurde schlecht.

18

Als Pico mittags aus dem Tunnel kam, drückte das plötzliche Licht seine Augenlieder nieder. Unter dem blauen Himmel hingen dicke Wolken, über deren Ränder Lichtblitze ins Tal fielen. Er fühlte sich besser in den letzten Monaten, nicht mehr so zerschlagen. Seit März war die Ventilationsanlage fertig. Frische Luft wurde in den Parallelstollen gepumpt, dann tief im Tunnel in den Hauptstollen umgeleitet und wieder herausgeblasen. Selbst am Vortrieb konnte man den Luftzug spüren. Aber sie hatten die Pferde aus dem Tunnel geholt und durch pneumatische Zugmaschinen ersetzt. Pico hatte die Pferde gemocht, aber vielleicht war es ja so besser für sie. Manche hatten Monate im Tunnel gearbeitet, ohne einmal das Tageslicht zu sehen.

Und jetzt wäre es eine Qual für sie gewesen. Immer wieder waren neue Quellen im Tunnel angebohrt worden, mühsam mussten sie das Wasser in offenen Leitungen ableiten.

Er blinzelte eine Weile in die Sonne, gab seine Erkennungsmarke ab, wusch sich und reihte sich ein in den Strom von Menschen. Fast fünfhundert Arbeiter spuckte der Tunnel nach jeder Schicht wieder aus.

„Pico, warte."

Zwei Jungen kamen hinter ihm hergelaufen.

„Hast du kapiert, worum es ging?"

Pico schüttelte den Kopf. Als sie aus dem Tunnel gefahren waren, hatte er die Männer reden hören.

„Ich habe was von Streik verstanden."

„Wir alle?", hakte einer der Jungen nach.
„Weiß ich nicht."
„Würdest du denn mitmachen?"
Pico arbeitete am längsten von ihnen im Tunnel und er würde wissen, was zu tun war. Aber er zuckte mit den Achseln.
„Wenn ich muss. Wäre schade ums Geld."
Die beiden anderen nickten.
„Wir könnten viel weniger nach Hause schicken."

Seit einigen Tagen waren in Balmalonesca neue Gesichter aufgetaucht. Männer, die in kleinen Gruppen auftraten, die niemand ungefragt ansprach. Sie wohnten in einer Hütte bei den Capos, trugen saubere Jacken, hatten helle Hände, die beim Reden vor ihren Gesichtern flatterten, und sprachen eine Sprache, wie Pico sie nur von seinen Lehrern in der Schule kannte. Und sie hielten sich von den Kneipen und den Frauen fern.

Nur einer war in ihre Baracke gekommen und hatte Marcella mitgenommen. Ihr bestes Kleid hatte sie angezogen. Aber sie kam enttäuscht zurück, fuhr ihm durch die Haare und sagte: „Dann werde ich eben weiter für euch kochen." „Ich könnte zum Essen auch in die Kantine gehen, oben am Tunnelausgang", hatte er geantwortet. Sie hatte ihn angesehen und mit ihrem ruhigen Lächeln „Lass du mich nicht auch noch im Stich" gesagt.

Pico machte einen großen Schritt, die Stufe zu ihrer Baracke war durchgefault und niemand hatte sie ersetzt. Ein fader Geruch nach Essen und vergorenem Alkohol schlug ihm entgegen. Marcella war nicht da, eine andere Frau hatte gekocht. Es gab viele dieser Frauen. Ein paar Männer taten sich zusammen und bezahlten sie. Oft waren es die, die sparen wollten und viel Geld nach Hause schickten. Pico fragte sich manchmal, was Marcella mit ihrem Geld machte. Drei Männer saßen schon am Tisch, einer von ihnen war der Maurer, den er aus dem Tunnel kannte.
„Wir treffen uns nachher unten am Bach."
Als er keine Antwort bekam, legte er seinen Suppenlöffel bei-

seite, nahm sich ein Stück geröstete Polenta und gestikulierte damit im Kreis herum.

„Ihr solltet mitkommen. Ich müsst uns unterstützen. Die halten uns doch wie Sklaven im Tunnel. Stundenlang müssen wir im Wasser stehen, überall schießen neue Quellen aus dem Fels. Ihr werdet doch genauso ausgebeutet wie wir. Für alles ziehen sie uns das Geld ab. Wenn man im Tunnel raucht, wenn man nicht in die Tonne scheißt, weil sie stinkt wie verrückt, alles kostet Strafe."

„Nur wenn man sich erwischen lässt", murmelte ein alter Arbeiter, ohne von seinem Teller aufzusehen.

„Idiot", sagte der Maurer, „du solltest lieber dafür kämpfen, dass wir alle mehr Geld bekommen."

Als der Arbeiter nicht antwortete, richtete der Maurer seine Polenta auf Pico.

„Und du?"

Pico zuckte mit den Achseln.

„Jetzt, wo die Ventilation gut ist, finde ich es ganz angenehm. Man ist nicht mehr so müde, wenn man aus dem Tunnel kommt. Sie tun doch viel."

„Ach", die Polenta verschwand im Mund des Mannes, „du bist auch so einer, der sich aussaugen lässt, ohne es zu merken." Dann, wieder in die Runde gerichtet: „Wir werden euch zeigen, wie man mit den Leuten von der Tunnelbaugesellschaft umgeht. Jeder Tag, den wir streiken, kostet sie ein Vermögen. Da gehen sie schnell in die Knie."

Pico war müde und kletterte auf sein Bett, aber als er den Maurer am späten Nachmittag den Raum verlassen hörte, stand er auf und folgte ihm in sicherem Abstand.

Der Mann lief runter zum Fluss, an einer breiten Biegung standen vielleicht hundert Männer, vor allem Maurer. Zwei Männer standen auf einem großen Felsen, einer von ihnen war der, der Marcella vor ein paar Tagen abgeholt hatte. Die beiden waren keine Arbeiter, das konnte man sehen. Schlank waren sie und hoch gewachsen, trugen dunkle Anzüge und einen Kragen. Eine Handvoll Capos stand um sie herum.

„Die Partei hat uns geschickt. Wir können es nicht zulassen, dass ihr hier wie die Sklaven behandelt werdet. Dass jede menschliche Regung als Vergehen bestraft wird. Aber wir sagen euch eins: Es geht den Kapitalisten nicht um Strafen. Sie wollen nur euer Geld, um ihre Profite zu vermehren. Deshalb bauen sie auch den Tunnel. Nicht um Frieden zu schaffen auf der Welt, sondern um die ganze Welt mit ihren Waren überschwemmen zu können. Und das wird immer so weiter gehen, das hat nichts mit Frieden zu tun, sondern mit dem Kampf um Weltmärkte. Ihr habt nichts davon. Keinen einzigen Centesimo. Auch wenn sie dauernd das Gegenteil behaupten. Das sind keine Arbeiterfreunde."

Er zog ein schmales Heft aus seiner Tasche, hielt es hoch, zeigte es in die Runde und schlug es auf.

„Ich will euch mal vorlesen, was Karl Marx und Friedrich Engels …", ein paar Männer fingen an zu klatschen, und von den Capos warfen einige ihre Mützen in die Höhe, „was Marx und Engels geschrieben haben in ihrem *Kommunistischen Manifest*." Er machte eine kleine Pause. „Das Bedürfnis nach einem stets ausgedehnteren Absatz für ihre Produkte jagt die Bourgeoisie über die ganze Erdkugel. Überall muss sie sich einrichten, überall anbauen, überall Verbindungen herstellen."

Pico hatte den Eindruck, der Mann spreche die Sätze auswendig, denn er schaute die Arbeiter an und nicht in das Heft.

„Nur deshalb quälen sie euch durch diese Berge, durch diesen Tunnel", rief der zweite Mann mit einer Stimme, die vor Zorn zu beben schien.

Pico spürte eine Hand auf seiner Schulter. Marcella stand hinter ihm. Er sah den wehmütigen Blick, den sie dem Mann auf dem Felsen zuwarf.

„Komm", sie zog ihn aus der Menge, „das ist doch alles Unsinn. Halt dich da raus."

„Was sind das für Männer?", fragte Pico, als sie an der Diveria zurückliefen. Jetzt, Anfang Juni, führte sie so wenig Wasser, dass man nur zwei Sprünge von Stein zu Stein brauchte, um ans andere Ufer zu kommen.

„Die Partei schickt sie. Sie ziehen durchs Land und predigen von der Revolution."

„Was für eine Partei?"

„Sie heißt *Partito Socialista Italiano*", sie überlegte einen Augenblick, „oder so ähnlich."

„Manchmal haben sie ja Recht", sagte Pico und zog den Kopf ein. Marcella mochte es nicht, wenn er ihr widersprach. Aber es kam nichts.

„Manchmal, mag sein", sagte sie leise. „Aber gerade hier aufzutauchen, das ist schon ein Hohn."

„Glaubst du, dass der Tunnel nur gebaut wird, damit ein paar", er zögerte einen Augenblick, „ein paar Kapitalisten noch mehr verdienen?"

„Sicher tun sie das. Aber das ist doch nicht alles."

„Und was ist das für ein Heft, aus dem er vorgelesen hat?"

Marcella zog das Tuch fest, das ihr Haar bändigte.

„Es ist wohl von zwei Deutschen. Sie lesen ununterbrochen darin. Ich glaube, es heißt *Manifest der Kommunistischen Partei*. Ich kann ja versuchen, eins zu besorgen. Dann kannst du uns daraus vorlesen." Sie lächelte ihn an.

„Was ist das für eine Partei?", fragte Pico.

„Was weiß ich. Sie reden dauernd von Revolution."

„Und warum sind sie hier?"

Sie seufzte. „Lass mich mit deinen Fragen in Ruhe." Doch dann legte sie ihren Arm um seine Schultern. „Um euch aufzuhetzen gegen die Tunnelbaugesellschaft. Vielleicht sogar, um den Tunnel zu verhindern. Wenn sie wirklich glauben, was sie sagen, dann müssten sie es eigentlich tun."

Von der Decke und von der Seite her schossen armdicke Wasserstrahlen aus den Felsen. Aus Brettern hatten sie einen schmalen Kanal am Stollenboden gebaut, durch den das Wasser abfloss. Trotzdem standen die Arbeiter an manchen Stellen bis zu den

Knien in der schwarzen Brühe. Bei den Sprengungen zündeten oft Teile der Ladungen nicht und mussten vorsichtig wieder aus dem Fels geholt werden. Die Tunnelbaugesellschaft hatte die Schichten auf sechs Stunden verkürzt und fuhr vier Schichten am Tag. Doch die Wut der Arbeiter stieg. Je tiefer sie sich in den Berg hineinfraßen, umso länger wurde ihr Weg zur Arbeit. Und diese Zeit zählte nicht als Arbeit. Aber in dieser Zeit wuchs die Aggression, wenn sie zusammen auf den Wagen saßen und in den Tunnel fuhren oder sich nach der Schicht auf den Rückweg machten.

Vor dem Tunnel sah es aus, als sei eine der dunklen Wolken, die seit Tagen tief am Himmel hingen, auf die Erde gestürzt. Hunderte von Menschen standen zwischen den Bürogebäuden und auf den schmalen Eisenbrücken über der Diveria.

Keiner der Arbeiter rührte sich. Zögernd lösten sich vier, fünf, dann ein gutes Dutzend Männer aus der Menge und setzten sich auf die leeren Wagen der Tunnelbahn. Flüche wurden geschrien, Fäuste in den Himmel gereckt, ein paar Steine flogen. „Verräter" schrien die Männer, „Streikbrecher", bis die Arbeiter unter großem Gejohle wieder von den Wagen stiegen und sich mit gesenkten Köpfen zu den Streikenden stellten.

Unvermittelt schwoll das Gejohle an, das Getrappel von genagelten Schuhen war zu hören, die Arbeiter kamen in Bewegung. Pico sah, wie oben auf der Passstraße die Soldaten in ihren hellen Uniformhosen aufmarschierten, die letzten knöpften sich noch ihren Uniformkragen zu.

Langsam drängten die Soldaten die Arbeiter von der Straße, noch zeigten ihre Bajonette in den Himmel und es war mehr ein Gerangel, als dass die Arbeiter den Soldaten echten Widerstand leisteten. Schritt für Schritt wich die schwarze Menge zurück, die Soldaten verließen die Passstraße und schoben sich langsam über die Brücke in Richtung Tunneleingang. Dann nahmen sie links und rechts neben dem Tunnelzug Aufstellung. Zwei Capos stiegen auf den Zug, ein paar Mineure, die am Vortrieb arbeiteten, folgten ihnen. Nur von den Maurern bewegte sich kein Einziger.

Der Zug stieß einen gellenden Pfiff aus und fuhr los. Die Flüche der streikenden Maurer folgten den Mineuren in den Tunnel.

Jeden Abend versammelten sich die Männer am Fluss oder in kleinen Gruppen in den Kneipen am Rand der Passstraße. Seit vier Tagen streikten die Maurer jetzt. Neue, unbekannte Gesichter trafen in Balmalonesca ein, Männer, in deren Jackentaschen Zeitungen steckten, Männer, die lesen konnten und reden. Sie hielten die Arbeiter auf dem Weg zur Arbeit an, setzten sich abends beim Essen unaufgefordert zu ihnen und redeten auf sie ein. Wenn die Arbeiter wütend wurden, sprangen sie auf und nannten sie Verräter oder Streikbrecher.

Pico hatte dem Maurer aus seiner Baracke dabei zugesehen, wie er seine Sachen gepackt hatte und verschwand. „Mit Streikbrechern und Leuten, die ihre Freunde verraten, will ich nichts zu tun haben", hatte er gerufen und war mit einem großen Satz die Treppenstufen hinuntergesprungen.

„Was sollen wir machen", fragte Pico in die Runde, als sie nach der Schicht ihre Suppe löffelten. Die Männer sahen missmutig in ihre Teller und es dauerte, bis einer sich entschloss, zu antworten.

„Die Capos sollen entscheiden." Er war der Älteste am Tisch und Pico hatte ihm oft zugesehen, wie er nach dem Aufstehen eine dicke Hernie in seine Leisten zurückdrückte. „Wir halten uns daran, was die Capos sagen."

Ein leichter, warmer Wind war aufgekommen und blies aus der Ebene das Tal hinauf. Pico hatte keine Lust auf sein schmuddeliges Bett und lief den Hang in Richtung Varzo. Heuschrecken sprangen zur Seite, als er sich auf einer abschüssigen Wiese in den Schatten eines Holzstapels legte. Zwei Ziegen waren auf der Wiese festgebunden und fraßen Kreise ins Gras, während Pico mit offenen Augen vor sich hin träumte. Als kleiner Junge hatte er sich immer gewünscht, zu wissen, was einmal aus ihm würde. Seine Mutter hatte nicht einmal von ihrer Arbeit aufgesehen. „Würde man sein Leben kennen, dann lebte man doch wie ein Toter", war ihre Antwort gewesen. „Dazu muss man sein Leben nicht kennen", murmelte er vor sich hin, hörte auf das Summen der Bienen und wartete auf den Schlaf.

„Jeder von den Capos bekommt zweihundert Lire, wenn er seine Männer überredet, am Streik teilzunehmen."

„Zweihundertfünfzig."

Pico riss die Augen auf. Bewegungslos blieb er im Gras liegen. Die Stimmen waren unmittelbar hinter seinem Kopf. Vorsichtig richtete er sich auf. Hinter dem Holzstapel erkannte er, dass die Männer entweder auf dem Stapel saßen oder sich daran anlehnten.

„Zweihundert. Ihr seid fast vierzig Capos. So viel Geld haben wir auch nicht."

Die Stimmen schwiegen, dann sagte jemand: „Einverstanden. Gebt uns das Geld, wir verteilen es an die anderen Capos."

Pico hörte ein leises Lachen, eine hochnäsige Stimme mischte sich ein.

„Halt uns nicht für dumm. Das machen wir schon selber."

„Ihr kennt sie doch nicht."

„Lasst das unsere Sorge sein. Überzeugt sie mitzumachen und wir sorgen für den Rest."

Pico kroch enger an den Holzstapel heran und traute sich kaum zu atmen.

„Das Geld bekommt ihr, wenn die Arbeit ruht. Und wenn sie den Arbeiterrat akzeptiert haben, werdet ihr Teodore Grassi vorschlagen. Merkt euch den Namen. Wenn ihr ihn durchsetzt, gibt es noch mal hundert Lire. Nur für euch.

Pico hörte leises Gelächter.

„Noch eins. Passt auf mit dem Dynamit. Es fällt schon auf, dass etwas fehlt. Und dass keiner redet."

Wieder war leises Gelächter zu hören.

„Fast jeder weiß, was mit Vescara passiert ist. Und die, die es noch nicht wissen, werden es auch erfahren. Und den Mund halten."

„Dann sind wir uns einig."

Schritte brachen durch das Gebüsch, als die Männer sich davonmachten. Pico kroch vorsichtig um den Stapel herum, aber die Männer waren schon zu weit weg. Wer mag wohl Grassi sein, fragte sich Pico.

Als er den Hang hinunterlief, hörte er ein Geräusch hinter sich. Ganz in der Nähe des Holzstoßes stand der Einäugige und starrte hinter ihm her. Ein unangenehmes Gefühl beschlich ihn, und er lief schneller. Als er sich noch einmal umwandte, schien die Gestalt zu taumeln und zu zucken. Er lacht, dachte Pico, und zwang sich, langsamer zu gehen.

„Hast du's gehört?"

Die Arbeiter saßen vor ihrem Risotto am Tisch. Pico blickte neugierig auf, schüttelte den Kopf.

„Unsere Capos sagen, wir sollen auch streiken. Sie sind jetzt dafür. Es sei wichtig", sagte einer der Arbeiter unsicher.

Sie hatten das Geld also genommen.

„Und", fragte Pico, „macht ihr mit?"

„Wenn die Capos es sagen."

Fünf Feuer zählte Bellmer vor dem Tunneleingang. Die Soldaten hatten ihre Gewehre zusammengestellt und schwatzten neben den flackernden Flammen.

Seit zwei Wochen ruhte die Arbeit. Zu Beginn des Streiks hatten sich ein paar Arbeiter vor dem Tunnelbüro aufgebaut und eine rote Fahne geschwenkt. Aber die Soldaten hatten sie schnell vertrieben, und seitdem lag eine lähmende Ruhe über dem Tal.

Langsam füllte sich das Tunnelbüro, nach und nach trafen die Ingenieure ein, Tello war wieder auf seinem Maultier gekommen. Sie grüßten, standen in kleinen Gruppen beieinander und unterhielten sich flüsternd. Alle kannten sie die Gerüchte, dass die Capos bezahlt worden seien, um den Streik anzuheizen. Nun wurden die Arbeiter unruhig, weil sie seit zwei Wochen keinen Lohn mehr bekamen. Nachts brannten Feuer an den Ufern der Diveria, und man konnte die streitenden Stimmen im Tal hören. Ein Capo war von aufgebrachten Arbeitern zusammengeschlagen, andere waren bedroht worden. Schließlich hatten sich die Capos der Mineure in einer Kneipe in Balmalonesca getroffen und beratschlagt, wie sie den Streik beenden könnten. Heute Abend wollten sie sich mit den Vertretern der Tunnelbaugesellschaft treffen.

„Sie müssten gleich auftauchen", sagte ein Schweizer Ingenieur, einer der Vermessungsspezialisten, und sah auf die Uhr über der Tür.

Ein paar Nachtfalter und Fledermäuse tanzen im Licht der Bogenlampen und verstärkten den Eindruck unnatürlicher Stille. Normalerweise tönte um diese Zeit der Lärm aus den Kneipen durch das Tal.

„So ruhig war es noch nie", murmelte einer der Männer, als die Tür aufging und Sandau eintrat.

„Wie sieht es aus?", fragte er in die Runde. Sandaus Gesicht wirkte grau und fleckig, sein weißer Bart gelblicher als sonst. „Nur damit Sie es wissen, meine Herren, ich werde den Streikenden nichts anbieten. Gar nichts. Entweder sie arbeiten zu denselben Konditionen weiter oder wir werfen sie raus. Alle."

Die Ingenieure blickten betreten zu Boden. Sie kannten Sandaus Kompromisslosigkeit. Seit Hundts Tod war er noch härter geworden: „Sie haben ihn auf dem Gewissen mit ihren verfluchten Streiks."

„Irgendetwas tut sich", brach einer von ihnen das Schweigen.

Die Soldaten neben den Feuern hatten ihre Gewehre aufgenommen, sich aufgestellt und schauten ins Tal. Unruhe machte sich unter den Ingenieuren breit, sie drängten ans Fenster.

Nun konnte auch Bellmer die Männer erkennen, ein knappes Dutzend. Die Ingenieure zogen ihre Jacken über, aber Sandau winkte ab.

„Nur ein kleines Komitee. Wir wollen alles vermeiden, was nach Konfrontation aussieht. Wir müssen die Sache vom Tisch bekommen. Und unsere Trümpfe schnell ausspielen." Wieder fixierte er seine Ingenieure in dem engen Büro, dann nickte er einem der älteren zu. „Sie beruhigen die Soldaten. Sie sollen sich zurückhalten."

Der Mann nahm seinen Hut und ging hinaus.

„Bellmer, Sie kommen bitte mit und Sie auch, Tello." Dann wandte er sich an die anderen. „Meine Herren, Sie bleiben hier. Ich werde mit der Gruppe vor dem Tunnelbüro beraten. Ich möchte nicht, dass man Sie alle hier oben am Fenster sieht. Halten Sie sich im Hintergrund."

Tello öffnete ihnen die Tür, Bellmer ließ Sandau den Vortritt, dann standen sie in der Abendluft und sahen den Männern entgegen.

Fast die Hälfte von ihnen hatte Bellmer noch nie gesehen. Unwillkürlich suchte er die Gruppe nach Waffen und Knüppeln ab. Dann blickte er zum Tunnelbüro hinauf. Nur ein einzelnes Gesicht war hinter der Scheibe zu erkennen. Die Passstraße war dunkel von Menschen, die schweigend zu ihnen herüberstarrten. Die Soldaten hatten ihre Bajonette auf die Gewehre gesteckt.

Sandau ging auf die Männer zu, Bellmer und Tello folgten ihm, dann standen sich die beiden Gruppen gegenüber. Ein Mann trat vor, fast so groß wie Sandau, und reichte ihm einen Brief.

„Das sind unsere Bedingungen. Wenn Sie zustimmen, arbeiten wir noch heute weiter."

Ungeöffnet steckte Sandau den Brief in die Jackentasche.

„Erklären Sie mir, warum sie streiken."

Der Mann wollte antworten, doch Sandau schüttelte den Kopf. „Sie nicht. Sie kenne ich nicht und Sie arbeiten nicht hier."

Er zeigte auf einen der Capos.

„Erklären Sie mir, warum Sie streiken."

Der Capo senkte verlegen den Blick. Doch ein anderer schob ihn zur Seite und zeigte auf den Mann, der Sandau den Brief gegeben hatte.

„Er soll für uns reden. Wir haben alle dafür gestimmt, dass er uns vertreten soll."

Sandau blickte den Mann an.

„Sie wissen, wer ich bin?"

Der Mann nickte.

„Dann wäre es nur höflich, wenn Sie sich auch vorstellen würden."

„Grassi", antwortete er, „Teodore Grassi".

„Gut, Grassi, dann erklären Sie es mir."

„Wir wollen mehr Lohn, weil die Arbeit immer härter wird. Die Quellen im Tunnel machen die Arbeit unerträglich. Wir wollen, dass die Strafzahlungen eingestellt werden, und wir wollen eine Arbeitervertretung.

„Eine Arbeitervertretung?"

Grassi nickte. „Wie in Turin oder Mailand. Eine Arbeiterkammer. Ein Büro, wo die Arbeiter einen Vertreter haben, der ihre Interessen gegenüber der Tunnelbaugesellschaft vertritt. Das Büro finanzieren Sie."

Sandau wurde nachdenklich.

„Nie wurde für Arbeiter so gut gesorgt wie hier", sagte er, „die Waschanlagen, Wohnhäuser, sogar Kantinen. Im Gotthard hatten vierhundert Arbeiter nur neunzig Kubikmeter Luft in der Minute zum Atmen. Sie starben wie die Fliegen. Mit unserer Ventilationsanlage kommen wir auf tausendfünfhundert. Kubikmeter. Das ist fast das Siebzehnfache. Das Siebzehnfache", wiederholte er.

Bellmer sah Sandaus unbewegtes Gesicht. Es war, als verbarrikadiere Sandau sich hinter diesen Zahlen.

„Sehen Sie da hinüber", fuhr Sandau mit leiser Stimme fort, so, dass Grassi seinen Kopf zu ihm hinneigen musste. „Sehen Sie all diese Männer? Die wissen, was wir für sie tun. Und sie alle wollen arbeiten", fuhr er fort, „nur Sie hindern sie daran."

„Sie wollen ..."

Sandau hob die Hand, bevor Grassi weitersprechen konnte.

„Ich werde keinen einzigen Centesimo mehr bezahlen, nur weil ein paar Capos sich von Ihnen und Ihresgleichen bestechen lassen. Keinen einzigen. Entweder Sie akzeptieren das oder nicht. Wenn nicht, werde ich morgen früh all diese Männer entlassen." Er streckte den Arm aus und zeigte auf die schwarze Menge auf der Passstraße. „Und jedem einzelnen erklären, wem er das zu verdanken hat."

Grassi wich einen kleinen Schritt zurück. Er war blass geworden, seine Selbstsicherheit verschwunden.

Schließlich beugte er sich ganz nah zu Sandau.

„Geben Sie mir etwas, irgend etwas", flüsterte er.

Sandau wollte antworten, doch da legte Tello seine Hand auf Sandaus Arm. Bellmer bemerkte Sandaus Überraschung, den Ärger, als Tello ihn wortlos zur Seite zog.

„Geben Sie ihnen etwas, Ingegnere. Sonst machen sie unser Leben hier zur Hölle", hörte Bellmer Tello in seinem langsamen Deutsch sagen. „Sie setzen den Tunnel auf Spiel. Man wird Sie in ganz Italien hassen."

Brüsk schüttelte Sandau die Hand ab und wandte sich wieder an Grassi.

„Die Arbeiterkammer."

Pico hielt die Kartoffel an einem langen Stock über das Feuer und wartete darauf, dass sie gar wurde. Seit Beginn des Streiks hatte es kein Geld mehr gegeben und das Essen wurde knapp. Um ihn herum stritten die Männer, aber er nahm es kaum wahr. Schon seit Tagen ging das so, die Männer hatten Capos verprügelt, wenig später hatten sie die Aufrührer, die in den letzten Wochen nach Balmalonesca gekommen waren, mit Steinen aus dem Ort vertrieben. Die Arbeiter waren nervös, sie mussten in den Läden anschreiben lassen und bei den Frauen.

Ein Mann trat in den Schein des Feuers.

„Sie haben sich geeinigt. Wir arbeiten wieder."

Die Männer murmelten zustimmend.

In der Nacht hörte Pico Geschrei im Tal, das Trampeln von Stiefeln durch die Baracken. Er ließ sich vom Bett gleiten und sah hinaus. Polizisten und Soldaten kamen aus den Hütten, in denen die fremden Männer gewohnt hatten. Sie stießen einzelne Männer vor sich her.

„Die meisten sind abgehauen", sagte einer der Polizisten.

„Aufwiegler", ergänzte ein anderer, „erschießen sollte man sie."

„Das passiert schon noch. Früher oder später."
Der Soldat feuerte in die Nacht und sie lachten.
„Was ist los?", fragte eine Stimme, als Pico wieder im Bett lag.
„Sie verhaften alle, die sich haben schmieren lassen."

Am nächsten Mittag lief Pico in einem dichten Pulk von Arbeitern zum Tunnelbüro hinauf, jeder wollte in die nächste Schicht kommen und wieder arbeiten. Doch die Musik hielt ihn fest und er ließ die anderen an sich vorbeiziehen. Oben im Krankenhaus stand die Balkontür weit auf und eine schnelle Melodie perlte durch das sonnige Tal.

Pico hatte die Abkürzung genommen, nicht über die Brücke, sondern mit ein paar Sprüngen über den Bach. Auf dem letzten Stein war er stehen geblieben und lauschte gebannt dem Klavier.

„Unser Musikliebhaber", kam ein Stimme von oben. Der Dottore stand auf der Brücke. Pico fühlte sich ertappt.

„Und, gefällt dir die Musik noch?"

„Sie ist fröhlicher geworden", antwortete Pico.

„Das kann man wohl sagen." Lenga sah zum ihm herunter.

Pico bückte sich und holte einen runden Stein aus dem Bach. Er hatte zwei große Quarzeinschlüsse und sah aus wie das Gesicht einer Robbe.

„Ist der wertvoll?"

Pico hielt Lenga den Stein entgegen.

„Wertvoll ist nur das, was selten ist. Aber wenn dir der Stein viel bedeutet, dann ist er auch wertvoll. Für dich. Bist du auf dem Weg zur Arbeit?"

„Ja. Es geht wieder los. Der Streik ist vorbei."

„Viel gebracht hat er ja nicht", sagte Lenga. Pico stieg das Ufer hinauf, bis er Lenga gegenüberstand.

„Bekommen wir mehr Lohn?", erkundigte sich Pico.

Lenga schüttelte den Kopf.

„Sandau ist ein harter Mann. Später vielleicht. Aber ihr habt Geschichte gemacht. Sie haben eine Arbeiterkammer in Varzo eingerichtet. Ich glaube, es ist die fünfte oder sechste in Italien."

Pico reagierte nicht.

„Das sagt dir nichts? Ein Büro, das eure Interessen vertritt. Wenn du ein Problem hast im Tunnel, dann kannst du dich an sie wenden. Die Kammerleute verhandeln dann mit der Tunnelgesellschaft. So ganz ohne Ergebnis konnte der Streik ja schlecht zu Ende gehen."

„Verstehe."

„Der Chef der Arbeiterkammer ist übrigens ein Mann namens Grassi", sagte Lenga, bevor er grüßend die Hand hob und sich in Richtung Krankenhaus davonmachte.

Pico sah den Stein mit den Quarzaugen an und schob ihn in die Hosentasche.

19

Seit dem Winter bekomme ich keine Post mehr von zu Hause. Zweimal war ich bei dem Schreiber und habe ihm lange Briefe diktiert, an die Geschwister und die Mutter. Ein paar Arbeiter sind mit ihren Familien vor dem Winter in den Süden zurückgekehrt, weil sie die Kälte hier nicht aushalten. Ein paar sicher auch nach Crotone. Wahrscheinlich haben sie erzählt, wie ich mein Geld verdiene. Seither wollen sie mich zu Hause nicht mehr kennen. Aber wenn sie nicht mehr schreiben, schicke ich ihnen auch kein Geld mehr.

Ich habe die große Hütte nebenan herrichten lassen für mich und die Mädchen. Sie ist sehr schön geworden, ein kleiner Palast in unserem Bretterdorf. Zweimal im Monat fahre ich mit einem Soldaten nach Domodossola und bringe mein Geld und das der Mädchen zur Bank. Manchmal begleitet mich auch mein Tenente und wenn niemand hinschaut, versucht er, meine Hand zu halten. Ich weiß nicht, ob es nur wegen des Geldes ist.

Einer von den Männern, die immer die großen Reden schwingen, hat mich ein paar Mal besucht und war ganz anders als die anderen. Er hat mich gestreichelt und gesagt, wie schön ich sei und was so jemand wie ich in diesem Dreckloch mache. Er hat mir von der Revolution erzählt, und dass danach das Leben für alle Menschen besser wäre. Kommunismus nannte er das und las mir aus einem Heft vor. Alle wären dann gleich. Ob das nicht ein bisschen langweilig wäre, wollte ich wissen und einen Moment machte er ein Gesicht, als würde er böse, aber dann hat er gelacht. Na ja, so ganz gleich wären alle ja auch nicht und ich sei schon etwas Besonderes. Für ein paar Stunden habe ich geglaubt, ich wäre in ihn verliebt. Wenn er gefragt hätte, wäre ich mit ihm gegangen. Aber dann ist er aus dem Tal verschwunden. Dem Tenente habe ich nichts davon erzählt. Mag sein, dass Pico was geahnt hat.

Am Morgen sind die Arbeiter mit Topfdeckeln und Ratschen durch den Ort rauf zum Tunnel gezogen. Der Streik hat fast zwei Wochen gedauert. Ein wenig hat er die Spreu vom Weizen getrennt bei uns. Die Arbeiter hatten bald kein Geld mehr und es kamen nur noch die Ingenieure und die Händler zu mir und die Geldverleiher. Mittlerweile kann ich mir meine Kunden aussuchen. Ich habe sogar mein Messer verlegt, weil ich es nie mehr gebraucht habe. Vielleicht sollte ich es mal suchen. An manchen Abenden versteigere ich mich an den Meistbietenden. Die Ingenieure sind oft so erschöpft.

Wenn ich Zeit habe, sitze ich tagsüber rum und denke mir Sachen aus, die ich mit den Männern machen kann. Sie wissen das und kommen von immer weiter her. Ein Stoffhändler aus Domodossola wollte mir ein kleines Haus kaufen im Tal. Aber ich bin lieber von allen abhängig als von einem. Wenn ich von allen abhängig bin, bin ich von keinem abhängig.

Gut ist der Streik nicht. Die Stimmung wird schlecht, und da braut sich was zusammen. Manchmal kommen Männer zu den Mädchen und schwätzen und die Mädchen machen sich Sorgen. Wir würden noch Augen machen, was mit dem Tunnel passiert, hat einer gesagt, aber ich habe die Mädchen beruhigt und gesagt die Soldaten passen schon auf uns auf. Trotzdem werden die Leute nervös. Vielleicht ist es nur das Geld. Sie bekommen seit dem Streik keinen Lohn. Überall müssen sie anschreiben lassen. Sie haben es sogar bei uns versucht und einige Mädchen haben sich darauf eingelassen. Ich habe ihnen den Kopf gewaschen, das könnten sie nicht machen. Sie sind so dumm. Aber ich war ja nicht besser.

Mit Pico sitze ich oft in der Sonne und wir lesen und schreiben. Es geht gut. Er glaubt auch, dass irgendetwas im Busch ist. Aber wenn er was weiß, dann rückt er jedenfalls nicht damit heraus. Er hat mich nach dem Einäugigen gefragt, aber ich weiß auch nur das, was alle wissen. Er ist ein wenig verrückt. Aber vielleicht macht ihn auch nur sein Gesicht verrückt.

Pico und ich gehen immer noch hoch zum Krankenhaus, besuchen den Dottore und lassen uns untersuchen. Er sagt, wir seien die Einzigen, die regelmäßig kämen, die anderen sieht er nur zur Einstellungsuntersuchung und wenn sie krank oder tot sind.

Er lächelt, wenn er so was sagt. Aber er ist nett und wir gehen gern hin.

Pico hat mir einen Kiesel aus der Diveria geschenkt. Ein Mondgesicht mit zwei Augen. Eine Robbe, meint er. Der Stein sei zwar nicht wertvoll, aber etwas Besonders, hat er gesagt. Für mich ist er wertvoll. Ich glaube, er ist froh, dass wir uns wieder häufiger sehen. Ich auch. Es gibt keinen Menschen, den ich länger kenne hier am Simplon. Ein ewiges Kommen und Gehen. Im Herbst fahren viele zurück in den Süden, im Frühjahr kommen neue und die Transalpini, die über den Pass in die Schweiz wandern, sogar weiter, hört man, bis nach Frankreich und Deutschland. Auch die Mädchen bleiben oft nicht lange.

Da ist es schön, wenn man jemanden um sich hat, den man lange kennt. Vor allem, wo meine Familie nichts mehr von mir wissen will. Pico geht es nicht anders. Er wünscht sich nichts sehnlicher, als irgendwo hinzugehören. Ich weiß nicht, ob es das ist, was ihn bedrückt. Vielleicht ist es auch nur die seltsame Spannung, die über dem Tal liegt. Er wird es mir schon sagen, wenn es soweit ist. Vielleicht weiß der Tenente mehr.

20

Alessandro blickte auf, als die ersten Sonnenstrahlen die Kapelle von Trasquera auf dem gegenüberliegenden Hang aufleuchten ließen. Er hielt inne, einen Bohrkopf in der Hand, ein dickes Rohr mit scharfer, gehärteter Krone. Das Rohr war verbogen, aus dem Bohrkopf ein Zahn gebrochen.

Das Tal lärmte. Langsam stieg das Rot des Herbstes in die Blätter. Viel blieb nicht mehr von diesem Jahr, dachte er, dem ersten des 20. Jahrhunderts. Dreieinhalb Jahre lebten sie schon hier, und noch länger war es her, dass er mit Gianna zum ersten Mal in das Tal gekommen war. Er sah ihren Körper vor sich, im Licht, das durch die Eisblumen brach und dachte an dieses seltsame Gefühl der Fremdheit, das sich zwischen sie geschoben hatte und seitdem nie wieder verschwunden war. Und ihm fehlte die Zeit, es zu verjagen. Die Zeit, die ihm im Tunnel durch die Finger glitt.

„Ingegnere", rief einer der Arbeiter.

Alessandro schreckte hoch und warf ihm den Bohrkopf zu.

„Wieder einer. Ihr müsst sie besser kontrollieren, bevor ihr sie ins Lager bringt."

Seit Beginn der Sechs-Uhr-Schicht kontrollierte er mit drei Arbeitern aus der Schmiede die Bohrköpfe. Immer wieder hatte es in den letzten Wochen Probleme gegeben, weil der Nachschub stockte, als sie im harten Gneis mehr Bohrköpfe verschlissen als geplant. Fast fünfhundert Bohrköpfe waren es an manchen Tagen. Die Schmiede konnte sie nicht schnell genug nachschmieden und aushärten. Schlecht erneuerte Bohrköpfe waren in den Tunnel gebracht worden, sie brachen oder verbogen sich, der Vortrieb kam nicht weiter. Die Mineure prügelten sich mit den Arbeitern aus der Schmiede, wegen der defekten Bohrköpfe hatten sie ihre Bonus-Zahlungen verloren. Wenn eine Schicht schneller voran kam als geplant, gab es ein oder zwei Lire mehr.

Den ganzen Vormittag sortierte Alessandro mit den Arbeitern die Bohrköpfe, der Berg der defekten oder schlecht nachgeschmiedeten stieg langsam. Sie machten erst Pause, als die Glocken von Varzo und Trasquera zu Mittag läuteten. Die Arbeiter stopften sich ihre Pfeifen und ließen eine Flasche Roten herumgehen. Als sie ihn Alessandro hinhielten, sah er ihre lauernden Blicke, zögerte einen Moment. Er wusste, dass sie ihn provozierten und auf eine Reaktion warteten. Niemand hielt sich daran, dass Alkohol während der Arbeit verboten war, selbst im Tunnel tranken sie mit Wasser verdünnten Wein. Eine Sekunde lang dachte Alessandro an Bellmers Bemerkung „Ihnen vertrauen Sie doch“, dann nahm er einen Schluck und setzte sich zu den Arbeitern in die Sonne.

„Ingegnere! Ingegnere Tello!“ Für einen Augenblick glaubte Alessandro, er träume. Ein junger Arbeiter kam vom Stollenausgang heruntergelaufen und winkte mit der Mütze. Er sprang auf, schwer atmend blieb der Junge vor ihm stehen. Alessandro kannte das Gesicht, aber der Name dazu wollte ihm nicht einfallen.

„Neue Quellen, so stark wie noch nie. Ingegnere Bellmer sucht Sie. Er ist schon auf dem Weg zum Vortrieb.“

Alessandro holte seine Jacke aus dem Lager, drückte einem der Männer die Liste mit den aussortierten Bohrköpfen in die Hand.

„Tut mir den Gefallen und bringt sie ins Büro.“

Er lief hinter dem Jungen her zum Tunneleingang, als ihm der Name wieder einfiel.

„Pico. Stimmt's?“

Der Junge drehte sich zu Alessandro um und lächelte.

„Du betreust wieder die Pferde.“

Sie hatten es ohne Pferde versucht, aber ganz vorn am Vortrieb, beim Schuttern ging es schneller mit ihnen.

Sie hetzten den Hang hoch zum Tunneleingang, die ersten Maurer kamen ihnen entgegen, einige hatten sich verletzt, als sie aus dem Tunnel geflohen waren und klammerten sich an fremde Schultern. „Gas“ riefen einige, „Gas, unsere Lampen sind ausgegangen.“

Vor dem Tunneleingang wartete eine kleine Lokomotive mit einem einzelnen Wagen. Alessandro setzte sich auf den Wagen, der Junge neben ihn.

„Du bleibst hier“, wollte er Pico zurückhalten. Wenn mit dem Wasser auch Gas austrat, war der Junge gefährdet.

„Lassen Sie mich doch mitkommen.“ Pico zeigte auf die Öllampe, die er sich zwischen die Füße geklemmt hatte. „Wenn sie ausgeht, wissen wir, dass Gas da ist. Und wenn nicht, kann ich Ihnen helfen. Ich bin kleiner als Sie, ich kann mich überall durchzwängen.“

Mit einem schrillen Pfiff setzte sich die Lok in Bewegung. Noch war die Luft im Tunnel durch die Ventilation angenehm kühl. Die Querstollen, die alle zweihundert Meter die beiden Parallelstollen miteinander verbanden, waren verschlossen, nur der letzte, ganz tief im Tunnel, stand offen. Dort wurde die Luft in den Hauptstollen umgeleitet und wieder zurück ins Freie geblasen.

In Gruppen kamen ihnen die Arbeiter entgegen, wichen fluchend aus. Aber ihre Flüche waren leise, so als horchten sie auf den Berg, ängstlich, irgendetwas zu überhören, ein Geräusch, das eine neue Gefahr ankündigte.

Hastig rechnete Alessandro nach. An die fünfhundert Menschen mussten bei dieser Schicht in den beiden Parallelstollen arbeiten. Im Schatten der Öllampen waren kaum mehr als Schemen zu erkennen, nasse, verschwitzte Oberkörper, die Mütze oder den weichen Filzhut in die Stirn gezogen, um sich gegen Steine zu schützen. Einige trugen geflochtene Körbe mit Spatzen. Obwohl es verboten war, nahmen sie noch immer Vögel mit in den Tunnel. Sie stellten sie auf den Boden, und wenn im Berg Gas austrat, dann starben die Vögel zuerst und ihr letztes Zwitschern warnte die Mineure. Doch die Vögel flatterten aufgeregt in ihren Käfigen.

Langsam wurde die Luft feuchter und stickiger. Nach gut drei Kilometern hörte die ausgemauerte Strecke auf und der Zug hielt am Tunnelbahnhof. Sie sprangen ab, einen Augenblick blieb Alessandro überrascht stehen, das Wasser schien eiskalt. Auf den schmalen Schienen der Druckluftlokomotive, die die Loren mit dem Abraum zum Tunnelbahnhof zog, hasteten sie weiter.

Zwei große Schatten lehnten an der Stollenwand, Pferde, die im Halbdunkel reglos verharrten. Pico strich ihnen mit der Hand über den Hals. Während er leise mit ihnen sprach, lief ein Zucken über ihr Fell.

„Sie haben Angst", sagte er.

Es dauerte nicht lange, bis ihnen das Wasser über die Knöchel stieg. Alessandro warf einen Blick auf die Öllampen, hielt sie nach unten. Flackernde Spiegelungen zerliefen im Wasser, aber die Lampen brannten weiter.

Er hatte sich an die Kälte des Wassers gewöhnt und schätzte es auf kaum zwanzig Grad. Der Junge lief vor ihm her, schmächtig wie er war, kam er schneller voran. Immer noch drängten sich Männer an ihnen vorbei, es stank nach Exkrementen. Das Wasser hatte die Metallkisten mit dem Torf überflutet. Jetzt schwammen die Exkremente auf der Wasseroberfläche. Am Stollenrand gestapelte hölzerne Stützbalken waren vom Wasser davongetrieben worden und hatten sich im Tunnel verkeilt.

Die Luft wurde wärmer, aber das Wasser blieb kühl. Die Stollenwände rückten enger zusammen. Sie zwängten sich zwischen den hölzernen Stempeln hindurch. Da fiel Pico hin, im Sturz hielt er die Grubenlampe in die Höhe, um zu verhindern, dass sie im Wasser ausging. Alessandro riss ihn hoch, nahm ihm die Lampe ab.

„Alles in Ordnung?"

Der Junge schüttelte sich wie ein Hund.

„Ja, ja."

An manchen Stellen war der Sog des Wassers so groß, dass es an ihren Füßen zog. Langsam wurde auch die Luft kälter, weit konnten die Quellen nicht mehr sein. Sie kletterten über die Bohrmaschinen, die bis zu den Rädern im Wasser standen.

Dann flackerten vor ihnen Lampen auf und ein Geräusch, das er im Tunnel noch nie gehört hatte, ließ Alessandro vor Schreck erstarren. Ein drohendes Zischen, vermischt mit einem Rauschen, wie er es zum ersten Mal gehört hatte, als er mit Gianna durch die schmale Gondoschlucht hinauf nach Gabi gewandert war. Tief unten in der Schlucht hatte die Diveria getobt. Alessandro hielt den Atem an. Jetzt hörte er das gleiche Toben tief im Berg.

Vor ihm schob Pico sich durch in Richtung Vortrieb. Männer saßen auf dem Gebälk der Holzstempel, die Füße hochgezogen. Sie schrien gegen das Tosen des Wassers an, um sich zu verständigen.

Dann sah Alessandro die Wand aus Wasser. Hell schimmerte sie. Von allen Seiten schoss die Flut in den Stollen, von oben, aus den Wänden. Der stärkste Strahl kam aus einem kopfdicken Loch links in der Stollenwand. Bellmer kniete auf einem breiten Balken vor dem Loch und hielt ein Thermometer hinein.

„Keine Sorge", Bellmer richtete sich auf, zog Alessandro zu sich heran und zeigte auf die Grubenlampen, „es gibt kein Gas. Es war der plötzliche Druck des Wassers, der einige Lampen ausgeblasen hat."

Auf einmal sah es aus, als verschlucke sich das Wasser, für den Bruchteil einer Sekunde wurde der Strahl unterbrochen, schoss dann mit unverminderter Kraft wieder in den Stollen.

Bellmer bückte sich erneut, hielt noch einmal die Hand mit dem Thermometer ins Wasser. Schließlich zog er seinen nassen Arm zurück und schaute auf das Thermometer.

„Die Temperatur bleibt konstant. Dreiundzwanzig Grad", brüllte er gegen das Toben an, „und mindestens tausend Liter in der Sekunde."

„Wo mag das Wasser herkommen?", fragte einer der Männer.

Sie hatten sich aus dem Vortrieb herausgezwängt und saßen, die Füße im Trockenen, auf einem Stützbalken.

„Es ist relativ kalt. Vielleicht kommt es von ganz oben aus den Bergen. Eine Quelle, die den Lago d'Avino speist", schlug Alessandro vor.

Nachdenklich schaukelte Bellmers schwerer Kopf.

„Unmöglich. Das sind noch gut drei Kilometer. Wir sind irgendwo unter dem Passo delle Possette." Er verstummte und starrte ins Wasser. „Aber was heißt hier schon unmöglich."

Sie rutschten vom Balken herunter, aber Bellmer hielt Pico zurück.

„Du bleibst besser hier."

Alessandro und die Männer folgten ihm in den Vortrieb.

„Ich will wissen, was hinter der Stollenwand noch alles lauert", sagte Bellmer und ließ sich eine Spitzhacke reichen. Er stellte sich mitten in den Wasserstrahl, der Hut wurde ihm vom Kopf gerissen, dann holte er aus und schlug auf die Wand ein. Fast widerstandslos verschwand die Spitze der Hacke im Fels, der Schwung hätte Bellmer fast umgerissen. Ein dünner Strahl schoss aus dem Loch. Bellmer holte noch einmal aus, diesmal vorsichtiger, und wieder platzte ein Wasserstrahl aus der Wand. Dann machte er einen Schritt nach vorn und verschwand hinter der Wand aus Wasser.

„Ingegnere Bellmer", rief Alessandro. Bellmers Faust erschien im Wasser, den Daumen nach oben gerichtet. Dann blitzte die Spitzhacke auf, als er auf den Fels ganz vorn im Stollen einschlug. Einige Minuten später tauchte Bellmers Arm wieder auf, winkte Alessandro und die Arbeiter heran. Hinter dem Wasservorhang standen sie knapp einen Meter vor der Wand des Vortriebs. Das Licht ihrer Lampen tanzte auf Bellmers Gesicht. Er hielt ihnen seine Faust entgegen, presste sie zusammen. Ein böselnder schwarzer Brei quoll durch seine Finger.

„Helfen sie mir hoch und reichen Sie mir die Hacke", sagte er und wischte den schwarzen Brei an seiner nassen Hose ab.

Er balancierte auf einem schmalen Gesteinsbrocken, Alessandro und die Arbeiter stützten ihn. Vorsichtig schlug er mit der Hacke in einen Spalt über seinem Kopf. Es gab keinen Laut, als die

Spitze im Fels verschwand, nur ein saugendes Geräusch, als er sie wieder herauszog.

„Halten Sie mich“, rief er.

Er reckte sich nach oben, griff in die Spalte. Als er seine Hand zurückzog, hielt sie wieder diese fast breiige Masse. Alessandro reichte ihm seinen Hut, und Bellmer ließ die Masse hineinfallen. Sein Gesicht war schneeweiß.

„Mal sehen, was es ist. Irgendein Gemisch aus Kalk und Glimmer. Oder Schiefer.“

„Wir räumen den Vortrieb. Die Maurer sollen den Tunnel soweit ausmauern wie möglich. Wenn wir Pech haben, ist der Wassereinbruch unser geringstes Problem“, sagte Bellmer.

Sie liefen durch die trüben, schwarzen Strudel zurück zum Tunnelbahnhof. Bellmer trug seinen Hut mit der schwarzen Masse im Arm. Sie hatten die Arbeiter und Pico vorausgehen lassen, während sie die Verstrebungen im Tunnel kontrollierten. Plötzlich hielt er Alessandro zurück, vergewisserte sich, dass die anderen weit genug vorne waren, und schob Alessandro in einen Querstollen.

„Ich habe es zufällig gesehen, als ich in den Tunnel kam.“

Der schmale Holzschrank mit den Eisenbeschlägen, in dem die Tagesration Dynamit gelagert wurde, stand auf. Er war leer.

„Sind Sie in dieser Sache weitergekommen?“, fragte Bellmer leise.

Alessandro schüttelte den Kopf.

„Wir laufen überall vor Wände“, murmelte Bellmer. Dann wuchs sein Schatten vor Alessandro in die Höhe, als er einen Schritt auf ihn zu machte. „Wir müssen da durch, Tello, es hilft nichts. Durch den Berg. Durch diesen ganzen Wahnsinn. Sie, ich, wir alle. Viel Zeit bleibt uns nicht.“

Alessandro sah ihn unsicher an. Er hatte Bellmer nichts von dem erstochenen Reto Vescara erzählt. Er hatte die Hoffnung nicht aufgegeben, dass Vescaras Tod nur ein Zufall war.

„Ich habe versucht, etwas herauszubekommen. Aber ich kann mich nicht offen nach dem Dynamit erkundigen. Dann erfahre ich gar nichts.“ Er schwieg einen Moment. „Sie werden das Dynamit verkaufen." Wieder stockte er, so unvorstellbar war ihm die Idee. „Sie werden es nie gegen den Tunnel oder ihre eigenen Leute verwenden."

„Sicher", murmelte Bellmer. Die Lichter ihrer Öllampen tanzten auf dem schwarzen Wasser. „Sie haben sicher Recht."

Alessandro wusste, dass Bellmer kein Wort von dem glaubte, was er sagte.

Die Lok hatte auf sie gewartet und brachte sie aus dem leeren Tunnel. Am Ausgang war eine Menschenmenge zusammengelaufen, angezogen von dem Wasser, das aus dem Stollen schoss.

Als sie von der Lok stiegen, spürte Alessandro plötzlich Bellmers Hand auf seinem Arm.

„Was wäre, wenn Sie den Jungen einspannten, Tello? Pico. Mit aller Vorsicht. Wir müssen endlich wissen, was mit dem Dynamit passiert. Und ansonsten kein Wort. Zu niemandem."

Alessandro dachte an den toten Vescara im Krankenhaus.

„Nun?"

„Ein Kind?"

Um Bellmers wässrige Augen kräuselte sich ein Lächeln.

„Im Tunnel arbeiten keine Kinder. Das ist verboten."

„Bevor der Schnee kommt, will ich Stella noch einmal sehen." Gianna stand am Fenster und wandte ihm den Rücken zu. „Es ist fast ein Jahr her, dass ich sie das letzte Mal besucht habe."

Alessandro war erst früh am Morgen aus dem Tunnel zurückgekehrt, übermüdet und stumpf von der Arbeit. Er saß mit Gianna in der Küche, zu erschöpft, um das Brot zu schneiden, das vor ihm auf dem Tisch lag. Seit Wochen versuchte er, mit seinen Arbeitern das Wasser aus dem Tunnel abzuleiten, um weiterarbeiten zu können, aber immer wieder rissen sie neue Quellen auf.

Seine Hände lagen neben dem Teller, mechanisch wischte er sie an der Hose ab, obwohl er sich das Blut mit einer Bürste in heißer Seifenlauge abgebürstet hatte. Ein Mann war im Tunnel vor Erschöpfung eingeschlafen, neben seinem Vogelkäfig. Das Gezwitscher konnte ihn nicht retten, als die Lore aus den Schienen sprang. Sie zerquetschte ihn, ohne dass die Arbeiter im Tunnel es sofort bemerkt hatten. Erst als sie das Blut an der Lore sahen, suchten sie nach ihm.

Er hob den Blick.

„Sie könnte uns besuchen. Dann lernt sie Errico kennen."

„Aber ich möchte mal wieder raus aus dem Tal." Ihre Stimme war fest. „Noch ein paar Wochen und hier ist alles weiß und wir sitzen die nächsten Monate fest."

Alessandro horchte in sich hinein, dann sah er sie an. Er hörte sie kaum, ihre Worte kamen von weit her. Nur sein Herz spürte er, das ihm im Hals schlug.

„Wir sind ja hier nicht auf einer Insel im Ozean", murmelte er.

„Nein", sagte sie, „leider."

Sie zog einen Stuhl heran und setzte sich neben ihn.

„Eine winzige Insel, wo die Sonne scheint, nur wir zwei, wo du nicht tagelang in einem Tunnel verschwindest."

„Eine Insel? Da kämst du nie weg."

„Da würde ich auch nie wegwollen."

Sie legte ihren Kopf auf seine Schulter.

„Und Errico?", fragte Alessandro.

„Nur wir beide. Lass mich doch träumen."

„Vielleicht würde Stella ja gern zu uns kommen."

„Mag sein." Gianna stand auf und eine Last fiel von ihm ab. „Aber ich werde sie nicht danach fragen."

Sie schaute ihn an, ruhig und bestimmt, bis er ihrem Blick auswich.

„Wann wirst du fahren?"

„An einem der nächsten Wochenenden. Am Montag oder Dienstag bin ich zurück. Ich werde Friederike fragen, ob sie Errico wieder nehmen kann." Sie zögerte. „Vielleicht hast du ja auch etwas Zeit für ihn."

Wieder wuchs dieser Stein in seinem Hals. Er versuchte, ihn herunterzuwürgen, aber es gelang ihm nicht. Er wandte das Gesicht zur Seite, als suche er etwas in der Küche.

„Du würdest mir die Wahrheit sagen, wenn du aus einem anderen Grund fortgingst?"

„Ich würde dir immer die Wahrheit sagen." Selbst wenn sie die Frage nicht erwartet hatte, in ihrer Stimme lag keine Überraschung.

Wäre er nicht so erschöpft gewesen, hätte er jetzt geweint.

Er wachte auf noch während er fiel. Im Reflex streckte er den Arm aus, ergriff eine dicke Dornenranke und schlug unsanft auf seine rechte Seite. Toto scheute leicht und blieb stehen. Es war schon das zweite Mal in den letzten Tagen, dass er auf dem Rücken seines Maultiers eingeschlafen und heruntergefallen war.

Bellmer hatte sich nicht getäuscht. Der Wassereinbruch war das geringere Problem. Sie hatten einen Abflusskanal für die Quellen gebaut und die Arbeit am Vortrieb wieder aufgenommen. Doch immer wieder waren sie auf weichen Glimmerkalk vermischt mit Schiefer gestoßen, der manchmal schneller nachdrückte, als sie ihn abstützen konnten. Oft war Alessandro zwei Schichten hintereinander im Tunnel, in seiner Erschöpfung verließ er sich auf Toto, um nach Hause zu kommen.

Gianna öffnete ihm die Tür. Seine Hand war blutig.

„Was ist passiert?"

„Ich bin gestürzt." Er zögerte. „Gefallen."

Fragend sah sie ihn an.

„Ich bin eingeschlafen."

„Und von Toto gefallen?" Gianna begann leise zu lachen, zog ihn in die Küche und machte noch zwei Öllampen an. Vorsichtig zog sie ihm die Dornen aus der Hand, wusch sie aus und verband sie.

Das Haus war still, ab und zu knackten Bohlen, ein Tier raschelte vor dem Haus im Laub. Aus dem Tal war ein fernes Quietschen zu hören, wenn die Loren mit Abraum über eine Weiche gezogen wurden.

Sie streichelte sein Gesicht.

„Du bringst dich noch um für diesen Tunnel."

„Bald haben wir das Schlimmste hinter uns."

„Das sagst du seit zwei Jahren."

Er antwortete nicht, schließlich nahm sie seine Hand und sie gingen hinauf ins Schlafzimmer. In der Ecke stand Giannas gepackte Reisetasche, wieder wuchs ihm dieser Stein im Hals und was der Tunnel noch an Kraft in ihm gelassen hatte, verließ ihn. Er versuchte, sich dagegen zu wehren, aber es gelang ihm nicht.

Es war kalt im Haus, die feuchte Herbstnacht drang durch die Wände. In der Küche war es warm gewesen, im Herd hatten noch Kohlen geglüht.

„Warum bist du so lange aufgeblieben?"

Er kannte die Antwort.

„Morgen fahre ich. Zu Stella."

Ein Zittern lief durch seinen Körper und er hoffte, sie würde es spüren.

„Errico kann zu den Bellmers. Das Mädchen bringt ihn hin."

„Ich habe mir freigenommen."

„Das wird ihn freuen", sagte sie leise und suchte unter den Plumeaus nach seiner Hand.

Gianna war lange vor ihm wach, nahm ihre Reisetasche und verschwand in die Küche. Verstohlen schlich Errico ins Schlafzimmer, Alessandro stellte sich schlafend, wartete, dass Errico zu ihm ins Bett klettern würde. Aber der Junge kam nur leise in Richtung Bett, zog ihm die Decke weg und rannte lachend davon.

In der Küche hatte Errico den Stuhl neben seine Mutter geschoben und löffelte Maisbrei, während Gianna ihm aus Pinocchio vorlas.

Als Alessandro mit ihr aus der Haustür trat, ließ Errico vom Balkon buntes Herbstlaub auf Gianna herabregnen. Einen Augenblick blieb sie unter dem fallenden Laub stehen, breitete die Arme aus und schloss die Augen. Das letzte Blatt war gefallen, sie stieß einen lauten Jubelschrei aus, lief an Alessandro vorbei in Richtung Tal, so schnell, dass er Mühe hatte, ihr zu folgen. Und als er ihr nachlief, überwältigte ihn ein Gefühl, wie er es bisher nur einmal in seinem Leben gekannt hatte, als er nach tagelangen Sommergewittern versuchte, über den reißenden Po zu schwimmen, und ihn plötzlich die Angst ergriff, ihn würden die Kräfte verlassen, bevor er das andere Ufer erreichte, von dem aus Gianna ihm zuwinkte.

Jetzt wandte Gianna nicht einmal mehr einen Blick zurück. Nicht zu ihm. Nicht zu Errico.

21

Toto lag in der Herbstsonne und kaute auf einer Distel. Errico saß neben ihm, den Rücken an den Bauch des Maultiers gelehnt, und blickte ins Tal. Zwei Frauen kamen den schmalen Weg hinauf, auf dem Rücken Kiepen mit Laub, die hoch über ihre Schultern aufragten. Als sie seine blonden Haare in der Sonne sahen, riefen sie nach ihm, aber er ließ den Blick nicht vom Tal, gefangen von den Geräuschen der rangierenden Loks. Ein Bussard kreiste in der Luft.

Schon bevor die Sonne hinter dem gegenüberliegenden Hang hervorkroch, hatte Errico das Haus verlassen. Alessandro hörte die Tür ins Schloss fallen und beobachtete, wie er sich neben Toto ins Heu setzte. Maria hatte ihm noch eine heiße Milch und eine Decke gebracht. Seitdem saß er da und starrte ins Tal.

Alessandro wusste, wie sehr seinen Sohn der Tunnel beschäftigte. Er war noch nie unten an der Passstraße gewesen. Seit ein paar Wochen ging er in den neuen Kindergarten, den der katholische Priester eingerichtet hatte. Aber der war in Varzo, nicht unten im Tal. Oft hatte Alessandro mit Gianna nachts vor seiner Tür gestanden und ihn leise reden hören. Errico sprach mit dem Berg, erzählte ihm, wie die Kinder ihn anstarrten wegen seiner blonden Haare, sich manchmal eins vorwagte, und ihn mit einer scheuen Handbewegung berührte. Wenn sie vorsichtig die Tür öffneten, schwieg Errico, aber seine Augen blieben geöffnet.

„Er träumt mit offenen Augen“, sagte Alessandro.

„Wie du“, antwortete Gianna.

Dann nahm sie Errico in den Arm, rieb sein Ohr leicht zwischen Daumen und Zeigefinger, bis ihm die Augen zufielen.

Am Abend, nachdem Gianna abgereist war, hatte er Errico versprochen, ihn mit zum Tunnel zu nehmen. Das Hausmädchen hatte Fleisch gebraten, doch als Errico herausbekam, dass es ein Zicklein war, hatte er es beiseite geschoben und sie musste ihm einen Teller Gnocchi machen.

„Errico.“

Die Stimme war vertraut, zugleich fremd. Sein Vater stand am Fenster und winkte ihm zu. Normalerweise stand seine Mutter da oben und es war ihre Stimme, die ihn rief.

Aber seine Mutter war seit zwei Tagen verreist.

„Lass uns frühstücken“, rief er.

Wenn der Weg so schmal wurde, dass er nicht an der Hand seines Vaters gehen konnte, lief er voraus. Griff er wieder nach der Hand, spürte er eine seltsame Unruhe, die sich auf ihn übertrug.

Viel sehen konnten er nicht, zu hoch waren die Hecken neben dem Weg, nur der Lärm, der aus dem Tal kam, wurde lauter, Rufe, die Pfiffe der Loks.

Dann gab die Wiese den Blick frei. Errico blieb stehen und schaute auf das Durcheinander von Häusern und halbfertigen Hütten zu beiden Seiten der Passstraße.

„Da ist das Dorf.“

Sein Vater zeigte ihm die offenen Kohlemagazine zwischen den Hütten, die Werkstätten, die Buden und roh gezimmerten Trattorien. Hinter einigen Häusern lagen schmale Gärten zwischen Bretterzäunen, in denen Blumen und Gemüse wuchsen. Vor den Häusern und Baracken, die zur Simplon-Straße hin lagen, saßen Frauen in der Morgensonne.

Die geheimnisvolle Bretterstadt bedeckte fast das ganze Tal.

Auf den Steinen am Bachufer lagen graue Fetzen und helle Laken zum Trocknen, Frauen kneteten Wäsche, einige sangen dabei. In Varzo schlugen die Glocken elf Uhr.

Im Kindergarten hatte er manchmal davon gehört, wenn die anderen Kinder hinter vorgehaltener Hand nachplapperten, was sie von ihren Eltern gehört hatten.

Negerdorf nannten sie die Hütten.

Zwischen den Baracken und Häusern liefen Menschen umher, die meisten bogen auf die Passstraße zum Simplon ab. Weiter oben war eine hohe Felswand und darunter stand eine kleine weiße Kirche. Hinter der Kirche, das wusste er, lag der Tunneleingang.

Alessandro spürte Erricos Aufregung. An einem Vorsprung, unter dem der Hang steil abfiel, blieben sie stehen, er nahm seinen Sohn auf die Schultern und sie blickten schweigend auf das Bretterdorf hinab.

„Balmalonesca", sagte er schließlich. „Der ganze Ort ist neu, die Kirche ist neu. Vor drei Jahren war hier nichts, nur Büsche, ein paar Tannen links und rechts vom Bach und die Passstraße hoch zum Simplon. Jetzt wohnen hier die Arbeiter und ihre Familien."

Der Wind hatte gedreht und wehte einen brackigen, fauligen Gestank zu ihnen herauf.

„Es stinkt", sagte Errico.

Sie drehten sich zur Seite, als ein neuer Windstoß den Hang hinaufwehte.

„Es sind zu viele Menschen. Sie haben zu wenig Platz zum Leben."

Am Rand der Bretterstadt, zum Ufer des Baches hin, hockten zwei Jugendliche und verrichteten ihre Notdurft.

„Wie viele Menschen?", fragte Errico.

„Über dreitausend sollen es sein."

„Dreitausend" wiederholte Errico verständnislos. „Sind das viele?"

„Sehr viele."

„Auch Kinder?"

„Auch Kinder."

„Dürfen die in den Tunnel?"

„Manche ja."

„Warum?"

Alessandro zögerte einen Moment, aber schon fing Errico an, unruhig auf seinen Schultern herumzurutschen.

„Zum Arbeiten", antwortete Alessandro. „Wenn sie schon fünfzehn sind."

An den Rändern franste Balmalonesca aus, überall halbfertige Baracken, zwischen Stapeln von Bohlen und Steinen waren Planen gespannt, die ersten Unterkünfte der neu Eingetroffenen. Hinter einigen Hütten stieg Rauch von offenen Feuerstellen auf, Rufe klangen hinauf. An einem Brettergerüst hing ein geschlachtetes Schwein.

„Schau dir dies Durcheinander an", sagte Alessandro. „Eine kleine Stadt. Alle arbeiten sie für den Tunnel. Wenn er fertig ist, verschwinden sie wieder. Selbst die Kirche soll wieder abgerissen werden."

„Wohin denn?", wollte Errico wissen.

„Zurück nach Hause, auf die Suche nach Arbeit. Wenn der Tunnel fertig ist, gibt es neue Arbeit. Vielleicht auf den Zügen, die durch den Tunnel fahren."

Errico, fasziniert von dem Leben im Tal, hörte kaum hin. Er schlug seinem Vater leicht auf die Schultern.

„Weiter."

Sie mussten Pferdewagen und Einspännern ausweichen, als sie die Simplon-Straße erreichten. Ein paar Mineure kamen ihnen entgegen, zum Gruß nahmen sie ihre Pfeifen aus dem Mund und tippten an ihre Hüte. Ein ausgezehrter, altersloser Mann blickte zu Errico hoch und hielt dabei die zwei Finger seiner verkümmerten Hand zum Schutz vor der Sonne hoch.

„Wie heißt du?"

Er trug ein Hemd ohne Kragen, darüber eine Weste. Sein Gesicht war bleich, die Augen lagen tief in ihren Höhlen.

„Errico“, sagte er laut, als wüsste er, dass seine Stimme von den Schultern des Vaters nur schwer zu hören war.

„Du sieht aus, als seiest du auf dem Weg in den Himmel“, sagte er und bekreuzigte sich.

„Lass uns zum Stolleneingang gehen“, schlug Alessandro vor, „du wolltest doch den Tunnel sehen.“

Doch Errico zog ihn in eine schmale Gasse, die in die Barackenstadt führte. An dieser Stelle war das Bachbett breiter und die Hütten standen so eng beieinander, dass sie die Berge kaum mehr sehen konnten. Wäsche hing zum Trocknen in der Sonne, Finken zwitscherten in Vogelkäfigen, neugierige Blicke verfolgten sie. Auf den Stufen vor den schäbigen Häusern saßen Frauen, die ihre Kinder stillten, Müll lag in den Abflussgräben, verschlissene Kleidungsstücke.

Ab und zu wehte ein übler Geruch durch die Gasse.

Unvermittelt blieb Errico stehen. Ein Zicklein war an einem Pfosten festgebunden. Ein paar Schritte entfernt zog ein Mann einen Schleifstein über sein Messer. Errico und das Zicklein sahen einander an. „Es wünscht sich, es könnte fliegen“, murmelte er, als Alessandro ihn wegzog.

Immer tiefer tauchten sie in die Hüttenstadt ein. Unwillkürlich begann Alessandro, sich umzusehen.

„Suchst du was?“, fragte Errico.

„Nein“, log Alessandro. Seine Schritte wurden langsamer, an einzelnen Baracken blieb sein Blick länger hängen.

Vor einer Hütte stand ein quadratischer Tisch, über dem ein Zettel hing: *Qui si scrivono lettere.*

Ein paar Schritte weiter drang Musik aus den Baracken, eine Ziehharmonika und eine Gitarre. Alessandro blieb stehen und starrte in einen dunklen Raum, über dem in blauer Farbe *Trattoria* stand. Paare bewegten sich in dem Raum zur Musik, leise Stimmen, dann die Klänge einer Mandoline.

„Schon so früh auf dem Weg zu uns? Und deinen kleinen Goldjungen bringst du uns auch mit.“

Frauenstimmen, leises Gelächter aus dem Dunkel, dann kam eine Frau in einem blauen Kleid auf die Veranda, setzte sich in einen Korbstuhl, wobei sie den Rocksaum hochzog und über ihre Knie legte.

„Und nun, Ingegnere? Wie wär's? Ich bin frisch gebadet. Und die Mädchen passen auf den Kleinen auf, während wir es uns gut gehen lassen. Wir haben Zeit. So früh kommt kaum jemand."

Sie lachte, Alessandro spürte, wie Errico an seiner Hand zog.

„Ingegnere Tello, einen Moment."

Er blieb stehen, als eine zweite Frau aus der Trattoria auftauchte. Seine Hände waren schweißnass.

„Sie wissen noch, wer ich bin?"

„Ja, die Mutter von Pico."

„Nennen Sie mich Marcella."

Sie lächelte ihn an. In die kurzen Ärmel ihrer weißen Bluse waren bunte Bänder geflochten. Über ihren Rock hatte sie sich eine Schärpe mit bunten Fransen geknotet. Ihr Mund war tiefrot und in der Mitte berührten sich ihre Lippen nicht, sondern formten einen dunklen Spalt.

„Ich wusste, dass Sie mich besuchen kommen." Sie nickte Errico zu. „Dein Vater hat meinem Pico einmal sehr geholfen."

Die Frau lehnte sich über das Geländer der Veranda und zog ihre Unterlippe durch die Zähne. Errico spürte das Pochen des Bluts in der Hand seines Vaters, wie bei dem kleinen Salamander, den er im Sommer gefangen und in den hohlen Händen nach Hause getragen hatte.

„Wir wollten zum Krankenhaus", sagte Alessandro mit einer Stimme, die Errico kaum wiedererkannte, „und da sind wir hier vorbeigekommen."

Sie lächelte wieder.

„Das freut mich."

Sein Vater stockte, so als koste ihn das Reden Überwindung.

„Ich möchte Sie um einen Gefallen bitten."

Sie antwortete nicht, aber allmählich erreichte das Lächeln auch ihre Augen.

„Könnten Sie Pico bitte sagen, dass ich ihn sprechen möchte?"
Sie fragte nicht warum, aber ihr Blick ließ ihn nicht los.
„Dann müssen Sie mir auch einen Gefallen tun."
Wieder zog sie ihre Unterlippe durch die Zähne.
„Sie müssen mich besuchen kommen."
„Vielleicht", sagte er leise.
Licht fiel in den Raum, und Errico sah die nackten Beine zweier Frauen.

Weiter oben im Tal ließ der brackige Geruch nach, die Hütten wurden von kleinen, gemauerten Häusern abgelöst. Arbeiter kamen vorbei. Die meisten kannte Alessandro mit Namen. Sie wechselten ein paar Worte, nannten ihn Signore Ingegnere, und wenn sie Errico nah genug kamen, legten manche Männer ihre Hände auf seine Schultern oder berührten sein Haar, wie sie die Füße oder Hände ihrer steinernen Heiligenfiguren berührten, um deren Schutz zu erbitten. Er ertrug es mit unbewegtem Gesicht, schweigend, nicht ein einziges Mal, dass er eine Hand abschüttelte.
„Er sagt nicht viel", lachte einer der Männer.

Als sie die letzten Häuser von Balmalonesca hinter sich ließen, setzte Alessandro ihn wieder auf seine Schultern.
„Wie viel Namen kennst du?", fragte Errico.
„Wie meinst du das?"
„Namen. Von den Leuten, die hier arbeiten."
Alessandro zögerte.
„Vielleicht dreihundert. Oder mehr. Fünfhundert."
„Mehr als dreihundert Namen?"
„Nicht dreihundert Namen. Die Namen von dreihundert Arbeitern. Die Namen zu dreihundert Gesichtern. Manche haben die gleichen Namen."
„Das ist viel", sagte Errico bestimmt.
„Es sind Menschen wie du und ich. Sie arbeiten hart, vielleicht härter als ich. Sie haben ein Recht darauf, dass ich ihre Namen kenne. Ingegnere Bellmer kennt noch mehr."

Sie gingen talaufwärts, auf der Höhe der kleinen weißen Kirche konnten sie den Kamin der Pumpenhalle erkennen.

Ein offener Pferdewagen nahm sie mit bis zu einem schmalen Haus an der Passstraße.

„Das Zollwächterhaus“, sagte Alessandro, als sie abstiegen.

Sie verließen die Straße, gingen vorbei an den Werkstätten und der Pumpenhalle.

„Der Boden summt“, sagte Errico plötzlich.

Alessandro lachte.

„Das sind die Generatoren, die die Frischluft in den Tunnel blasen.“ Er stand einen Moment ruhig und horchte. „Vielleicht sind es auch die Pumpen, die das Wasser für die Bohrmaschinen liefern.“

Vor dem Eingang des Richtstollens blieben sie stehen. Ein schmieriger Bach floss aus dem Tunnel. Dann kam der Zug, auf dem erschöpfte Arbeiter saßen. Sie winkten Errico zu, als sie vom Wagen sprangen.

Alessandro spürte, wie sich der Griff des Kindes verstärkte. Er beugte sich zu seinem Sohn hinab.

„Was ist am anderen Ende des Lochs?“, fragte Errico.

Alessandro nahm ihn auf dem Arm.

„Von der anderen Seite des Berges bohren sie genauso einen Tunnel. Beide treffen sich dann mitten im Berg.“

„Warum?“

„Damit später mal Eisenbahnen hindurchfahren können.“

Errico sah ihn fragend an.

„Heute müssen sie zu Fuß über die Berge laufen. Oder mit der Kutsche fahren.“ Alessandro zeigte das Tal hinauf, wo die schneebedeckten Gipfel in der Sonne leuchteten. „Das ist schon im Sommer mühsam und im Winter liegt auch noch alles voller Schnee. Zu Fuß dauert das zwei bis drei Tage über die Berge. Mit dem Zug wird es nicht mal eine halbe Stunde dauern. Das macht es leichter für alle Menschen. Das ist nicht nur ein Tunnel. Wir bauen an einer besseren Welt.“

Errico hatte die Worte oft gehört, wenn sein Vater abends vom Tunnel erzählte, und sich gefragt, was das sei, eine bessere Welt.

Alles, was er sah, war ein schwarzes Loch.

„Da sitzt jemand", sagte Errico, als sie nach Hause zurückkehrten, und blieb stehen. Ein schmächtiger Junge hockte vor ihrer Haustür und kaute auf einem Stück Maisbrot.

Pico stand auf. Das Mädchen hatte ihm zu essen gegeben, ihn aber nicht ins Haus gelassen.

„Marcella hat gesagt, sie wollten mich sprechen, Ingegnere?"

22

Er kam mit seinem blonden Sohn, der Ingegnere. Pico hat mir viel von den beiden erzählt, er scheint dem Mann nachzulaufen. Es hat mich fast zornig gemacht. So, als würde er ihn gut kennen. Aber der Ingegnere ist ein Angsthase. Deshalb auch sein Sohn. Er wäre geblieben, ohne ihn. Ich hab es in seinen Augen gesehen.

Eines der Mädchen hat sich ein paar schöne Mieder mitgebracht. Ein Freier hat sie mit an den Orta-See genommen. Dort gibt es ein Schneideratelier, das so etwas anfertigt. Besonders im Sommer, wenn die Urlauber an den See kommen. Es muss schön dort sein. Das Mädchen hat mir ein Mieder geschenkt. Ich hätte es für den Ingegnere angezogen. Er ist etwas eng am Busen, aber das macht nichts.

Ob ihm gefallen würde, was ich mit Männern anstelle? Sicher hat er eine Frau zu Hause, aber sie gibt ihm nicht das, was er will. Seine Augen sagen mir das. Vielleicht fehlt ihm auch nur der Mut, sie darum zu bitten. Männer verachten sich dafür, dass sie uns um so was bitten, und weil sie sich nicht verachten wollen, verachten sie uns, weil wir es ihnen geben können. Es hat lange gedauert, bis ich dahinter gekommen bin. Manchmal kann ich es kaum glauben, aber so ist es.

Mein Tenente hat mich gefragt, was ich mache, wenn sie mit dem Tunnel fertig sind, aber ich bin nicht darauf eingegangen. Er hat auch nicht nachgehakt. Ein kluger Mann. Der Soldat, der auf uns aufpasst, sagt, er sei ein berühmter Jäger. Die könnten warten. Jedenfalls hat er viele von den Aufrührern aus dem Tal gejagt.

Ich habe ihn mal gefragt, ob er nicht auch den Eindruck hat, dass sich etwas zusammenbraut am Tunnel. Wieso?, hat er gefragt. Nur so ein Gefühl. Gefühle soll man nicht unterschätzen, sagte er da, aber man müsste lernen, damit umzugehen. Da habe ich gelacht und gesagt, da solle er sich mal keine Sorgen machen, das könnte ich, aber was nun mit dem Tal sei. Nichts, hat er gesagt und mich angesehen. So richtig glauben konnte ich ihm nicht.

Eine Ausrede war es wohl nicht, dass der Ingegnere Pico sprechen will. Pico wollte gleich los, als ich es ihm sagte, aber ich habe drauf bestanden, dass er die Pasta isst, die das Mädchen für ihn und die Männer gekocht hatte. Sie ist die beste Köchin in den Hütten, sie stammt auch aus Kalabrien.

Nach dem Essen ist er davongerannt. Pico war sehr aufgeregt, hat mir das Mädchen erzählt. Außerdem hat er behauptet, jemand verfolge ihn. Am nächsten Mittag habe ich ihn abgepasst, bevor seine Schicht anfing und darauf gewartet, dass er mir erzählt, was der Ingegnere wollte. Aber er ist mir ausgewichen und sagte nur, ich sollte ein paar Überschriften abschreiben und wir würden morgen weiter üben. Ein bisschen wichtig macht er sich schon.

Aus Crotone habe ich nichts mehr gehört. Drei Monate, dann ist Weihnachten. Einmal kamen zwei Zeilen, das Geld sei nicht eingetroffen. Dass ich nicht lache. So dumm bin ich schon lange nicht mehr.

Sobald ich kann, werde ich ihnen mit eigener Hand einen Brief schreiben. Bis zum Jahresende bin ich sicher soweit. Und dieses Weihnachten verbringe ich mit Pico. Vielleicht lese ich ihm schon was vor. Hauptsache, er ist nicht mehr so verschlossen. Und macht sich nicht mehr so wichtig wegen dem Ingegnere. Doch seit er bei ihm war, bedrückt ihn etwas, mehr als zuvor. Er ist unruhig. Das spüre ich. Manchmal sehe ich ihn vor den Kneipen sitzen. Ich glaube, er versucht die Männer zu belauschen. Sein Gesicht wirkt immer älter. Das sagt der Dottore auch, aber wenn er ihn untersucht, ist er mit allem zufrieden.

Vor Weihnachten werde ich das ganze Zimmer neu machen lassen, noch größer und prächtiger. Ich habe Möbel aus Domodossola kommen lassen. Als ich nach Domodossola zur Bank gefahren bin, hat der Soldat, der mich begleitete, einen großen Diener gemacht und die Herren von der Bank haben den Hut gezogen.

Dann bin ich zu meiner Schneiderin gegangen. Aber die Mieder, die das Mädchen vom Orta-See mitgebracht hat, sind schöner. Sie fährt sicher wieder hin im kommenden Jahr. Ich werde ihr ein altes Mieder mitgeben, wegen der Größe. Beim Umbau meines Zimmers habe ich auch mein Messer wiedergefunden. Wie lang das her ist, dass ich es zum letzten Mal in der Hand hatte. Ein Talisman. Jetzt passe ich auf, wo ich es hinlege.

23

Die breite Krempe des gewachsten Hutes und das Cape schützten ihn vor dem dichten Tropfenschleier, der aus dem Tunnelgewölbe über ihm sprühte. Nur seine Schuhe waren seit Stunden durchweicht, jeder Schritt presste das Wasser heraus, hob er den Fuß, spürte er, wie es wieder zurückfloss.

Bellmer schwitzte unter dem Cape, obwohl das Wasser kühl war, das aus der Stollendecke fiel. Es war auch nicht die Hitze des Gesteins. Ein Fieber brannte in ihm seit dem Jahreswechsel, seine Gelenke schmerzten. Zweimal hatte er sich auf dem Weg durch den Tunnel auf eine der Blechtonnen setzen müssen, um seinen Darm zu entleeren. Der Ekel erregende Gestank hatte sich in seiner Nase festgesetzt. Er hatte sich weitergeschleppt, immer wieder seine Hände in den Abflusskanal getaucht, der die Wassereinbrüche im Tunnel ins Freie leitete, um seine Handgelenke zu kühlen.

Bellmer klammerte sich an einen der Holzstempel. Die Stempel bildeten einen fast quadratischen Rahmen, einer am Boden, einer links und rechts an den Wänden und ein Balken unter der Decke. Der Berg war so weich geworden, dass sie diese Rahmen im Abstand von einem Meter errichten mussten, um den Druck des Berges aufzunehmen.

Hinter ihm saßen Arbeiter auf dem Wagen mit der Bohrmaschine und beobachteten ihn. Plötzlich wölbte sich der Holzstempel unter seinen Füßen. Dann begann sich auch der mächtige Holzstempel links von ihm zu bewegen. Angst stieg in ihm hoch, ihm war, als befinde er sich in den Gedärmen einer riesigen, urweltlichen Molluske, die sich mit ihm davonmachte.

Unwillkürlich sah Bellmer nach oben, sprang einen Schritt zurück. Im selben Augenblick splitterte der Querbalken unter der Decke entlang seiner Maserung, faltete sich an der linken Seite auf wie Papier. Nahezu lautlos veränderten die Holzstempel ihre Form, kein Bersten, nur ein bedrohlich mahlendes Geräusch.

„Zurück", schrie Bellmer, „schnell."

Die Männer liefen in den Tunnel, Bellmer schlug mit dem Pickel zwischen den Holzstempeln in die Tunneldecke. Ein fiebriger Schmerz schoss ihm durch Arm und Schultergelenk, weicher Gneis fiel ihm entgegen.

„Das Gestein ist zu weich, wir müssen die Stempel enger stellen. Jeden halben Meter, dann wird es gehen."

Aber es ging nicht. Wie zäher Brei drängte der Berg in jedes Loch, das sie sprengten oder mit ihren Hämmern schlugen. Bald konnten sie kein Dynamit mehr verwenden, um vorwärts zu kommen, so weich wurde das Gestein. Sie brachen mit der Hand aus, stützten den Vortrieb mit noch massiveren Holzstempeln, vierzig mal vierzig Zentimeter stark. Doch der Berg zerdrückte sie alle, es war nur eine Frage der Zeit. Immer wieder fuhren sich die Loren im Vortrieb fest, weil der Berg die Stützbalken knickte oder anhob. Mit ihren Äxten schlugen die Tunnelarbeiter die Loren aus den verschobenen und gesplitterten Stempeln. Eine ganze Schicht waren sie nur damit beschäftigt, eine der Druckluftlokomotiven wieder freizubekommen, die sich im Vortrieb völlig verkeilt hatte.

„Und?", fragte Sandau, „was schlagen Sie vor?"

Knapp eine Woche hatte Bellmer es versucht, doch der Fels wurde weicher, je tiefer sie sich in ihn hineinwühlten. Jetzt ging nichts mehr.

„Wir müssen Eisenträger nehmen. Dicht an dicht. Und selbst den schmalsten Zwischenraum sofort ausmauern."

Sandau wurde blass und fuhr sich durch den Bart. Sie würden

Monate verlieren in dem weichen Gestein. Bellmer wartete auf eine Reaktion, doch das einzige Geräusch waren die eisigen Schneeflocken, die der Wind ans Fenster wehte, ein Geräusch, als werfe jemand Sand gegen die Scheiben.

Seit Wochen hatte man Sandau kaum gesehen. Er war mit den Direktoren der Tunnelbaugesellschaft durch die Schweiz gereist, um verunsicherte Politiker und nervöse Investoren und Bankiers zu beruhigen. Und wenn er sich im Tal aufhielt, zog er sich in sein Haus in Iselle zurück, zu seiner Familie, seiner Frau, seinen Töchtern und Söhnen. Seit Hundts Tod war er noch abwesender als zuvor.

„Was heißt das?“, fragte Sandau endlich.

Er gönnt sich noch einen Moment der Hoffnung, dachte Bellmer. Als könnte sich noch etwas Unerwartetes ergeben, eine überraschende Idee, eine Lösung, auf die noch nie jemand gekommen war. Aber es gab keine. Nur die, aufzustehen und nie wieder in den Tunnel zurückzukehren.

Aufzugeben.

„Wenn wir Eisenrahmen nehmen, schaffen wir weniger als einen Meter am Tag. Das wäre nicht einmal ein Fünftel unseres Tagesdurchschnitts vom vergangenen Jahr.“

Sandaus Blick wanderte von Bellmer zum Fenster, hinaus in das Schneetreiben.

„Wissen Sie was, Bellmer?“, murmelte er leise, „ich beneide Sie.“ Er sah Bellmer nicht an, sondern starrte hinaus in den Schnee. „Sie gehen in den Berg und quälen sich bis zum Umfallen. Und irgendwann wissen Sie, Sie haben alles gegeben. Ich krieche vor den Bankiers in Winterthur zu Kreuze, die mich ansehen, als sei ich der letzte Dreck. Die in ihren holzgetäfelten Direktorenzimmern sitzen und in ihrem Leben nie mehr riskiert haben, als das Geld anderer auszugeben. Ich muss mich mit den Leuten der Tunnelbaugesellschaft und hysterischen Politikern auseinander setzen, die Angst davor haben, dass in der Bevölkerung der Unmut über die Kosten des Tunnels wächst. Die nicht den Mut haben, den Menschen beizubringen, dass es auch mal etwas schwieriger und damit teurer werden könnte. Nur wenn alles gut geht, dann waren sie die Visionäre und wir ihr Werkzeug. Gibt es Probleme, sind wir die Betrüger und sie die Opfer."

Er unterbrach sich, die Finger im Bart vergraben.

„Seit Monaten schon bringe ich nur schlechte Nachrichten. Alle haben sie ein sicheres Geschäft gewittert. Wie die Schmeißfliegen sind sie über uns hergefallen, und nun muss ich ihnen sagen, dass es keins wird."

Sandau hatte so leise gesprochen, dass Bellmer sich anstrengen musste, um die Stimme durch sein Fieber zu verstehen.

„Aber vielleicht haben wir uns ja auch nur zu voreilig auf die Gutachter verlassen. Festen, guten Fels und problemloses Bohren hatten sie uns vorhergesagt. Heute wollen sie das alles nicht mehr wahrhaben." Reglos starrte er Bellmer an. „Diese ganzen Gutachten sind nicht das Papier wert, auf dem sie stehen. Diese gespreizten Herrn Professoren haben sich die Taschen damit gefüllt, mehr nicht."

Er griff hinter sich auf den Schreibtisch, zog einen großen Bogen Papier vom Tisch, ein Aufriss des Tunnels, darüber die Konturen der Berge mit dem Monte Leone als höchster Spitze. In unterschiedlichen Farben schraffiert, zogen sich die Gesteinsschichten als große Wellen durch den Berg.

„Erst war das Gestein härter und wir haben uns an dem Fels die Zähne ausgebissen, dann die Quellen, um die wir uns herumgraben mussten, und jetzt drückt uns der Berg fast tot."

Er hielt Bellmer ein Blatt Papier hin.

„Die jüngste Statistik, Bellmer. Für das Jahr 1901. Im Norden haben sie bis Ende Dezember des Jahres 6335 Meter geschafft, wir nur 4428. Nicht weil sie in Brig besser arbeiten als wir in Iselle. Sondern weil wir uns bei unseren Vorhersagen auf diese idiotischen Gutachter verlassen haben. Kein Mensch hat uns vor den Quellen gewarnt. Über tausend Liter in der Sekunde. Keine dreißig Meter haben wir in manchen Monaten geschafft. Und jetzt der weiche Fels." Er unterbrach sich. „Aber das will natürlich niemand hören. Also ist es unsere Schuld. Meine vor allem."

Bellmer sah ihn mit schmerzenden Augen an und hörte auf das fiebrige Rauschen in seinem Kopf.

„Jeder fragt mich, warum wir die geplanten fünf Meter und vierzig Zentimeter pro Tag nicht schaffen." Sandau hustete, schien zu zögern. „Meinen Sie, wir schaffen wenigstens einen Meter pro Tag mit den Eisenstempeln?"

Bellmer fixierte den Boden zwischen seinen Füßen.

„Wenn wir Glück haben", sagte er leise, die Hände vor den schmerzenden Augen.

„Einen Meter?", wiederholte Sandau bittend.

Irgendwo im Haus fiel etwas um, und ein Kind begann zu weinen.

„Wo wir gerade dabei sind", sagte Sandau nach einer Weile und sah Bellmer prüfend an, „was haben wir sonst noch für Probleme? Irgendwelche Streiks in Sicht?"

„Seit den Lohnerhöhungen im letzten Herbst ist Ruhe." Bellmer schüttelte müde den Kopf. „Wenn wir die Eisenträger schnell bekommen, haben wir keine."

„Und was ist mit dem Dynamit?"

„Geben Sie mir noch etwas Zeit. Wir sind dran."

Tello hatte ihm erzählt, dass er den Jungen eingeweiht hatte. Er würde sich umhören wegen des Dynamits. Sie würden das Problem schon lösen. Aber Sandau musste das mit Pico nicht unbedingt wissen.

„Und Sie selbst?" Sandau zog seinen Stuhl neben Bellmer. „Wie geht es Ihnen?"

Bellmer hatte Mühe, die Augen offen zu halten. Seine Gelenke schickten bei jeder Bewegung Blitze durch den Körper. „Ein bisschen Ruhe täte gut. Ausschlafen."

Schnee rieselte gegen das Fenster.

„So wie sie aussehen, sollten Sie zum Arzt gehen", sagte er nach einer Weile.

„Ich bin angemeldet. Heute noch." Bellmer stand auf, Sandau gab ihm die Hand. Erschöpfung lag in seinen Augen. Bellmer ahnte, was ihm bevorstand. Die Gesellschafter, die Bankiers, die Politiker. Sandau schien seine Gedanken zu erraten.

„Vielleicht werde ich mich ein wenig hinter den Gutachtern verstecken." Er zögerte einen Augenblick, bevor er weitersprach. „Aber wenn es so weitergeht, sind wir ohnehin ruiniert. Bis 1904, wie geplant, werden wir nie fertig. Das sage ich Ihnen heute schon. Im Januar 1902."

Sandau setzte zu einem Lächeln an, aber es gelang ihm nicht. Er holte tief Atem, Tränen stiegen ihm in die Augen. Dann schaffte er es doch noch, Bellmer anzulächeln.

„Aber wem sage ich das. Das wissen Sie so gut wie ich."

Das Gefühl, nicht allein im Zimmer zu sein, ließ ihn wach werden. Im Dämmerlicht erkannte Bellmer seine Tochter. Margarethe hatte sich einen Stuhl ans Fußende des Bettes gezogen und sah ihn an.

„Was machst du hier?"

„Ich schaue dir zu, wie du schläfst. Du warst ja nie zu Hause in den letzten Wochen. Und als du da warst, hat Mama niemanden zu dir ins Zimmer gelassen. Du müsstest schlafen und wir würden uns nur anstecken."

Am Abend nach dem Gespräch mit Sandau war er zu Lenga ins Krankenhaus gegangen. Auf dem Weg dorthin hatte sein Herz angefangen zu schmerzen, und er sah den Tod im Schneetreiben tanzen. Laut hatte er vor sich hin geredet, um die Schatten zu verjagen.

Lenga beschwor ihn, aber er konnte ihn nicht im Krankenhaus halten. Ein Krankenpfleger begleitete ihn nach Hause, doch seitdem Bellmer das Behandlungszimmer verlassen hatte, setzte seine Erinnerung aus.

Ab und zu war er an die Oberfläche des Schlafes aufgetaucht, hatte sich treiben und wieder in die Tiefe sinken lassen. Spärliche Erinnerungen an seine Frau, die ihm eine Brühe einflößte oder ein Glas mit heißem, zimtigen Nostrano, in den zwei Eigelb gequirlt waren, um wer weiß welche Medizin zu verdecken.

Spuren im Schnee waren da noch, Reste eines Traums.

„Was haben wir für einen Tag?", fragte er seine Tochter.

„Donnerstag."

Seit über einer Woche hatte er das Bett nicht mehr verlassen.

„Machst du mir die Vorhänge auf?"

„Es ist ganz schrecklich draußen", sagte sie und zog die schweren Vorhänge zur Seite. Große Flocken fielen aus einem grauen Himmel.

An der Haustür klopfte es.

„Heute kommen wieder die Leute aus dem Tal, den Weg frei schaufeln. Sie holen auch den Schnee vom Dach. Darf ich nach unten?"

Jetzt, wo er wieder gesund zu sein schien, richtete sich Margarethes Neugierde auf andere Ziele. Als sie die Tür aufmachte, stand Hans im Rahmen, einen Daumen im Mund. Bellmer richtete sich auf, überrascht, wie groß sein Sohn geworden war. Das Kind sah ihn an, bewegungslos, wie einen Fremden.

„Du darfst hier noch nicht rein, sonst wirst du krank", sagte Margarethe, zog ihm den Daumen aus dem Mund und schloss die Tür hinter sich.

Seitdem es zu schneien begonnen hatte, machten die Männer regelmäßig ihre Runde. Sie schaufelten den Schnee vor den Haustüren weg und einen Weg zur Straße. Im vergangenen Winter hatte ein Schneebrett von einem Hausdach eine junge Frau erschlagen, und nun kletterten sie auch mit langen Leitern auf die Dächer und schoben den Schnee hinunter.

Bellmer hörte sie leise miteinander reden, das Kratzen der Schippen auf dem Dach, dann den dumpfen Schlag, als der Schnee herunterfiel.

Dann ging die Tür. Jetzt würden sie in dem schmalen Hausflur stehen, Wasserperlen vom tauenden Schnee auf den Jacken. Tassen klirrten, jeder bekam einen heißen Kaffee, in den Tessa Grappa goss. Er konnte die Männer fast riechen, die muffigen Ausdünstungen feuchter Wolle. Er hörte sie lachen, sie machten ihre Scherze mit dem Mädchen. Dann würde seine Frau ihnen ein paar Centesimi in die Hand drücken und sie würden weiterziehen.

Bellmer lag mit offenen Augen im Bett und starrte an die Decke. Das Schlagen der Tür echote durch seine Fieberträume, bis es in einem Winkel seiner Erinnerung hängen blieb. Es war kein Traum. Irgendwann in den letzten Tagen hatte ihn etwas aus seinem Schlaf auftauchen lassen. Es war die Stille des Hauses. Eine atemlose, gewalttätige Stille, die Stille eines unterdrückten Schreis. Er hatte vor sich hin gedöst, darauf gewartet, dass das Fieber ihn in den Schlaf zurückzog, als er die Haustür ins Schloss fallen hörte. Er glaubte das Knirschen von Schritten im Schnee zu hören, hatte sich ans Fenster gequält und in seinem Schwindel sah er Fußspuren im Schnee.

Das Schlagen der Tür. Er hatte es nicht geträumt.

„Ruhen Sie sich aus." Lenga besuchte ihn regelmäßig, reduzierte die Aspirin-Dosis, hörte seine Lunge ab, doch viel mehr als das sagte er nicht. Zweimal war Bellmer schon wieder im Tunnel gewesen. Jedes Mal hatten ihn Schwindelanfälle gezwungen, sich hinzusetzen. Er hatte die Eisenträger gesehen, die die Loks in den Tunnel transportierten, die zu Tode erschöpften Männer, den qualvoll langsamen Fortschritt. Ein Meter pro Tag, hatte er gehofft, tatsächlich waren sie in zwei Monaten kaum mehr als zehn Meter vorangekommen.

Wieder zu Hause, legte er sich in sein Zimmer, erschöpft und unruhig, hörte die Haustür, sah die Spuren im Schnee, den Blick seines Sohnes, der ihn nicht zu kennen schien. Er hatte das Gefühl, die Welt ziehe sich von ihm zurück. Er versuchte sich zu beruhigen. Lenga hatte ihn untersucht, das Fieber war verschwunden, sein Herz tat seine Arbeit.

„Sie haben nichts", hatte Lenga gesagt, als er seine Arzttasche zuschnappen ließ, „jedenfalls finde ich nichts. Aber Sie sind erschöpft. Und so stirbt es sich auch. Das ist der Tunnel nicht wert. Denken Sie an Ihre Familie."

Dann hatte er Bellmer die Hand gereicht. „Schicken Sie nach mir, wenn Ihnen danach ist. Und ruhen Sie sich aus. Sie werden selber spüren, wenn es wieder geht."

Seitdem mied Bellmer den Tunnel. Er lief durchs Haus, langsam, als trage er etwas Zerbrechliches mit sich herum, schlief zehn Stunden am Tag, obwohl er über Jahre mit weniger als sechs ausgekommen war. Es war wie eine Flucht, irgendetwas in ihm spielte auf Zeit. Die Berichte über die Arbeiten im Tunnel, die ihm täglich gebracht wurden, überflog er nur, und die Unruhe, die er früher gespürt hatte, wenn er den Pulsschlag der Tunnelbaustelle hörte, war verflogen.

Er saß in seinem Zimmer und hörte auf die Geräusche des Hauses, versuchte sich in einem Rhythmus zurechtzufinden, der nicht seiner war. All die Jahre hatte in den Häusern, in denen er mit seiner Familie lebte, ein eigenes Leben stattgefunden, ohne ihn, ein Leben, das er nicht kannte, dessen Regeln von seiner Frau bestimmt wurden und die ihm fremd geblieben waren. In diesen Regeln gab es einen Platz für ihn, um sein Leben mit dem seiner Familie in Einklang zu bringen. Wie zwei Zahnräder. Jetzt war sein Leben aus dem Rhythmus geraten, und ihm schien, als befinde sich das Haus in einer eigentümlichen Schwebe. So, als warte es darauf, seine Regeln umzuschreiben oder aber zu seinem gewohnten Leben zurückzufinden.

Wieder ging die Tür, als Margarethe sich in die Schule nach Iselle aufmachte. Friederike kam in sein Zimmer, setzte sich neben ihn und nahm seine Hand.

„Ich gehe nach Iselle. Soll ich dir etwas mitbringen?"

Er schüttelte den Kopf, sah sie an, suchte etwas in ihrem Gesicht, das zuvor nicht da war. Aber er fand nichts. Der schön geschwungene Mund, ihre hohe Stirn. Das einzig Neue waren ein paar graue Haare.

Sie spürte seinen Blick, fasste sich in die Haare, und ihre Augen wurden hart.

„Es bleibt nicht aus", sagte sie.

Tessas leises Klopfen riss ihn aus seinem Dämmerschlaf.

„Ingegnere Tello möchte Sie sprechen. Soll ich ihn wegschicken."

„Wieso?"

„Die Signora hat auch alle weggeschickt. Außerdem hat er einen dreckigen Jungen dabei."

„Schick sie hoch."

Das Mädchen machte einen Knicks und verschwand, er hörte Schritte im Flur und Tello trat durch die Tür, einen schmächtigen Jungen im Gefolge.

„Wie geht es Ihnen, Signore Ingegnere?"

Bellmer lächelte, gab ihm die Hand und es war in diesem Moment, als ob etwas in ihm aufwachte, zu ihm zurückkehrte. Er sah den frierenden Jungen, die dunklen Schatten um Tellos Augen und die Lähmung der letzten Wochen fiel von ihm ab.

Er schämte sich, als er die Erschöpfung in den Gesichtern der beiden sah.

„Gut", sagte er, „sehr gut." Der Junge machte ein paar Schritte in Richtung Ofen und streckte die Hände aus. Bellmer zog einen Stuhl heran. „Setzt dich und wärm dich auf", sagte er, als der Junge neben dem Stuhl stehen blieb.

„Nun Tello, was gibt es?"

„Pico hat jemanden gefunden, der etwas über das Dynamit weiß." Er zögerte kurz. „Ich kenne ihn auch. Er hatte mir schon mal einen Zettel zugesteckt mit einem Namen."

„Das war sein Cousin, Reto Vescara. Er ist erstochen worden. Vielleicht hat er auch was gewusst", sagte Pico vom Ofen her. „Er spricht Deutsch", fuhr Pico fort, „die Leute sagen, dass er schon am Gotthard gearbeitet hat. Nach Retos Tod vertraut er nur den Deutschen. Er will nur mit einem Deutschen reden. Aber er ist krank und will, dass wir einen Arzt mitbringen."

„Kenne ich ihn? Arbeitet er im Tunnel?", fragte Bellmer.

Pico schüttelte den Kopf.

„Vielleicht haben Sie ihn schon mal gesehen, Signore Ingegnere. Es ist der Einäugige mit dem zerstörten Gesicht. Er wohnt in einem Stall oberhalb von Varzo. Meistens hilft er in den Läden aus, in Balmalonesca. Und in den Kneipen. Da hört er eine Menge. Er lebt vom Trinkgeld. Und von Sachen, die sie nicht mehr verkaufen können. „Und wie bist du auf ihn gekommen?"

Pico wand sich einen Moment, sah zwischen Bellmer und Alessandro hin und her.

„Er ist zu mir gekommen. Seit Reto tot ist, lässt er mich nicht aus den Augen. Manchmal habe ich gedacht, er verfolgt mich.“ Pico zuckte ratlos mit den Schultern. „Vor ein paar Tagen hat er mich im Dunkeln abgefangen und angesprochen. Er kann eigentlich nur stammeln, aber wenn man sich daran gewöhnt hat, versteht man ihn schon. Am Anfang hatte ich Angst vor ihm.“ Pico brach ab, verlegen sah er Tello an, dann Bellmer. „Wir sollten jetzt gehen, dann ist er noch nüchtern.“

Am Tunnelausgang, wo das warme Wasser aus dem Richtstollen schoss und auf die eisige Winterluft traf, stieg eine Wasserdampfsäule in die Höhe. Unterhalb des Stollens hatte das Wasser eine bizarre Eislandschaft entstehen lassen.

Winzige Schneeflocken stachen ihnen ins Gesicht, als sie am Tunneleingang vorbeikamen. Überall schaufelten Männer den Schnee von den schmalen Wegen oder hielten die Gleise frei. Meist waren es alte Männer oder fast noch Kinder, die einen zu schwach, um im Tunnel zu arbeiten, die anderen zu jung. Jetzt gab der Winter ihnen Arbeit. An manchen Stellen lag der Schnee fast drei Meter hoch.

Bellmer beobachtete die Versorgungszüge, die immer noch schwere Eisenträger in den Tunnel transportierten. Er hielt Alessandro zurück.

„Wie geht es voran?“

„Wir brauchen drei, vier Tage für einen Meter, manchmal mehr. Wir können fast mit den Händen graben, so weich ist der Fels. Und er drückt so schnell nach, dass wir kaum Zeit haben, die Rahmen zu montieren. Aber wir haben weniger Unfälle. Wenn es schwierig wird, passen die Arbeiter besser auf.“

Bellmer reckte mit einem Mal den Kopf in die Höhe, als habe er sich bei einer Nachlässigkeit ertappt.

„Wo ist der Kleine?“

„Ich habe ihn zu Lenga vorausgeschickt.“

Wenn die Tage kurz und dunkel wurden, dann starben mehr Menschen in Schlägereien und durch das Messer, das hier fast jeder Arbeiter bei sich trug, als im Tunnel. Lenga beugte sich über die Statistiken, die Paola jede Woche mit ihrer steilen Schrift ergänzte. Leistenbrüche, zerquetschte Schädel, ein Messer im Hals, ein gebrochenes Becken. Erst versuchte er zu retten, was noch möglich war, dann wurde alles zur Zahl, verschwand in den Statistiken.

Als der Junge in sein Büro gebracht wurde, sortierte Lenga die Syphilitiker der letzten Wochen.

„Das ist nur die Spitze des Eisbergs", murmelte er, legte seinen Stift aus der Hand und sah Pico an.

„Würdest du zu mir kommen, wenn es dir zwischen den Beinen brennt? Oder würdest du wie die meisten anderen zu einem der Heiler in Balmalonesca gehen, ihm einen Monatslohn für ein paar Stückchen Eberwurz oder Sperlingsfleisch in die Hand drücken, in der Hoffnung, dass dieser Blödsinn hilft?"

Pico senkte den Kopf.

„War nur ein Scherz. Aber wenn es mal ernst wird, dann komm besser zu mir."

Dann hatte Lenga sich den Jungen einen Moment angesehen. Er trug ein dickes Hemd aus blauer Baumwolle, darüber eine dünne zerschlissene Jacke und ein Wollhose. Lenga war hoch in seine Wohnung zu Paola gelaufen. Gemeinsam hatten sie seinen Kleiderschrank durchwühlt, bis sie ihm ein Tweedjackett in die Hand drückte mit den Worten „Er ist ja fast so groß wie du." Paola gab ihm einen Kuss und er war die Treppe wieder heruntergestürmt.

Im Flur des Krankenhauses hatten sie gewartet, und als Bellmer und Tello im Schneetreiben auftauchten, waren sie ihnen entgegengegangen.

Der Arzt reichte Bellmer die Hand, dann umarmte er Tello.

„Schön, dich mal wieder zu sehen, Alessandro."

Als Bellmer den Jungen in dem dicken Jackett sah, den Kragen hochgeschlagen und eine Kordel um den Leib, schämte er sich, dem Jungen nicht mehr angeboten zu haben als einen Platz am Ofen.

„Wissen Sie, was der Mann hat?"

Lenga wechselte die schwere Arzttasche von der linken in die rechte Hand. Das Gehen wurde mühsam, oben am Hang waren die Wege nicht frei geschaufelt, und sie versanken fast bis zu den Knien im Schnee. Vor ihnen quälten sich Pico und Tello durch das Schneetreiben und sie versuchten, in ihren Fußstapfen zu gehen.

Bellmer schüttelte den Kopf.

„Und Ihnen, wie geht es Ihnen?", keuchte der Arzt.

„Es ist vorbei. Ich bin wieder der Alte", antwortete Bellmer, „kommen Sie, ich nehme Ihnen die Tasche ab."

„Glauben Sie das nicht, Bellmer", schnaufte der Arzt und reichte ihm die Tasche, „sehen Sie sich vor. Kein Mensch steigt zweimal in denselben Fluss."

Dann schwiegen sie, die Hüte ins Gesicht gezogen.

„Dort ist der Stall", rief Pico.

Sie machten noch ein paar Schritte, als Bellmer plötzlich Lengas Hand auf seiner Schulter spürte.

„Lassen Sie mich vorbei, schnell."

Mit mühsamen Schritten und rudernden Armen stapfte der Arzt an ihm vorbei, stürzte nach vorn, als er im tiefen Schnee stolperte. Tello fing ihn auf, doch Lenga pflügte an ihm vorbei, bis er auch Pico eingeholt hatte.

„Komm Junge, lauf voran."

Die Knie bei jedem Schritt fast bis zur Brust gezogen, versuchte Lenga, Pico zu folgen.

Jetzt erkannte auch Bellmer die Konturen des Stalls. Gut ein Meter Schnee lag auf dem Dach, darunter ein Fensterverschlag. Umschlossen wurde der Stall von einer Mauer aus grauem Granit, auf der sich der Schnee in großen Wellen türmte.

Lenga hatte hinter dem Jungen den Stall erreicht, riss den Hut vom Kopf und schaufelte damit den Schnee von der Mauer. Ein blaues Hemd, ein Arm, eine weiße Hand erschienen unter dem Schnee, ein kahler deformierter Kopf, das eine Auge unter der wulstigen Stirn offen und stumpf wie Eis. Tello und Bellmer griffen mit den Armen tief in den Schnee, um schneller voranzukommen.

„Nur die Ruhe, es eilt nicht mehr“, rief Lenga, während er den restlichen Schnee von dem Toten fegte. Füße ohne Socken kamen zum Vorschein. Zwei Flaschen lagen unter seinem Arm.

„Mein Gott“, stöhnte Bellmer, als er bei dem Toten ankam.

„Der dürfte in der Tat der Einzige sein, der ihm noch helfen kann“, murmelte Lenga und ließ sich seine Tasche geben. Mit einem zierlichen hölzernen Hammer schlug er auf die Leiche.

„Als ob man auf einen hohlen Baum schlägt“, murmelte Pico.

„Wann hast du zuletzt mit ihm gesprochen?“, wollte Lenga wissen.

„Gestern. Gegen Mittag. Ich habe ihm versprochen, dass wir heute kommen.“

„Wie kalt war es gestern Nacht?“, wandte Lenga sich an Tello.

„Sechzehn, siebzehn Grad unter Null.“

„Dann liegt er mindestens zehn Stunden hier, wenn nicht länger.“

„Er war betrunken und hat sich auf die Mauer gelegt“, murmelte Bellmer, fing den irritierten Blick auf, den der Arzt und Tello wechselten.

„Selbst wenn man betrunken ist, geht man nicht freiwillig mit bloßen Füßen durch den Schnee und klettert auf diese Mauer. Und legt dann noch die leeren Faschen sorgsam neben sich“, sagte der Arzt.

„Und die Tür vom Stall ist zu“, rief Pico, der an der Tür rüttelte.

„Und die Tür vom Stall ist zu“, wiederholte Lenga.

„Was heißt das?“, fragte Bellmer leise.

„Das wissen Sie selbst, aber ich sage es Ihnen gern, wenn Sie drauf bestehen.“

„Sie glauben, man hat ihn betrunken gemacht und dann hier draußen hingelegt?“

„Das mit dem Betrinken kann er auch selbst erledigt haben“, antwortete Lenga.

Bellmer sah dem Arzt zu, wie er den Schnee von seinem Hut schlug und ihn wieder aufsetzte. Manchmal gefiel ihm Lengas Art nicht. Zu kaltschnäuzig.

Als Bellmer am Abend nach Hause kam, hatte er zum ersten Mal seit Tagen die Fußspuren im Schnee vergessen.

24

„Dieser Tunnel zerbricht unsere Männer.“ Friederike Bellmer fuhr mit ihren Fingern den Kreis nach, den das Menta-Glas auf der kupfernen Tischplatte hinterlassen hatte. „Er verhöhnt sie. Und sie spüren es. Ich habe Bellmer noch nie so erlebt wie in diesem Winter.“

Es lag nichts Herablassendes darin, wie Friederike in der dritten Person von ihrem Mann sprach, aber Gianna hatte eine Weile gebraucht, um sich daran zu gewöhnen.

Friederike lächelte.

„Schöne Schuhe.“

Gianna hatte sie das erste Mal mit Alessandro tragen wollen, aber heute morgen hatte sie die Stiefeletten aus dem Schrank genommen und angezogen.

Sie saßen in der Sonne vor einer der Trattorien, die um den engen Kirchplatz in Varzo entstanden waren. Menschen schoben sich durch den Ort. Es war Markt und mit dem Frühling war die Sonne zurückgekehrt. Friederike nahm ihren Hut ab, legte ihn neben sich auf den Stuhl und blinzelte, mit halb geschlossenen Augen zu Gianna herüber.

„Ich hatte fast den Eindruck, dass Bellmer vor dem Tunnel Angst bekam. Aber wie es aussieht, hat er sich wieder gefangen.“

Der Winter hatte das Tal erstarren lassen. Über Gondo gingen Lawinen ab und verschütteten die Diveria. Im Tunnel fiel daraufhin die Wasserversorgung aus und er musste evakuiert werden.

Meter für Meter hatten sich die Männer durch den weichen Fels gequält, ganze zweiundvierzig Meter hatten sie im Winterhalbjahr geschafft. Beinahe vier Jahre gruben sie sich jetzt durch den Berg, nie hatte er sich so gewehrt wie in den letzten Monaten. Sie hatten die Schichten verkürzt, weil die Männer im Tunnel vor Erschöpfung zusammenbrachen. Streiks konnten sie mit Lohnsteigerungen abfangen, die Tunnelbaugesellschaft operierte am Rande des Bankrotts.

Bellmer hatte wieder regelmäßig gearbeitet, schließlich war er sogar in seinen freien Stunden zum Tunnel gegangen. Friederike bat ihn zu bleiben, sich zu erholen, aber er lächelte sie nur an und ging. Ein paar Mal begleitete sie ihn, stand neben ihm im Schnee, während die schweren Eisenträger auf die Tunnelbahn verladen wurden, aus denen die Arbeiter im Inneren des Bergs das Stützgerippe zusammensetzten. Wenn er aus dem Tunnel zurückkam, brachte der Zug von Arbeit und Angst erschöpfte Männer mit, die sich auf den wenigen Schritten zum Waschhaus aneinander festhielten.

Vor dem Tunnel versank die Welt im Schnee und Eis. Nachts brannten auf dem Friedhof in Iselle Feuer, um den Boden zu tauen für die nächsten Begräbnisse, die Flammen warfen tanzende Schatten auf die Häuser. Es waren keine Toten aus dem Tunnel. Es waren Männer, die betrunken in ihren engen Hütten, halb erstickt unter dem Schnee, mit Messern übereinander herfielen. Friederike hatte ihren Mann beobachtet, wie er im Dunkeln am Fenster stand und hinaus auf die Feuer starrte. „Opferfeuer für den Tunnel", hatte er gesagt, als er ihre Hand in seiner spürte.

„Man kann sie nicht fern halten von dem Tunnel", sagte Gianna leise, „nicht einmal mit Gewalt."

„Nein", antwortete Friederike, „vor allem nicht mit Gewalt. Sie sind ...", ihr Italienisch geriet etwas ins Stocken, „... sie sind wie der Schnee. Erhöht man den Druck, werden sie zu Eis."

Zwei Männer schlenderten an ihnen vorbei, dunkelrote Westen über den weißen Hemden, zogen ihre Kappen und grüßten.

Gianna lachte plötzlich. „Raten Sie mal, wo die beiden herkommen", bat sie Friederike.

„Aus Venedig?"

„Abruzzen", sagte Gianna, „es heißt, da achten die Männer auf sich."

Ein leichter Wind kam auf, ein Duft von Blumen. Die Menschen wirkten, als sei ihnen eine Last von den Schultern genommen, seitdem die Sonne den Schnee und die Finsternis aus ihrem Tal und ihren Köpfen vertrieben hatte und der Fels im Berg wieder fester wurde.

„Die beiden haben sich gut gehalten, trotz der Arbeit im Tunnel", sagte Friederike. Sie sahen hinter den Männern her, bis sie im Gewimmel des Marktes verschwanden. „Bei vielen anderen hat man den Eindruck, dass ihre Gesichter …", sie suchte wieder nach einem Wort, fand aber keins.

„Vermodern", sagte Gianna spontan.

Als habe das Wort sie erschreckt, schwiegen sie und ließen sich von den Stimmen forttragen.

Gianna ging Friederikes Bemerkung nicht aus dem Kopf, wie Männer sich unter Druck veränderten. Auch Alessandro war in den letzten Monaten immer mehr zu Eis geworden. Seitdem sie im Herbst vom Orta-See zurückgekehrt war, sprach er kaum noch mit ihr, ging ihr aus dem Weg, mied ihren Blick.

Sie war spät am Abend angekommen, das Mädchen hatte Errico bei den Bellmers abgeholt und sie hatte Errico von ihrer Fahrt und den Ausflügen mit Stella in die Hügel um den See erzählt. Doch Errico ließ sie kaum zu Wort kommen und sprudelte drauflos, über seinen Besuch im Tal, den Tunnel, lehnte seinen Kopf an ihre Brust und schlief übergangslos auf ihrem Schoß ein.

Eine Weile saß sie in der dämmrigen Küche, bis Erricos regelmäßige Atemzüge sie müde werden ließen.

In der Nacht hörte sie Alessandro zurückkehren, und als sie am Morgen ihre Kleider auspackte, sah sie, dass er ihre Koffer geöffnet und durchsucht und mit aller Sorgfalt wieder geschlossen hatte.

Was glaubte er zu finden? Die Briefe eines Liebhabers? Im Stillen ärgerte sie sich, dass er sie für so dumm hielt. Aber sie waren nach Omegna gefahren, wo Stellas Tante ein Schneideratelier führte, und hatten sich neue Kleider gekauft, und Unterwäsche. Die, hatte Stella ihr ins Ohr geflüstert, bekommt man nur noch in Mailand.

Und seit dieser Nacht, seitdem Alessandro ihren Koffer geöffnet hatte, war er wie erfroren.

Ein Schatten fiel über Gianna und riss sie aus ihren Gedanken.

„Oh, Aidan", rief Friederike in bestem Englisch, „wie schön Sie mal wieder zu sehen."

Ein junger Mann stand neben ihr, hoch aufgeschossen, blass, glatt rasiert, den Hut in der Hand, und lächelte.

„Gianna, das ist Aidan Fox, ein Journalist aus England. Er hat schon viel über den Tunnel geschrieben. Mein Mann hat ihn ein paar Mal mit in den Tunnel genommen." Sie blickte zu ihm auf. „Aidan, das ist Gianna Tello. Ihr Mann Alessandro ist einer der wichtigsten Ingenieure hier am Südende des Tunnels."

Gianna hatte Schwierigkeiten, dem Englisch zu folgen. Sie war überrascht, dass er dunkle Augen und keine Sommersprossen hatte. Alle Engländer, die sie kannte, hatten Sommersprossen. Sie reichte ihm die Hand und er verbeugte sich leicht.

„Setzen Sie sich zu uns", sagte Friederike.

Der Mann schüttelte entschuldigend den Kopf. Eine Strähne seines dichten Haars fiel ihm ins Gesicht und er strich sie mit der Hand zurück.

„Ich muss mich beeilen. Ich will mit der nächsten Schicht einfahren. Der Fels soll wieder fester werden und sie bringen die Bohrmaschinen schon in Stellung. Mitte Mai wollen sie wieder mit den Maschinen bohren."

„Hoffentlich", sagte Friederike, „mein Mann sagt, es könnte jeden Tag losgehen." Sie legte dem Journalisten die Hand auf den Arm. „Wenn Sie länger bleiben, müssen Sie uns besuchen. Und Sie müssen sich unbedingt mit Alessandro Tello in Verbindung setzen. Er weiß alles über den Vortrieb."

Fox betrachtete Gianna für einen Augenblick mit seinen braunen Augen, dann lächelte er.

„Unbedingt."

Schneller als sie ihn sich verbieten konnte, schoss Gianna der Gedanke durch den Kopf, dass sie in ihrem grauen Seidenkleid, das sie aus Omegna mitgebracht hatte und das seitdem unberührt im Schrank hing, sehr gut neben Fox aussehen würde, und sie hatte das Gefühl, dass Friederike ihre Gedanken las.

Gianna spürte es als Erste. Übergangslos änderten sich die Geräusche des Marktes. Aggressive Stimmen, einzelne wütende Rufe, eine plötzliche Unruhe machte sich unter den Menschen breit. Manche hielten Zettel in der Hand, andere standen in kleinen Gruppen zusammen und hörten angespannt zu, während jemand den Zettel vorlas. Jetzt konnte sie auch die Männer ausmachen, die die Flugblätter verteilten. Sie waren sauberer gekleidet als die Arbeiter, nicht so blass.

Als einer der Männer an ihrem Tisch vorbeikam, streckte Gianna die Hand nach einem der Flugblätter aus, aber er ignorierte sie und ging weiter.

„Feigling", sagte Friederike laut genug, dass er es hören musste, stand auf und hob einen Zettel vom Boden auf. „Streik. Sie rufen zum Streik auf." Sie reichte Gianna den Zettel.

„Wegen der harten Arbeit im Tunnel. Sie verlangen kürzere Arbeitszeiten. Und mehr Lohn und Prämien."

Hinter ihnen wurde ein Stuhl umgerissen, sie hörten schnelle Schritte von beschlagenen Stiefeln, Gebrüll. Zwei Männer, ein Bündel von Zetteln in den Händen, rannten an ihnen vorbei, drängten sich unter die Menschen. Eine Gruppe Polizisten kam um die Kirche gelaufen, gefolgt von Soldaten, deren Bajonette beim Laufen an ihre hellen Uniformhosen schlugen. Sie hatten Gewehre in den Händen. Ein Stand wurde umgerissen, Gläser mit eingelegten Paprika zersplitterten auf dem Pflaster, dann fielen Schüsse. Menschen schrien und warfen sich auf den Boden.

„Kommen Sie, schnell." Der Wirt nahm Friederike und Gianna

bei den Händen und zog sie in sein Lokal. Überall sprangen Männer und Frauen von ihren Stühlen auf, drängten sich an die Hauswände, Kinder weinten. Tische stürzten um, als noch mehr Soldaten auftauchten. Befehle wurden gebrüllt, ein Dutzend Soldaten riegelte die Gasse zum Markt ab.

Gianna zitterte.

„Keine Sorge, die Soldaten versuchen nur, die Aufwiegler einzufangen." Friederike lachte. „Das ist doch das neue Spiel hier. Den Arbeitern geht es zu gut, da haben sie Zeit, den Agitatoren zuzuhören. Also verjagt man sie oder nimmt sie fest."

Der Wirt hatte zwei Amaro neben sie auf die Theke gestellt, Friederike hielt Gianna das Glas hin.

„Runter damit."

Gianna kippte den Kräuterschnaps hinunter.

„Ich bin das Tal leid", sagte sie leise. Schließlich sah sie Friederike fest an. „Manchmal habe ich den Eindruck, ich ersticke hier."

Friederike erwiderte ihren Blick.

„Es kann ja nicht mehr lange dauern. Vielleicht noch ein, zwei Jahre." Sie zögerte. „Höchstens drei. Das halten wir durch. Wir beide." Sie nahm Giannas Hände zwischen ihre und lächelte sie an. „Sie schaffen das und dann sehen Sie weiter. Und wann immer Sie zwischendurch Abwechslung brauchen, und raus wollen, ihr kleiner Errico ist willkommen bei uns."

Gianna kämpfte mit den Tränen.

„Manchmal fühle ich mich wie eine Verräterin. Wenn ich wegfahre, möchte ich jedes Mal wieder umkehren. Es ist, als ob ich Alessandros und Erricos Blicke spürte. Aber wenn ich das Tal hinter mir habe, vergesse ich die beiden. Für viele Stunden. Für Tage sogar. Das macht mir Angst."

Friederike wischte ihr mit dem Taschentuch die Tränen aus den Augenwinkeln.

„Das sollten Sie niemals tun." Gianna schaute auf. Friederikes Stimme hatte plötzlich eine Härte, die sie noch nie gehört hatte, und ihr Griff war fest, fast schmerzhaft. „Man sollte sich nie seiner Gefühle schämen. Oder seiner Wünsche." Dann lächelte sie wieder und der Druck ihrer Hände ließ nach. „Manchmal ist es schwer. Aber Sie sollten es versuchen."

Gianna nickte.

„Jetzt ist ohnehin Alessandro erst einmal dran. Er hat sich mit dem Doktor verabredet. Wenn die Arbeit im Tunnel wieder läuft, wollen sie für ein paar Tage an den Lago Maggiore."

„Warum nicht mit Ihnen und Errico?"

Gianna zuckte die Schultern.

„Vielleicht, weil ich die ersten Male auch allein gefahren bin."

Friederike sah sie nachdenklich an, als die Tür aufging und Aidan Fox im Rahmen stand.

„So sind Männer nun mal", sagte sie leise zu Gianna und dann laut zu dem Journalisten: „Auf Sie haben wir gewartet. Sie bringen uns lebend hier raus, oder mein Mann wird Sie nie wieder mit in den Tunnel nehmen."

Fox grinste, zog seinen Hut und deutete eine Verbeugung an.

„Deshalb bin ich da. Ich habe die Soldaten gesehen und bin hinterher. Gute Story. Dann fielen Sie beide mir ein, und ich machte mir Sorgen." Sein Grinsen wurde noch breiter. „Reporter rettet zwei Ladies vor tobendem Mob. Was für eine Story. Das will jeder lesen."

Als sie gingen, fiel Giannas Blick auf eine Frau, die allein am Tisch saß, ein Glas Wein trank und die der Tumult vor der Tür nicht zu beeindrucken schien. Im gleichen Moment blickte die Frau auf ihre Schuhe und lächelte Gianna an. Wie sie trug sie dunkelviolette Stiefeletten.

Fox begleitete sie über den Platz an der Kirche, die Treppen hinunter zur Brücke. Soldaten mit aufgepflanzten Bajonetten bewachten eine Gruppe Männer. Als sie hinunter ins Tal gingen, hielt Fox zwei Capos an, die er zu kennen schien, und sprach leise mit ihnen.

„Die Bohrmaschinen arbeiten wieder. Sie haben den weichen Fels hinter sich", sagte er zu Friederike. Dann betrachtete er Gianna. „Es tut mir leid, aber ich muss los." Noch einmal winkte er, als er auf einen Zweispänner stieg, der die Passstraße hoch zur Tunnelbaustelle fuhr. „Und vergessen Sie nicht, dass ich Sie gerettet habe."

„Das Schlimmste haben wir hinter uns, Cesare."

Lenga stieß seinen Stuhl zurück, als Alessandro in der Tür stand, ging auf ihn zu und umarmte ihn. Es war nicht allein die Freude, die ihn Alessandro festhalten ließ, sondern ein tiefes Erschrecken. Lenga sah täglich, wie der Tunnel die Menschen altern ließ, doch bei kaum jemandem war es so augenfällig wie bei Alessandro.

Alessandros Haut war von einem kalkigen Weiß, zu weiß für Anfang September. Seine geröteten Augen blickten müde, die Stirn war voller Falten und an seiner Schläfe sah der Arzt die ersten grauen Haare. Seine Lippen waren schmal geworden.

„Setzt dich", sagte Lenga, „und erzähl. Ich horche dich dabei mal ab."

Alessandro zog Hemd und Hose aus und setzte sich auf die Liege.

„Fast fünfhundertsechzig Meter haben wir geschafft, seitdem wir wieder festen Fels haben. Von Juni bis heute. In nur drei Monaten."

„Halt mal kurz die Luft an", Lenga fuhr ihm mit seinem hölzernen Stethoskop über den Rücken, „jetzt kannst du weiteratmen."

„Bei dem weichen Fels haben wir von Januar bis März gerade mal fünfzehn Meter geschafft. Fünfzehn Meter." Lenga sah, wie eine Gänsehaut über Alessandros Körper lief.

„Nicht sprechen." Er hatte sich vor ihn gebeugt, das Stethoskop über Alessandros Herz. „Gut. Weiter."

„Fünfzehn Meter in drei Monaten" wiederholte Alessandro noch einmal, „und jetzt mehr als das Dreißigfache."

„Der Berg macht mit euch, was er will."

„Das glaubt Gianna auch", nickte Alessandro. „Sie sagt, er verhöhne uns." Dann richtete er sich auf. „Und? Was sagt dir mein Herz?"

„Dass du gekommen bist, um dein Versprechen einzulösen."

Alessandro stutzte, dann lachte er und rutschte von der Liege.

„Einverstanden. Wo fahren wir hin?“

„Ein paar Tage an den Lago Maggiore?“

„Und was wird aus deinem Krankenhaus? Und deinen Statistiken?“

„Auf die Kranken passt ein junger Arzt aus Mailand auf. Und die Verwaltung macht Paola ohnehin seit Jahren.“

Es waren schöne Tage am See. Doch wenn Lenga an sie zurückdachte, sah er ein längst vergessenes Bild vor Augen. Als Student hatte er Freunde im Norden von Mailand besucht. Sie hatten im Garten gesessen, als sie von weitem Rufe hörten, dann galoppierte ein großer Wallach durch das Tor, auf dem zwei Männer saßen. „Dottore, der Zug“, schrien sie, „der Zug.“ Einer von ihnen sprang vom Pferd, verschränkte die Hände auf Kniehöhe und ohne zu überlegen oder gar daran zu denken, dass er erst in einem Jahr seine Doktorprüfung machen würde, nutzte Lenga die menschliche Leiter, um sich aufs Pferd zu schwingen. Sie jagten durch den stillen Nachmittag und noch heute spürte er den Krampf in seinen Beinen, als er die Schenkel um den ungewohnten Pferdeleib presste, um nicht herunterzufallen. Dann sahen sie den Zug. Die Lokomotive stand schief neben den Gleisen, als könne sie sich nicht entscheiden umzufallen, ein Wagen hing noch halb auf den Schienen, halb daneben. Ernsthaft auf die Probe gestellt wurden Lengas medizinische Künste nicht, die Passagiere, die noch schrien, schrien zumeist vor Schreck.

Und wann immer Lenga an die Tage mit Alessandro am Lago Maggiore dachte, sah er das Bild der Lok, die aus den Schienen gesprungen war.

Das Schwimmen tat ihnen gut. Am ersten Tag waren sie von Cannobio auf die andere Seite des Sees geschwommen, vorbei an offenen Booten, auf denen Ausflügler unter weißen Leinendächern über den See gerudert wurden. Als Alessandro gemerkt hatte, dass der schmächtige Arzt nicht mitkam, war er zurückgeschwommen und dann langsam neben ihm hergedümpelt. Am anderen Ufer hatte Lenga sich auf einen von der Sonne gewärmten Stein gelegt und war vor Erschöpfung eingedöst, bis ihn das Gefühl weckte, etwas lege sich auf seine Brust. Er blinzelte und richtete sich auf. Alessandro saß ein paar Schritte entfernt am Ufer. Tränen liefen ihm übers Gesicht.

Lenga räusperte sich leise, sein Freund drehte den Kopf zur Seite und wischte sich übers Gesicht.

„Woran denkst du?“, fragte Lenga.

Alessandro schwieg, blickte über den See, als suche er die Berge am gegenüberliegenden Ufer ab.

„Ob wir den Tunnel noch rechtzeitig fertig bekommen.“

„Um den Vertrag der Tunnelbaugesellschaft zu erfüllen?“

„Das auch“, antwortete Alessandro. „Aber vor allem rechtzeitig für mich, für Gianna.“ Einen Augenblick schien er auf eine Antwort zu warten, doch Lenga sagte nichts, und Alessandro starrte weiter über das Wasser. „Ich hatte ganz vergessen, wie schön die Welt außerhalb des Tunnels ist.“

Dann wandte er sich ihm zu.

„Wir sollten zurück, Cesare.“

Lenga nickte, und eine leise Angst befiel ihn, als er die gekräuselte Wasseroberfläche sah. Doch Alessandro wich nicht von seiner Seite, bis sie das andere Ufer erreicht hatten.

„Ihr könntet ja auch weggehen aus dem Tal. In irgendeine große Stadt. Paris, Rom. Oder Amerika. Da bauen sie jetzt überall unterirdische Stadtbahnen.“

„Die in Paris fährt schon“, brummte Alessandro.

Sie waren mit der Kutsche über Verbania nach Mergozzo gefahren und dann in die Bahn nach Domodossola gestiegen.

„Lass uns den Nachmittag hier bleiben“, hatte Lenga vorgeschlagen.

Sie trödelten durch die Stadt, von einem Geschäft zum anderen, von einer Hutmacherin zu einem Stoffgeschäft und landeten endlich in einem Hinterhof, in dem aromatisierte Grappe und Marmeladen hergestellt wurden. Lenga schien einen Zettel abzuarbeiten, den ihm seine Frau mitgegeben hatte.

„Was würde Gianna gefallen?", fragte er, als sie vor den Regalen mit Marmelade standen. Etwas ratlos hatte Alessandro schließlich Kirschmarmelade für Gianna und Honig für Errico gekauft.

Die warme Abendluft stand in den Gassen von Domodossola. Zielsicher manövrierte Lenga Alessandro in ein Gartenrestaurant bei der Kirche zum Heiligen Gervasio und Protasio. Sie bestellten und überbrückten das Warten mit einem hellroten, frischen Lagrein.

„Ihr wärt nicht die Ersten, die die Nase voll von dem Tunnel haben und wieder verschwinden."

Lenga lehnte sich zurück und ging im Kopf seine Statistiken durch.

„Pro Jahr verlässt uns fast ein Drittel aller Arbeiter und genauso viele oder mehr stellen wir wieder ein."

Er schloss die Augen, sein Kopf wackelte hin und her.

„Ungefähr achthundert waren es im letzten Jahr, schätze ich. Die Ingenieure bleiben natürlich länger." Dann grinste er Alessandro an. „Manche gehen auch und kommen nach einem Jahr wieder."

Alessandro schüttelte den Kopf. Zufrieden sah Lenga, dass er seine dunkle Gesichtsfarbe zurückgewonnen hatte.

„Ich will nicht weg. Ich will bis zum Schluss dabeibleiben. Ich will den ersten Zug durch diesen Tunnel fahren sehen. Dann weiß ich, dass tatsächlich eine bessere Zeit anbricht. Außerdem gibt es Menschen, die graben ihr Leben lang Tunnel und sind glücklich damit. Sieh dir Bellmer an und seine Frau. Es geht doch."

Lenga zuckte mit den Schultern, überrascht, wie hartnäckig Alessandro seine Träume verteidigte.

„Ich glaube, der Weg, den jemand geht, ist nur eine von vielen Möglichkeiten. Auch der Weg, den unsere Welt geht, ist nur einer von vielen möglichen. Und an jeder Ecke nimmt der Weg eine neue Wende."

„Aber ich weiß, dass es eine Wende zum Besseren ist. Erinnere dich, wie euphorisch die Menschen waren, wie zuversichtlich und glücklich.“

„Stimmt. Und was haben wir heute? Krieg überall. Die Buren gegen die Engländer in Südafrika. Russen und Japaner schlagen sich die Köpfe ein, Amerikaner und Spanier schießen aufeinander. Aufstände in China, Anarchie überall.“

„Das sind doch alles nur lokale Kriege. Wir haben dreißig Jahre Frieden in Europa. Mehr oder weniger. Was interessiert uns da China? Und wenn Frieden herrscht und es Arbeit gibt für alle, dann werden sich auch die Konflikte im Rest der Welt lösen. Das wollen die Menschen doch: Arbeiten und in Frieden leben.“

„Aber es schwappt ja schon zu uns herüber und nach Amerika. Erst haben die Anarchisten unsern König umgebracht, und letztes Jahr den amerikanischen Präsidenten. Das ist doch nur der Anfang.“

„Man kann die Welt so oder so sehen“, sagte Alessandro trotzig, „ich sehe sie eben anders. Die Menschen leben länger, nie waren die Arbeitsbedingungen so gut. Das ist doch auch ein Fortschritt. Sie werden das begreifen. Dann ist Schluss mit dem Anarchistenspuk. Und den Streiks. Und den Kriegen.“

„So ganz glaubst du das doch auch nicht.“

Lenga sah Alessandro einen Augenblick fragend an.

„Was ist aus dem Dynamit geworden, hinter dem du her warst? Du hast doch vermutet, dass die Diebe was damit vorhaben“, er zögerte, „wie den Tunnel zu sprengen.“

„Seit dem Tod des Einäugigen verschwindet nichts mehr.“

„Und du meinst, sie haben ihren Fehler eingesehen, Buße getan und leben jetzt alle glücklich und zufrieden?“

Lenga sah so etwas wie Zorn in Alessandros Augen aufblitzen.

„Ja, vielleicht. Warum nicht? Vielleicht wollten die Diebe sich ein paar Lire nebenbei verdienen. Und der Rest war Zufall. Der Einäugige wollte sich wichtig machen bei uns. Hat sich betrunken und ist erfroren.“

„Und Reto Vescara, sein Cousin? Woher stammte der Stich in seinen Rücken?"

„Was weiß ich. Ein Streit. Das gibt es doch oft genug", sagte Alessandro unwirsch.

„Und was machen dann die Glücklichen und Zufriedenen? Sie streiken. Überall. Hier, in Deutschland, in England. Und diese Länder kümmern sich noch besser um ihre Arbeiter als wir. Wer hat, will haben. Der Appetit kommt beim Essen." Lenga beugte sich zu Alessandro über den Tisch. „Und vielleicht haben sie ja Recht. Vielleicht werden sie ja ausgebeutet. Und vielleicht dient der Tunnel ja auch nur dazu, dass sich die Leute, die Geld haben, noch erfolgreicher die Taschen vollstopfen."

Alessandro schüttelte den Kopf „Das ist doch nur die halbe Wahrheit. Es stimmt schon, dass Italien mit dem Simplon gegen den Gotthard antritt und den Hafen von Genua stärken will. Aber der Tunnel ist doch viel mehr. Er ist", er suchte nach den richtigen Worten, „er ist doch so was wie ein Tor zum Orient. Wenn man so will."

„Wenn man so will", sagte Lenga. Er senkte die Stimme und sah zu den Nachbartischen hin.

„Ich habe dieses Heftchen gelesen. Von den beiden Deutschen, Marx und Engels. *Manifest der Kommunistischen Partei*. Lies das mal. Dir gehen die Augen auf. Wie die Industrie um den ganzen Globus rast und sich ihn untertan macht. Von Frieden ist da keine Rede. Klassenkampf, das ist das Stichwort der nächsten Jahre, die Armen gegen die Reichen. Es ist auf Italienisch in Mailand erschienen. Sie verkaufen es für fünfundzwanzig Centesimi."

„Du bist ein Freund", sagte Alessandro lächelnd, während sie sich wieder in ihren Stühlen zurücklehnten und dem Kellner entgegensahen. Er brachte Gnocchi con fontina, danach hatten sie eine in Butter zubereitete Forelle bestellt.

„Noch einen Lagrein", rief Alessandro.

Das Essen lenkte sie ab. Ab und zu warf Lenga dem Freund einen prüfenden Blick zu und fragte sich, ob er zu weit gegangen sei. Alessandro spürte den Blick, schließlich musste er lachen.

„Ihr Mediziner seid alle Zyniker. Ihr seht immer nur das Schlechte. Aber du wirst schon sehen. Die Welt wird besser. Und wir tragen dazu bei. Du auch, ob du willst oder nicht."

Auch Lenga fing an zu lachen. Wenn er in den fast vier Jahren, die er am Simplon arbeitete, einen Freund gefunden hatte, dann war es Alessandro.

„Und wenn doch alles ganz anders wird?" Lenga war wieder ernst geworden. „Vielleicht ja nicht so schlimm, wie die beiden Deutschen es sehen. Die Deutschen sehen sowieso gerne schwarz. Aber was, wenn der Tunnel völlig umsonst ist?"

Er gestikulierte mit seiner Gabel in Richtung der flachen Mauer, die das Gartenlokal umschloss. Dahinter ragte das Dach eines Fiats hervor, das Verdeck heruntergeklappt. Vier solcher Autos hatten am Lago Maggiore ihren Zweispänner überholt. Die Pferde scheuten nicht einmal mehr, so sehr hatten sie sich an die neuen Fahrzeuge gewöhnt.

„Vielleicht fahren ja in wenigen Jahren nur noch solche Automobile durch die Welt."

„Die brauchen auch Tunnel."

Lenga nickte amüsiert. „Stimmt wohl." Wieder kniff er die Augen zusammen. „Oder sie fliegen. Erinnere dich an den Brasilianer, Santos, der im vergangenen Jahr mit einem Ballon um den Eiffelturm geflogen ist."

Als hätte er plötzlich das Interesse an den vielen Möglichkeiten der Zukunft verloren, konzentrierte Lenga sich wieder auf seinen Fisch, suchte ihn nach Gräten ab und nahm einen Bissen.

„So gut bekommt keine der Trattorien am Simplon die Forelle hin."

Es war dämmrig geworden, als sie aufbrachen. Unter den Arkaden der Piazza Mercato drängten sich die abendlichen Flaneure, auf dem Platz hüpften Kinder auf einem Bein über weiße Kreidestriche, wurden von ihren Eltern gerufen und machten sich quengelnd auf den Heimweg.

„Ich glaube, wir sind falsch", murmelte Lenga. Sie waren im

Gewirr der Gassen um die Cinque Vie eingebogen, als Lenga unvermittelt Alessandros Arm nahm und umkehren wollte.

Aber Alessandro hatte sie auch gesehen. Eine Frau und einen Mann, die vor ihnen gingen und von denen sie nicht mehr als die Konturen erkennen konnten. Die Frau war fast einen Kopf größer als der Mann. Sie blieben stehen. Eine Tür ging auf, und in ihrem Licht erkannte er das Profil von Friederike Bellmer.

„Komm", murmelte Lenga leise, „wir sind falsch."

„Ja", antwortete Alessandro, „das sind wir wohl." Aber er rührte sich nicht.

Der Mann, der seinen Arm um Friederike Bellmer gelegt hatte, griff ihr zärtlich in den Nacken, als sie in der Tür verschwanden, warf dann einen prüfenden Blick zurück.

Es war Noce. Im Licht waren sein Gesicht und seine rötlichen Haare deutlich zu erkennen. Dann zog Noce die Tür hinter sich zu und wie Ruß flutete die Dunkelheit zurück in die Gasse.

Schweigend ging Lenga neben Alessandro zum Bahnhof. Sie vermieden einander anzusehen, lösten ihr Gepäck aus und stiegen in die Kutsche nach Varzo.

Kein Wort fiel zwischen ihnen, wie erstarrt wirkte Alessandro.

„Das waren schöne Tage", sagte Lenga, als sie in Varzo ausstiegen und sich umarmten.

„Sehr schöne Tage", antworte Alessandro leise, aber Lenga sah etwas in seinem Gesicht, was er zuvor trotz aller Erschöpfung Alessandros nie gesehen hatte. Den Funken eines Zweifels. Eine Enttäuschung.

Und auf den letzten Metern zum seinem Krankenhaus hinauf musste Lenga immer wieder an die entgleiste Lokomotive denken.

25

Langsam erstarben die Geräusche im Haus. Alessandro war schon in der Nacht aufgestanden, um mit der Sechs-Uhr-Schicht in den Tunnel zu fahren, Errico war im Kindergarten und das Mädchen hatte sie mit einer langen Liste zum Einkaufen nach Varzo geschickt.

Gianna ging ins Schlafzimmer, schob den Spiegel neben das Fenster. Staub tanzte in den Strahlen der Sonne. Im Garten tauten die letzten Reste eines riesigen Schneemanns, den Errico vor Wochen mit Margarethe Bellmer und den Jungen aus dem Dorf gebaut hatte. Auf Augenhöhe steckten zwei Blechrohre in dem dicken Kopf.

„Sein Fernglas", sagte Errico stolz. „Damit kann er alles sehen, was unten in dem Negerdorf passiert." Die größeren Kinder hatten den Blick gesenkt und gekichert.

Aus dem Tal zog sich der Schnee zurück, hoch auf die Flanken der Berge. Das Leichentuch verschwindet wieder, fuhr es ihr durch den Kopf. Sie hasste die Winter, den letzten besonders. Die Angst vor den Lawinen hatte die Menschen zu stillen Schatten werden lassen.

Gianna betrachtete ihr Gesicht im Spiegel. Es war blass, die Falten, die von der Nase zum Mund liefen, schienen schärfer als im letzten Jahr. Sie beugte den Kopf vor, strich sich über die dunklen Ringe unter den Augen. Bald waren sie vier Jahre hier im Tal, vier ganze Jahre. Sie griff sich in die Haare, zog sie in die Höhe und musterte ihre Haarwurzeln.

Schließlich reckte sie sich, fixierte ihre Augen im Spiegel. Sie begann, die Bluse aufzuknöpfen, stieg aus dem Rock, löste die Bänder ihrer Unterwäsche und des Korsetts und ließ sie auf den Boden fallen. Ihre Hüftknochen, die sich deutlich unter der Haut abzeichneten, erschreckten sie. Sie war mager geworden.

Ein paar Minuten stand sie still vor dem Spiegel, sog die Frühlingssonne mit der nackten Haut auf. Eine schwache Bö ließ eine Gänsehaut über ihren Körper wandern, ihre Brustwarzen wurden fest. Sie drehte sich zur Seite und musste unwillkürlich lächeln. In den Städten trugen die Frauen jetzt Kleider mit einem Cul. Stella hatte ihr ein Modeheft geschickt und in den Zeitungen hatte sie Bilder gesehen. Stella trug sicher schon solche Kleider. Sie musterte ihren Po. Was würde ein Cul aus ihm machen?

Minutenlang stand sie so da, ein leichtes Knacken im Haus ließ sie aufhorchen, aber es war nur die Wärme der Sonne, die ins Holz zog. Alessandros überraschtes Gesicht fiel ihr ein, an ihrem ersten Morgen am Simplon.

Sie hatte dieses Gesicht geliebt, diese erstaunten Augen, all die Jahre. Tränen traten ihr in die Augen, ihr Körper verschwamm im Spiegel. Als suche sie Halt, legte sie beide Hände über die Brust.

Wie sehr hatte sie gehofft, dass Alessandros Kälte sich auflösen würde, wenn sie Stella nicht mehr besuchte. Das ganze letzte Jahr war sie in Varzo geblieben, hatte Stellas Einladungen mit langen Briefen beantwortet.

Doch es war nur schlimmer geworden. Vor allem seitdem er mit Lenga vom Lago Maggiore zurückgekehrt war. Immer häufiger hatte sie Alessandros misstrauische Blicke gespürt. Einmal hatte sie ihn gefragt, was am See passiert sei. „Nichts", hatte er geantwortet, dann mit einem kalten Lächeln, „vielleicht sehe ich seitdem nur klarer." Sie hatte die Verzweiflung hinter seiner Kälte gespürt, doch er hatte sich verschlossen, kaum noch die nötigsten Worte mit ihr gewechselt. Nur einmal, als sie ihm davon erzählte, dass sie Friederike Bellmer in Varzo zum Kaffee getroffen hätte, war ein gemeines Grinsen über sein Gesicht gezogen. „Ihr passt gut zusammen", hatte er gezischt, „sehr gut." Sie war aufgesprungen. „Was soll das?

Sag mir, was das soll?", hatte seinen Arm gepackt, doch er hatte sich losgemacht und das Haus verlassen.

In der Nacht wartete sie auf ihn. Aber sie war in der warmen Küche eingenickt, beim Klappern der Stalltür oder dem Wiehern von Toto aufgeschreckt. Er hatte sie begrüßt, schweigend gegessen, während sie ihm appetitlos zusah.

„Was hast du nur?", hatte sie ihn einige Male gefragt.

„Nichts", hatte er geantwortet und in seinen Teller gestarrt. Doch wenn sie ihm den Rücken zukehrte, spürte sie seinen brennenden Blick.

Und nicht ein einziges Mal hatte er sie berührt seitdem.

Blind vor Tränen suchte sie ihre Kleidungsstücke zusammen und zog sich wieder an.

„Ich würde Stella gern wiedersehen."

Alessandro antwortete nicht. Unsicher drehte Gianna sich zu ihm um. Vielleicht hatte sie es ja nur leise vor sich hin gesagt, um den Satz zu üben. Um sich Mut zu machen. Sie räusperte sich.

„Ich würde gern zu Stella fahren."

Alessandro packte sein Essen zusammen, steckte eine halbe Salami und ein Brot dazu.

„Ja", antwortete er, „warum nicht." Seine Stimme klang unbeteiligt, seine Worte waren es nicht. „Tu, was du für richtig hältst. Errico kannst du ja wieder weggeben."

„Das ganze letzte Jahr bin ich hiergeblieben. Deinetwegen", sagte sie bitter. „Aber es scheint dir nichts zu bedeuten."

„Die meisten Menschen, die am Tunnel arbeiten, bleiben das ganze Jahr hier."

„Aber wenn sie fahren, nehmen sie ihre Familie mit", gab sie zurück, heftiger als beabsichtigt.

Alessandro sah auf und sie glaubte, ein fernes Lächeln auf seinem Gesicht zu erkennen.

„Stört es dich, dass ich mit Cesare an den Lago Maggiore gefahren bin?"

„Nein. Nur dass du deinen ersten Urlaub mit ihm verbracht hast. Den ersten nach fast vier Jahren."

„Du fährt doch auch allein."

„Weil du nie Zeit hattest. Immer wieder habe ich dich gebeten, mit mir wegzufahren. Nur wir beide." Sie machte ein paar Schritte auf ihn zu, doch er wich zurück, tat, als suche er etwas im Küchenschrank. „Du hattest nie Zeit."

„Es gab eben viel zu tun."

„Und jetzt? Lass uns jetzt fahren. Die Arbeit im Tunnel läuft doch wieder. Ihr habt den weichen Fels hinter euch. Stella kann warten."

Alessandro schwieg und verstaute sein Essen in einem Beutel aus groben Leinen.

„Alessandro, sieh mich an", bat sie leise.

Alessandro zog den Beutel zu und warf ihr einen fahrigen Blick zu.

„Ich muss los."

Nicht ein einziges Mal hatte sie es getragen. Oft angesehen, aber nie getragen. Andächtig ließ Gianna das Seidenkleid durch die Finger gleiten. Über ein Jahr hing es unberührt im Schrank, jetzt roch es nach Tanne und Salbei, von den Tannenzapfen und den Tüchern mit Salbeiöl, die sie gegen die Motten in die Schränke hängte.

Als sie es in dem Geschäft am See anprobiert hatte, trug sie ein enges Mieder unter dem Kleid.

„So kannst du jeden haben", hatte Stella ihr ins Ohr geflüstert. Sie war rot geworden, aber sie hatte es gekauft und dabei an Alessandro gedacht.

Gianna ließ das Kleid hängen, verschloss ihre Reisetasche. Sie musste etwas drücken, weil ihre Stiefeletten so viel Platz einnahmen. Errico wartete mit dem Mädchen vor dem Haus. Gianna gab Maria die Tasche und nahm Erricos Hand.

„Wird es lustig, wo du hinfährst?", fragte er, während sie den Berg hinunterliefen.

Würde es lustig? Wenn sie das wüsste.

„Nicht für Kinder. Stella hat keine Kinder und wir reden nur den ganzen Tag und gehen spazieren."

„Aber für dich ist es lustig?"

Errico blickte zu ihr auf und lächelte.

Ja, sagte sie sich, ich will, dass es sehr lustig wird. Abrupt blieb sie stehen und rief: „Wartet einen Moment."

Mit der Linken hielt sie ihren Hut fest, raffte ihren Rock und lief den kurzen Weg zum Haus zurück. Das Herz klopfte ihr im Hals, als sie die Schranktür aufriss und das Seidenkleid herausnahm und in einen Kleidersack packte.

„Ich hatte etwas vergessen", sagte sie, als sie wieder Erricos Hand nahm, „aber jetzt können wir."

Gianna beugte sich aus dem Fenster, bis Errico und das Mädchen hinter der Biegung der Straße verschwunden waren. Sie war allein in der Kutsche, doch plötzlich hörte sie Rufe und die Bremsen kreischten auf den Rädern. Die Tür flog auf, ein junger Mann sprang in die Kutsche, den Hut in der Hand.

„Signora Tello. Verzeihen Sie. Aber fast hätte ich die Kutsche verpasst."

Der Journalist warf sich ihr gegenüber in den Sitz und lächelte sie an. Sie versuchte, sich an seinen Namen zu erinnern.

Sein Lächeln verstärkte sich.

„Nun? Immerhin habe ich Sie letztes Jahr vor dem entfesselten Mob am Marktplatz gerettet."

Als sie nicht antwortete, fuhr er sich durch die braunen Haare.

„Das trifft mich. Aber ich gebe Ihnen noch zwei Minuten."

Sie ließ die Zeit verstreichen, während er sie unverwandt ansah, und dachte an das graue Kleid in ihrem Gepäck.

„Fox. Aidan Fox", sagte sie schließlich.

Als die Hufe der Pferde über die Ponte di Crevola donnerten und sie das weite Tal des Toce vor sich liegen sah, hatte sie die Gespenster des Simplon vergessen.

Alessandros Welt verlor ihren Klang. In seinen Ohren baute sich ein unangenehmer Druck auf, der in ein hohes Pfeifen überging. Die Nacht vor dem Fenster seines Büros begann zu schwanken. Die Arbeiter der Nachtschicht sprangen vom Zug. Im Licht der Bogenlampen dampften ihre Körper in der kalten Luft. Alessandro schwindelte. Im Fenster spiegelte sich der kahle Kopf Bellmers, der hinter ihm an seinem Schreibtisch saß, über einen Papierberg gebeugt.

Eine eisige Kälte strömte ihm durch Beine und Hände, seine Stirn war schweißnass, der Mund trocken. Er sprang auf, von einer unbekannten Angst gepackt, einer Todesangst, ging zu den Regalen mit den Tunnelstatistiken, zog blind einen Ordner heraus, setzte sich wieder, sprang erneut auf, holte sich einen zweiten.

Er würgte die Angst hinunter und versuchte sich zu beruhigen. Langsam wich die Kälte aus seinen Händen und Füßen, er trank einen Schluck mit Zitronensaft versetztes Wasser.

In den Scheiben des Fensters sah er, wie Bellmer ihn beobachtete.

„Alles in Ordnung, Tello?"

Alessandro nickte ihm über die Schulter zu, Bellmers Blick im Rücken. Bellmer würde wissen, dass Gianna weggefahren war, vor zwei Tagen hatte sein Hausmädchen Errico abgeholt.

„Wenn wir sie in diese Wildnis mitnehmen, dann gelten andere Regeln", hörte er Bellmer sagen. Alessandro war, als könne Bellmer in ihn hineinsehen.

Mit niemandem hatte er darüber gesprochen, was er und Lenga im letzten Herbst in Domodossola gesehen hatten. Selbst untereinander hatten sie es nie wieder erwähnt.

„Aber welche?", gab Alessandro zurück, ohne ihn anzusehen.

„Man muss ihnen ein eigenes Leben zubilligen." Bellmer holte tief Luft, „und versuchen, das Vertrauen nicht zu verlieren."

„Ist Ihnen das gelungen?" Alessandro sah Bellmer nicht an.

„Ich weiß es nicht", gab Bellmer so leise zurück, dass Alessandro ihn über dem Pfeifton in seinen Ohren kaum verstand.

Nach und nach kehrten die Geräusche zurück, das Pfeifen ließ nach. Alessandro starrte aus dem Fenster, versuchte ruhig zu atmen.

„Was gefunden, Tello?", fragte Bellmer nach einer Weile.

„Nein", antwortete Alessandro, „es fehlt nichts."

Seit über einem Jahr war fast kein Dynamit mehr gestohlen worden.

„Wie viel ist verschwunden, seitdem wir es bemerkt haben?"

„Gut tausend Kilo", rechnete Alessandro nach. Er hatte sich wieder gefangen, die Welt war in all ihren Facetten zurückgekehrt.

„Etwas mehr, als wir an vier guten Tagen im Vortrieb brauchen", antwortete Bellmer. „Und wir arbeiten jetzt fast viereinhalb Jahre. Über sechzehnhundert Tage. Also kaum mehr als drei Promille."

„Vielleicht haben wir uns auch nur verrechnet", warf Alessandro ein.

Der Lichtreflex der Bogenlampe vor dem Fenster wanderte über Bellmers Kopf, als er ihn nachdenklich hin- und herbewegte.

„Die tausend Kilo, an den richtigen Stellen angebracht, könnten uns um ein Jahr zurückwerfen. Vielleicht sogar weiter. Und wir hätten Hunderte von Toten. Das wäre das Aus für den Tunnel." Er fuhr sich mit den Händen über seinen kahlen Kopf.

„Was macht der Junge, Pico?"

„Ich habe ihm verboten, sich weiter umzuhören. Wenn Lenga Recht hat, dann hat irgendjemand den Einäugigen umgebracht. Und Vescara. Dann ist auch der Junge in Gefahr."

„Gut." Bellmer nickte müde. „Machen wir Schluss für heute." Schwerfällig stand er auf. „Fast siebentausend Meter haben wir geschafft. Bald haben wir es hinter uns. Bis dahin müssen wir durchhalten."

Alessandro musste eine plötzliche Wut unterdrücken. Durchhalten, immer nur durchhalten, während alles um sie herum zusammenbrach. Alles dem Tunnel opfern. Er fragte sich, was Bellmer wohl von seiner Frau wusste, als er dessen prüfenden Blick auf sich spürte. „Hoffentlich macht Errico keine Umstände", sagte er nur.

„Er scheint sich gut mit meinen Kindern zu verstehen. Er ist ein bisschen …“ seltsam wollte Bellmer sagen, entschied sich dann für „schweigsam, aber ein kluges Kind.“

Als Bellmer am Vortag nach Hause gekommen war, hatte Errico mit Kindern aus dem Dorf auf dem Friedhof von Iselle vor einem Grab gesessen. Errico hatte ihnen den Spruch auf der Grabplatte vorgelesen, Buchstaben für Buchstaben.

Es regnete und war unangenehm kalt geworden, als sie das Büro verließen. Ein Zug brachte die Männer der Nachtschicht aus dem Tunnel. Ganz vorn im Zug erkannten sie Pico, der absprang, noch bevor der Zug zum Stehen kam, und in die Waschkaue lief.

„Ich spreche noch einmal mit ihm“, sagte Alessandro.

„Der Junge soll vorsichtig sein. Sehr vorsichtig“, sagte Bellmer.

Pico wäre fast an Alessandro vorbeigelaufen, die Schultern hochgezogen, die Kappe gegen die Kälte in die Stirn gedrückt.

„Guten Abend, Ingegnere.“

„Noch immer bei den Pferden?“

Pico stellte sich neben ihn unter das Vordach des Bürogebäudes. Etwas Vertrautes hatte dieser Schritt, und Alessandro spürte, dass der Junge stolz darauf war.

„Nein, ich bin noch im Vortrieb, aber nicht mehr bei den Pferden. Ich bin jetzt bei den Mineuren, als galloppino, als Laufjunge. Das ist etwas besser bezahlt. Drei Lire pro Schicht.“

„Freut mich“, sagte Alessandro und sie schauten in den Regen. „Die Sache, über die wir sprachen …“, Alessandro vermied das Wort Dynamit, aber der Junge nickte, „… die hat sich erledigt. Es fehlt nichts mehr.“

Jetzt sah Pico zu ihm auf.

„Wenn ich was höre, kann ich mich ja trotzdem melden.“

„Aber geh kein Risiko ein. Ingegnere Bellmer will das auch nicht. Er macht sich Sorgen.“ Wieder spürte Alessandro den Blick des Jungen, der noch immer Lengas alte Tweedjacke trug.

„Ich passe schon auf.“ Pico machte keine Anstalten zu gehen, Alessandros Nähe in der Dunkelheit schien ihm zu gefallen.

„Komm", murmelte Alessandro, „wir gehen ein Stück gemeinsam."

Sie holten Toto aus dem Bretterschuppen neben dem Tunnelausgang. Licht fiel aus den Baracken an der Passstraße, hinter den von Feuchtigkeit beschlagenen Fensterscheiben tanzten unruhige Silhouetten. Kaum eine Baracke an der Straße, die nicht inzwischen zur Kneipe geworden war. Trauben von Menschen kamen ihnen entgegen, dazwischen das Getrappel von Pferdewagen.

Ununterbrochen, Tag und Nacht, bei Schnee und brütender Hitze waren die Kneipen geöffnet, ununterbrochen kochten Nudeln und Polenta über Feuerstellen, nie kam das Tal zur Ruhe. Es war wie ein Rausch, der die Menschen ergriffen hatte, eine große Versuchung, der jeder erliegen wollte.

Als sie die hell erleuchtete Tunnelbaustelle und die Bürogebäude hinter sich gelassen hatten, wurde die Nacht um sie schwärzer, nur der Lärm der Baustelle war noch zu hören. Die Pfeifen der Männer glühten in der Dunkelheit. Wenn sie Alessandro erkannten und den Jungen, senkten sie ihre Stimmen.

Bei der Kirche machte die Straße einen scharfen Knick, dann sahen sie die ersten Feuer zwischen den Bretterbuden von Balmalonesca. Neuankömmlinge, die noch kein Dach über dem Kopf hatten und im Freien oder unter Zeltplanen die Nacht verbrachten.

„Ich möchte dich gern etwas fragen", sagte Alessandro unvermittelt, „es bleibt unter uns. Und wenn du nicht antworten willst, vergessen wir es einfach."

Pico sah ihn überrascht an.

„Wie viel musst du der Frau zahlen, die du als deine Mutter ausgibst."

Ein paar Schritte trottete Pico neben ihm her, ohne zu antworten.

„Marcella ist sehr gut zu mir", sagte er dann leise, „sie hat alles für mich gemacht. Essen, meine Kleider. Und sie hat darauf geachtet, dass ich gesund bleibe." Er sah Alessandro an, in seinem Blick lag Trotz. „Die Hälfte hat sie bekommen. Weniger als viele andere nehmen. Und auch nur die ersten beiden Jahre." Er schwieg einen Moment. „Aber das ist vorbei. Jetzt kümmert sich ein anderes Mädchen um mich." Seine Stimme klang traurig, aber dann bekam sie einen lebhaften Klang. „Jetzt bekomme ich sogar etwas Geld von Marcella. Ich bringe ihr Lesen und Schreiben bei. Sie gibt mir dreißig Centesimi für die Stunde. Gutes Geld", sagte er nachdenklich, „aber es ist nicht mehr wie früher."

Dann, mit weicher Stimme: „Marcella ist jetzt eine kleine Königin im Dorf. Und ich bin ihr Lehrer. Ein bisschen wenigstens."

„Grüß sie von mir", rief Alessandro Pico nach.

Alessandro ließ sich von Toto den Berg hinauftragen, wandte sich noch einmal um, als höre er das Flüstern dieses fremden Orts. Balmalonesca lag unter ihm und flackerte im Licht der offenen Feuer und rußenden Laternen. Toto schien es auch zu hören und blieb mit hängendem Kopf stehen. Schreie drangen den Berg hinauf, das Grölen heiserer Kehlen. Über viertausend Menschen hausten jetzt dort.

Und unter ihnen eine kleine Königin.

26

Vielleicht war es die Marmelade, die ihn den letzten Schritt tun ließ. Noch Jahre später, wann immer Alessandro Schimmel sah, tauchte die Marmelade in seiner Erinnerung auf.

Das Hausmädchen hatte ihm, lange bevor er aufstand, sein Essen gemacht und war dann gegangen. Das tat sie immer, wenn Gianna verreist war. Ihre Mutter hatte ihr verboten, allein mit dem Ingegnere im Haus zu bleiben. Viele junge Mädchen, die bei den Ingenieuren arbeiteten, hatten erst dem Priester und dann ihren Müttern beichten müssen, als diese merkten, dass ihre Töchter sich morgens übergaben und anfingen, ihre Kleider weiter zu machen.

Als Alessandro die Tür schlagen hörte, war er in die Küche gekommen, auf der Suche nach etwas Süßem. In dem kalten Erker, der als Speisekammer diente, hatte er das Marmeladenglas gefunden. Kirschen. Das Glas, das er Gianna im Herbst aus Domodossola mitgebracht hatte. Das Fettpapier und das Stück Stoff, die das Glas verschlossen, waren unberührt. Er öffnete es und blickte auf eine dicke Schicht weißlichen Schimmels. Er wartete auf den Stein im Hals, den ihn immer quälte, wenn Gianna fort war. Aber er spürte nichts.

Er nahm sein Maisbrot und setzte sich ans Fenster in die Sonne. Die Schicht hatte gewechselt, vor der Nachtschicht würde ihn niemand im Tunnel vermissen. Er dachte an Errico, der jetzt mit Bellmers Kindern spielte. Irgendwo hinter den Vorhängen würde Bellmers Frau stehen und sie nicht aus den Augen lassen. Vielleicht würde sie am Nachmittag dem Hausmädchen sagen, sie träfe eine Freundin in Domodossola und die nächste Kutsche nehmen, um dann spät in der Nacht zurückzukehren. Mit einem zärtlichen Lächeln würde sie ihren Mann begrüßen, der sie von der Kutsche abholte, damit sie den Rest des Weges nicht allein im Dunkeln gehen musste. Vielleicht würde sie sogar seine Hand nehmen, wenn niemand sie beobachten konnte. Auch Gianna nahm immer die Kutsche.

Ganz in der Nähe sang eine Männerstimme. Er versuchte die Worte zu verstehen, aber der Dialekt war ihm fremd. Eine kräftige Stimme, die sich über das ewige Stampfen und Kreischen im Tal legte. Vom Balkon sah er einen jungen Mann, der auf der Wiese unterhalb des Hauses vor einem Mädchen kniete. Sie saß im Gras, hatte ihren Hut abgenommen und während er sang, zog sie langsam ihren Rock in die Höhe, bis über die Knie. Als würde seine starke Stimme ihr unter die Röcke fahren.

Alessandro machte einen Schritt zurück ins Zimmer, fühlte sich ertappt. Ein Rauschen stieg ihm in die Ohren, das Blut begann, in seinem Unterleib zu pochen. Die plötzliche Erregung ließ seinen Mund trocken werden. Hinter der Balkontür versteckt, starrte er nach draußen und langsam nahm das Gesicht des Mädchens die Züge von Marcella an, wie sie in ihrem Männerhemd vor ihm stand, das vor der Brust aufsprang.

Eine kleine Königin. Alessandro lief durch das leere Haus, in der Küche hielt er sein Gesicht in den Spülstein und ließ kaltes Wasser darüberlaufen. Doch das Bild des aufklaffenden Männerhemdes verschwand nicht, er glaubte den warmen Geruch ihres Körpers zu riechen. Eine fiebrige Gier packte ihn, immer wieder holte er tief Luft, versuchte den Geruch in sich hineinzupumpen. Er setzte einen Kessel auf den Ofen, zog sich aus und wusch sich. Sein Glied schmerzte, als er die Hose wieder darüberzog.

Als die Glocken von Varzo und Trasquera ein Uhr schlugen, verließ er das Haus. Mit jedem Schritt, den Hang hinunter, durch die Steinbögen aus grauem Granit mit ihren in den Putz geritzten bunten Marienfiguren, vorbei an den Granithäusern, von denen die Wäsche herunterhing, wurde sein Atem ruhiger.

Die Gier hatte ihm auf einen Weg gelockt, und auf diesen Weg machte er sich jetzt, mit kaltem Herzen.

In der Trattoria an der Brücke in Varzo bestellte er sich Brot mit Fleisch und trank einen Rotwein dazu.

„Heute frei?“, fragte der Wirt, als er ihm das Brot brachte.

„Ja, sagte Alessandro und räusperte sich. Es war das erste Wort, das er an diesem Tag sprach.

„Wie geht es Ihrer Frau?“

Überrascht sah Alessandro den Wirt an, die hellen Pigmentflecken. Hier hatte er mit Gianna vor fünf Jahren gewohnt. Dem Wirt und seiner Frau verdankten sie ihr Haus.

„Ich habe Sie kaum wiedererkannt“, entschuldigte er sich. „Gut geht es ihr.“

„Sie kommt ja noch oft auf ein Glas vorbei oder einen Kaffee. Manchmal mit der Frau des Deutschen, Signora Bellmer. Sogar ihren Kleinen bringt sie schon mal mit. Errico?“

„Ja, Errico.“ Alessandro griff nach dem Weinglas.

„Aber Sie sieht man selten.“

„Der Tunnel, da bleibt kaum Zeit.“

Er legte ein paar Centesimi auf die Bar, kippte den Wein hinunter.

„Ich muss los, grüßen Sie Ihre Frau von mir.“

Das halbe Brot in der Hand, verließ er die Trattoria, verschwand unter den Menschen in den engen Gassen, den Blick gesenkt. Er wollte nicht angesprochen, schon gar nicht nach Gianna gefragt werden. Ab und zu hoben Arbeiter die Hand zum Gruß an die Mütze.

An der nächsten Fiaschetteria zog er den Vorhang beiseite, blickte hinein, aus Furcht vor einem bekannten Gesicht, und stellte sich wieder an die Bar, die Tür im Blick.

Der Wein half. Er würde jetzt hinuntergehen ins Tal. Das zu Ende bringen, was er sich vorgenommen hatte. Die kleine Königin besuchen. Er bestellte sich noch einen Rotwein.

Als er wieder ins Freie trat, sah er unten im Tal Balmalonesca liegen. Sein Herz fing an zu hämmern und er setzte sich auf eine Bank in den Schatten eines Feigenbaums.

Vom gegenüberliegenden Hang stiegen Rauchsäulen auf, er hörte das Schlagen von Äxten. Köhler, die neues Holz für ihre Meiler machten, um das Tal mit Holzkohle zu versorgen.

Essensgeruch zog zu ihm herauf, bald würden die Männer von der Frühschicht nach Hause kommen. Alessandro suchte den Ort ab, überall entstanden neue Bretterbuden, bis runter an die Diveria. Einzelne Hütten waren eingefallen, nur noch ein Berg Bretter und Balken. Manche waren steinernen Häusern gewichen, mit schmalen Veranden.

Bellmer hatte das Bretterdorf mal Wallensteins Lager genannt. Aber Alessandro hatte ihn nie gefragt, was er damit meinte.

Als er auf der Passstraße ankam, roch es nach verbranntem Fleisch. Er schaute auf die Front der Hütten, verschwand mit gesenktem Kopf in einer der Gassen. Zwei Männer zerteilten ein Pferd auf einem Holzgerüst, Frauen saßen vor den Häusern und sahen ihnen dabei zu. Ab und zu wehte der Wind beißenden Gestank von den Abtritten her. Heiligenbilder baumelten über einer Tür, *Sangue di Ré*, Blut aus Ré, stand darunter. Ein winziger Ort im Centovalli, in dem ein Betrunkener mit einem Stein nach einer Madonna geworfen und sie verletzt hatte. Zwanzig Tage soll sie geblutet haben und ihr Blut Unglück vertreiben.

Jetzt sah Alessandro den Menschen in die Gesichter, als suche er etwas. Halt, Unterstützung. Grau waren sie, mit müden Augen. Ein paar Kinder hielten ihm die offene Hand hin, wurden sofort von den Frauen verjagt. Zwei Betrunkene stürzten aus einer Tür, blieben wie angewurzelt vor ihm stehen und torkelten schließlich davon. Auf einem Abfallhaufen lag der Kadaver eines Hundes neben einem alten Bienenstock. Der Hund nahm ihn so gefangen, dass er die Frau nicht sah, die hinter dem Haufen hockte und ihr Geschäft erledigte. Sie schrie ihm eine Obszönität nach, er drehte schnell den Kopf weg und lief weiter.

Alessandro war, als habe er einen fremden Kontinent betreten. Als Kind hatte er die Geschichten gelesen, wie die Engländer das Innere von Afrika erforschten. So fremd kam er sich vor.

Er bog in die nächste Gasse. Ein Mann kam ihm entgegen, gut gekleidet. Alessandro kannte ihn vom Sehen. Der Mann wandte den Kopf ab, als habe er ihn nicht bemerkt und hastete weiter. Aus einem Fenster lehnte eine Frau, die Bluse aufgeknöpft und rief hinter ihm her. Beim Anblick ihrer Brüste flammte die Gier in ihm hoch, er sah sich um und blickte in die Augen von zwei Kindern, die ihn mit kaltem Interesse taxierten.

Er suchte Marcellas Haus, erst als er das Holzschild mit dem *Qui si scrivono lettere* sah, wusste er, dass er auf dem richtigen Weg war. Sein Herz versuchte, ihm aus dem Hals zu springen, sein Mund war wie mit Pergament ausgeschlagen.

„Verlaufen, Ingegnere?"

Ein Mann um die fünfzig stand hinter ihm, ein abschätziges Grinsen um die Lippen. Er war besser angezogen als die Männer hier, trug ein rotes Tuch um den Hals und einen flachen schwarzen Hut.

„Nein", sagte Alessandro hastig, „danke", und wollte weitergehen, doch der Mann machte einen Schritt auf ihn zu.

„Vielleicht kann ich helfen."

„Ich", Alessandro war wie gelähmt, „ich suche einen Jungen. Pico heißt er."

Das Lächeln wurde breiter. „Einen Jungen?"

Alessandro nickte.

Der Mann fuhr sich über das Kinn, Alessandro sah sich um, ihm war, als ruhten alle Augen in der Gasse auf ihm.

„Pico sagt mir nichts."

Er legte den Kopf zur Seite, beugte sich vor, ganz nah an Alessandros Ohr. „Aber wir haben viele Jungen, die ihnen gefallen würden. Schöne Jungen."

Die Gasse verschwamm vor seinen Augen. Er stieß den Mann zur Seite, machte sich davon. Aus den Augenwinkeln nahm er noch wahr, wie der Mann unter seine Weste griff und ein Messer hervorzog. Er begann zu rennen, stieß Menschen beiseite, sah den Hund, aber er konnte ihm nicht mehr ausweichen. Halb blind raffte er sich auf, als er eine Klinge am Hals spürte.

„Lass ihn in Frieden, Scipio", hörte er eine Stimme.

Marcella stand auf der Veranda über ihm, der Mann ließ ihn langsam los steckte sein Messer unter die Weste.

„Er macht es mit Jungen", zischte er und verschwand zwischen den Hütten.

„Scipio ist ein bisschen beschränkt, Ingegnere." Sie sah ihn nachdenklich an. „Warum haben Sie sich nicht getraut, nach mir zu fragen?" Er schwieg. Endlich zog doch noch ein Lächeln ihre Augen zusammen. „Aber es freut mich, dass Sie mich besuchen."

Wieder betrat Alessandro einen neuen Kontinent, den zweiten an diesem Tag. Der Raum war mit hellgrauer Seidentapete tapeziert, die im Licht der Kerzen bläulich schimmerte. Unter der weißen Decke lief eine Welle auf einer handbreiten Zierleiste ums Zimmer. Teppiche lagen übereinander, die Fenster waren mit schweren Volants aus schwarzem und fliederfarbenem Samt mit silbernen Bordüren verhängt. Zwei kleine Kamine sorgten für Wärme. In der Ecke eine Recamière, ein Fell darüber geworfen, gegenüber zwei Ledersessel, durch einen niedrigen Tisch getrennt. An der Decke über dem riesigen Bett ein großer Spiegel. Auch an den Wänden hingen Spiegel.

Neben der Tür, durch die sie ihn hatte vorgehen lassen, stand eine Sanduhr. Marcella drehte sie um.

„Je älter man wird, umso teurer wird die Zeit, die man noch hat. Sie dürfen sich hinsetzen, Ingegnere."

Sie hatte sich auf die Recamière gelegt. Er drehte den Sessel in ihre Richtung und lächelte verlegen. Auf dem Tisch zwischen ihnen lag ein runder Stein mit zwei Quarzeinschlüssen, der wie der Kopf eines Seehunds aussah.

„Danke. Für Ihre Hilfe. Ich nehme an, der Mann ist gefährlich."

„Nicht wirklich." Sie sah ihn an, bis er ihrem Blick auswich. „Sie wirken erschöpft. Oder sind Sie nervös?"

„Es ist lange her, dass ich hier war."

„Im Negerdorf", antwortet sie, „sagen Sie ruhig Negerdorf."

Alessandro schüttelte den Kopf.

„Das sagen wir nie. Der Kleine manchmal. Aber meine Frau lässt das nicht zu."

„Ihre Frau? Sind Sie gekommen um mit mir über Ihre Frau zu sprechen?"

Betreten schüttelte Alessandro den Kopf, schluckte den Kloß im Hals herunter.

Sie trug ein langes blaues Seidenkleid, vom Hals bis zu den Füßen mit großen Perlmuttknöpfen geschlossen. Unter dem obersten Knopf hing eine kurze Troddel aus geflochten Silberfäden.

„Pico sagt, Sie seien eine kleine Königin. Das stimmt."

Sie nickte langsam und versuchte, seinen unsteten Blick einzufangen. Endlich zog sie an der Schärpe, die an einem Haken an der Wand hing, und er hörte ein fernes Glöckchen läuten. Ein Mädchen erschien.

„Bring dem Ingegnere und mir einen Mandellikör und einen Kaffee. Einverstanden?"

Er nickte.

„Schauen Sie mich an, Ingegnere." Ihre Stimme war weich und ihre braunen Augen fixierten ihn, als er aufsah. „Weshalb sind Sie doch noch gekommen? Nach so vielen Jahren."

„Ich hatte es versprochen."

Marcellas Lachen war laut, hemmungslos und böse. Für einen Moment verlor der Raum seine Farben. Ein hartes Funkeln trat in ihre Augen.

„Das hätten Sie nicht sagen dürfen, Ingegnere."

Das Mädchen klopfte, stellte Kaffee und Likör auf den runden Tisch zwischen ihnen.

„Darf ich raten, Ingegnere?" Ihre Stimme war scharf, doch das Funkeln zog sich langsam zurück.

Er schwieg, sah auf das Teppichmuster zwischen seinen Schuhen.

„Sie wollen das Gleichgewicht wiederherstellen."

Früher hatte Marcella manchmal das Wort Rache verwendet. Aber es gab nur wenige Männer, die dieses Wort ertrugen. Wer Rache suchte, war Opfer geworden.

„Das Gleichgewicht, von dem Sie glauben, es sei aus dem Lot geraten. Sie wollen eine Last abladen. Schwarze Gedanken." Sie unterbrach sich. „Habe ich Recht, Ingegnere?"

Er nickte. Sein Herz schlug verzweifelt, die Lust vom Morgen hatte ihn verlassen. Er wünschte, sie käme zurück, nur um zu wissen, dass er auf dem richtigen Weg war. Er griff in seine Tasche, zog ein Bündel Lire hervor.

„Dann wissen Sie ja, weshalb ich hier bin."

„Lassen Sie es gut sein, Ingegnere. Sie hätten nicht genug Geld mit, um nur den Sand zu bezahlen, der schon durch die Uhr gelaufen ist."

Sie hatte ihr Lächeln wiedergefunden.

„Sie und der kleine Arzt, ihr wart als Einzige freundlich zu uns, als wir hier ankamen. Für alle anderen waren wir nur Abschaum."

Überrascht blickt Alessandro auf.

„Lenga war auch schon hier?"

„Nein, war er nicht. Ihm kann ich nichts bieten. Er findet alles, was er braucht, bei sich zu Hause, bei seiner Frau, in seinem Krankenhaus. Aber ich besuche ihn ab und zu und lasse mich untersuchen. Man kann nicht vorsichtig genug sein."

Dann sah sie ihn eine Weile ruhig an, schließlich erwiderte er ihren Blick.

„Du bist sicher, dass du weißt, was du willst?"

Er schaute sie an und nickte.

„Wenn ich aufstehe", sagte sie leise, „gibt es kein Zurück."

Wieder nickte er, in seinen Ohren schwoll ein Rauschen an, das alle Geräusche überdeckte. Sie schien noch etwas zu sagen, aber er sah nur, wie sich ihre Lippen bewegten.

Dann stand sie auf.

„Stell dich vor mich, Ingegnere."

Als er ihr gegenüberstand, zeigte sie auf den geflochtenen Silberfaden am obersten Knopf ihres Kleides.

„Zieh daran. Aber langsam."

Einer nach dem anderen fielen die Perlmuttknöpfe von ihrem Kleid, es klaffte auf, zeigte ihre schwarzen Strümpfe, die Strumpfbänder über den Knien. Tränen traten ihm in die Augen, aber er zog weiter. Ein tailliertes, schwarzweiß gestreiftes Mieder wurde sichtbar, das unter ihren großen, weichen Brüsten endete. Der letzte Knopf am Hals sprang ab, sie bewegte leicht ihre Schultern, dann das seidige Rauschen, als ihr Kleid zu Boden fiel.

Er stand vor ihr und starrte sie an, suchte das schwarze Dreieck zwischen ihren Schenkeln. Doch da war nur glatte Haut und ihr Geschlecht.

„Gefällt es dir? Manche mögen es. Und es hilft. Gegen die Läuse."

Sie machte ein Schritt auf ihn zu, nahm ihm die Jacke ab, die Weste, knöpfte sein Hemd auf und rieb ihre Brustwarzen an seiner Brust.

Dann knöpfte sie seine Hose auf, massierte sein Glied, und als habe sie nur auf den richtigen Augenblick gewartet, sprang die Gier ihn wieder an.

Marcella drehte sich um, kniete sich auf einen Sessel. Er war froh, dass sie ihm den Rücken zuwandte, und für einen Augenblick tauchte Gianna vor seinen Augen auf.

„Komm, Ingegnere, nimm es dir."

Er stieß in sie hinein, drei, vier Mal, doch dann sah er sich in einem der vielen Spiegel, sah, wie sie ihn im Spiegel beobachtete, und seine Gier verließ ihn wie eine Wolke, die sich am Himmel auflöst. Und mit ihr verschwand seine Härte.

Sie drehte sich zu ihm um.

„Müde?"

Er nickte beschämt.

„Du bist nicht der Erste, dem der Tunnel seine Kraft raubt. Aber keine Sorge. Wir überlisten ihn."

Aus einer Schublade nahm sie ein schmales Lederband und

kniete sich vor ihn. Langsam massierte sie ihn und als er anschwoll, wickelte sie das Lederband mit einer schnellen Bewegung hinter dem Hodensack um sein Glied.

„Zu fest?", fragte sie. Er schüttelte den Kopf, sie öffnete den Mund und er spürte ihre Zähne. Als sie ihren Kopf zurückzog, war sein Glied hart vom aufgestauten Blut.

„Was jetzt kommt, Ingegnere, wirst du nie vergessen", murmelte sie, stand auf und zog seinen Kopf an ihre nackte Brust.

„Sie werden mir einen Gefallen tun, Ingegnere."

Marcella saß vor dem Spiegel und schminkte sich. Neben ihr stand die Sanduhr, die letzten Sandkörner waren längst gefallen. Alessandro hatte kaum eine Erinnerung an die vergangene halbe Stunde, sein Glied schmerzte.

Er hatte es versucht, aber schließlich konnte er sich nicht mehr zurückhalten. Marcella war aufgesprungen, ins Nebenzimmer gelaufen und er hatte Wasser rauschen hören. Sie war zurückgekommen, hatte ihm den Lederriemen abgenommen und ihn in ein winziges Badezimmer geführt.

Jetzt sah er ihr beim Schminken zu. Eine glasige Distanziertheit hatte sich zwischen sie geschoben.

„Was für einen Gefallen?"

„Was sollte Pico für Sie herausfinden?"

„Hat er nichts erzählt?"

„Nein. Ich habe ihn auch nicht gefragt. Er war nur ein paar Mal ganz aufgeregt. Aber gesagt hat er nichts." Sie presste ihre Lippen auf ein Papier, sah sich prüfend im Spiegel an. „Ich könnte ihn fragen. Dann wüsste ich es. Aber ich möchte es von Ihnen wissen."

„Wir haben Dynamit vermisst", antwortete Alessandro, „seit wir den Tunnel bauen, wird Dynamit gestohlen. Vielleicht steckten die Männer dahinter, die immer wieder zum Streik aufrufen. Aber stehlen können sie es nicht selber. Dazu brauchen sie die Hilfe der Arbeiter. Pico sollte sich umhören. Die Augen offen halten. Rausfinden, wer das Dynamit stiehlt. Und warum, was sie vorhaben. Es gibt viele, die gegen den Tunnel sind."

Marcella nickte ihrem Spiegelbild zu.

„Sie sagen, der Tunnel mache nur die Reichen noch reicher. Was die Sozialisten so reden. Und die Anarchisten sind noch schlimmer." Unvermittelt drehte sie sich zu ihm um. „Aber Pico ist noch ein Kind. Ich will nicht, dass er da in irgendwelche Geschichten reingezogen wird. Wenn ihm etwas passiert, mache ich Sie dafür verantwortlich", sagte sie leise.

Alessandro wollte antworten, doch als er ihre Augen sah, schwieg er.

„Es sind nicht nur Arbeiter, die gegen den Tunnel sind. Viele von den Ingenieuren kommen hierher." Marcella lachte leise. „Besonders die jungen reden viel, mehr als Sie, Ingegnere. Viel mehr. Sie wollen den Mädchen imponieren." Sie drehte sich wieder um und sprach mit ihrem Spiegel. „Einer von ihnen hat mal gesagt, dass der Tunnel nie fertig gestellt würde. Ein riesiges Feuerwerk würde das verhindern. Ein Mädchen hat es mir erzählt. Es war im Winter. Nur deshalb hat sie es überhaupt erzählt. Sie hatte Angst, dass das Feuerwerk Lawinen auslöst, die uns alle begraben. Wie letztes Jahr die Menschen oben in dem Dorf auf dem Pass."

„Spinnerei", gab Alessandro zurück, „das Geschwätz einer dummen ..."

Er verstummte.

„Sagen Sie ruhig Hure, Ingegnere. Aber dumm? Meinen Sie", ohne vom Spiegel wegzusehen gestikulierte sie mit der linken Hand durch ihr Zimmer, „meinen Sie, so etwas können wir uns vom Geld der Arbeiter leisten? Dumm sind hier die wenigsten. Und wenn die Mädchen etwas hören, können sie schon unterscheiden, ob es Geschwätz ist oder ob etwas dahinter steckt."

„Entschuldigen Sie", sagte Alessandro, „ich meinte es nicht so."

Sie blickte ihn prüfend an.

„Das soll ich Ihnen glauben?"

„Ist ein Name gefallen?"

„Ich weiß es nicht mehr. Und das Mädchen ist nicht mehr bei uns." Marcellas Lächeln wurde breiter. „Sie hat geheiratet. Einen der Ingenieure, die auf der Nordseite des Tunnels arbeiten."

Sie war fertig geschminkt, sämtliche Perlmuttknöpfe wieder an ihrem Kleid.

„Sie kommen von weit her zu uns. Aus Domodossola, Sommerfrischler vom Lago Maggiore und den anderen Seen. Selbst aus Novara waren vor kurzem zwei Herrn hier."

Als sie ihm die Tür öffnete, fiel sein Blick auf die Sanduhr. Er nahm sie hoch und drehte sie um.

„Manchmal verschenkt man die beste Zeit seines Lebens. Aber nur einmal. Zumindest nur einmal an dieselbe."

Sie sah ihn an, strich ihm mit der Hand über die Wange.

„Sie werden sehr traurig sein, wenn Sie nach Hause kommen, Ingegnere. Weinen Sie ruhig. Sonst schleppen Sie Ihre Tränen ein Leben lang wie Steine mit sich herum."

27

Er hat ein zerfressenes Herz, der Ingegnere. Es hat ihn viel gekostet, hier herzukommen. Er wird wiederkommen. Aber dann wird die Sanduhr laufen und er ist einer wie jeder andere.

Ich hätte es nicht gedacht, aber ich muss oft an den Ingegnere denken. Und dann die Geschichte, die mir das Mädchen erzählt hat. Sie hat mir schon mal ein Mieder vom Orta-See mitgebracht. Jetzt war sie wieder da, bei ihrer Schneiderin in Omegna. Und da hat sie eine Frau bei der Schneiderin gesehen, von der sie steif und fest behauptet, sie kennt sie hier aus dem Tal. Aus Varzo. Sie schwört, es sei die Frau mit dem blonden Kind. Dann muss es die Frau des Ingegnere sein. Mit einem großen, schlanken Mann war sie da, der nur sehr wenig Italienisch sprach, dafür viel lachte und immer seine Locken aus der Stirn strich. Sie hat sich ein Kleid anfertigen lassen, dann ist sie mit einer der Schneiderinnen, die sie wohl gut kannte, in einen Nebenraum gegangen und hat sich ein blutrotes Mieder machen lassen, das fast die ganzen Brüste freiließ. Die Schneiderin hat es dem Mädchen gezeigt. Und später hat sie die Frau und den Mann wieder gesehen, wie sie am See saßen. Ihre Hände berührten sich dabei, sagte sie.

Vielleicht ist der Ingegnere deshalb so traurig.

Aber ich bin auch sehr wütend auf ihn, weil er Pico da hineingezogen hat. Das sind gefährliche Leute. Und Pico war richtig stolz, dass der Ingegnere und sein deutscher Chef ihm so vertrauen. Ich habe ihm gesagt, sie nutzen dich aus. Aber das wollte er nicht hören.

Meinen Brief nach Haus habe ich nicht geschrieben, obwohl ich es könnte. Geld schicke ich schon lange keines mehr. Dafür verschicke ich jetzt kleine Notizen, manchmal schreibe ich dem Tenente eine, und lass sie von einem Boten hinschicken. Pico gibt mir immer noch Unterricht. In letzter Zeit glaubt er allerdings, er müsse sich für den Ingegnere und die deutschen Chefs am Tunnel bereithalten. Er lungert rum, hofft, dass sie ihm über den Weg laufen. Aber jetzt, wo das Lesen und Schreiben gut läuft, macht es auch Spaß und ich kann ihm kaum böse sein. Ich bin nur eifersüchtig. Pico sagt immer, du schaffst es, wenn ich nicht weiterkann und mir die Buchstaben vor den Augen tanzen. Und es stimmt, was er sagt. Ich schaffe es.

Dem Dottore habe ich auch ein Briefchen geschrieben und es beim letzten Mal mitgebracht. Nur so ganz einfach. Vielen Dank für Ihre Freundschaft habe ich geschrieben. Als er es aufriss und las ist er aufgestanden, hat sich vor mir verbeugt und gesagt, er habe mir zu danken. Ich glaube, er hatte Tränen in den Augen. Dabei ist er oft so spöttisch. Dann hat er gesagt, von zehn Menschen hier am Simplon könnten nur zwei lesen und schreiben. Und ich gehörte jetzt dazu.

Wenn der Tunnel fertig ist, gehe ich. Dann werde ich sie alle auslachen und für immer verschwinden. Ich kann schreiben und habe Geld. Das Konto auf meiner Bank wird immer voller. Nur Pico nehme ich mit. Wenn er will. Als meinen Lehrer.

Zweimal war ich schon am Lago Maggiore, in einem Hotel, wo mich niemand kennt, für jeweils eine Woche. Sie haben mir alles nachgetragen, den Stuhl zurechtgerückt und mich mit „gentile Signora" angeredet. So ein Leben muss man langsam lernen. Man muss es üben, sonst kann man darin ersaufen.

Und schöne Sachen habe ich mir gekauft. Um mich auf mein Leben nach dem Tunnel einzustimmen. Kleider, die hier niemand trägt. Obwohl, man weiß ja nie. Die Frau, die mich damals bei den Unruhen so nett angelächelt hat, trug ja auch dieselben Stiefeletten wie ich.

Aber auf dem Heimweg vom See habe ich gespürt, dass ich doch ganz gern an den Simplon zurückkomme. Es ist ein bisschen wie ein Zuhause. Sie würden mir allerdings nie ein Haus in Varzo vermieten. Vielleicht doch, wenn ich alle anderen überbiete. Was soll's, ich habe mich an den Gestank in Balmalonesca gewöhnt und rieche ihn kaum noch. Die Hütten lichten sich auch allmählich. Lange werden sie nicht mehr bauen am Tunnel. Dann ist der Dottore verschwunden und mein Tenente. Und ich werde das Tal vergessen in meinen schönen Hotels.

Obwohl der Tenente wieder gefragt hat, was ich mache, wenn der Tunnel fertig ist. Da habe ich ihn angelacht und gesagt, dass weiß ich doch jetzt noch nicht. Da hat er mich roher genommen als sonst. Aber hinterher haben wir beide wieder gelacht.

Ich habe gewusst, dass der Ingegnere wiederkommen würde. Erst gestern war er noch mal hier. Ich glaube, dass er jetzt bezahlen muss, macht es ihm leichter. Er ist immer sehr traurig. Er ist wohl ein guter Freund des Dottore, aber vielleicht kann er nicht mit dem Dottore reden, weil der glücklich mit seiner Frau ist. Ich mag keine traurigen Männer. Manchmal sieht mich der Ingegnere voller Hoffnung an. Ich weiß nie, was ich ihm antworten soll, wenn er mich fragt, wo ich nach dem Tunnel hingehe. Überall in Europa würden jetzt Tunnel gebaut und in den Städten Untergrundbahnen. Ob mir große Städte gefielen. Es quält mich, ihm antworten zu müssen.

Wenn Pico mich fragte, das würde mir gefallen. Wir könnten Pläne schmieden. Aber ich kann ihn nicht drängen. Der Tunnel hat ihn erwachsen werden lassen. Ich habe gesehen, wie er manchmal das neue Mädchen von der Seite ansieht, das für ihn kocht. Dabei höre ich ihn nie mit den anderen Jungen über Mädchen herziehen. Manchmal erschreckt es mich, wie alt er aussieht. Dann wische ich mir die Schminke vom Gesicht, blicke in den Spiegel und sehe mir die Wahrheit an. Ich hatte mir vorgenommen, dass wir den Simplon gesund wieder verlassen. Fast hätte ich alles verdorben, als Pico beinahe am Fieber gestorben wäre. Ich wäre nie wieder glücklich geworden. Jetzt sieht es aber ganz gut aus.

Ich werde bald wieder an den Lago Maggiore fahren und in

einem teuren Hotel absteigen. Um das Leben nach dem Tunnel zu üben. Wie das Lesen und Schreiben.

Die Sache mit dem Dynamit macht mir Sorgen. Ich muss den Tenente noch mal fragen. Bestimmt will Pico sich nur wichtig tun.

28

Mit jedem Schritt wurde die Hitze unerträglicher. Rondo, der Capo, lief neben ihm und Bellmer spürte, wie sein Blick auf ihm ruhte, als mache er sich Sorgen. Immer tiefer fraß sich der Tunnel in den Berg hinein, gut siebentausend Meter hatten sie gegraben, fast eine Stunde dauerte die Fahrt vom Eingang, vorbei an den Arbeitern, die den Stollen ausmauerten, bis zu dem Bahnhof im Inneren. Dann ging es weiter mit der kleinen Druckluftlokomotive, schließlich zu Fuß.

Seit gut zwanzig Minuten quälte Bellmer sich mit Rondo durch das Gewirr der Holzstempel und Arbeiter, die neben und über ihnen den Tunnel ausbrachen. Am Vortrieb wurde das Atmen schwerer, obwohl perforierte Druckleitungen einen dünnen Wasserschleier versprühten, der die Luft abkühlte, die vom Parallelstollen in den Haupttunnel gepumpt wurde.

„Die Arbeiter fangen an zu murren", sagte Rondo leise zu Bellmer, als sie stehen blieben um auszuruhen. „Es wird immer heißer im Tunnel und der Weg zur Arbeit wird immer länger. Bei acht Stunden Schicht sind sie jetzt fast elf Stunden im Tunnel."

„Ich weiß", antwortete Bellmer. Langsam fiel ihm das Atmen wieder leichter. „Sandau ist informiert, die Tunnelbaugesellschaft auch. Heute Nachmittag fahre ich mit Sandau nach Brig. Die Arbeiter im Norden klagen genauso."

Rondo schaute sich um, trat dann dicht an Bellmer heran und packte seinen Arm.

„Warten Sie nicht zu lang, Ingegnere", flüsterte er, betonte dabei jedes Wort, damit der Deutsche ihn auch wirklich verstand. „Sie wissen, die Aufrührer hier in Balmalonesca. Die Sozialisten. Sie kommen wieder. In Brig sind sie auch.“ Sein Griff um Bellmers Arm verstärkte sich. „Die Männer sind wirklich fertig. Sie arbeiten wie die Tiere. Die Stimmung ist schlecht.“

Bellmer hob seine Grubenlampe und studierte Rondos Gesicht. „Streik? Reden Sie von einem neuen Streik?“ Das wäre das Letzte, was die Tunnelbaugesellschaft brauchen könnte.

Rondo antwortete nicht, schließlich zog er mit einem Zischen die Luft durch die Zähne ein.

„Danke für den Hinweis“, murmelte Bellmer.

Schweigend hasteten sie weiter, die Männer der Nachtschicht zwängten sich an ihnen vorbei, ein warnender Ruf, als sie Bellmer erkannten. Hemden wurden über die kleinen Käfige mit den Vögeln geworfen, Bellmer tat, als höre er ihr Gezwitscher nicht.

Im Vortrieb hämmerten die Bohrmaschinen. Bellmer stolperte über eine Druckleitung am Tunnelboden, die die Maschinen versorgte. Rondo griff nach seiner Schulter, aber Bellmer hatte sich schon wieder gefangen. Feuchter Matsch spritzte unter ihren Schritten, eine Lore voll abgenutzter Bohrköpfe kam ihnen entgegen.

Dann standen sie hinter den Bohrmaschinen, Rondo wechselte ein paar Worte mit einem der Arbeiter und kam zu Bellmer zurück.

„Neun Bohrlöcher“, sagte Rondo, „eineinhalb Meter tief.“

Das Hämmern verebbte, nur das leise Zischen der hydraulischen Leitungen war zu hören.

Bellmer zog seine Weste aus, hängte sie an einen Balken und holte ein in Wachstuch gebundenes Heft aus der Tasche. In wenigen Stunden würde er mit Sandau nach Brig fahren. Die Zahlen der letzten Monate hatte er schon zusammengestellt, doch bevor er sich auf den Weg machte, wollte er sich selbst davon überzeugen, wie die Arbeit im Tunnel vorankam.

Die Mineure rollten die Bohrmaschine auf den Schienen zurück. Zwei Arbeiter brachten vorsichtig den Holzkasten mit dem Dynamit und den Zündschnüren und riefen nach Rondo. Der füllte sorgfältig Loch für Loch mit den in Pergamentpapier gewickelten Dynamitwürsten, stieß sie mit einer langen Holzstange in die Bohrlöcher und steckte Zündpatronen samt Zündschnüren drauf. Dann nahm er eine Dynamitstange und rieb sie leicht über die Enden der Zündschnüre. Die Arbeiter rannten an Bellmer vorbei in den Tunnel hinein.

„Tut mir leid, Ingegnere", rief er Bellmer zu, „aber es geht kaum anders. Die Luft ist zu feucht hier."

Bellmer zögerte einen Augenblick, dann schwieg er. Es war zwar verboten, die Zündschnüre mit Dynamit zu bestreichen, aber er wusste, dass es immer wieder gemacht wurde. Sie brannten einfach besser.

Rondo zog ein Feuerzeug aus der Tasche, ein paar Funken genügten und die Zündschnüre begannen aggressiv zu zischen.

„Zündung", schrie Rondo und lief hinter Bellmer her in die Dunkelheit des Tunnels. Mit dem Rücken zum Vortrieb kauerten sie sich auf den Boden, die Hände auf die Ohren gepresst. Ein ohrenbetäubendes Bersten, dann ein Luftdruck, der einen schmächtigen Mann neben Bellmer auf die Knie fallen ließ.

Bellmer packte ihn an der Jacke, um zu verhindern, dass er mit dem Kopf auf den Boden schlug. Er kannte ihn, aber es dauerte, bis er wusste, wen er da festhielt. Pico. Im Licht der Grubenlampen hatte er das Gesicht eines Dreißigjährigen.

„Aufpassen, Junge", brummte Bellmer.

„Danke, Ingegnere."

Rondo lief zum Vortrieb zurück, sah sich den Ausbruch an, rief dann die Männer heran, die mit ihren Hacken das heiße Gestein auseinander zogen. Ein halbes Dutzend Männer schippte den Ausbruch auf die Loren.

Wenn alles gut lief, schafften sie mehr als sieben Meter in vierundzwanzig Stunden, rechnete Bellmer nach, dabei schafften die Arbeiter dreihundert Kubikmeter Abraum aus dem Tunnel. Sie holten auf.

Sandau würde das gefallen. Er war unruhig gewesen in den letzten Tagen, so wie immer, wenn er den Gesellschaftern in Brig oder

Winterthur berichten musste. Diesmal hatte er Bellmer gebeten, ihn zu begleiten. Endlich würden sie einmal mit guten Nachrichten kommen.

Natürlich würden die Vertreter der Tunnelbaugesellschaft auch jetzt nicht zufrieden sein. Sie würden von Sandau wissen wollen, ob es nicht noch schneller ging.

Doch Bellmer beschäftigte etwas anderes. Er tastete die Tunnelwände ab, steckte ein Thermometer in einen Riss. Der Fels war heiß, aber trocken. Im Norden hatten sie im Tunnel seit Monaten mit heißen Quellen zu kämpfen und Bellmer fürchtete sich vor dem nächsten Wassereinbruch auf der Südseite. Er notierte die Temperatur, dreiundvierzig Grad.

Ein Junge trieb ein Pferd an ihm vorbei, das zwei Loren voll gebrauchter Bohrköpfe zog. Bellmer machte ein paar schnelle Schritte und setzte sich auf die letzte Lore.

Ein Schatten tauchte neben ihm auf und Pico sprang neben ihn.

„Meine Schicht ist längst vorbei“, sagte er wie zur Erklärung, „Ziti“, er machte eine Bewegung mit dem Kopf in Richtung des Jungen, der das Pferd führte, „hat sich verspätet, und deshalb musste ich mich um die Pferde kümmern. Normalerweise ist das nicht mehr meine Aufgabe.“

Bellmer spürte, wie Pico darauf wartete, dass er ihn fragte.

„Was machst du jetzt?“

„Erst war ich nur der Laufjunge am Vortrieb, jetzt kümmere ich mich um die Bohrgestänge. Dass immer genug neue Bohrköpfe da sind“, sagte er und Bellmer hörte den Stolz in Picos Stimme.

„Sehr gut, Glückwunsch.“

Als sie am Tunnelbahnhof auf den Zug umstiegen, zögerte der Junge einen Augenblick, setzte sich aber wieder neben Bellmer. Pico schien etwas sagen zu wollen, doch er schwieg. Erst als sie mit blinzelnden Augen ans Tageslicht kamen, sagte der Junge leise: „Wie schön das ist, wieder aus dem Tunnel zu kommen.“

Graue Schlieren aus Dreck und Staub liefen Picos Körper hinunter und formten ein trübes Rinnsal zwischen seinen Füßen, das über die weißen Kacheln zum Abfluss mäanderte. Die warme Dusche machte ihn müde. Er hätte sich gern mit dem deutschen Ingegnere unterhalten, aber er hatte nicht gewusst worüber.

Außer über das Dynamit.

Aber es wäre nicht klug gewesen, auf dem Zug im Tunnel davon anzufangen.

Er legte den Kopf in den Nacken und trank von dem Duschwasser. Das warme Wasser ließ seinen Magen knurren. Schnell trocknete er sich ab, vielleicht würde er draußen den deutschen Ingegnere treffen.

Pico stellte sich in die noch warme Sonne, kaute ein Stück Wurst, das er sich für den Nachhauseweg aufgehoben hatte, und sah sich nach Bellmer um.

Er war zu spät gekommen. Auf der Passstraße stieg Bellmer zu Sandau in einen Zweispänner. Pico hatte Sandau nur einige Male von weitem gesehen, aber jeder kannte die schmale, große Gestalt mit dem langen, weißen Bart, die ihn immer an einen Storch erinnerte.

Neben dem Wagen stand noch ein Mann und reichte zwei Taschen in die Kalesche. Der Kutscher ließ seine Peitsche knallen und mit einem Ruck setzte sich der Zweispänner in Bewegung.

Der Mann hob grüßend die Hand, lief den Weg von der Passstraße hinunter über die Holzbrücke und verschwand zwischen den Bürogebäuden.

Enttäuscht machte Pico sich auf, als ihn eine Stimme zurückhielt.

„Bellmer ist gerade gefahren. Was willst du von ihm?“, sagte die Stimme.

Verborgen hinter einer Hauswand hielt Pico den Atem an. Er hatte diese Stimme schon einmal gehört, damals, als er auf der Wiese hinter dem Holzhaufen das Gespräch der fremden Männer belauscht hatte. Das leichte Näseln. Pico stellte sich einen Mann vor, der immer mit hochgezogenen Augenbrauen sprach.

„Er hat seine Weste am Vortrieb hängen lassen."

„Gib her", sagte die Stimme, „ich bringe sie in sein Büro."

Es war ganz sicher dieselbe Stimme.

Pico sah um die Hausecke. Die Stimme gehörte dem rothaarigen Mann, der Bellmer die Taschen in die Kalesche gereicht hatte. Unsicher blieb er vor dem Bürohaus stehen. Ein Ingenieur. Er musste sich geirrt haben. Dabei war er sich so sicher gewesen, als er nur die Stimme gehört hatte.

Neben dem Duschgebäude war eine neue Trattoria entstanden. Die Tunnelbaugesellschaft hatte es verhindern wollen, aber die Arbeiterkammer in Varzo schaltete sich ein und schließlich gab die Tunnelgesellschaft nach. Vor der Trattoria stand eine Bank, von der aus er das Bürogebäude gut im Auge behielt.

Picos Magen schmerzte vor Hunger. Ein neues Mädchen kochte jetzt für ihn. Sie kochte gut, aber er hatte Marcella vermisst. Doch jetzt holte sie ihn wieder regelmäßig ab. Pico lächelte mit geschlossenen Augen vor sich hin. Sie liefen die Berge hinauf, suchten sich einen schattigen Platz. Dann zog Marcella eine nagelneue Schiefertafel aus ihrem Beutel, einen Griffel und eine alte Zeitung. Er las ihr langsam aus der Zeitung vor und sie malte mit kleinen energischen Bewegungen Buchstaben auf die Tafel. Dann reichte sie ihm die Tafel, er fing an zu lachen und sie begann von neuem. „Ein Lehrer", sagte sie manchmal, „sollte strenger sein."

Er wäre nie aufgewacht, hätte nicht alles in ihm auf die Stimme gewartet. Sie rief etwas und riss ihn aus seinen Träumen. Pico schluckte, brauchte einen Augenblick, um sich zu erinnern, wo er war.

Der Mann lief den schmalen Steg neben dem Tunnelausgang hinauf zur Passstraße. Pico rannte hinter ihm her. Der Mann ging schnell, auf der Straße hielt er einen Einspänner an und stieg hinein.

Pico keuchte und sein Herz schlug wild, aber er verlor den Einspänner nicht aus den Augen. Kurz vor dem Zollhaus in Iselle hielt der Wagen, der Mann sprang hinaus.

Schwer atmend verbarg Pico sich hinter zwei Pferden. Der Mann lief an ihm vorbei, über die Eisenbrücke der Diveria. Hohl klangen die Schritte, Pico wartete, bis sie verstummten.

Oberhalb der Brücke lag der Friedhof von Iselle. Junge Birken säumten den Weg zu den Gräbern, die weißen Stämme leuchteten in der Herbstsonne, ein leichter Wind fuhr durch die Blätter und sie fingen an zu sprechen. Mit trockenem Mund blieb er stehen, horchte auf die Blätter, bis er die Kinder sah, die auf dem Friedhof vor einem Grabstein hockten und leise flüsterten. Eine Stimme rief, die Kinder rannten an ihm vorbei und verschwanden durch ein schweres schmiedeeisernes Tor im Garten eines Hauses.

Pico war schon einmal hier gewesen, zwei Jahre war es her, im Winter. Ingegnere Tello hatte ihn mitgenommen, als sie den kranken Ingegnere Bellmer wegen des Dynamits besucht hatten.

Hummeln und Staub tanzten in den Sonnenstrahlen. Pico war, als könne er nach den Strahlen greifen. Er streckte die Hand aus. Wenn er einen Wunsch frei hätte, würde er sich kein Geld wünschen. Er würde sich wünschen, immer in der Sonne stehen zu können, nie wieder in den Tunnel zu müssen und diese quälende Erschöpfung loszuwerden.

Aber das waren schon zu viele Wünsche, sagte er sich, und ließ den Arm sinken. Vielleicht würde es ja schon genügen zu wissen, wohin man gehörte. In so ein Haus, wie es hinter dem schmiedeeisernen Tor lag.

Niemand war zu sehen, vorsichtig drückte er gegen das Gatter, bis es aus seinem Schloss sprang. Ganz leicht ließ das Tor sich bewegen, schwang auf. Wenn man es ganz öffnete, schlug es an den Brunnen im Garten an. Er sah die Kerben, die das Tor im Stein des Brunnens hinterlassen hatte.

Pico zog das Tor wieder zu und starrte hindurch. Eine schwache Brise wehte das Tal hinauf und ihm die Stimme zu, der er nachgelaufen war.

Hinter dem Haus stieg der Wald empor, kalt und modrig. Pico setzte sich an einen Baum und blickte hinunter. Der Mann, dem er gefolgt war, saß an einem runden Tisch, auf dem ein weißes Tischtuch flatterte. Ihm gegenüber eine Frau. Die Frau des Ingegnere

Bellmer, die Haare hochgesteckt. Das Hausmädchen goss ihnen Tee ein. Pico hatte den angewiderten Blick nicht vergessen, mit dem das Mädchen ihn angesehen hatte, als er mit Tello den deutschen Ingegnere besucht hatte. Wäre er allein gekommen, hätte sie ihn wieder weggeschickt.

Am anderen Ende des Gartens spielten drei Mädchen mit einer jungen Ziege, die zwischen ihnen herumsprang und vor der sie kreischend davonrannten. Abseits, an die Mauer gelehnt, erkannte Pico den kleinen Errico. Winzige blaue Schmetterlinge tanzten um ihn herum, auf seiner offenen Hand saß ein großer weißer. Neben ihm kniete ein kleiner Junge mit noch hellerem Haar und pustete vorsichtig auf den weißen Schmetterling, bis er davonflog. Pico kannte ihn. Es war Hans, der kleine Sohn des deutschen Ingegnere.

Das Mädchen verschwand im Haus, der Mann sah sich nach den Kindern um. Seine Hand verschwand unter der Tischdecke und die Frau legte den Kopf in den Nacken. Mit einer plötzlichen Bewegung rückte sie vom Tisch ab, die Hand des Mannes erschien wieder.

Nach einer Weile rief die Frau nach dem Hausmädchen. Es band das Zicklein an einen Strick und verließ mit den Mädchen den Garten. Die Frau schloss das Tor hinter ihnen. Dann wechselte sie ein paar Worte mit Errico und dem kleinen Hans und verschwand im Haus. Nach einer Weile stand auch der Mann auf, warf einen Blick auf die beiden, von den blauen Schmetterlingen umtanzten Kinder und ging langsam ins Haus.

Was blieb, war das Summen des Gartens in der Sonne und das ferne Dröhnen der Tunnelbaustelle.

Pico fröstelte. Ameisen liefen über seine Hosenbeine. Er ließ zwei Ameisen auf seinen Finger laufen, steckte ihn in den Mund und schluckte sie hinunter. Geistesabwesend legte er den Finger wieder zwischen die Ameisen auf seinem Hosenbein und versuchte, in das Haus hineinzuhören. Doch die Mauern und die zugezogenen Fenster hüllten es in eine undurchdringliche, knisternde Stille.

Er schlief ein, während die Ameisen sein Hosenbein und seine Finger hinaufkletterten.

Die Hunde sprangen erschreckt aus ihrem Dämmerschlaf auf, als der Wind ohne Vorwarnung eine Woge frühen Herbstlaubs über die Straße trieb, die Kutscher hielten ihre Mützen fest. Am Lago Maggiore hatte der Wind die Sonnenmarkisen von den Booten gerissen und kniehohe Wellen ans Nordufer geworfen. Auf seinem Weg nach Norden riss er den Sand aus dem trockenen Tal des Toce und peitschte ihn vor sich her wie Kinder ihre Kreisel. Er bog ab, das Diveria-Tal hinauf, deckte die Dächer von zwei Bretterhütten in Balmalonesca ab, trieb Staubfahnen über die Baustelle vor dem Tunnel, dass die Arbeiter die Hände schützend vor die Augen hielten oder erstaunt in den Himmel sahen. Doch von dort leuchtete nur das tiefe Blau eines Herbstnachmittages.

Der Wind tobte weiter, die Tannen bogen sich und rauschten, Tannenzapfen fielen mit einem dumpfen Schlag auf den Waldboden. Einer traf Picos Schulter. Er schreckte hoch, Hand und Hose dunkel von Ameisen, und riss die Augen auf.

Errico saß rittlings auf der Mauer, die den Garten umgab, stieß die Arme in die Höhe, seine hellen Haare wehten im Wind. Pico suchte nach dem kleinen Hans, als ihm ein Windstoß den Staub aus dem nadelbedeckten Waldboden in die Augen trieb. Er schüttelte die Ameisen von der Hand, rieb sich die Augen und da sah er das blonde Haar.

Auf allen vieren kroch der Junge durch das Gras. Pico sah den Wind an dem schmiedeeisernen Tor rütteln und er wurde von dem krampfhaften Wunsch gepackt zu schreien. Doch sein Mund öffnete sich nicht. Er klammerte sich an die Tanne und versuchte noch einmal zu schreien.

Hans bewegte sich langsam auf das Gatter zu. Auch Errico beobachtete ihn jetzt, starr, die Arme noch in die Luft gereckt.

Immer neue Windstöße tobten gegen das Eisentor, als der blonde Kopf neben dem Brunnen auftauchte, sprang das Tor aus dem Schloss und schwang mit einer geräuschlosen Bewegung auf.

Entsetzen schüttelte Pico wie ein Veitstanz. Er spürte das weiche, dumpfe Geräusch, er hörte es nicht. Errico nahm die Arme herunter und rutschte von der Mauer. Als er am Brunnen ankam, war es völlig windstill. Errico bückte sich, Pico sah, wie er mit blutigen Händen wieder hochkam und wie benommen auf das Haus zuging.

Ihr Schrei ließ vor der Post von Iselle die Pferde scheuen. Pico hielt sich die Ohren zu. Die Frau fiel vor dem Brunnen auf die Knie, als sie sich wieder aufrichtete, war ihr Kleid voller Blut. Der Mann kam aus dem Haus gelaufen, als er neben ihr stand, stieß sie ihn zurück und warf sich neben dem Brunnen ins Gras. Er machte ein paar unsichere Schritte zur Seite, dann ging er wortlos durch das offene Tor.

Pico stürzte kopfüber den Hang hinunter, ein Krampf lähmte ihn, aber er spürte die Schmerzen nicht, als er gegen die Bäume schlug. Er kroch weiter, bevor er sich mühsam aufrichtete. Er hörte das Wimmern der Frau, wollte endlich schreien, aber er konnte nur krächzen und humpelte davon.

Er war nicht weit gekommen, als ihn ein Leuchten im Gras aufhielt. Errico kauerte unter einem Apfelbaum, bewegungslos, mit offenen Augen. Pico nahm seine blutige Hand, sie gingen ohne einander anzusehen hinunter zur Diveria, wo er ihm das Blut von den Händen wusch.

„Ist der Ingegnere Tello hier?"

Im Bürogebäude hatten alle den Kopf geschüttelt.

„Hast du Hunger?", erkundigte Pico sich, als sie die Mulatteria nach Varzo hinaufstiegen. Aber Errico streckte ihm nur seine kleinen Handflächen entgegen. Aus den Handlinien war das Blut nicht ganz verschwunden, ein blasses M deutlich zu erkennen. Sie ruhten sich aus, und plötzlich fing Errico an zu weinen. Pico setzte ihn auf seinen Schoß und schlang beide Arme um ihn, und als die Dämmerung langsam den Berg hinaufstieg, konnte auch Pico die Tränen nicht mehr zurückhalten.

Kalt und grau lag das Haus vor ihnen. Kein Licht drang aus den Fenstern. Es war nicht lange her, aber dennoch in einer anderen

Zeit, als er vor dem Haus gestanden und dem Ingegnere Tello und seiner Frau zugesehen hatte, wie sie mit Errico Silvester feierten.

Die Tür war verschlossen, vergebens schlug Pico dagegen, bis sie im Stall nebenan Toto leise wiehern hörten.

In der Nacht wurde Pico von Schritten geweckt. Vorsichtig öffnete er die Stalltür.

„Ingegnere."

Als Ingegnere Tello sich herabbeugte, um den schlafenden Errico aufzunehmen, atmete Pico den Geruch von Marcella ein.

29

„Ich sterbe.“ Der Mann saß auf einem Stuhl, drückte sich mit der rechten Hand ein blutiges Tuch gegen den Hals, das Gesicht ein wächsernes, transparentes Grau. Kein Arbeiter, dachte Lenga. Wie schwer die Menschen auch verwundet waren, die man ihm brachte, er schaute zuerst auf die Hände. Und die Hände dieses Mannes waren schmal, ohne Schwielen.

Vier junge Burschen standen neben ihm, Blut tropfte auf den gefliesten Fußboden.

„Was ist passiert?“, fragte Lenga. Sie schwiegen, hielten sich merkwürdig steif und aufrecht, sahen an ihm vorbei.

Der Stuhl, auf dem der Mann saß, war aufwendig verziert und hatte ein Korbgeflecht in der Lehne.

„Habt ihr ihn auf dem Stuhl hergebracht?“

Zögernd nickten sie. Automatisch wanderte Lengas Blick zu ihren Händen. Kräftig, nicht sehr sauber. Aber keine Hände von Männern, die im Tunnel arbeiteten. Irritiert fixierte er sie einen Moment, dann konzentrierte er sich wieder auf den Verletzten.

„Auf den Operationstisch mit ihm.“ Zwei Krankenwärter schoben die Männer beiseite. „Die Beine hochlegen.“

„Ich sterbe.“ Der Atem des Mannes war kalt.

„Wie wir alle“, murmelte Lenga leise und wand ihm vorsichtig das Tuch aus der Hand, ein weiches Leintuch mit einer Stickerei.

Ein Blutstrahl schoss ihm entgegen. Im Hals des Mannes steckte eine breite, abgebrochene Klinge. Lenga drückte sofort ein sauberes Tuch gegen die Wunde, in Sekunden färbte es sich rot. Der Stoß in den Hals musste den Mann mit Wucht getroffen haben. Das linke Schlüsselbein war zerschmettert, die Schulter hing herab.

Lenga spürte den Blick des Mannes, während er die Wunde untersuchte. Was sollte er sagen. Der Mann hatte Recht. Er würde sterben. Was ihn so lange hatte überleben lassen, war die Klinge, die in seinem Hals steckte.

Als Lenga aufsah, zogen die vier Männer, die den Verletzten gebracht hatten, gerade die Tür hinter sich zu. Den Stuhl hatten sie wieder mitgenommen. Soldaten, schoss es Lenga durch den Kopf.

„Die vier, waren das Soldaten?", fragte er seine Krankenwärter.

„Warum Soldaten?"

„Nur so ein Eindruck."

„Das war eine Messerstecherei unten in Balmalonesca", vermutete einer.

„Er hier ist auch kein Arbeiter", sagte Lenga und wechselte das blutdurchtränkte Tuch.

„Der nicht." Der Krankenwärter lachte. „Aber er war schon oft hier im Tal. Er hat mit der Arbeiterkammer in Varzo zu tun. Es ist einer von denen, die große Reden schwingen vor den Arbeitern. Sie aufwiegeln, dass sie streiken, und sie drängen, mehr Geld zu fordern. Bei manchen kommt das an, bei anderen nicht."

Das Tuch in Lengas Hand war nass und warm vom Blut. Die Augen des Mannes ließen ihn nicht los.

Lenga beugte sich zu ihm herunter.

„Ich schicke nach einem Priester."

„Nein." Das Gesicht des Mannes verzog sich vor Schmerz, als er heftig den Kopf schüttelte. Lenga spürte, wie sich die Klinge in seinem Hals bewegte.

„Keinen Priester?"

„Jetzt noch um Gnade betteln?" Der Verletzte schluckte, ein blutiges Rinnsal floss aus seinem Mund. Vorsichtig wechselte Lenga das Tuch. Noch ein paar Minuten, dachte er.

„Wie heißen Sie, Dottore?"

„Cesare Lenga."

„Bleiben Sie einen Moment bei mir."

Unvermittelt begannen die Augenlider des Mannes zu flattern, seine Zähne klapperten. Der Krankenwärter breitete eine Decke über ihn. Er schluckte, zog vor Schmerzen das Gesicht zusammen.

„Mein Blut", sagte er leise. „Wie warm es ist. Schön warm." Dann lief ein Zucken durch seine Beine, er riss Lenga zu sich herunter.

„Wer war es?", wisperte Lenga.

„Die blöde ...", er schluckte, dann zog ein Grinsen über sein Gesicht, „es war der Tunnel, der verfluchte ..."

Sein Kopf fiel zurück, Lenga löste die Hand von seinem Revers und schloss dem Mann die Augen.

„Meldet es der Polizei. Vielleicht finden sie Verwandte oder Bekannte."

„Nun?"

Paola sah von ihren Papieren auf. Zielstrebig hatte sie in den letzten Jahren die Büroarbeit des Hospitals übernommen, führte Lengas Krankenstatistiken, seine Berichte an die Tunnelgesellschaft.

„Mach einen Strich bei Messerstecherei. Er ist gestorben."

„Mittlerweile bringen sich mehr Arbeiter außerhalb des Tunnels um, als im Tunnel sterben", gab Paola zurück, suchte nach dem richtigen Bogen, der richtigen Rubrik für den Strich. Totschlag, Beinbruch oder Grippe, alles was blieb war der Strich in der Statistik.

„Es war kein Arbeiter. Die Krankenwärter glauben, er sei einer von denen gewesen, die hier Stimmung gegen den Tunnel machen. Gegen die Kapitalisten." Paola, die ihm den Rücken zukehrte, hörte an seiner Stimme, dass er vor sich hin lächelte. „Er scheint an den Falschen geraten zu sein."

„Das Tal hier ist wie ein Vogelkäfig, in dem zu viele Vögel leben", antwortete Paola. „Die Vögel fangen an sich zu zerfleischen. Die Menschen auch. Fast sechstausend leben jetzt hier. Wenn nicht mehr. Und immer kommen neue dazu. Als wir vor fünf Jahren herkamen, waren es einige hundert."

„Bald kommt der Frühling. Da wird es besser", gab Lenga müde zurück. Es waren nicht nur die Erwachsenen, die der Tunnel umbrachte. Sieben Kinder waren in diesem Winter in Balmalonesca am Fieber und Husten gestorben. Und noch mehr starben, ohne dass er es erfuhr.

Die Glocken schlugen Mitternacht. Gut eine Stunde hatte er den Toten untersucht. Er war gut ernährt, nicht so abgezehrt wie die meisten Arbeiter, hatte gepflegte Hände und die Syphilis. Die Klinge, die ihm im Hals steckte, war eine, wie es sie zu Tausenden gab. Jeder Arbeiter trug so ein Messer bei sich, für sein Brot und die Wurst oder um es betrunken jemand anderem in den Hals zu rammen. Nur wenn sie sich selber umbrachten, nahmen sie den Strick.

Er legte Paola die Hände auf die Schultern.

„Du solltest dich mal wieder an den Flügel setzen."

Sie lachte leise.

„Früher hast du dir Sorgen gemacht, wenn ich Klavier gespielt habe."

Er hatte seine Angst nicht vergessen, die Angst, sie könnte den Deckel des Flügels zum letzten Mal schließen, ihre Sachen packen und das Tal verlassen.

„Ein bisschen hat es mich auch beruhigt."

„Mich auch", gab sie leise zurück. „Wenn ich das Klavier nicht gehabt hätte ..."

Sie brach ab, Lenga wartete gespannt. Sie hatten nie über ihre erste Zeit hier gesprochen.

„Was weiß ich", Paola lächelte. „Lass uns das vergessen. Das ist lange her. Fünf Jahre. Es kommt mir vor wie ein halbes Leben."

Wieder schwieg sie, spürte seine Anspannung, dass er noch immer wartete.

„Ich habe mir nicht vorstellen können, jemals so weit weg von einer Stadt glücklich zu werden. Ohne Theater. Erinnere dich an die vielen Gesellschaften, zu denen wir eingeladen waren."

„Was hat dich überzeugt, dass es so schlimm hier nicht sein kann?"

„Die anderen Frauen. Friederike Bellmer vor allem. Seit Jahren geht sie mit ihrem Mann überall hin. Nach Spanien, nach Osteuropa. Sogar in der Türkei waren sie. Und die Frau deines Freundes, Gianna. Sie war so zuversichtlich, als sie herkam. Ich habe mich geschämt, wie ängstlich ich war, wie verzweifelt."

„Siehst du Friederike Bellmer und Gianna noch?"

„Selten. Ich glaube, sie gehen mir aus dem Weg. Vielleicht auch nicht. Eigentlich schade, manchmal sehne ich mich richtig nach ihrer Gesellschaft." Paola lächelte. „Aber ich habe ja genug zu tun."

Sie stand auf.

„Lass uns zu Bett gehen."

„Spiel noch etwas für mich. Ein kurzes Stück nur."

„Gut." Sie verschwand, er hörte, wie sie die Balkontür öffnete, dann wehte die *Tröstung* von Liszt durch das Tal, und während Lenga sich langsam entkleidete, vertrieb ein glückliches Lächeln die Erschöpfung aus seinem Gesicht.

„Sie hätten mich holen sollen", sagte der Priester mit leiser Stimme, „das war Ihre Pflicht."

Lenga fand die Stimme aufdringlich. Er fand den ganzen Mann aufdringlich. Die ruhige, penetrante Selbstgewissheit, mit der Don Ermanno Settone ihn von der anderen Seite seines Schreibtisches ansah. Lenga gab sich keine Mühe, seine Abneigung zu unterdrücken, dennoch machte ihn der Priester neugierig. Ohne Settone hätte es kaum so viele Kindergärten im Tal gegeben. Mit eisernem Willen hatte er der Tunnelbaugesellschaft und der Gemeinde Varzo ein Stück Land abgerungen und an der Diveria eine Kirche gebaut. Auf dem Weg zur Arbeit mussten die Männer an der Kirche vorbei, ebenso, wenn sie zurückkehrten. Settone wusste, was er tat. „Wenn es ihn nicht gäbe", hatte Alessandro voller Respekt gesagt, „hätten wir noch mehr Streiks gehabt."

Dennoch, er mochte den Priester nicht.

Es war die Aura, die ihn umgab. Seine durch nichts zu erschütternde Überzeugung, auf dem richtigen Weg zu sein. Der Priester war ein junger Mann, sein Gesicht blass, die Haut teigig über dem weißen, runden Kragen. Lenga ging davon aus, dass die Abneigung auf Gegenseitigkeit beruhte. Noch nie hatte er einen Fuß in Settones Kirche gesetzt.

Der Priester hatte geklopft, war ohne eine Antwort abzuwarten eingetreten und hatte Lenga Vorwürfe gemacht, dass er ihn nicht hatte holen lassen, als der Mann verblutet war.

„Warum hätte ich Sie rufen lassen sollen?" Lenga wusste genau, worauf der Priester hinaus wollte.

„Er lebte noch, als man ihn brachte. Also hätten Sie einen Priester holen sollen."

Lenga nickte.

„Wer wüsste das besser als ich."

„War er ein Protestant?"

Lenga lachte trocken.

„Schwarz oder weiß, was anderes gibt es für Sie nicht."

„Also doch ein Protestant."

Lenga horchte auf, ein Ton von Verzweiflung lag in Settones Stimme.

„Ich weiß es nicht", antwortete Lenga, „wirklich nicht."

„Er konnte nicht mehr sprechen?"

„Oh doch. Ich habe ihm sogar angeboten, Sie holen zu lassen. Wollen Sie wissen, was er darauf gesagt hat?"

„Ich muss es sogar wissen."

„Er hat es abgelehnt. Er habe keine Lust, um Gnade zu betteln."

Don Settone stützte beide Hände auf die Lehnen, stemmte sich aus dem Stuhl und trat ans Fenster.

„Ich habe viel gelernt, seitdem ich hier bin", sagte Settone, sein Gesicht so nah am Fenster, dass die Scheibe beschlug. „Über fünf Jahre bin ich hier. Mit den Deutschen sind die Ketzer ins Tal gekommen, die Protestanten, die den Heiligen Vater in Rom verhöhnen. So habe ich gedacht, als ich herkam. Alles habe ich versucht, um ihren Einfluss klein zu halten. Sie haben noch immer keine Kirche in Balmalonesca, ich habe eine. Sie haben einen Kindergarten gebaut, ich habe zwei eingerichtet. Sie haben eine kleine

Schule, in meiner sind mehr als doppelt so viele Kinder. So habe ich gedacht."

Er unterbrach sich. Die Finger seiner Hände, die er hinter dem Rücken verschränkt hatte, fingen an zu zucken.

„Aber auch die Protestanten kümmern sich um die Menschen. So wie ich. Und dann kamen die Atheisten, die Kommunisten und Sozialisten, die von Revolution und Klassenkampf reden. Menschen mit festen Überzeugungen. Wenn auch den falschen. Aber sie alle haben Anhänger hier im Tal. Selbst die Anarchisten."

Lenga versuchte, seine Verblüffung zu verbergen.

„Es kommen auch immer noch viele in meine Kirche. Die Ingenieure seltener. Mediziner gar nicht."

Don Settone lächelte nicht, sondern sah Lenga nur an.

„Aber die Arbeiter und die Elenden und Verzweifelten aus Balmalonesca, die kommen. Ich müsste mich eigentlich darüber freuen. Aber je länger ich mit ihnen rede, umso größer sind meine Zweifel."

„Zweifel?", antwortete Lenga und musste den Spott in seiner Stimme unterdrücken, „ich dachte, wenn Sie eins nicht kennen, dann Zweifel."

„Vor ein paar Jahren hatten Sie Recht. Heute ist das anders. Und es tut mir weh. Es ist nicht der Glaube, der die Menschen in die Kirche treibt, es ist das Elend. Die Verzweiflung. Sie gehen da hin, wo sie sich verstanden fühlen, wo sie einen Ausweg sehen. In meine Kirche. Oder zu den Protestanten und den Sozialisten und Anarchisten. Sie suchen einen Weg aus ihrem Elend. Derjenige wird gewinnen, der ihnen den besten Weg zeigt, die besten Rezepte."

Er schwieg einen Augenblick.

„Jemand wie Sie, mit Bildung und Einkommen, glaubt vor allem an sich. Das können die einfachen Menschen hier nicht. Die ihr ganzes Leben mit der Suche nach Essen und Arbeit verbringen, jahrelang von ihrer Familie getrennt. Sie sehnen sich nach einer Zukunft. Bei mir, bei Kommunisten, den Anarchisten. Es ist ein großer Wettkampf im Gange. Ein Wettkampf um die Menschen."

Don Settone räusperte sich.

„Mich treibt die Angst, dass es nicht die katholische Kirche sein wird, die diesen Wettkampf gewinnt", sagte er und faltete die Hände im Schoß.

Lenga sah den Priester an, der mit gesenktem Blick wieder vor ihm saß. Sein Oberkörper zuckte, als kämpfe er mit den Tränen.

„Vielleicht ist das die Zukunft, unser kleines Tal als ein Modell der Welt von morgen. Jeder versucht zu überleben, sich den Stärksten anzuschließen, denen, die am meisten versprechen. Sie bekommen einfach Konkurrenz, Don Settone. Die Religionen und die Weltanschauungen treten gegeneinander an. Und es wird sich zeigen, wer gewinnt."

„Sie glauben nicht, dass jeder Schritt in die Zukunft ein Schritt zu mehr Frieden ist?"

Lenga lachte laut auf.

„Entschuldigen Sie, Don Settone. Aber schauen Sie sich doch um. Auf der ganzen Welt herrscht Krieg. Fast auf allen Kontinenten. Überall Anarchisten, die Könige, Präsidenten und einfache Menschen töten. Es ist eine Art", Lenga suchte nach dem passenden Wort, dann lächelte er zufrieden, „es ist ein Art weltweiter Kleinkrieg. Genau das. Ein weltweiter Kleinkrieg. Aus meiner Sicht ist das nur der Anfang." Lenga zögerte, dann legte er sorgsam beide Hände flach auf den Tisch. „Der Anfang von einem großen Krieg."

„Sie reden wie einer der Aufrührer", murmelte Settone.

„Sie haben mich nach meiner Meinung gefragt, und außerdem gehe ich davon aus, dass all das, was wir hier besprechen, unter uns bleibt."

Der Priester nickte.

„Und der Tunnel? Was bringt der?"

„Der Tunnel ist wie eine Axt. Sie können ihrem Nachbarn damit den Schädel einschlagen oder ihm helfen, Bäume für sein Haus zu fällen. Es können friedliche Menschen hindurchfahren, aber auch Soldaten und Kanonen. Und ganz sicher wird er einige sehr reich machen." Lenga lehnte sich zurück. „Aber vielleicht ist er ja auch völlig überflüssig."

Der Priester sah überrascht auf.

„Überflüssig?"

„Ja", nickte Lenga, „man sieht ja schon überall Automobile. Nur eine Frage der Zeit, bis die ersten über die Alpenpässe fahren. Und Sie haben doch auch von den Amerikanern gehört, die im letzten Jahr mit einem motorisierten Fluggerät aufgestiegen sind. Wright heißen sie. Vielleicht hat ja jeder bald so ein Fluggerät. Möglich wär's."

„Denken auch die Ingenieure so?"

Lenga schüttelte den Kopf. Alessandro würde ihm heftig widersprechen. Aber vielleicht auch schon nicht mehr.

„Einige, mag sein. Aber die meisten glauben, dass der Tunnel ein Schritt in Richtung Frieden ist. Wenn sie überhaupt etwas glauben. Sie sind hier, weil sie Arbeit finden und nicht, weil sie an irgendetwas glauben. Von Ausnahmen abgesehen."

Sie schwiegen, Lenga beobachtete den Priester, der auf seine gefalteten Hände starrte.

„Aber deshalb sind Sie nicht gekommen, Don Settone. Nicht, um sich mit mir über Weltanschauungen zu unterhalten. Oder um sich zu beschweren."

Langsam löste der Priester den Blick von seinen Händen, stand wieder auf und machte ein paar nervöse Schritte durch den Raum.

„Ein Arzt ist ja auch ein wenig ein Geistlicher", begann er.

„Manchmal ist er sogar ein kleiner Gott", gab Lenga zurück, „die Menschen glauben an ihn. Da ist es wie mit Ihrer Kirche. Je verzweifelter sie sind, umso stärker glauben sie."

„Ich meinte das anders. Ein Wort zwischen Arzt und Patient geht nur die beiden etwas an. Sie würden nie mit einem anderen darüber sprechen?"

„Unwahrscheinlich", gab Lenga zu.

„Wie das Beichtgeheimnis."

Lenga wartete ab.

„Wenn Sie nun etwas erfahren, das ein großes Werk, welches Sie gutheißen und an dem Tausende von Menschen arbeiten und für das auch schon Menschen ihr Leben gelassen haben …"

„… wie ein Tunnel?", warf Lenga ein.

„… wenn so etwas in Gefahr wäre. Was würden Sie machen?"

Lenga starrte auf den Rücken des Priesters. Das Dynamit. „Ich würde so viel weitergeben wie möglich. Ich würde die Verantwortung nicht übernehmen wollen, wenn etwas passiert."

„Und so kurz vor dem Ziel", brach es aus dem Priester heraus. Gegen das Licht sah Lenga, wie sich eine Wolke von Speicheltröpfchen vom Mund des Mannes löste, „so kurz vor dem Ziel."

Don Settone fasste sich.

„Es gibt eine verlorene, verzweifelte Seele. Sie ist verzweifelt, dass sie sich darauf eingelassen hat, diesen Verbrechern zu helfen. Sie hat ihr Leben verpfuscht. Und das von anderen. Ein Mensch ist schon zu Tode gekommen. Aber sie will nicht noch für den Tod von Hunderten von Menschen verantwortlich sein."

„Soll der Tunnel gesprengt werden?", platzte Lenga heraus. Der Priester fuhr herum.

„Wissen Sie etwas davon?"

„Nein", log Lenga, ohne den Augen des Priesters auszuweichen, „aber man kann nur so viele Menschen auf einmal töten, wenn man den Tunnel sprengt."

Der Priester nickte gedankenverloren und sah zum Fenster hinaus, als versuche er, sich mit dem Blick in die Sonnen beschienenen Berge zu beruhigen.

„Das Wort *sprengen* fiel", gab er schließlich zu.

„Und wann? Wissen Sie das?", drängte Lenga.

Der Priester zuckte die Achseln.

„Nein, dazu hat er nichts gesagt. Es hörte sich so an, als ob es zu einem möglichst spektakulären Zeitpunkt passieren soll."

„Wissen Sie, mit wem Sie gesprochen haben."

„Haben Sie vergessen, wie ein Beichtstuhl aussieht?"

Es war lange her, dass Lenga in einem gesessen hatte, aber er erinnerte sich an das dunkle Korbgeflecht, das sein Gesicht von dem des Priesters getrennt hatte.

„Ein wenig“, gab er zu, „aber die Stimme? Wenigstens die Stimme?“

„Es war kein Arbeiter, mit Sicherheit nicht. Ich kannte die Stimme nicht. Aber es war ein gebildeter Mann. Vielleicht etwas überheblich. Manchmal klang das durch. Er litt unter dem Weg, den er eingeschlagen hatte. Er hat bereits viel Schuld auf sich geladen, aber es war sicher das erste Mal, dass er bei mir in der Kirche saß. Ich hätte die Stimme wiedererkannt. Ich habe ihm geraten, sich jemand anderem anzuvertrauen. Das wollte er nicht. Aber er schien darauf zu hoffen, dass man ihn entdeckt. Den Eindruck hatte ich. Er hat gesagt, sonst müsste er seinen Weg weitergehen, bis zum Ende. Dann fasste er sich etwas. Als er ging, schien mir, als sei es ihm unangenehm, dass er in den Beichtstuhl gekommen war.“

Don Settone sah Lenga ruhig an. Er wirkte erleichtert.

„Mehr weiß ich nicht“, sagte er schließlich, „darf ich den Toten sehen?“

Sie verließen das Krankenhaus durch den hinteren Eingang. Lenga begleitete den Priester die wenigen Meter zum Totenhaus. Vier Tote konnten hier untergebracht und ein, zwei Tage kühl gelagert werden, um die notwendigen Obduktionen vorzunehmen.

Der Mann lag in ein weißes Leinentuch gehüllt auf einer Bahre. Ein Gendarm hatte am Morgen seine Papiere abgeholt.

„Ich lasse Sie allein“, sagte Lenga, „schließen Sie nur die Türen wieder ab und geben sie den Schlüssel dem Wärter im Krankenhaus.“

„Danke“, sagte der Priester und reichte ihm die Hand.

Seitdem im vergangenen Herbst der kleine Hans Bellmer von dem Eisentor erschlagen wurde, gab es ein Telefon im Krankenhaus. Wenn auch nur zwischen dem Krankenhaus und dem Büro am Tunneleingang und zwischen dem Büro und dem Bahnhof im Tunnel. Es hätte dem kleinen Bellmer nicht geholfen, aber jetzt sprachen auf einmal alle davon, wie gut ein Telefon sei. Sie hatten

Hans auf dem Friedhof von Iselle beerdigt, auf dem er seine ersten Worte gelernt hatte. Eine Woche später war das Telefon da.

Lenga drehte an der Kurbel und presste die Muschel ans Ohr, weil die Sirene zum Ende der Mittagsschicht heulte. Im Tunnelbüro sagten sie ihm, dass Alessandro sich gerade auf den Heimweg gemacht habe.

„Sind Sie sicher, dass er nach Hause gegangen ist?"

„Sein Sohn hat ihn abgeholt. Mit dem Maultier."

Er zog seinen Mantel über und hastete los. Auf der Passstraße hielt er einen Einspänner an. Die Straße war voller Arbeiter, die ihre Schicht hinter sich hatten. Manche standen in Gruppen zusammen und redeten, andere lehnten an den hölzernen Geländern vor den Kaschemmen, ein Glas in der Hand, und spülten den Tunnelstaub hinunter.

„Dottore, Dottore."

Er sah sich nach den beiden Mädchen um, die hinter dem Einspänner her liefen und ihm zuwinkten. Während der Grippeepidemie im letzten Winter hatten sie zwei Wochen im Krankenhaus gelegen und Paola hatte sich um sie gekümmert. Er ließ sie eine Weile neben dem Wagen herlaufen, um zu sehen, ob sie außer Atem kamen oder anfingen zu husten. Aber sie hielten mühelos Schritt. Schließlich ließ er anhalten.

„Wie geht es euch?"

„Gut", riefen sie und eines der Mädchen reichte ihm eine Puppe aus bunten Lumpen, der Kopf aus gebranntem Ton, Hände und Füße aus Lederresten.

„Die ist für Paola", riefen sie und winkten ihm nach, als der Einspänner wieder anfuhr.

Ein paar verfallene Baracken am Rand von Balmalonesca erregten seine Neugier. Im letzten Herbst noch war für viele Neuankömmlinge ein Plane alles gewesen, was sie über dem Kopf hatten. Jede noch so verfallene Baracke hätten sie über Nacht bezogen.

„Verlassen die ersten Arbeiter das Tal schon wieder?", fragte er den Kutscher.

„Ein paar von denen vielleicht, die noch auf Arbeit gehofft hatten. Die Tunnelbaugesellschaft stellt ja kaum noch ein. Lange kann es nicht mehr dauern, bis der Tunnel fertig ist.“

In Varzo drückte Lenga dem Kutscher ein paar Centesimi in die Hand und lief den Weg hinauf zu Alessandros Haus. Schon von weitem leuchteten die Krokusse, die Gianna in die Blumenkästen gepflanzt hatte.

Er fand Gianna im Garten, umgeben von einem Feld weißer Narzissen. So versunken war sie in ihr Buch, dass sie ihn erst hörte, als er hinter ihr stand.

„Cesare.“ Sie stand auf und nahm seine Hand. „Wie geht es Paola?“

„Sie lässt dich grüßen, sie würde dich gern einmal wiedersehen.“

„Und dir? Wie geht es dir?“

Als sie sich setzten, warf Lenga einen Blick auf Giannas Buch, Carolina Invernizio *La sepolta viva, Die lebendig Begrabene.* Gianna sah seinen Blick und lächelte.

„Zieh keine voreiligen Schlüsse.“ Dann verschwand ihr Lächeln. „Aber manchmal ist mir schon ein bisschen so.“

Sie wollte noch etwas sagen, als sie das Getrappel von Totos Hufen hörten. Er spürte, dass sie gern weiter mit ihm gesprochen hätte, aber da kam schon Errico durch den Garten gelaufen, zögerte, als er Lenga sah, kam dann näher und stellte sich neben seine Mutter.

„Wir waren am Tunnel“, sagte er. Sein Gesicht glühte. „Wir sind mit der Lok hineingefahren, man konnte sogar hören, wie sie sprengten. Aber weiter durfte ich nicht.“

„Was macht der Husten?“, fragte Lenga. Drei Wochen hatte Errico im Februar im Bett gelegen, apathisch vom Fieber und den Hustenanfällen.

„Ist weg.“

Lenga sah Gianna an, sie nickte. Alessandro kam in den Garten, Lenga stand auf, sie umarmten sich. Etwas linkisch blieb Alessandro neben Gianna stehen, beide darauf bedacht, dass ihre Blicke sich nicht trafen. Errico ergriff ihre Hände und zog Alessandro zu Gianna heran.

„Was führt dich zu uns?“

„Ich wollte raus aus dem Krankenhaus. Und mir Errico anschauen …“

Alessandro sah Lenga prüfend an. Auch Gianna glaubte ihm nicht.

„Lass uns ins Haus gehen“, schlug Alessandro vor.

Ein schwaches Feuer brannte im Küchenherd. Errico zog sein Hemd aus, setzte sich auf den Küchentisch und Lenga hörte ihn mit seinem hölzernen Stethoskop ab.

„Kann ich auch mal hören?“

Alessandro knöpfte sein Hemd auf, Lenga reichte Errico das Stethoskop. Vorsichtig hielt er es an Alessandros Herz und lauschte mit offenen Augen dem dumpfen, fernen Pochen in der Brust seines Vaters.

„Und“, fragte Lenga, „was zu hören?“

Errico nickte langsam.

„Dann ist ja alles gut.“

Doch Errico wollte nicht aufhören, die Brust seines Vaters abzuhorchen.

„Du kannst es behalten, solange ich hier bin“, sagte Lenga. „Aber geh vorsichtig damit um“, rief er ihm nach, als Errico in Richtung Garten verschwand.

Alessandro drückte ihm eine Flasche Weißwein in die Hand, füllte eine Karaffe mit Wasser und nahm zwei Gläser aus dem Regal. Sie setzten sich auf den Balkon, Lenga goss sein Glas zu drei Vierteln voll Wasser und ließ es sich mit Wein auffüllen.

Alessandro verzichtete auf das Wasser. Einen Augenblick schien er auf eine Reaktion zu warten und sein Blick bekam etwas Herausforderndes, aber der Moment ging vorüber und ein breites Lachen zog über sein Gesicht.

„Sollten wir nicht mal wieder verreisen? Du siehst so erschöpft aus."

„Das machen wir auch. Noch in diesem Sommer."

Sie schwiegen, jeder wartete darauf, dass der andere beginnen würde.

„Weißt du eigentlich, was heute für ein Tag ist?", fragte Alessandro schließlich.

„Mittwoch."

„Das Datum?"

„Der vierte Mai 1904."

„Und?"

Lenga zuckte mit den Schultern.

„Ursprünglich sollten wir heute mit dem Tunnel fertig werden. Das stand im Vertrag. Damals, als alle noch guter Dinge waren, dass die Arbeit ein Kinderspiel würde."

„Du warst auch mal voller Zuversicht."

„Das stimmt. Aber man lernt dazu."

Seine Stimme klang kalt. Mit einem Zug leerte er sein Glas und schenkte nach.

„Und nun? Wie lange werdet ihr jetzt noch am Tunnel bauen?"

„Bis zum Durchschlag?" Alessandro dachte kurz nach. „Viel hängt davon ab, ob sie von Norden her weiterkommen. Sie haben schon über zehn Kilometer geschafft, wir fast acht. Im Norden sind sie über den Scheitelpunkt hinweg, der Vortrieb geht leicht bergab." Er hielt den Arm waagrecht, senkte dann seine Fingerspitzen leicht ab. „Die heißen Quellen im Norden werden immer mehr. Das heißt, dass ihnen der Tunnel absäuft. Wenn sie nicht weiter kommen, dann haben wir vielleicht im Februar, März nächsten Jahres den Durchschlag. Spätestens."

„Und dann?"

„Dann dauert es höchstens noch ein Jahr, bis der Tunnel ausgebaut ist. Die Bahnstrecke von Domodossola hoch zum Tunnel ist ja schon so gut wie fertig. Danach kann der normale Zugverkehr beginnen."

Alessandro sah Lenga nachdenklich an.

„Warum fragst du? Siehst du dich schon nach einer neuen Stelle um?"

Lenga schüttelte den Kopf. Unten im Garten presste Errico das Stethoskop seiner Mutter an den Rücken und horchte sie ab. Mit einem Jauchzer richtete er sich auf und fiel ihr um den Hals.

„Ich bleibe, bis die Arbeit erledigt ist", sagte er leise.

Das hatte Gianna auch gesagt, fuhr es Alessandro durch den Kopf. Er stand auf und lehnte sich an das Balkongeländer.

„Der katholische Geistliche, Don Settone, war bei mir", sagte Lenga.

„Wollte er Geld? Oder hat er sich beschwert, dass du nie in die Kirche kommst?"

„So etwas hatte ich auch erwartet. Aber das war es nicht. Er macht sich Sorgen. Er hat sogar das Beichtgeheimnis verletzt. Irgendjemand hat ihm im Beichtstuhl erzählt, dass der Tunnel gesprengt werden soll. Zu einem besonders spektakulären Zeitpunkt."

Jetzt sah er Alessandro an, wartete auf eine Reaktion, doch der lehnte am Geländer ohne sich zu rühren und schwieg.

„Hat er den Mann erkannt?", murmelte Alessandro schließlich, „oder die Stimme?"

Bevor Lenga antworten konnte, ging plötzlich ein Ruck durch Alessandro und er hob die Hand.

„Lass mich raten. Eine hohe, etwas näselnde Stimme. Fast arrogant."

Verblüfft richtete Lenga sich in seinem Stuhl auf.

„Was weißt du davon?"

„Ich habe also Recht mit der Stimme?"

„Überheblich, hat der Priester gesagt, überheblich und gebildet. Er war sich sicher, dass es kein Arbeiter war."

Alessandro goss sich ein neues Glas Weißwein ein.

„Du erinnerst dich an den Jungen? An Pico?"

„Sicher."

„Im letzten Herbst, an dem Abend, als Bellmers Sohn Hans von dem Tor erschlagen wurde, war er hier. Er muss Errico irgendwo aufgelesen haben. Ich hatte den Kleinen am Vortag zu den Bellmers gebracht. Gianna war mal wieder nicht da. Sie war verreist. So wie das ihre Art ist."

Alessandro starrte in den Garten. Errico saß auf Giannas Schoß, das Stethoskop am Ohr und sie las ihm aus ihrem Buch vor.

„Errico muss weggelaufen sein in dem Durcheinander nach dem Tod des kleinen Hans. Als ich abends nach Hause kam, lagen sie beide im Stall. Sie waren völlig durcheinander. Ich habe sie ins Bett gesteckt. Errico weinte die ganze Nacht und Pico schrie ein paar Mal im Schlaf so laut, dass ich aufwachte."

Lenga sah ihn gespannt an.

„Am nächsten Morgen erzählte mir Pico, er habe mal ein Gespräch von mehreren Männern belauscht, vor drei Jahren, durch einen Zufall. Es ging um den Tunnel, von Dynamit und vom Sprengen war die Rede. Jetzt will er einen der Männer an der Stimme wiedererkannt haben. Trotz der langen Zeit ist Pico sich ganz sicher. Er wurde sogar wütend, als ich ihm nicht glauben wollte."

Er unterbrach sich einen Augenblick.

„Du kennst den Mann."

„Wer sollte das sein?"

„Noce."

„Unmöglich", protestierte Lenga.

„Das habe ich auch gesagt. Immer wieder. Aber Pico blieb dabei. Allerdings glaube ich, dass er mir noch etwas verheimlicht. Er will Noces Stimme vor dem Tunnelbüro gehört haben. Dann hat er gewartet, bis Noce aus dem Gebäude kam, und da hat er ihn dann erkannt und sich nach seinem Namen erkundigt." Alessandro nahm einen Schluck Wein. „Aber da ist noch etwas anderes. Etwas, was ihn sehr mitnahm, glaube ich. Aber er leugnet es hartnäckig. Er sagte nur, dass er Errico am Bach getroffen habe nach der Arbeit und dass Errico Blut an den Händen hatte. Mehr war nicht aus ihm herauszubringen. Und aus Errico schon gar nicht."

„Und nun?", fragte Lenga, „was willst du tun?"

„Ich werde mit Bellmer reden. Vielleicht kann man Noce unter irgendeinem Vorwand entlassen."

„Was würde das helfen? Wenn es stimmt, was Pico sagt, dann arbeitet Noce ja kaum allein. Wenn er hier bleibt, habt ihr wenigstens einen Faden in der Hand. Er ahnt ja nichts."

„Mag sein. Aber so richtig glauben kann ich es trotzdem nicht."

„Ich auch nicht", gab Lenga zu.

Die Sonne verschwand langsam hinter den Bergen. Unter dem Balkon lag Toto im Gras und kaute vor sich hin. Errico hockte neben ihm und hielt dem Maultier das Stethoskop an den Bauch. Das Tier wedelte nervös mit den Ohren, ließ es aber geschehen. Gianna scheuchte Errico auf und zog ihn ins Haus.

„Wir sollten abwarten", sagte Alessandro.

Lenga stand auf.

„Zumindest drüber schlafen", sagte er und gab seinem Freund die Hand. Der hielt sie mit beiden Händen fest.

„Sei mir nicht böse, wenn ich dich nicht bitte, zum Essen zu bleiben", der Druck auf seinen Händen verstärkte sich, „aber im Moment ..."

Er brach ab, Tränen traten ihm in die Augen.

Lenga umarmte ihn.

„Lass gut sein. Ein andermal."

Er nahm seine Arzttasche und ging hinunter. Gianna und Errico saßen in der Küche, der Junge stocherte in seinem Essen. Lenga packte das Stethoskop ein, Gianna brachte ihn zur Tür.

„Ich will dich nicht bitten, mit uns zu essen. Es wäre eine Qual für dich." Traurig sah Gianna ihn an. „Es ist schon eine Qual für uns."

„Ein andermal", wiederholte er, worauf Gianna ganz leicht, so als könne sie kaum etwas dagegen tun, den Kopf schüttelte.

Es war stockdunkel, als Lenga zurückkam. Er nahm sich eine Zigarre und setzte sich auf die Bank vor dem Krankenhaus.

Aber er ertrug die Schatten von Gianna und Alessandro nicht, die ihn aus der Dunkelheit anstarrten, machte die Zigarre aus und ging ins Haus. Es war ruhig, nur zwei Männer lagen im Krankenhaus, ein gebrochener Oberschenkel und eine schwere Prellung des Brustkorbs. Der Krankenwärter döste in seinem Zimmer vor sich hin, schreckte hoch, als Lenga den Kasten mit den Schlüsseln öffnete.

„Dottore", murmelte er überrascht.

„Irgendetwas Besonderes?"

Der Mann schüttelte müde den Kopf.

Der Schlüssel zum Totenhaus hing an seinem Platz.

„Don Settone hat ihn heute Mittag zurückgebracht. Die Soldaten haben ihn sich noch einmal geholt."

„Die Soldaten? Mit welcher Begründung?"

„Sie wollten nachsehen, ob der Mann ein Kamerad von ihnen war. Sie haben einen Brief dagelassen."

Lenga ging durch die Nacht zum Totenhaus. Er drückte die Klinke herunter. Die Tür schwang auf, kalte Luft schlug ihm entgegen. Er öffnete die zweite Tür, auch sie war unverschlossen. Die Bahre, auf der am Mittag noch der Fremde gelegen hatte, war leer.

Er riss den Brief auf, er hatte keine Anrede und keine Unterschrift. *Er war ein guter Kamerad*, stand da, *wir kümmern uns um ihn. Lassen Sie die Sache auf sich beruhen. In unser aller Interesse.* Er zerknüllte den Brief und steckte ihn in die Tasche.

Als er ins Haus kam, nahm er die bunte Lumpenpuppe aus seiner Arzttasche und legte sie auf Paolas Flügel.

30

Das schmale Zimmer roch nach kaltem Rauch und Einsamkeit. Einer Einsamkeit, die sich in rigider Ordnung niedergeschlagen hatte und nun von der Patina schleichender Verwahrlosung überzogen wurde. Das Seifenwasser in der Waschschüssel war nicht ausgeschüttet, daneben lag ein einzelner Strumpf, eine dünne Staubschicht bedeckte den Tisch neben dem hohen Ohrensessel.

„Würden Sie das machen?“, hatte Bellmer gefragt.

Alessandro hatte das Bild nie vergessen von der Beerdigung des kleinen Hans. Wie Bellmer am Grab seines Sohnes auf dem Friedhof von Iselle stand, neben seiner Frau. Er hatte nicht den Arm um sie gelegt, sie hielten sich bei den Händen, ihre Schultern eine Handbreit voneinander entfernt. Es war keine Geste der Trauer oder des Trostes. Es war eine Geste trotziger Unzertrennlichkeit. Alessandro war mit Gianna und Errico zum Friedhof gekommen. Errico hatte den ganzen Weg geschwiegen, nur manchmal zu ihnen hinauf geschaut. Als sie neben dem Grab standen, begann er heftig zu atmen und vergrub sein Gesicht in Giannas Rock.

Viele Ingenieure waren zu Hans' Beerdigung gekommen, nur Noce konnte Alessandro unter den Trauernden nicht entdecken.

„Würden Sie das machen?“ Bellmer hatte seine Frage leise wiederholt. „Ich rufe die Ingenieure spät abends zu einer Sitzung zusammen. Noce wird auch kommen. Ich sorge dafür, dass die Sitzung mindestens zwei Stunden dauert. Sie werde ich entschuldigen. Sie müssten in den Vortrieb. Niemand wird das anzweifeln. Vielleicht finden Sie etwas."

Alessandro blickte sich in dem Zimmer um. Ein Gefühl der Wut stieg in ihm auf, sein Magen krampfte sich zusammen. Er wollte das nicht. Während des Studiums waren sie so etwas wie Freunde gewesen, und jetzt stand er in Noces Zimmer, bereit, dessen Schreibtisch zu durchwühlen. Alessandro spürte den Schweiß auf seinem Körper. Jeden Tag wurde ihm etwas von seiner Hoffnung genommen. Alles worauf er sich verlassen hatte, zerfiel ihm unter den Händen.

Nach Lengas Besuch hatte Alessandro einige Wochen gewartet. Mehrmals hatte er versucht, sich mit Noce zu verabreden. Noce mochte sich mit Bellmers Frau treffen, aber dass er sich mit Anarchisten und Bombenlegern zusammengetan hatte, wollte Alessandro nicht glauben. Doch Noce war ihm aus dem Weg gegangen.

Alessandro hatte das Dynamit geprüft, es verschwand wieder mehr, aber nie viel auf einmal. So vieles verschwand auf der Baustelle, von Mauersteinen bis zu Bohrköpfen. Vielleicht war es ja doch die nachlässige Buchführung, ein Fehler, der sich seit Jahren durchschleppte.

„Wir müssen es versuchen", hatte Bellmer gedrängt, und Alessandro kämpfte für einen Augenblick mit dem Verdacht, Bellmer wüsste von Noce und seiner Frau und all die Anspannung in seiner Stimme, seine blasse, feuchte Gesichtshaut seien nur Zeichen seiner Rachsucht.

Obwohl Noce ihm ausgewichen war, hatte Alessandro sich Zeit gelassen. Er weigerte sich zu glauben, dass Menschen das, wofür sie sich seit Jahren quälten, wieder zerstören würden. Er hing an diesem Glauben, er gab ihm die Kraft, das Leben im Tunnel zu überstehen. Und je mehr dieser Glaube zerfiel, umso hartnäckiger versuchte er, daran festzuhalten.

Erst als Don Settone verschwand, ging er zu Bellmer.

Marcella hatte sich aus seiner Umarmung gelöst und war ins Bad gegangen. In dem Moment klopfte es. Unwillig hatte sie die Tür geöffnet, eins der Mädchen stand im Rahmen, die Haut ihres Dekolletés vor Aufregung rot gesprenkelt.

„Don Settone ist verschwunden. Er hat mit den Kindern einen Ausflug gemacht. Er ist oberhalb von Gondo den Wasserfall hinabgestürzt. Die Kinder haben gehört, wie er schrie. Seitdem ist er verschwunden. Sie suchen ihn immer noch."

Da war Alessandro zu Bellmer gegangen. Der Deutsche war schmal geworden seit dem Tod seines Sohnes, seine Züge härter. Wenn er sich erregte, schimmerte in seinen Augen eine seelenlose Kälte, die Alessandro Furcht einjagte. Ein Mensch, der sich ganz auf sich, auf seine Sache konzentrierte, nichts anderes mehr gelten ließ.

Als Alessandro ihm berichtete, was Pico gehört hatte und dass der Priester sein Beichtgeheimnis gebrochen hatte aus Angst, der Tunnel könne gesprengt werden, da sah er sie wieder, diese Kälte in Bellmers Augen.

„Sie hätten früher kommen sollen."

Und noch bevor er antworten konnte, war Bellmer mit der Idee gekommen, Noces Zimmer zu durchsuchen. Er hatte seine Schublade aufgezogen und ihm ein flaches Paket mit einem Wachsstreifen in die Hand gedrückt.

Seitdem trug Alessandro dieses Paket mit sich herum. Während der Hitze im August hatte er Noces Jacke oft auf dem hölzernen Kleiderständer hängen sehen. Er wusste, dass Noce in der Trattoria am Waschhaus zum Essen war, aber er hatte es nicht über sich gebracht.

Es war an einem Nachmittag gewesen, als Bellmer ihm im Flur den Weg vertrat. Sie standen vor Noces Büro, die Zimmertür nur angelehnt. Bellmer starrte ihn an, wortlos hatten sie sich gegenübergestanden.

Ein Schmerz war in Alessandros Brust gefahren. Er hatte sich gereckt, war in Noces Zimmer gegangen, hatte den Schlüssel aus Noces Jackentasche geholt und ihn in das Wachskissen gedrückt. Dann hatte er es Bellmer wortlos hingehalten. Vier Tage später brachte der Deutsche ihm den Schlüssel.

Noce wohnte am südlichen Ende der Baustelle, in der ehemaligen Kantine. Die Tunnelbaugesellschaft hatte sie umgebaut, nachdem die Arbeiter weggeblieben waren, weil sie keinen Alkohol trinken durften und von Männern bedient wurden. Jetzt wohnten dort Ingenieure und Capos.

„Ich habe die Ingenieure für morgen Abend zusammengerufen. Noce wird dabei sein", fing Bellmer ihn am nächsten Tag ab, „sobald Sie alles erledigt haben, kommen Sie noch am Abend in mein Büro. Wenn ich am Fenster stehe, ist die Sitzung vorbei."

Alessandro versicherte sich, dass er die Tür zu Noces Zimmer von innen abgeschlossen hatte. Er wartete, bis die Augen sich an das dämmrige Licht gewöhnt hatten, dann machte er einen vorsichtigen Schritt in den Raum hinein. Er zog die schweren Vorhänge vor, zündete die Öllampe an und lauschte hinaus. Ein hoher Pfeifton setzte sich in seinen Ohren fest.

Auf dem Schreibtisch lagen Papiere, wissenschaftliche Zeitschriften, ein halb fertiger Brief an seine Mutter. Es kostete Alessandro Überwindung, den Brief zu lesen, selbst als er feststellte, dass es nur Belanglosigkeiten waren. Noce schien ihr Geld zu überweisen, auf den Seiten darunter hatte er gerechnet, längere Zahlenkolonnen.

In einer Ecke des Zimmers standen ein altes Sofa und ein bequemer hoher Lehnsessel. Sein Onkel hatte einen ähnlichen gehabt und er hatte immer nach verlorenen Münzen in dem Sessel gesucht. Mit der Hand fuhr Alessandro in den Spalt zwischen Sitz und Rückenpolster. Tabakkrümel und Staub sammelten sich unter seinen Fingernägeln, dann stieß er auf etwas Längliches, mit borstigen Enden. Er zog es heraus und hielt ein Stück Zündschnur in der Hand, mit ausgefransten Enden.

Ihm wurde heiß, vor der Tür knarrte es, stocksteif blieb er stehen, minutenlang. Dann ließ er seine Hand in den seitlichen Spalt zwischen Lehne und Polster gleiten, aber mehr als einen flachen Zigarrenabschneider fand er nicht. Auch zwischen den Sofapolstern fand er nicht einmal Tabakkrümel, nur Staub. Einsame Menschen haben ihre Gewohnheiten, dachte er, Noce schien den Sessel der Couch vorzuziehen.

Auf dem Regal über dem Sofa lagen Bücher, als Alessandro über sie hinweg strich, waren seine Fingerspitzen staubig. Er tastete in die Schuhe, nichts.

Er sah sich um, ging zum Bett. Es war in eine Nische in die Wand eingebaut und durch einen Vorhang vom Zimmer getrennt. Langsam ging er auf den Vorhang zu, holte tief Luft und zog ihn zur Seite. Er wusste nicht, was er erwartet hatte, aber es war ein normales, ungemachtes Bett, von dem ein leicht säuerlicher, ungelüfteter Geruch aufstieg. Über einem Haken an der Wand hing das Nachthemd.

Alessandro zog die Decke zur Seite, als ein Tuch über ihn geworfen wurde. Er sprang zurück, schlug um sich, aber es war nur das Nachthemd, das vom Haken gerutscht war.

Schwer atmend stand er mitten im Zimmer, Tränen in den Augen. Doch dann spürte er, wie ein Lächeln über sein Gesicht kroch. „Für einen Dieb hast du schlechte Nerven", murmelte er leise vor sich hin, „das muss sich ändern."

Er beruhigte sich, sah unter das Kopfkissen, die Matratze, wieder nichts.

Unschlüssig spielte er mit dem Stück Zündschnur in seiner Tasche. Es bewies nichts, gar nichts. Selbst Errico hatte ein Stück zu Hause, das er auf dem Weg nach Varzo aufgelesen hatte.

Aber irgendetwas hatte sich in Alessandros Gedächtnis festgesetzt. Nervös sah er sich um, bis sein Blick auf den Schreibtisch fiel. Die Zahl 114,5. Irgendwo hatte er die Zahl 114,5 gelesen. Die Tabellen unter dem Brief an Noces Mutter.

Das Öllicht in der linken Hand, schob er die Papiere auf dem Schreibtisch zur Seite, bis er den Brief fand. Immer wieder war 114,5 mit anderen Zahlen multipliziert worden. Eine Minute, vierundfünfzig und eine halbe Sekunde. Genau diese Zeit brauchten die Zündschnüre, um einen Meter zu brennen, ob im Trockenen oder unter Wasser. Er zog ein Blatt aus der Jacke und schrieb die Zahlen ab. Auf dem Blatt darunter waren noch mehr Zahlenkolonnen, vierstellige Zahlen, dahinter in Klammern mal 500, mal 300, mal 700. Im Schein der Öllampe notierte er alles, kontrollierte jede Zahl.

Er stand auf und eine seltsame Gelöstheit ergriff ihn. Also doch.

Sein Blick blieb an Noces Kleiderschrank hängen. Die Tür knarrte ein wenig, als er sie aufzog, ohne zu zögern, fuhr seine Hand in Jacketts und Hosen.

Unter Noces Hemden fand er einen Stapel Briefe, Frauennamen, die er nicht kannte. Von Bellmers Frau keine Zeile.

Als er sie zurücklegte, berührten seine Finger weiter hinten unter den Hemden ein Stück Papier. Er zog es hervor. Eine Todesanzeige, aus der Zeitung ausgeschnitten, *Hans Bellmer 2. Juli 1900 – 10. September 1903.*

Seine Hände begannen zu zittern. Und plötzlich war ihm klar, was Pico ihm verschwiegen hatte. Pico hatte Errico nicht an der Diveria aufgelesen, wie er behauptet hatte. Als er Noces Stimme erkannt hatte, war er ihm gefolgt. Noce war an diesem Nachmittag zu Friederike Bellmer gegangen, und der Junge hatte gesehen, was im Garten geschehen war, hatte gesehen, wie das Eisengatter den kleinen Hans Bellmer erschlug, als Noce mit der Mutter des Kindes im Haus war. So musste es gewesen sein.

Mit fahrigen Fingern schob er die Todesanzeige zurück unter die Wäsche, ordnete die Hemden und schloss den Schrank.

Leise stahl Alessandro sich aus dem Haus, in der Dunkelheit begann er zu rennen, weg von dem Abgrund, der sich vor ihm auftat. Weg von dem Abgrund, der ihn zum Einbrecher hatte werden lassen, der die Wohnung von Menschen durchwühlte, die er zu seinen Freunden gezählt hatte.

Keuchend blieb er stehen, lauschte auf das Hämmern in seiner Brust, das Dröhnen und Stampfen im Tal, sah den Schein der Bogenlampen über der riesigen Baustelle. Ein Zittern lief über seinen verschwitzten Körper.

Alessandro wartete neben dem Bürogebäude, bis die Männer herauskamen. Da trat Bellmer ans Fenster und blickte hinaus. Alessandro wurde das Gefühl nicht los, Bellmer sehe ihn in der Dunkelheit.

„Es war richtig, was Sie getan haben." Alessandro fröstelte, als er in Bellmers blasse Augen blickte. Der Deutsche packte ihn bei den Schultern. Für einen Moment durchzuckte Alessandro die Idee, er müsse Bellmer von Noce und seiner Frau erzählen, von der Todesanzeige unter Noces Wäsche, nur um einmal zu sehen, wie die Härte aus diesen Augen verschwand. Bellmer schien zu spüren, wie er mit sich kämpfte.

„Ist da noch etwas, was Sie mir sagen wollen, Tello?"

Alessandro schüttelte den Kopf und wich Bellmers Blick aus. „Ich bin nur etwas erschöpft, Ingegnere."

„Kein Wunder. Aber es war richtig, was wir getan haben. Wir mussten Gewissheit haben."

Die Zahlenkolonnen lagen vor ihnen auf dem Tisch. Bellmer hatte nur einen kurzen Blick darauf geworfen.

„Sie wissen, was das ist?"

„Die Brennzeiten der Zündschnüre. Bei unterschiedlichen Längen", gab Alessandro leise zurück.

„Und die anderen Zahlen?"

Alessandro hatte sie im Dämmerlicht der Öllampe in Noces Zimmer abgeschrieben, ohne einen Zusammenhang zu entdecken. Jetzt sah er sich die Zahlen genauer an.

„Bei 3900 Metern hatten wir den ersten großen Wassereinbruch, bei 4430 Metern neue Quellen und bei 4450 begann das weiche Gestein, das uns fast das Genick gebrochen hätte."

Gebannt starrten sie auf die Zahlen.

„Wenn sie an den Stellen den Tunnel sprengen, mit den Mengen an Dynamit, die in den Klammern dahinter stehen, dann wirft uns das um zwei, drei Jahre zurück. Es wäre das Ende für den Tunnel."

Bellmer ließ sich in einen Stuhl fallen.

„Und wenn es nur einer von den Geldgebern erfährt, dann stirbt das Projekt noch schneller. Dann brauchen sie es gar nicht erst zu sprengen.“ Er stand wieder auf, fuhr sich mit der Hand über sein Gesicht. „Ich muss mit Sandau reden. Er soll entscheiden, wen wir informieren. Die Carabinieri vielleicht. Und das Militär.“

Doch Alessandro konnte an nichts anderes denken als an das eiserne Gatter, das Bellmers Sohn erschlagen hatte, und an Errico, der sich seitdem geweigert hatte, zu den Bellmers zu gehen. Margarethe hatte einige Male versucht, ihn abzuholen. Doch er hatte sich auf den Boden gesetzt und sie ignoriert, ohne Tränen, ohne Geschrei.

Der Traum tat alles, um Pico vor der Welt zu schützen. Er galoppierte mit den Arbeitspferden aus dem Tunnel ins Freie, ihre Hufe hämmerten auf der schmalen Brücke über die Diveria. Er hatte Mühe, sich auf dem Pferd zu halten. Als es mit einem leisen Wiehern auf ein Gatter zuraste, bekam er Angst und ließ los.

Mit offenen Augen lag er auf seinem Bett. Stiefel polterten über den Holzboden der Nachbarhütte, er hörte unterdrückte Schreie. Der Mond schien zum Fenster herein und im Dämmerlicht sah Pico, wie sich die Männer in ihren Betten aufrichteten.

Pico schwang die Beine über die Bettkante. Seitdem die ersten Menschen das Tal wieder verließen, hatte er ein Bett für sich allein, zum ersten Mal in fast sechs Jahren.

Dann flog die Tür ihrer Baracke auf, Soldaten stürzten herein, rissen die beiden Verschläge auf, in denen die Männer ihre privaten Kleider untergebracht hatten, durchwühlten sie, leuchteten unter die Betten, dann den Männern ins Gesicht. Zwei rissen sie von ihrem Schlafplatz. Sie wehrten sich und fluchten laut, die Soldaten schlugen mit den Gewehrkolben auf sie ein und zogen sie aus der Hütte. Keiner der anderen Männer sagte ein Wort.

Pico sprang vom Bett, kletterte zum Fenster hinaus und hangelte sich vom Fensterbrett aufs Dach. Im Mondlicht konnte er die Soldaten sehen, wie sie durch die Gassen von Balmalonesca hasteten. Sie trieben Männer vor sich her, hoch zur Passstraße. Fast der ganze Ort war von Soldaten umstellt, ihre hellen Uniformhosen leuchteten in der Nacht, ab und zu blinkte ein Bajonett auf oder die metallenen Knöpfe ihrer Kragenspiegel. Am gegenüberliegenden Hang fing sich das Licht in gespenstischen Rauchwolken, die über den Meilern der Köhler aufstiegen. Die Nacht war kühl, zu kühl für Anfang September. Er fröstelte und kletterte zurück in die Hütte.

„Gab's was zu sehen?", fragte eine Stimme.

„Sie haben das Dorf umstellt und kämmen die Hütten durch", antwortete Pico.

„Sie holen sich die Großmäuler, die Aufrührer, die nicht arbeiten und immer nur für Unruhe sorgen. Und die, die mit ihnen gemeinsame Sache machen."

„Ich habe mich oft gefragt, wovon die wohl leben."

„Trotzdem wird das böses Blut geben."

„Vielleicht ja auch ein paar Centesimi mehr für uns", kam es aus der Dunkelheit zurück und alle lachten leise.

Die Glocken schlugen ein Uhr. Mit offenen Augen starrte Pico an die Decke. Noch drei Stunden, dann musste er sich aufmachen zur Schicht. Immer länger dauerte der Weg zum Vortrieb. Fast eine Stunde fuhren die Arbeiter jetzt mit dem Zug, dann liefen sie noch einmal gut eine halbe Stunde. Aber die Tunnelbaugesellschaft hatte den Sold erhöht und sonntags wurde auch nicht mehr gearbeitet. Auch mit Prämien war sie nicht kleinlich. Fünfzig Centesimi hatte er gestern zusätzlich bekommen, und dann noch das Geld, das Marcella ihm gab für den Unterricht. Er griff an den kleinen Sack aus Maulwurfsfell, der um seinen Hals hing, und fühlte die Münzen, sein Erspartes der letzten Wochen. Nach der Schicht würde er es in Iselle zur Post bringen.

Pico hoffte, dass der Traum zurückkehrte mit seinen Pferden, aber er sah nur die Menschen, die das Tal verließen, manche zogen ein Maultier hinter sich her. Die Gruppen wurden langsam größer, viele kamen auch von der Tunnelbaustelle im Norden, aus Brig.

Seit Mai war der Vortrieb an der Nordseite eingestellt wegen der heißen Quellen. Bald war auch hier alles zu Ende. Vielleicht würde Marcella ihn wieder mitnehmen.

Überall auf dem Weg zum Tunnel standen Soldaten. Als Pico sich um halb fünf in die lange Schlange vor dem Tunnelbüro einreihte, um seine Kontrollmarke und die Grubenlampe abzuholen, waren die Soldaten schon da. Sie hatten den Stollenausgang abgesperrt und warteten auf die Züge, die mit den Arbeitern von der Schicht zurückkommen würden.

Ingegnere Bellmer stand etwas abseits und redete auf zwei Offiziere ein. Pico war ihm aus dem Weg gegangen seit dem Tod des kleinen Hans. Die ersten Wochen hatte er oft geträumt, er würde mit dem deutschen Ingegnere allein in den Tunnel fahren. Immer wieder wollte er ihm erzählen, warum das Tor seinen Sohn erschlagen hatte. Doch dann hörte er eine näselnde Stimme und sah ganz hinten auf dem Zug das Gesicht des Ingegnere Noce, der ihn beobachtete. Dabei starrte der Deutsche ihn ununterbrochen an, bis auf einmal große Tränen aus seinen Augen fielen.

Dieser Traum quälte ihn immer wieder, manchmal täglich, und er brauchte Stunden, um sich davon zu erholen. Nur manchmal, wie eine Erlösung, galoppierten die Pferde durch seine Träume.

„Kapitalistenknechte“, schrie eine Stimme aus der Warteschlange zu den Soldaten herüber, doch die Stimme wurde niedergezischt.

Selbst im Tunnel wimmelt es von Soldaten. Sie fingen die Züge an der Weiche zu den beiden Hauptausgängen ab, sahen in jedes Gesicht, ließen sich die Kontrollmarken der Arbeiter zeigen. Hin und wieder zogen sie einen vom Wagen und brachten ihn zum Hauptportal hinaus. Der Zug fuhr weiter durch den Richtstollen zum Waschhaus. So mussten die Soldaten mit den Männern, die sie vom Zug geholt hatten, nicht an den wartenden Arbeitern vorbei.

Am Tunnelbahnhof stieg Pico auf die schmale Druckluftlokomotive um. Im Gebälk der Verstrebungen brachen Hunderte von Männern den Tunnel von Hand aus, Loren mit Schotter kamen ihnen entgegen, der beißende Geruch der Sprengungen hing in der Luft. Dann mussten sie zu Fuß weiter.

Mit jedem Schritt wurde die Luft heißer und die Sicht schlechter. Ein kleines Thermometer an einem Balken zeigte die Temperatur, 34 Grad.

Pico begann, die abgenutzten Bohrköpfe auf eine Lore zu stapeln, schob sie in den Tunnel hinein, holte die nächste Lore mit frischen Bohrköpfen heran, brachte den Männern Wasser.

„Die Tonnen", brüllte der Capo durch den Lärm der Bohrmaschinen, „kümmer dich um die Tonnen."

Pico hasste die Tonnen. Er stemmte die bis zum Rand mit Stuhl und Urin angefüllte Tonne auf die Lore, schob sie in den Tunnel, schaffte eine leere, mit Torf ausgelegte heran. Keiner der Arbeiter wollte seinen Arbeitsplatz verlassen, jeder Meter, den sie schneller vorankamen, gab eine Prämie. Auch für Pico. Doch wenn man die Tonne zu nah an den Vortrieb brachte, drohte jede Sprengung sie umzuwerfen und er musste den stinkenden Inhalt wieder hineinschaufeln.

Am Anfang hatte er sich ein paar Mal übergeben, als er die vollen Kübel in den Loren durch den Tunnel schob. Dann hatte er an seinen kleinen Sack aus Maulwurfsfell gedacht, in dem die Münzen langsam mehr wurden.

Wenn Pico an kalten Wintersonntagen mit den anderen Jungen in die Kirche ging, um sich aufzuwärmen und das Wort Hölle hörte, stellte er sie sich immer wie den Vortrieb mit seinen Tonnen vor.

Unvermittelt änderte sich das Geräusch der Bohrmaschinen. Pico blickte von den Bohrköpfen auf, versuchte in den Gesichtern der Männer zu lesen, was das neue Geräusch bedeuten könne. Der Capo hob die Hand, die Bohrmaschinen hörten auf zu arbeiten. Der Capo rüttelte an dem Bohrgestänge und kratzte sich am Nacken.

„Aufhören", schrie er, „wir sprengen." Die Männer zogen die

Bohrmaschine auf ihrer Lafette zurück, die Mineure warfen die abgeschliffenen Bohrköpfe auf den Tunnelboden, Pico reichte ihnen frische, die sie sofort wieder einspannten.

Picos Hand blutete. Die feuchte Luft weichte die Haut auf, eine falsche Bewegung und sie riss auf. Er leckte über die Stelle und stapelte die Bohrköpfe in die Lore. Über hundert sammelte er in jeder Schicht ein und schaffte genauso viele neue heran.

Die Männer zogen die Bohrmaschine in den Tunnel zurück, der Capo pfiff, und langsam näherte sich der Schein der blauen Grubenlampe. Der Sprengmeister und zwei Arbeiter mit dem Dynamit tasteten sich vorsichtig zwischen den Stützbalken im Stollen hindurch. Dann füllte der Capo die Bohrlöcher mit den Dynamitpatronen und stampfte sie mit der Holzstange fest, schob Zündpatrone und Zündschnur nach. „Zündung." Die Männer rannten in den Tunnel, Pico ließ die Lore stehen und lief hinterher. Er hockte sich zu ihnen in den Quertunnel und hielt sich die Ohren zu.

Ein berstendes Krachen, gefolgt von einem heißen Windstoß, der sämtliche Grubenlampen verlöschen ließ.

„Raus", brüllte der Capo, „sofort, alle raus."

Er blies in seine Trillerpfeife, im Tunnel jaulte eine Sirene, sie rannten durch die Querstollen in den Parallelstollen und weiter in Richtung Tunnelausgang. Wenn wirklich Gas ausgetreten war, dann waren sie im Parallelstollen sicher. Hier blies die Ventilation die frische Luft hinein. Das würde sie eine Weile vor dem Gas schützen.

Schwer atmend blieben die Männer stehen, stellten einen Käfig mit einem Finken auf den Boden und warteten.

„Kein Gas, nur der Luftdruck. Vermutlich Wasser", sagte einer, als der Vogel nicht aufhörte zu flattern. Einer nach dem anderen zündeten die Männer ihre Grubenlampen wieder an.

Sie rochen es, bevor sie es sahen. Ein leicht fauler, schwefliger Geruch. Dann strömte das Wasser heran, dampfte selbst in der Wärme des Tunnels und schob eine Wand aus brennender Hitze vor sich her.

Der Capo hielt ein Thermometer in die Brühe.

„Raus“, schrie er erschreckt, „macht dass ihr rauskommt. Das Wasser hat über fünfzig Grad.“

Die Männer liefen durch den Tunnel, die Grubenpferde wieherten. Wer einen Platz fand, setzt sich auf die Wagen des Zugs, die anderen liefen weiter in Richtung Tunnelbahnhof.

Pico ließ sich zurückfallen, sah sich nach den Pferden um, doch dann entdeckte er die Jungen, die sie hinter sich herzogen.

Am Tunnelbahnhof standen die Capos um das Telefon herum.

„Wir haben eine heiße Quelle angebohrt“, hört Pico einen von ihnen in den Hörer schreien, „nein, kein Gas, wie es aussieht. Wir lassen den Tunnel räumen.“

Der Zug, der die ersten Arbeiter aus dem Tunnel gebracht hatte, kam nicht leer zurück. Bellmer saß ganz vorn auf dem Wagen, neben ihm Sandau, dessen Bart immer länger zu werden schien. Als sie abstiegen, zogen sie ihre Jacken aus und wollten auf die Druckluftlokomotive umsteigen, als sie die ersten Ratten hörten. Laut pfeifend jagten sie vor dem Wasser davon in Richtung Tunnelausgang. Hinter ihnen schoss eine trübe heiße Brühe heran, die Holzreste von den Stützpfeilern und zwei Kotkübel vor sich her trieb. Die Pferde tänzelten erschreckt zur Seite, als ihnen das Wasser um die Hufe floss, Pico und die Pferdejungen sprachen leise auf sie ein, tätschelten ihnen den Hals.

„Pico.“ Ingegnere Tello stand ein paar Schritte entfernt und winkte ihn heran. Sandau und Bellmer hatten sich mit einer Handvoll Capos zu Fuß in Richtung Vortrieb gemacht, um die heiße Quelle zu untersuchen.

„Wir müssen uns unterhalten“, sagte er leise, „später, wenn ich wieder zurück bin.“

„Gut“, sagte Pico. „Ich warte am Tunnelbüro.“

Vielleicht würde ihn das von seinen Träumen erlösen.

31

Seit Wochen spürte Alessandro dieses seltsame Gefühl der Erleichterung, ja der Rücksichtslosigkeit. Es irritierte ihn und als er versuchte herauszufinden, womit es begonnen hatte, war es der Moment, als er mit Bellmer auf dem Flur vor Noces Büro stand, in das Zimmer schlüpfte, seine Hand Noces Tasche nach dem Schlüssel durchwühlte und ihn in das Wachspaket drückte. Er hatte sich dabei zugesehen, wie er in fremde Taschen griff, in fremde Zimmer einbrach, und dann war er in diesen neuen Alessandro geschlüpft.

Pico stand vor dem Tunnelbüro und sah ihm gespannt entgegen. Alessandro erschrak über das Greisengesicht, in das er blickte.

„Danke, dass du gewartet hast."

„Sind die heißen Quellen gefährlich?", wollte Pico wissen.

„Nicht besonders. Nur mühsam, wegen der hohen Temperaturen. Wir werden uns um die Quellen herumgraben, um schneller vorwärts zu kommen."

Schweigend gingen sie nebeneinander her, Pico hielt den Blick gesenkt.

„Du hast mir etwas verschwiegen", sagte Alessandro schließlich.

Pico nahm den Blick nicht vom Boden.

„Du musst nur antworten, wenn ich etwas Falsches sage", fuhr er fort. „Du bist Noce gefolgt, nachdem du die Stimme erkannt hattest. Er ging zu Signora Bellmer und sie schickte die Kinder aus dem Haus."

Pico schüttelte den Kopf.

„Sie saßen im Garten. Er fasste sie unter dem Tisch an. Die Kinder spielten in der Nähe. Da sind sie ins Haus gegangen."

„Der kleine Hans kroch zum Brunnen und wurde erschlagen, als der Wind das Gatter aufriss." Alessandro zögerte. „Konntest du ihm nicht helfen? Das Tor festhalten?"

Panisch schüttelte Pico den Kopf.

„Ich war doch viel zu weit weg."

Ohne sich umzusehen, rannte er davon. Ein Schauer lief über Alessandros Haut. Doch dann zog ein Lächeln über sein Gesicht. Er war bereit. Für alles.

„Die heißen Quellen geben uns etwas Aufschub", hatte Bellmer gesagt und Alessandro hätte fast angefangen zu lachen. Aufschub. Aufschub wofür? Damit Noce die Frau des Deutschen noch mal bespringen konnte? Aufschub, bis die Arbeiten am Tunnel fertig waren und Gianna aus dem Tal verschwinden würde?

Erst als er in die Augen des Deutschen sah, hatte er sich zusammengerissen.

„Machen Sie sich keine Sorgen, Ingegnere", sagte Alessandro, „niemand wird den Tunnel sprengen. Wir schnappen sie, einen nach dem anderen, und treiben sie wie Ratten aus dem Tal. Und Noce?"

„Ich habe mit Sandau und der Polizei gesprochen. Sie wollen ein Auge auf ihn haben, ihn aber nicht verhaften."

„Gut", stimmte Alessandro zu, „schlägt man einen Kopf runter, wachsen drei nach." Er sah auf seine Hände, die sich zu Fäusten ballten. „Aber am Schluss, wenn es nichts mehr nachzuwachsen gibt, dann holen wir ihn uns."

Als er ging, hatte er Bellmers nachdenklichen Blick gespürt.

Die heißen Quellen sorgten tatsächlich für Aufschub. Seit der Evakuierung des Tunnels Anfang September ruhte die Arbeit im Vortrieb, sie bauten Kanäle, um das heiße Wasser in den Parallelstollen umzuleiten und von dort nach draußen. Die Wasserdampfsäule, die in kalten Nächten vor dem Tunnel aufstieg, wurde von Tag zu Tag größer.

Sie sprengten sich im Parallelstollen an den Quellen vorbei, dann wieder zurück in die alte Tunnelachse. Ganz vorn im Stollen stieg die Hitze auf über fünfzig Grad, die Haut der Arbeiter wurde weich, die Verletzungen nahmen zu. Die Tunnelbaugesellschaft hielt mit Gehaltserhöhungen dagegen und neuen Prämien, die Schichten wurden weiter gekürzt, sonntags ruhte seit langem die Arbeit.

„Gottseidank hat Sandau nachgegeben und die Prämien erhöht", sagte Bellmer zu Alessandro, „hoffen wir, dass sich das auszahlt."

Es zahlte sich aus. Als im September 1904 in Italien der Generalstreik ausgerufen wurde, ging im Tunnel die Arbeit ohne große Unterbrechung weiter.

Toto war stehen geblieben, doch Alessandro bemerkte es nicht sofort, so sehr war er in Gedanken. Ein Rätsel blieb, wo die Diebe das gestohlene Dynamit versteckten. Vor zwei Wochen hatte er erfahren, dass auch beim Hersteller in Villafranca Dynamit gestohlen worden war. Viel mehr als hier am Tunnel. Soldaten und Polizei hatten immer wieder die Hütten in Balmalonesca und selbst in Varzo nach Sprengstoff durchsucht, ein paar Verdächtige festgenommen und unter fadenscheinigen Gründen aus dem Tal gejagt, aber nichts gefunden. Er gab Toto einen Schlag auf die Flanke, und das Maultier setzte sich wieder in Bewegung.

Vielleicht konnten ihm die Männer heute Abend mehr sagen.

Als er ins Haus trat, war es fast dunkel. Gegen zehn Uhr würden die Capos kommen. Er hörte Gianna in der Küche, sie rückte Stühle zurecht und stellte Polenta, ein paar Würste, Käse und Wein auf den großen Tisch. Im Herd rumorte ein Feuer.

Alessandro sah ihr durch die halb offene Tür zu, Licht fiel auf ihr Gesicht. Und plötzlich ergriff ihn eine lang verschüttete Zärtlichkeit für seine Frau. Jetzt, wo seine Wut und Verzweiflung von ihm abgefallen war, kehrte die Zuneigung zurück. Und in all dem Misstrauen und Dreck, durch den er watete, war sie ein Halt.

Doch da schob sich Marcellas Schatten neben ihn und in dem Moment wusste er, dass er verloren war, verloren zwischen den beiden Frauen. Gianna, die nachts neben ihm lag und an einen anderen dachte, und Marcella, die allen, aber doch nur sich gehörte.

Wie lange er vor der Küchentür gestanden hatte, wusste er kaum. Gianna hatte das Schlagen der Haustür gehört, war aus der Küche gekommen und hatte ihn dort stehen sehen. Einen Augenblick hatten sie sich angeschaut, er streckte die Hand nach ihr aus. Sie ignorierte die Hand, trat ganz nah an ihn heran und streichelte kurz seine Wange. Alessandro stürmte die Treppe hinauf, um mit dem Kloß in seinem Hals und seinen Tränen fertig zu werden.

Wenig später klopfte Gianna an seine Tür.

„Sie sind alle da."

Es waren sieben Capos, jeden Einzelnen hatte er selber ausgesucht. Alle arbeiteten schon Jahre im Tunnel, alles Piemontesen. Sie hatten ihm damals geholfen, mit den Sizilianern fertig zu werden, und er war sicher, dass keiner von ihnen auch nur eine Lira von den Streikführern angenommen hatte. Betacca, der Älteste von ihnen, hatte im Herbst vor sechs Jahren den ersten Schlag gegen den Berg getan. Auch Rondo, der Sprengmeister, war dabei.

Sie machten Anstalten aufzustehen, als er eintrat, aber er legte seine Hände auf die Schultern der beiden Capos, die ihm am nächsten saßen, und drückte sie in ihre Stühle.

„Ich muss euch bitten, niemandem von diesem Treffen zu erzählen. Wirklich niemandem. Könnt ihr mir das versprechen?"

Er musterte sie einzeln, keiner wandte den Blick ab.

„Danke", sagte Alessandro und warf die Papierbögen mit den Zahlenkolonnen, die er in Noces Zimmer abgeschrieben hatte, auf den Tisch.

Sie konnten kaum lesen und er fragte sich, wie es mit Zahlen stand. Aber sie kamen schneller dahinter als er.

„Die Brenndauer der Zündschnüre. Bei verschiedenen Längen."

Er zog die anderen Blätter aus dem Stapel hervor. Auch hier dauerte es nicht lange.

„Unsere Problemstellen. Die Quellen, der weiche Fels. Fehlen nur noch die neuen heißen Quellen."

„Und nun sagen Sie uns, was die Zahlen dahinter bedeuten, Ingegnere", verlangte Betacca.

Einer der Männer machte Anstalten zu antworten, doch Betacca hielt ihn zurück.

„Ich will es vom Ingegnere wissen."

„Dynamit", sagte Alessandro leise. „Dynamit in Kilogramm."

Betacca schlug mit der Hand auf den Tisch.

„Das dachte ich mir."

Für einen Augenblick rührte sich niemand, dann beugten sich die Männer wieder über die Zahlenkolonnen.

„Es könnte stimmen. Bei diesen Dynamitmengen sollte man mindestens tausend Meter weg sein, bevor es kracht. Dafür braucht man, gut gerechnet, eine halbe Stunde. Die Zündschnur müsste also mindestens siebzehn Meter lang sein."

„Von wem stammen die Zahlen?", fragte Betacca.

Alessandro schüttelte nur den Kopf.

„Es sieht so aus, als hätte derjenige auch unterschiedliche Möglichkeiten ausgerechnet." Rondo fuhr über die Zahlenkolonnen. „Wenn ein Mann alle Ladungen zünden will, fängt er mit denen an, die am tiefsten im Tunnel sind. Hier müssten die Zündschnüre am längsten sein."

Er rechnete.

„Sind sie aber nicht. Bei denen in der Mitte des Tunnels ist die Zündschnur fast ebenso lang. Das ergibt keinen Sinn."

Wieder fuhr sein Finger die Zahlenkolonnen rauf und runter.

„Ich vermute, sie gehen das Risiko ein, dass einige von ihnen sterben", sagte Alessandro.

„Ein Himmelfahrtskommando", murmelte Betacca.

Sie schnitten sich von der Wurst ab, dem Käse und tranken den

Wein dazu. Der Rauch der Pfeifen zeichnete einen dunstigen Heiligenschein um die Öllampen.

„Hier ist noch eine Kolonne von Zahlen, zusammen mit Streckenabschnitten. Was mag das sein?“, fragte einer der Männer.

„Ich weiß es nicht“, sagte Alessandro. Stundenlang hatte er mit Bellmer über diesen Zahlen gesessen, aber eine Lösung hatten sie nicht gefunden.

„Wer immer den Tunnel sprengen will, braucht Dynamit“, sagte Betacca schließlich und sah dabei Alessandro an. „Es wurde gestohlen, habe ich Recht?“

„Über zweitausend Kilogramm hier auf der Tunnelbaustelle und viertausend in Villafranca, beim Hersteller. Wir wussten lange nichts davon. Sie haben es geheim gehalten.“

„Die nächtlichen Razzien der letzten Wochen und die Verhaftungen, da ging es nicht um irgendwelche Diebe oder Betrüger. Da ging es um das Dynamit.“

Alessandro nickte.

„Bellmer hat das eingefädelt, zusammen mit Sandau und den Polizeiinspektoren und den Offizieren der Alpini. Aber die wissen nichts Genaues. Nur, dass auf der Tunnelbaustelle viel gestohlen wurde und sie die Diebe und Hehler fassen sollten. Und das Diebesgut. Aber gefunden haben sie nichts. Nicht ein Kilo Dynamit. Grubenlampen, Handtücher der Tunnelbaugesellschaft und Geschirr aus der alten Kantine, Hämmer und Meißel. Sogar einen Blasebalg aus einer Schmiede.“

Einer der Männer lachte leise. Er hieß Mangiagalli, war Capo bei den Maurern und der Kleinste von allen. Im letzten Herbst hatte er Alessandro eine Zeitung gezeigt, mit ein paar Fahrradfahrern auf der Titelseite. „Sie machen jetzt eine Rundfahrt durch Frankreich. Nur auf dem Fahrrad“, hatte er sich begeistert. Im Frühling war er zwei Tage verschwunden und dann mit einem Fahrrad zurückgekommen. Regelmäßig fuhr er seitdem den Pass hinauf, so weit es ging, zwei oder drei Fahrradschläuche und Mäntel um seinen schmalen Körper geschlungen.

„Wer etwas gegen den Tunnel hat, der findet hier viele Freunde“, sagte Mangiagalli. „Die Säumer, die die Passstraße in Ordnung halten, werden arbeitslos, wenn wir fertig sind, genauso die Kutscher. Und die Anwohner in den Dörfern ziehen uns zwar jetzt das Geld aus den Taschen, aber wenn die Züge erst einmal fahren, stirbt hier jedes Leben. Alle fahren nur noch durch den Tunnel."

Die Männer nickten schweigend.

„Die Säumer kennen jeden Meter im Tal", fuhr Mangiagalli fort, „jede Höhle. Da kann man mehr als ein paar tausend Kilo Dynamit verstecken. Oder in dem alten Goldbergwerk in Gondo. Da kann man sogar Tausende von Tonnen Dynamit verstecken, wenn man will."

Alessandro brannten die Augen vom Rauch.

„Ich weiß", sagte er, „vielleicht passt ja alles auch überhaupt nicht zusammen und wir machen uns grundlos Sorgen. Ich möchte euch nur bitten, die Augen aufzuhalten. Wenn ihr etwas Verdächtiges seht oder hört, sagt mir Bescheid."

Es wurde still in der Küche, ab und zu paffte einer an seiner Pfeife.

„Wir machen nicht gern den Spitzel", sagte Betacca ruhig, „viele der Männer sind unsere eigenen Leute. Sie kommen aus dem Piemont oder der Lombardei. Sie sind verwandt miteinander. Die Familien kennen sich."

„Ich weiß", sagte Alessandro. „Überlegt es euch. Mehr als bitten kann ich nicht. Aber kein Wort verlässt diesen Raum, wie immer ihr euch entscheidet."

Sie nickten.

„Haben Sie einen Verdacht, Ingegnere, wann der Tunnel gesprengt werden soll? Beim Durchbruch oder schon davor?"

Alessandro schüttelte den Kopf.

„Keine Ahnung. Aber vermutlich zur Eröffnung. Zum Durchbruch ist ja kaum jemand hier, ein paar Bankiers und Politiker wird die Tunnelbaugesellschaft einladen, damit sie sehen, was aus ihrem Geld geworden ist. Aber zur Eröffnung fährt unser König durch den Tunnel und die Minister. Und die Schweizer schicken ihren Bundesrat."

„Bleibt uns vielleicht ein Jahr, anderthalb Jahre“, sagte Betacca, „aber wir sollten nicht so lange warten.“

Sie gossen sich Wein ein, keiner mochte viel reden. Sie rauchten und tranken, erkundigten sich leise nach den Familien. Nur Mangiagalli, der Maurer, schwieg. Er war aufgestanden und hatte sich an den Herd gestellt, als sei ihm kalt.

„Es gibt eine Erklärung, warum niemand das Dynamit findet“, sagte er, die Augen zusammengekniffen. Alessandro fiel auf, dass Mangiagalli neben ihm der Einzige war, der nicht rauchte. Vielleicht, weil er diese Leidenschaft fürs Fahrradfahren hatte.

Die Männer sahen ihn neugierig an. „Es ist keines da“, sagte einer.

Mangiagalli wischte die Bemerkung mit einer Handbewegung zur Seite.

„Doch. Es ist da. Es ist überall.“

Es wurde still am Tisch.

„Eingemauert. Es ist alles eingemauert. Mitsamt der Zündschnüre und den Zündkapseln.“

„Als ob das niemand merkt“, meinte einer.

„Es kann funktionieren. Bei den ersten Quellen und bei dem weichen Gestein hatten wir viele Männer, die später aus dem Tal verschwunden sind. Sizilianer aus den Schwefelgruben. Ich dachte, die Arbeit sei ihnen zu hart. Vielleicht auch nicht. Manche sind im Streit gegangen, wir haben sie rausgeworfen, weil sie zu langsam arbeiteten. Aber es waren auch viele andere da, die nur kurz im Tunnel gearbeitet haben. Viele kommen doch nur für Monate. Und sie bleiben auch im Tunnel unter sich. Wenn sie gut organisiert sind, kann es klappen.“

Er sah Alessandro an. „So ist es doch, Ingegnere?“ Er sprach weiter. „Wenn drei, vier Männer zusammenhalten, geht es. Sie fallen kaum auf. Es sind hunderte von Männern im Tunnel. Jede Schicht. Sie nutzen die Hohlräume hinter der Mauerung. Oder sie finden einen tiefen Spalt im Fels und mauern das Dynamit ein. Die Wirkung ist dieselbe.“

„Und sie zünden es dann Jahre später? Das funktioniert doch

nicht", sagte einer der Männer, „vor allem wenn die Enden der Zündschnüre übermauert werden."

„Geht es, oder geht es nicht, Ingegnere?", wandte sich Mangiagalli an Alessandro.

„Die Zündschnüre funktionieren selbst unter Wasser. Und die Zündkapseln?"

Fragend richtete er seinen Blick auf Rondo.

„Wir haben am Anfang Chargen genutzt, die manchmal mehr als zwei Jahre alt waren. Sie würden auch ein paar Jahre länger überstehen."

„Es wird nur schwer, die Zündschnüre zu entzünden, wenn die Enden über Jahre unter dem Fugenputz liegen", sagte Alessandro.

Rondo schüttelte den Kopf. „Sie wissen doch auch, wie es geht. Sie sehen es zwar nicht gern, aber das Problem haben wir doch jetzt schon in der feuchten Tunnelluft. Wir schmieren einfach etwas Dynamit auf das Ende der Zündschnur. Es explodiert ja nicht, dafür ist die Flamme nicht heiß genug. Aber es brennt und die Zündschnur zischt sofort los."

Alessandro hatte seine vom Tabaksqualm schmerzenden Augen vergessen. Eine fiebrige Nervosität packte ihn, er fühlte, dass sie der Lösung auf der Spur waren. Er überflog noch einmal die Zahlenkolonnen, die Bellmer und ihm so lange Rätsel aufgegeben hatten. Mangiagalli stellte sich neben ihn, und Alessandro spürte, wie der schmächtige Mann zitterte. Beide starrten sie auf die Zahlen.

„Die Reihen des Mauerwerks. Es könnten die Reihen der Steine sein", sagte Mangiagalli plötzlich. „Oder die Zahl der Steine vom Fuß des Tunnels aus."

Alessandro setzte sich wieder an den Tisch, um zu vermeiden, dass sie zu ihm aufsehen mussten, wenn er mit ihnen sprach.

„Im Hauptstollen wird wegen der heißen Quellen kaum gearbeitet. Nehmt euch ein paar Männer, denen ihr vertraut." Er sah sich in der Runde um. „Wie ich euch vertraue. Vielleicht Verwandte oder Bekannte. Und dann geht den Tunnel ab. Wenn ihr einen Verdacht habt, kann Mangiagalli irgendeinen Vorwand erfinden, warum die Stelle wieder aufgebrochen werden muss. Vielleicht finden wir was. Aber seid vorsichtig. Dass kein Funke die Zündschnur entzündet, wenn ihr die Mauerung aufschlagt."

Die Männer sahen sich unsicher an.

„Und dann reißt die Zündschnüre raus und mauert das Stück wieder zu. Wir müssen es versuchen. Oder seht ihr einen anderen Weg?" Alessandro wartete, bis sie die Köpfe schüttelten. „Selbst wenn wir Glück haben, können wir uns kaum bis zum Dynamit durcharbeiten. An den weichen Stellen ist die Ausmauerung vier, fünf Schichten dick, alles Granitblöcke und Zement."

„Bis zu acht Schichten", warf Mangiagalli ein, „und dann noch die Eisenbleche."

„Gut", sagte Alessandro, „also bis zu acht Schichten. Aber wir holen den ersten halben Meter Zündschnur raus und mauern das Loch wieder zu."

Schweigend sahen die Männer ihm dabei zu, wie er die Zahlenkolonnen siebenmal säuberlich kopierte. Dann reichte er jedem einen der Papierbögen.

Alessandro brachte sie zur Tür.

„Das würde bedeuten, dass es meine Leute waren", sagte Mangiagalli leise, als er ihm die Hand reichte, „die Maurer." Wieder lief ein schwaches Zittern durch seinen Körper.

„Es sind auch meine Leute", antwortete Alessandro, „und Bellmers Leute. Wenn es so ist, wie wir vermuten, dann sind sie überall. Es sind unsere Leute."

Drohend hing der tiefschwarze Himmel über ihnen, kein Stern, kein Mondlicht schien durch die Wolken. Ein eisiger Nieselregen hatte eingesetzt. Die Capos entzündeten ihre Grubenlampen und machten sich auf den Weg.

Gleich morgen früh würde er Bellmer informieren.

Gianna hörte das Schlagen der Tür. Alessandro rumorte in der Küche, wie er es früher getan hatte, wenn er von der Arbeit kam. Oft war er nachts durch das Haus gelaufen, als müsse er sich ablenken, eine innere Spannung loswerden. Sie hatte wach gelegen und gehofft, dass er zu ihr käme.

Erst in den letzten Jahren hatte er das Haus wie ein Dieb betreten, war leise die Treppe hinaufgeschlichen, hatte alles versucht, um ihr aus dem Weg zu gehen. Und wenn sie miteinander sprachen, dann nur das Nötigste.

Jetzt stürmte Alessandro die Stufen hoch, blieb im Flur stehen.

Seit fast zwei Jahren schlief sie in dem schmalen Zimmer neben dem Wohnzimmer. Errico hatte laut nach ihr rufend das Haus abgesucht, nachdem er sie eines Morgens nicht mehr im Schlafzimmer fand. „Dein Vater braucht mehr Ruhe", hatte sie ihm erklärt. Er hatte sie irritiert angesehen, aber alle Sorgen vergessen, als sie die Decke zurückschlug und er sich auf dem warmen Laken neben ihr zusammenrollte. Seitdem sie in diesem Zimmer schlief, hatte Alessandro auch das Wohnzimmer gemieden.

Jetzt machten seine Schritte vor der Tür Halt.

Gianna beobachtete die Klinke, glaubte seinen Atem zu hören, dann knarrte eine Diele im Flur. Mit ein paar schnellen Schritten stand sie an der Tür und öffnete sie. Licht fiel auf Alessandro und sie wusste, dass sie diese Augen, dieses Gesicht ihr ganzes Leben nicht vergessen würde. Es war nicht dasselbe wie früher, aber sie würde hinter all dem immer die großen, erstaunten Augen wiedererkennen, die sie so geliebt hatte.

„Komm herein."

„Ich störe …"

„Nein." Sie nahm seinen Arm, zog ihn ins Zimmer, auf den Sessel vor dem Sofa.

„Setz dich." Im Ofen knackte es und aus seinem Gesicht las sie den brennenden Wunsch, sie möge den ersten Schritt tun.

„Erzähl mir, was passiert ist."

Und er erzählte ihr von dem verschwundenen Dynamit, wie er und Lenga in Domodossola Noce mit Bellmers Frau gesehen hatten, und all das, was Pico im Garten der Bellmers beobachtet hatte, sogar von seinem Einbruch bei Noce und von den Männern, die er eben in ihrer Küche zu Spitzeln gemacht hatte.

Während er sprach, sah sie die Jahre vorüberziehen, die sie am Simplon nebeneinander gelebt hatten, die Jahre, die sie seine Wut und der Panzer um sein Herz gekostet hatten, und sie spürte, dass er nicht aufhörte zu sprechen, weil er versuchte, diese Jahre und sein verlorenes Glück zurückzuholen. Sie sah die Verzweiflung in seinem Blick, die mit jedem Wort wuchs. Die Verzweiflung darüber, dass so vieles, an das er geglaubt hatte, verloren gegangen war auf dem langen Weg, vor allem aber, dass er sie auf diesem Weg verloren hatte.

Gianna fühlte die Tränen auf ihren Wangen wie die Tage und die Jahre, die der Regen, der Schnee und die Sonne durch das Tal getrieben hatten. Die Tage, in denen sie allein gewesen war, selbst unter Menschen, Tage, an denen sie sich ausgestoßen fühlte, nur weil sie den Wunsch hatte, ab und zu die Enge des Tals und das ewige Dröhnen der Tunnelbaustelle hinter sich zu lassen.

Alessandro schwieg.

„Wenn du nur mit mir gesprochen hättest", sagte sie in die Stille hinein.

„Ich konnte nicht. Es ging nicht. Ich ..." Er brach ab.

„Und wieso jetzt?"

Ratlos zuckte er mit den Schultern.

„Ich weiß es nicht. Vielleicht, weil alles so klar ist. So durcheinander, aber so klar. Ich kann es nicht beschreiben. An sich ist gar nichts klar. Aber vielleicht ist es das." Er nickte, als wolle er sich selbst bestätigen. „Ich fühle mich freier. Vielleicht ist das die Freiheit. Wenn man nichts mehr zu verlieren hat. Keine Hoffnung, keine Menschen."

Er beugte sich vor, als wolle er ihre Hand nehmen, aber er ließ es.

Sie ahnte, was er verloren hatte am Simplon. Fremde Taschen durchwühlen, in fremde Zimmer einbrechen, Menschen zu Spitzeldiensten auffordern, das hätte der Mann nie gekonnt, mit dem sie vor sechs Jahren hier angekommen war.

Sie sah ihn an, schon lange hatte sie ihn nicht mehr so nah gesehen. Er hielt den Kopf gesenkt. Einzelne graue Haare zogen sich durch seine Locken. Sein Hemd stand auf und sie sah die bleiche

Haut an seinem Hals. Er war schmal geworden, seine Schultern hatten ihre Kraft verloren. Eine erschreckende Müdigkeit ging von ihm aus.

Alessandro hob den Kopf.

„Wusstest du von Bellmers Frau und Noce?"

Sie überlegte einen Augenblick, als sei sie unsicher, ob sie ein Geheimnis verraten dürfe.

„Ich habe etwas geahnt. Ich wusste aber nicht, dass es Noce war."

Alessandro senkte den Blick auf seine schmutzigen Fingernägel.

„Hat sie dir auch nach dem Tod des Kindes nichts davon erzählt?"

„Ich habe sie nur einmal seit der Beerdigung gesehen. Sie verlässt ihr Haus kaum noch."

Alessandro hielt den Blick gesenkt.

„Wenn du weg willst, dann geh. Wir sind bald durch. Wenn wir das Problem mit den heißen Quellen und der Lüftung im Griff haben, ist es nur noch eine Frage von ein, zwei Monaten."

Gianna hatte in den letzten Wochen die Menschen gesehen, die das Tal verließen, und sich mehr als einmal gewünscht, mit Aidan in einer der Kutschen in Richtung Domodossola zu sitzen, ihm zuzusehen, wie er seine dunklen Locken aus der Stirn strich, und nie wieder zum Simplon zurückkehren zu müssen.

„Ich bleibe bis zum Durchschlag. Vielleicht …"

Gianna sprach nicht weiter. Die Nacht entlockte den Menschen schnell Worte, die sie am Tag bereuten. Sie war verletzt, und diese Verletzungen hatten mit dem Mann zu tun, der ihr gegenübersaß. Und mit dem Tal. Ihre Verletzungen würden in Alssandros Gegenwart nie heilen, aber weit weg von ihm, da könnte es gelingen. Und dann würde sie sehen, ob sie auch seine Augen, sein Gesicht vergessen hatte. Und wenn nicht, dann war immer noch Zeit.

„Du wirst Errico mitnehmen?"

Sie nickte, einen Augenblick rechnete sie mit Widerspruch, aber er sah sie nur ruhig an.

„Gut", sagte er schließlich, „danke."

„Sobald ich weiß, wohin ich gehe, gebe ich dir Nachricht. Du kannst ihn besuchen, so oft du willst. Mit der Eisenbahn und den vielen Tunneln", jetzt lächelte sie, „geht das ja alles ganz schnell."

„Du wirst nicht allein gehen." Es war weniger eine Frage als eine Feststellung, Alessandros Stimme unbeteiligt.

Sie antwortete nicht. Er sah in ihre Augen, dann lächelte er plötzlich. Es war sein altes, unbeschwertes Lächeln, und ihr Herz krampfte sich zusammen.

„Was sagte deine Mutter immer? Die Liebe macht grüne Augen? So oder so ähnlich."

Gianna spürte, wie ihr das Blut zu Kopf stieg, aber sie wandte sich nicht ab, um ihr Gesicht vor ihm zu verbergen.

„Du hast es mir so schwer gemacht die letzten Jahre", sagte sie, beugte sich in einem plötzlichen Impuls vor und ergriff seine Hand. „Was war es nur, was uns auseinander getrieben hat?"

„Ich weiß es nicht", sagte Alessandro, „vielleicht haben wir nur nicht aufgepasst. Es war einfach das Leben, die Arbeit, all das Neue und Unbekannte, das sich zwischen uns gedrängt hat. Wir hätten wachsamer sein müssen."

Sie standen auf.

„Bis morgen", sagte er und zog die Tür zu.

Sie gingen vorsichtig miteinander um, sie wollten es nicht riskieren, die zerbrechliche Brücke, die sie seit diesem Abend verband, zu stark zu belasten. Errico spürte die Veränderung sofort. Als er morgens in der Tür stand und Gianna ihre Decke anhob, damit er zu ihr ins Bett könne, ließ er die Tür auf und sagte leise: „Vielleicht kommt Papa ja noch."

Doch diesen Schritt würden sie nicht machen, das wussten sie beide.

Nur einmal, Ende November, schlug mitten in der Nacht die Tür. Es hatte viele unruhige Nächte gegeben in letzter Zeit, die Soldaten und Gendarmen hatten Männer verhaftet, die zum Streik aufriefen, nachts hatte es Razzien gegeben, und Gianna war vom Lärm hochgeschreckt.

Jetzt war es die Haustür. Den ganzen Tag hatte es geregnet und sie hörte Alessandros leises Fluchen auf der Treppe, dann schnelle Schritte. Unvermittelt begann ihr Herz zu rasen, als sie wieder ein Poltern im Flur hörte. Wenn er sich nun so verändert hätte, dass er sich mit Gewalt nehmen würde, was er so lange nicht hatte von ihr haben wollen? Sie ging ins Wohnzimmer und hörte auf den Flur hinaus. Alessandro klopfte an der Tür.

Leise rief sie „Ja?".

„Ich bin's", flüsterte er, und als sie seine Stimme hörte, schwanden ihre Zweifel und ihr Herz beruhigte sich.

Völlig durchnässt stand er vor ihr, die Schuhe schlammig vom Weg. Er hatte sie angelassen, was er nie tat, war auf der Treppe ausgerutscht und hielt sich den Arm.

Er wischte sich die nassen Haare aus der Stirn und schloss sie in die Arme.

„Wir haben sie gefunden. Das Dynamit und die Zündschnüre. Es war alles eingemauert, wie Mangiagalli vermutet hatte. Siebzehn Ladungen. Alle an den angegebenen Stellen. Hoffentlich sind das alle."

Sie drückte ihr Gesicht an seinen Hals und durch den Schmutz und die Nässe hindurch roch sie die Haut einer fremden Frau.

Sie ließ ihn los, sah ihn an, als versuche sie, in seinem Gesicht das der anderen zu erkennen. Dort wo er sie an sich gedrückt hatte, war ihr Nachthemd durchgeweicht und zeichnete die Konturen ihres Körpers nach. Sie spürte seinen Blick und brennendes Verlangen ergriff sie.

Aber er stand schon wieder in der Tür und wünschte ihr eine gute Nacht.

„Alessandro", wollte sie rufen, doch das würde ihren Schmerz nur vergrößern.

Sie probierte ein neues Kleid vor dem Spiegel an, als ein Mann hinter ihr auftauchte. Es war nicht Alessandro, auch wenn sie das Gesicht nicht erkennen konnte. Als er in sie eindrang, zerriss es sie fast, aber es war ein wollüstiger Schmerz. Sie fühlte, dass jemand sie beobachtete, und wollte um Hilfe rufen, spürte den Krampf im Kiefer, aber der Mann hinter ihr gab nicht nach. Wie ein Tier winselte er ihr in die Ohren.

Errico stand neben ihrem Bett und rief leise nach ihr. Sie öffnete die Augen. Regen trommelte gegen die Scheiben. Sie hob die Decke und er legte sich neben sie, und seine ruhigen Atemzüge zogen sie zurück in ihren Traum.

Ein schmaler dunkelhaariger Junge hatte sich neben Errico gelegt, der sie mit kalten Augen ansah. Ihr Sohn. Wieder war da ein Mann, dessen Gesicht sie nicht sehen konnte, und gemeinsam betrachteten sie ihr Kind. Ein glattes Gesicht mit schmalen Lippen und fliehender Stirn, unstete, verschlagene, aber konzentrierte Augen. Ein Krieger. Das Gesicht des neuen Jahrhunderts.

32

Wenn die Glocken doch endlich läuten würden. Oder die Sirenen heulen. Aber lange kann es nicht mehr dauern, dann müssen sie durch den Berg hindurch sein. Seit Monaten schon ziehen immer mehr Menschen weg. Ich spüre es auch wieder, dieses Reißen an den Füßen, als ob mich die Brandung mit sich zieht, ins Meer hinaus. Diese Angst. Ich halte das Tal nicht mehr aus. Seit einem Jahr geht das jetzt.

Seitdem schlafe ich kaum noch, wache nachts immer auf und sehe das viele Blut vor mir. Überall das Blut.

Dass er mich auch schlagen musste. Dabei konnte er so nett sein, so nett, dass ich mich ein bisschen in ihn verliebt hatte. Und als er wiederkam, gab es mir richtig einen kleinen Stich ins Herz, und für einen Moment vergaß ich meinen Tenente und den Ingegnere und alles um mich herum. Doch er sah nur mein Zimmer, die Möbel und Spiegel, ich hätte es ja wohl geschafft, ich müsse ja richtig reich sein, was man so hörte. Und dann fragte er mich, ob er mich denn bezahlen könnte. Ich glaube nicht, sagte ich, aber das war ein Scherz, doch er war plötzlich ganz eisig, legte das Geld hin und war dann sehr grob zu mir, wie ich ihn überhaupt nicht kannte. Aber ich ließ mir nichts anmerken und er war schnell so weit in seiner Wut.

Hinterher hat er mir gesagt, er wäre eigentlich gekommen, um mich abzuholen und mitzunehmen, aber jetzt hätte er die Nase voll von mir. Ich sei eine schäbige Hure und Ausbeuterin. Ich habe ihn ausgelacht und einen billigen Lügner genannt, schon beim ersten

Mal hätte er mir das versprochen und sei dann ohne ein Wort verschwunden. Er sei einfach nur feige wie all die Großschwätzer, die die Leute aufhetzten, aber selber keinen Finger rührten. Ich wollte es eigentlich gar nicht sagen, aber ich konnte nicht anders, so sehr hatte er mich verletzt.

Und dann habe ich gesagt, er solle verschwinden.

Da ist er aufgesprungen und hat mich ins Gesicht geschlagen und ich bin gegen den Tisch gefallen, er hinter mir her, immer wieder hat er auf mich eingeprügelt. Ich wollte schreien, aber es ging nicht und plötzlich hatte ich etwas in der Hand und habe mit aller Kraft zurückgeschlagen. Er stürzte auf den Boden und hielt sich den Hals, das Blut pulste zwischen seinen Fingern hervor wie bei einer abgestochenen Sau, und ich hielt den Griff von meinem Messer in der Hand. Die Klinge war abgebrochen.

Ich fiel auf die Knie vor Schreck, mein Mädchen kam herein und wir drückten ihm eins meiner Tücher gegen den Hals.

Ich konnte gar nichts sehen vor Tränen, hol deinen Tenente, sagte das Mädchen, ich nahm die Feder und kritzelte ein paar Worte auf einen Zettel und schickte das Mädchen damit weg.

Ich hielt ihm das Tuch gegen den Hals, er war ganz weiß und bewegungslos, ich wusste kaum, was ich tat, und dachte an Pico, der mir das Schreiben beigebracht hatte, für was? Nur dafür, dass ich jetzt diesen Zettel schreiben konnte und um ihm später ein paar Zeilen aus dem Gefängnis zu schicken.

Der Tenente kam mit vier Soldaten, fast hätte ich ihn nicht erkannt, weil sie alle in Zivil waren. Sie setzten ihn auf einen meiner Stühle mit den Korblehnen, drückten ihm das Tuch gegen den Hals und verschwanden. Ich weiß nicht, was der Tenente alles gemacht hat, jedenfalls haben sie später mein Zimmer geschrubbt, den Teppich, der nass vom Blut war, und meine Kleider mitgenommen. Das Mädchen hat mich gewaschen und nie hat jemand wieder ein Wort über diese Nacht verloren.

Am nächsten Morgen ist der Tenente gekommen und hat mich lange angesehen. Ist er tot, habe ich gefragt und er hat genickt. Aber mach dir keine Sorgen hat er gesagt, der Mann ist schon verschwunden. Wie kann man denn verschwinden, dachte ich, und er hat mir wohl angesehen, was ich dachte, und da habe ich es plötzlich wieder bekommen, das Reißen in den Füßen. Ob er wohl mein ganzes Geld nimmt, dachte ich, oder ob er mir einen Rest lässt. Aber er hat nur gelächelt und gesagt, ich will nur, dass du mit mir kommst. Wenn hier alles vorbei ist.

Mir wurde trotzdem eiskalt. Dann war ich also wieder von einem Einzigen abhängig. All die Jahre hatte ich gearbeitet, um das zu verhindern. Um nur mir zu gehören. In den Hotels am Lago Maggiore waren sie freundlich zu mir und ich verstand schon die schwierigsten Speisekarten. Ich sah mein ganzes Leben vor mir. Ein schönes Leben.

Und Pico? habe ich ihn gefragt. Wenn er will, kann er mitkommen, hat der Tenente geantwortet. Da bin ich aufgestanden und habe ihn ganz lange umarmt.

Obwohl ich glaube, Pico wird hier bleiben, bis der Tunnel fertig ist. Zumal, wenn er erfährt, mit wem ich gehe. Aber ich habe ihm noch nichts gesagt. Nicht bevor ich weiß, wann ich gehe. Wenn sie durch den Berg sind, glaubt mein Tenente, wird er hier abgelöst. Dann will er weg mit mir. Vielleicht kommt Pico mich besuchen. Wenigstens weiß ich noch eine Weile, wo ich ihn finden kann.

Manchmal möchte ich jemandem von dieser Nacht erzählen, nur um das viele Blut aus meinem Kopf zu bekommen, das abgebrochene Messer. Aber ich kann nicht. Nicht einmal Pico. Er würde es nie weitererzählen, aber er würde es mit sich herumschleppen wie einen Stein.

Zwei Tage, nachdem sie den Mann weggebracht hatten, ist auch mein Mädchen verschwunden und ich weiß nicht, ob der Tenente seine Finger da im Spiel hatte. Ich habe ihn gefragt, ob er Geld braucht, sich ihr Schweigen zu erkaufen, aber er hat nur den Kopf geschüttelt und gesagt, pass gut darauf auf, es muss ja noch unser ganzes Leben reichen. Da spürte ich es wieder, das Reißen. Er ist ein Jäger, hatten seine Leute mir erzählt. Jetzt weiß ich, was sie meinten. Ich habe mich nicht getraut ihn zu fragen, wo das Mädchen hin ist.

Der Ingegnere war auch wieder hier, und manchmal höre ich aus seinen Worten, dass er sich Hoffnung macht. Wenn der Tunnel fertig ist, werde ich kommen und dich fragen, ob du mit mir gehst, hat er sogar einmal gesagt. Er lässt viel Geld hier und ist immer freundlich. Nur sehr traurig. Ich fürchte mich ein wenig davor, dass er wirklich kommt und mich fragt.

Der kleine Dottore hat mich die letzten Male so seltsam angesehen. Ich hoffe nur, er hat das gestickte M auf dem Tuch nicht erkannt.

Manchmal wache ich nachts auf, weil mir die Luft wegbleibt, und ich träume, die Brandung hat mich ganz weit aufs Meer hinausgerissen und ich kann kein Ufer sehen. Es ist wie ganz am Anfang, als ich herkam an den Simplon und mit Pico noch unter dem steilen Felsen am Ufer der Diveria wohnte und nachts vor Angst nicht einschlafen konnte.

Oft habe ich den ganzen Tag und die Nacht Männer hier, nur um dann vor Erschöpfung durchschlafen zu können. Aber ich werde trotzdem wach und springe aus dem Bett, weil ich im Traum nach Luft geschnappt habe. Dann stelle ich mich vor den Spiegel, sehe mich an und ahne, dass alles zu Ende geht.

Wann heult nur endlich die Sirene?

33

„Wenn ich wiederkomme, haben wir es hinter uns."

Bellmer hielt Friederikes Hand. Seit ein paar Wochen trug sie wieder Farben, die blauen Blusen, die ihr so gut standen, die hellen Röcke. Monatelang hatte sie sich nur in schwarzen Kleidern gezeigt und manchmal hatte er den Eindruck, sie ginge gebeugter als zuvor, weil er sich nicht mehr so recken musste, um ihr einen Kuss zu geben.

Margarethe stand oben auf der Treppe neben Wilhelm, der kurz vor Weihnachten aus Brig gekommen war und jetzt zum ersten Mal in all den Jahren schon zwei Monate bei ihnen wohnte.

„Wir warten auf dich", sagte Friederike leise, „und sei vorsichtig."

„Die Glocken werden läuten, wenn wir durch sind. Und die Sirenen heulen", antwortete Bellmer.

Das neue Jahr war mit lähmender Kälte ins Tal gekrochen. Vom nahen Friedhof wehte Rauch herüber. Seit zwei Tagen flackerten wieder Feuer an der Friedhofsmauer. Oft hatte Bellmer nachts am Fenster gestanden und den tanzenden Schatten zugesehen. Er hatte an seinen kleinen Sohn gedacht, der tief in der gefrorenen Erde lag, an die Spuren im Schnee vorm Haus. Eine Träne lief über seine Wange, ohne dass er sie bemerkte. Was hielt ihn und Friederike zusammen? Er fand schon lange keine Antwort mehr darauf, vielleicht würde irgendwann ihr Leben diese Frage beantworten. Friederike war nicht mehr dieselbe wie früher, der Tod von Hans hatte sie verändert. Manchmal, wenn sie schon schlief, entdeckte er in ihrem Gesicht eine Verzweiflung, die mehr war, als nur der Kummer über den Verlust ihres Kindes. Und wenn er ins Bett kam, klammerte sie sich im Schlaf an ihn, als ertrinke sie.

Er zog das schmiedeeiserne Tor auf, wandte sich noch einmal zu ihr um, aber sie hatte die Haustür geschlossen. Hinter dem Fenster im ersten Stock sah er die Gesichter von Margarethe und Wilhelm. Zögernd hoben sie die Hand und winkten ihm nach.

Die Glocken schlugen sieben, als er im leichten Schneetreiben die Tunnelbaustelle erreichte. Eine seltsame Anspannung lag über dem Tal, die Geräusche schienen gedämpfter, die Menschen, die ihm entgegenkamen, sahen ihn voller Erwartung an und grüßten, als hofften sie auf ein Wort von ihm.

„Ingegnere Bellmer."

Hinter seinem Rücken hörte er das Knirschen von Schuhen im Schnee. Aidan Fox kam auf ihn zugelaufen, reichte ihm die Hand.

„Hoffentlich ist das kein schlechtes Vorzeichen", sagte der Journalist atemlos, „der Telegraf in Iselle ist ausgefallen. Ich habe einen Boten nach Gondo geschickt, um die letzten Meldungen abzusetzen."

„Kommen Sie mit zu der Versammlung im Tunnelbüro?", fragte Bellmer. Es war der letzte Abend vor dem Durchschlag. Sandau hatte die Vertreter der Tunnelbaugesellschaft eingeladen, einige Journalisten und die Ingenieure. Auch aus Brig war ein gutes Dutzend Ingenieure herübergekommen. Sie alle wollten in den Tunnel einfahren, wenn es soweit war.

Fox nickte.

„Wie läuft es?"

„Wir haben noch ein paar heiße Quellen angebohrt. Aber es läuft gut. Noch zwölf Stunden, vielleicht weniger. Dann sind wir durch."

„Es soll Gas im Tunnel ausgetreten sein, sagen die Arbeiter. Es heißt, sie hätten gestern evakuiert."

„Stimmt. Es ist etwas Gas ausgetreten. Kohlenoxid und Sumpfgas. Wir haben den Tunnel weitgehend geräumt. Aber auch nur, damit die Arbeiter im Vortrieb schnell raus kommen, wenn wirklich bei der nächsten Sprengung viel Gas austritt. Außerdem ist es unglaublich heiß im Tunnel.“

„Ich habe da noch etwas gehört“, sagte Fox und sah Bellmer wachsam an. „Es soll Defekte in der Ausmauerung gegeben haben. Es war von ungewöhnlichen Inspektionen die Rede, von Teilen der Ausmauerung, die aufgerissen und erneuert wurden.“

Bellmer antwortete nicht, schließlich blieb er stehen und sah Fox an.

„Was wäre, wenn ich Sie bitte, das für sich zu behalten. Wenn der Tunnel fertig ist, sind Sie der Erste, der die Hintergründe erfährt.“

Fox lächelte.

„Unter einer Bedingung. Sie fahren doch irgendwann gegen Mitternacht in den Tunnel? Um den Durchschlag zu überwachen.“

„Vermutlich“, antwortete Bellmer vorsichtig.

„Nehmen Sie mich mit. Und keinen der anderen Journalisten.“

„Das hat keinen Sinn. Ich fahre schon um zehn Uhr. Bis zum Durchschlag kann es zwölf und mehr Stunden dauern. Kommen Sie später nach.“

„Ich will vor den anderen im Tunnel sein“, beharrte Fox.

„Gut, warum nicht. Ich finde einen Weg. Aber ich würde Ihnen gern jemanden mitgeben. Einen erfahrenen Arbeiter vielleicht.“

„Wenn es Sie beruhigt“, gab Fox zurück, „und wen?“

„Ich weiß noch nicht. Ich lasse mir was einfallen.“

Als Bellmer den Versammlungsraum betrat, klatschten einige der Ingenieure. Er hob beschwichtigend die Hand, murmelte einen Gruß. Fast alle Ingenieure und Gäste saßen um den großen Tisch. Einige Journalisten hatten sich auf die Fensterbänke gesetzt, Fox gesellte sich zu ihnen. Auch Sandau war da, mit den Vertretern der Tunnelbaugesellschaft. Sie waren am Abend angereist und wohnten in Sandaus Villa in Iselle. Ziegenkeulen standen auf dem Tisch, Gnocchi, Polenta und Wein, Karaffen mit Wasser. Der Zigarrenqualm hing wie eine Wolke unter der Decke.

Alle Augen waren auf Tello gerichtet.

Er stand an der Wand vor dem Regal mit den Akten und beschrieb mit ausgestreckten Armen einen Halbkreis.

„Wenn das der Tunneldurchmesser ist, dann werden wir ungefähr hier durchstoßen.“ Er hielt den linken Arm steil in der Luft, senkte ihn etwas zur Seite. „Ungefähr hier. Wenn mich meine Ohren nicht getäuscht haben.“

„Warum da oben?“, fragte einer der Journalisten.

„Von Norden her haben sie den Tunnel hinter dem Scheitelpunkt fast horizontal weitergetrieben, um das Wasser der Quellen besser aus dem Stollen abpumpen zu können. Wir stoßen mit der oberen Kante unseres Vortriebs an die untere Kante ihres abgesoffenen Vortriebs.“

„Und wieso links oben, Ingegnere?“, wollte der Journalist wissen.

„So ein Gefühl“, antwortete Tello, „aber Ingegnere Bellmer kann Ihnen das genauer erklären. Er hat all die Jahre den Vortrieb geleitet.“

Wieder klatschten die Männer und Bellmer stand auf.

„Viel mehr als Ingegnere Tello kann ich Ihnen auch nicht sagen. Es ist so ein Gefühl. Die Sprengungen hören sich anders an. Vielleicht sind wir nicht hundertprozentig auf derselben Tunnelachse und treffen den nördlichen Stollen etwas versetzt.“

„Das kann man hören? Wie weit sind denn die beiden Vortriebe noch voneinander entfernt?“

Bellmer sah auf seine Taschenuhr, kurz vor acht. Noch zwei Sprengungen, dann müsste es soweit sein. Er ging zur Wand und machte sieben lange Schritte durch den Raum. „Sechs bis sieben Meter schätzungsweise. Wir sind jetzt vorsichtig. Und sprengen mit kürzeren Bohrlöchern.“

„In den letzten Tagen ist Gas im Tunnel ausgetreten. Erwarten Sie Gas beim Durchbruch?“, hakte jemand nach.

„Möglich ist alles. Im Norden steht das Wasser seit Mai letzten Jahres im Stollen. Seitdem wird dort nicht mehr gearbeitet. Und das Wasser ist heiß. Da kann sich durchaus Kohlengas bilden oder Sumpfgas. Deshalb wollen wir vermeiden, ein zu großes Loch zu sprengen. Denn wenn Gas kommt, dann heißt es rennen. Auch bei guter Ventilation. Und den Kopf oben halten." Er sah hinüber zu den Journalisten auf den Fensterbänken. „Denken Sie dran, wenn Sie später in den Tunnel einfahren. Das Gas ist schwerer als Luft. Nie hinsetzen und den Kopf hängen lassen."

„Wir doch nicht", gab einer der Journalisten zurück und sie lachten.

Sandau stand auf und klopfte an sein Glas.

„Auf den Tunnel. Und darauf, dass er die Menschen einander näher bringt. Und für Frieden sorgt."

Sie standen auf und hoben ihre Gläser.

Als Bellmer sein Glas ansetzte, sah er Noces Gesicht zwischen den Ingenieuren. Es hatte sich verändert, wirkte aufgedunsener als früher. In einem einzigen Zug leerte Noce sein Glas. Bellmer suchte den Raum ab. Fox war etwas zurückgetreten vom Tisch, beobachtete Alessandro Tello, warf dann einen langen Blick in die Runde, als wolle er sich das Bild einprägen, jedes einzelne Gesicht am Tisch.

Die Kopfschmerzen kamen in kleinen Wellen. Bellmer stand auf und öffnete eines der Fenster, Schneeflocken fielen herein. Immer wieder sprang einer der Ingenieure vom Tisch auf, die Serviette noch im Hemd, lief durch den Raum, demonstrierte die Länge von Bohrlöchern, ihren Winkel, erzählte von Quellen, zeichnete Abflusskanäle mit dem Schuh auf den Holzboden, die Bleistifte der Journalisten jagten über ihre Blöcke. Jede Frage versuchte Bellmer aufzuschnappen, auf der Suche nach einer verräterischen Bemerkung. Er sah, wie Fox mit ruhigem, fast traurigem Blick Tello taxierte, und er sah Noce. Es war, als tanzten die Gesichter auf einem See von Stimmen und warfen kleine Wellen von Kopfschmerz ans Ufer.

„Ingegnere."

Tello stand neben ihm, Bellmer hatte jedes Gefühl dafür verloren, wie lange er schon am offenen Fenster stand.

„Ich werde Noce jetzt nicht mehr aus den Augen lassen. Sollte er gehen, werde ich ihm folgen. Nur für alle Fälle. Falls die Capos nicht alle Stellen im Tunnel gefunden haben. Kommen Sie allein am Vortrieb zurecht?"

Bellmer nickte.

„Seien Sie vorsichtig, Tello. Wenn er etwas vorhat, wird er nach der Zehn-Uhr-Schicht einfahren. Dann hat er den größten Teil des Tunnels für sich allein."

Alessandro setzte sich wieder zu den anderen und ließ sich Kaffee bringen. Bellmer schloss das Fenster, starrte durch das Schneetreiben hinaus auf den Tunneleingang. Die ersten Männer kamen von ihrer Schicht zurück. Ganz hinten auf dem Wagen erkannte er den Jungen, Pico.

Bellmer machte Fox ein Zeichen.

„Ich gehe jetzt. Kommen Sie in zehn Minuten nach. Aber so, dass es nicht auffällt", sagte er leise.

Bellmer ging nach unten, lief zum Badehaus und konnte Pico gerade noch abfangen, bevor er in der Dusche verschwand.

„Ingegnere", sagte Pico überrascht.

„Hast du einen Augenblick Zeit?"

Unsicher sah Pico ihn an.

Arbeiter kamen an ihnen vorbei auf dem Weg zur Dusche und grüßten, „Schade, Ingegnere, dass unsere Schicht den Durchbruch nicht geschafft hat", rief einer der Männer, die anderen murmelten zustimmend. „Vielleicht beim nächsten Tunnel", gab Bellmer zurück und die Männer lachten.

Er zog den Jungen zur Seite.

„Ich wollte dich um einen Gefallen bitten."

Pico wartete.

„Es gibt einen Journalisten, der in den Tunnel will. Ich möchte nicht, dass er allein geht. Du könntest ihn begleiten und auf ihn aufpassen. Du sollst es nicht umsonst machen. Drei Lire. Einverstanden?"

„Drei Lire?", entfuhr es Pico, „fürs Aufpassen? Fast ein ganzer Tagessold? Das ist zu viel."

„Es ist doch auch Arbeit. Nimm das Geld. Bitte."

Er hielt dem Jungen die drei Lire hin, der öffnete ein graues Fellsäckchen, das um seinen Hals hing, und stopfte das Geld hinein.

Fox stand am Eingang des Tunnelbüros und sah ihnen entgegen.

„Pico wird Sie begleiten." Dann wandte er sich an den Jungen. „In meinem Büro steht ein Feldbett. Versuch zu schlafen. Signore Fox wird dich wecken, wenn er in den Tunnel will."

Als der Junge verschwunden war, drückte Bellmer Fox eine Kontrollmarke für den Tunnel in die Hand.

„Damit kommen Sie in den Tunnel. Auch ohne mich."

Fox ließ die Marke verschwinden.

„Ich werde mit der nächsten Schicht einfahren, zum Vortrieb", sagte Bellmer leise. „Oben in meinem Büro ist eine Lampe. Nehmen Sie sie mit, wenn Sie den Jungen wecken. Ohne Lampe kommen Sie nicht weit. Und denken Sie daran. Immer den Kopf oben behalten. Das Gas im Tunnel ist schwerer als Luft." Dann gab er Fox die Hand. „Ich muss los."

Fox ging zurück in den Versammlungsraum. Zwei Ingenieure demonstrierten gerade mit einigen schweren Folianten aus dem Bücherregal die Ausmauerung des Tunnels. Ein paar Männer klatschten begeistert. Fox setzte sich wieder auf die Fensterbank.

Jeder Stein war eine Minute, eine Stunde seines Lebens. Er wollte diese Zeit nicht umsonst geopfert haben. Diese Jahre, die ihn so viel gekostet hatten.

Ein paar hundert Meter vor sich sah Alessandro den Schein der Grubenlampe, die Noces flackernden Schatten an die Tunnelwand warf.

Es war unmöglich, ungesehen in den Tunnel zu kommen. Bis auf den Vortrieb war er evakuiert und am Eingang standen Wachen. Noce hatte am Tunneleingang seine Kontrollmarke vorgezeigt, Alessandro war ihm ein paar Minuten später gefolgt.

Als er im Tunnel verschwand, hörte er noch die Glocken ein Uhr schlagen.

Alessandro lief auf den Schienen in die Dunkelheit hinein. Seine Grubenlampe hatte er an einem Riemen um die Schulter hängen, ohne sie anzuzünden, und folgte der Silhouette von Noce. Ein Zug mit Abraum und gebrauchten Bohrköpfen kam ihnen entgegen, Alessandro hörte, wie Noce den Zugführer etwas fragte, aber er konnte sie nicht verstehen. Als der Zug wieder anfuhr, machte er zwei Schritte in den Querstollen und duckte sich auf den Boden. Im Licht der Lokomotive sah er die Stollenwand. Der Tunnel war sauber ausgemauert, unter den Decken hingen Versorgungsleitungen für den Vortrieb. Auf dem dicken Rohr, in dem das Wasser der Quellen aus dem Tunnel abgeleitet wurde, stapelten sich alte Holzstempel, Maschinenteile, die Reste einer zerstörten Bohrmaschine, an der das Zaumzeug eines Pferdes hing. Pico kam ihm in den Sinn. Ob Marcella wohl noch in Balmalonesca war?

Der Zug verschwand, Alessandro richtete sich auf und tastete nach den Schienen. Im Dunkeln hinter sich hörte er ein Geräusch, das Platschen in einer Pfütze. Vermutlich ein Tier. Menschen gab es hier keine, nur ganz vorn im Vortrieb wurde noch gearbeitet.

Noce kniete jetzt auf den Schienen, während sich sein Oberkörper hin- und herbewegte.

Es dauerte, bis er weiterging, Alessandro folgte ihm vorsichtig mit tastenden Schritten. Plötzlich blieb sein linker Fuß hängen, er strauchelte und wäre fast gestürzt. Auf der Schiene war eine große Metallkralle verschraubt, die einen Holzkeil hielt. Jede Lok, die in den Tunnel einfuhr, würde hier aus den Schienen springen.

Deshalb hatte Noce so lange auf dem Gleis gehockt.

Alessandro überlegte, ob er die Kralle lösen sollte, doch Noce entfernte sich schnell, und er folgte ihm. Plötzlich blieb Noce wieder stehen und schlug mit einem Hammer auf die Wand ein. Dann hob er die Grubenlampe und Alessandro erkannte den kleinen Spitzhammer in seiner Hand. Noce schlug die Verfugung zwischen den Steinquadern der Tunnelwand auf, stellte die Lampe ab und zog einen Bogen Papier aus der Tasche.

Eine Welle der Angst schoss in Alessandro hoch. Noce würde wissen, dass die Ausmauerung kontrolliert worden war. Gab es eine andere Liste, die er in seinem Zimmer übersehen hatte? Mit anderen Sprengladungen?

In der Dunkelheit hatte er das Gefühl für die Entfernung verloren, aber sie mussten an den ersten eingemauerten Sprengladungen sein. Noce suchte die Wand ab, zählte die Reihen der Mauerung. Dann steckte er den Hammer in den Hosenbund und studierte wieder das Papier in seiner Hand.

Einen Augenblick später flackerte das Licht hinüber auf die andere Tunnelseite. Wieder hämmerte Noce auf die Tunnelwand ein, seine Grubenlampe wanderte über die Steinquader. Dann blieb sie ruhig, er klopfte vorsichtiger, griff in seine Jacke und holte eine dicke, runde Stange hervor, mit der er über die Stelle an der Tunnelmauer rieb.

Dynamit, dachte Alessandro, sie hatten also doch Sprengladungen übersehen. Noce rieb das Ende der Zündschnur mit Dynamit ein, wühlte dann in seiner Hosentasche. Alessandro brach der Schweiß aus, er begann zu zittern. Noce wollte die Ladung zünden. Alessandro lief los, wollte schreien. Er wollte nicht sterben, nicht hier im Tunnel. Er wollte Errico wiedersehen, die Berge, Gianna.

Er stolperte über eine Holzbohle und stürzte. Ein stechender Schmerz in seiner Schulter ließ ihn laut aufstöhnen.

Die Hand mit Noces Lampe fuhr herum und leuchtete in den Tunnel. Aber Alessandro war zu weit weg, als dass ihn der Schein der Lampe erreichte.

Zitternd kniete Alessandro auf dem feuchten Tunnelboden, den Kopf in den Armen verborgen, die Augen zusammengepresst. Er wartete auf diesen letzten Moment, in dem alles zusammenlief, wenn ein Leben endet. Doch er hörte nur Noces Schritte, und als er die Augen öffnete, sah er den Lichtschein von Noces Lampe tiefer in den Tunnel hinein wandern.

Alessandro atmete aus, wischte sich den Schweiß vom Gesicht. Er versuchte sich die Stelle zu merken, an der Noce gestanden hatte und kroch auf Händen und Füßen weiter. Sein Herz hämmerte, er richtete sich langsam auf und lief weiter. Es musste noch mehr Stellen geben, die sie nicht entdeckt hatten. Mit den Händen tastete er über die Tunnelwand, aber im Dunkeln war die Stelle, die Noce mit Dynamit bestrichen hatte, nicht zu finden.

Wieder machte der Lichtschein halt, erschöpft setzte Alessandro sich auf die Gleise. Mindestens drei Stunden folgte er Noce jetzt. Vom Vortrieb konnte er das ferne Hämmern der Bohrmaschinen hören. Seine Schulter schmerzte.

Hin und wieder entfaltete Noce seinen Papierbogen, zählte die Reihen der Mauersteine ab, von unten nach oben, von links nach rechts. Sechs Mal, zählte Alessandro, hatte Noce die Dynamitstange bisher hervorgeholt. Nicht einmal war es ihm gelungen, die Stellen zu finden. Sechs Ladungen schon, die die Capos nicht gefunden hatten.

Im Stollen wurde es immer heißer. Als Alessandro sich umdrehte, sah er ein fernes Licht. Er tastete nach dem Gleis, es vibrierte leicht, eine Lok. Da sprang das Licht zur Seite und verlöschte. Der Zug war an dem Holzkeil aus den Schienen gesprungen. Alessandro lachte leise vor sich hin. Dann waren er und Noce jetzt allein auf der Strecke bis zum Vortrieb.

Das Licht von Noces Lampe war schwächer geworden, Alessandro hastete hinter ihm her. Dann sah er, wie Noce sich hinhockte, die Lampe auf den Boden stellte und seine Papiere studierte. Er konnte den Schatten eines alten Stützpfeilers erkennen, der neben Noce an der Wand lehnte.

Schritt für Schritt folgte er dem Licht, den rechten Arm zur Seite gestreckt, bis er an den Stützpfeiler stieß. Fahrig tasteten seine Hände über die Tunnelwand. Dann spürte er das Dynamit, eine klebrige, bröselige Masse. Wieder eine Ladung, die unentdeckt geblieben war. Er hockte sich hin, das Gesicht nur wenige Zentimeter von der Tunnelwand entfernt. Aber er konnte nichts erkennen außer einem leichten Schimmern am Tunnelboden. Er legte sich auf den Bauch, kniff die Augen zusammen. Das leichte Schimmern war ein Balken aus weißer Farbe. 6400 m war darüber gemalt.

Alessandro kauerte sich an die Tunnelwand, zerrieb das Dynamit zwischen den Händen. Tränen der Verzweiflung traten ihm in die Augen. Er würde nicht mehr lebend aus dem Tunnel herauskommen. Noce hatte dem Priester gesagt, dass er seinen Weg zu Ende gehen würde. Und er hatte seine Augen bei der Versammlung gesehen, starre tote Augen. Noce hatte mit keinem ein Wort gesprochen. Er war bereit zu sterben. Er würde eine Ladung nach der anderen zünden, selbst wenn er dabei draufging. Alessandro schluchzte leise und schlug mit der Faust gegen die Tunnelwand.

Immer enger wurde der Stollen jetzt. Er war zwar ausgemauert, aber an den Wänden stapelten sich Reste von Verschalungen und Gerüsten. Schweiß strömte seinen Körper herunter, er wusste nicht, ob es die Hitze war oder sein rasendes Herz.

Noce hatte seine Grubenlampe auf die Reste eines alten Gerüsts gestellt, die Papierbögen zwischen den Zähnen hämmerte er auf die Tunnelwand ein. Dann rieb er die Stelle mit Dynamit ein, schaute auf das Papier. Die achte Stelle.

Alessandro kroch vorsichtig auf ihn zu. Er hatte keine Vorstellung davon, was er mit ihm machen würde, aber er wollte die Papiere haben. Er würde sie sich holen, was immer geschah. Von fern hörte er das Rumoren der Bohrmaschinen. Noch zwei Kilometer bis zum Vortrieb, schätzte Alessandro, mehr nicht.

Noce hatte sich auf das Abwasserrohr am Fuß der Tunnelwand gesetzt, die Papiere in der Hand. Die Lampe neben ihm auf dem Boden warf seinen riesigen Schatten an die Tunnelwand. Auf dem Bauch kroch Alessandro näher. Sein Hemd blieb an einem Draht hängen und riss auf.

Überrascht bewegte sich der Schatten. Alessandro sprang auf und trat mit einem schnellen Schritt in den Lichtkreis der Grubenlampe.

„Du also“, sagte Noce müde.

Alessandro antwortete nicht.

„Du warst in meinem Zimmer, stimmt’s?“

Noce steckte die Hand in seine Jackentasche und zog den flachen Zigarrenabschneider heraus.

„Du hättest ihn wieder hinter dem Sesselpolster verschwinden lassen sollen."

„Warum?" Alessandro starrte ihn an, „warum tust du das?"

„Warum, warum", fauchte Noce, „warum nicht. Warum immer nur eine Schachfigur sein und nicht einmal selber handeln."

„Ihr werdet den Tunnel nicht aufhalten."

Noce nickte vor sich hin.

„Mag sein. Oder auch nicht. Aber ist es ein Zeichen. Dass wir es versucht haben. Vielleicht ist es dann soweit. Dass die Menschen sich aufbäumen in ihrem Elend. Ihre Ketten abwerfen. Erkennen, dass sie nichts mehr zu verlieren haben."

„Aber der Tunnel hätte geholfen, ihr Leben besser zu machen."

„Woher willst du das wissen?" Noce lachte. „Hat er deins besser gemacht?" Herausfordernd sah er ihn an. „Hat er dich zufriedener gemacht. Dich und Gianna?" Er grinste hämisch. „Oder hat er dich wenigstens reich gemacht?"

Schweiß tropfte ihm vom Kinn.

„Nun sag schon. Hat er dich glücklich gemacht?"

Er hielt die Grubenlampe dicht an Alessandros Gesicht, ein abschätziges Lächeln verzog seinen Mund. Schließlich lachte er leise und setzte sich wieder auf den Tunnelboden.

Alessandro streckte die Hand aus.

„Gib mir den Plan."

„Du hast nicht alle Aufstellungen gefunden. Sie waren auf den Seiten darunter. Du warst zu nervös. In einem fremden Zimmer herumzuwühlen ist nicht deine Sache? Aber man gewöhnt sich dran, nicht wahr? Die Drecksarbeit für andere zu machen. Den Affen für die, die sich die Taschen füllen."

„Gib mir den Plan", wiederholte Alessandro.

„Nein", sagte Noce tonlos, „du weißt, dass das nicht geht."

„Willst du es selber machen?"

Noce nickte langsam.

„Ja", sagte er kaum hörbar, „ja, ich werde es selber machen. Allein. Ihr hattet Glück. Du und deine Soldatenfreunde. Ein paar von den Leuten, die ihr aus dem Tal gejagt habt, hätten mir helfen sollen. Wir hätten es später gemacht. Vielleicht bei der Eröffnung. Wir hätten den König im Tunnel begraben.“ Er holte tief Luft. „Schöne Idee. Jetzt mache ich es eben allein. Heute.“

„Lass es. Bitte. Und gib mir den Plan.“ Auffordernd streckte Alessandro ihm die Hand entgegen. „Wie viele Menschen sollen denn noch sterben deinetwegen.“

„Ein paar Politiker und Bankiers, die sich von Sandau dieses Wunderwerk der Technik zeigen lassen. Und bisher ist noch niemand meinetwegen gestorben.“

„Und was ist mit dem Priester? Ihr habt ihn den Wasserfall hinuntergestoßen. Nur weil du in seinem Beichtstuhl gesessen hast.“

Noce winkte ab.

„Ein Pope weniger. Was soll's.“

„Da war noch jemand“, sagt Alessandro leise.

„Da war niemand mehr.“

„Doch, ein kleiner Junge, Hans Bellmer.“

Ein tierischer Schrei drang aus Noces Kehle. Alessandro sah den Hammer in Noces Hand. Er verfehlte seinen Kopf und traf die Schulter, auf die er im Tunnel gestürzt war. Ein flammender Schmerz lähmte seinen Körper, als Noce sich auf ihn warf.

Sie stürzten auf die Gleise und in dem Moment hörte Alessandro das schrille Pfeifen vom Vortrieb her.

„Sie sprengen“, schrie er, die Arme über dem Gesicht, um sich vor den unkontrollierten Schlägen zu schützen. „Sie sprengen. Es ist soweit. Sie brechen durch.“ Er bäumte sich auf, Noce kippte zur Seite. Alessandro kroch die Schienen entlang.

Ein dumpfes Grollen rollte durch den Tunnel. Er kroch weiter, versuchte sich in einem Querstollen zu verkriechen. Doch da stand Noce schon über ihm und trat ihm in die Seite.

„Sag, dass das nicht wahr ist mit dem Jungen. Es war ein Unglück. Ein Unglück.“ Wieder trat er Alessandro in die Seite. „Ein Unglück.“

Der Luftstoß der Explosion rauschte durch den Tunnel, Noce packte Alessandro und zog ihn in den Querstollen hinein, hinter die Reste einer alten Tunnelverschalung.

Von fern waren Stimmen zu hören.

„Forato, Traforo", brüllten sie durcheinander.

Sie sind durch, dachte Alessandro. Eine seltsame Müdigkeit lähmte ihn, die Schmerzen hüllten ihn ein wie eine Decke. Noce saß auf seiner Brust und hielt ihm die Spitze des Hammers an den Hals.

„Sag, dass das nicht wahr ist", schluchzte Noce, „dass es nicht meine Schuld war mit Bellmers Kind."

„Gib mir den Plan", wisperte Alessandro.

„Mich trifft keine Schuld. Es war ein Unglück. Ein Unglück." Noce presste Alessandros Kopf in den Schmutz des Tunnelbodens.

Und da spürte er es, diese schmerzende Lähmung, die sich von den Lungen aus in den Körper hineinfraß wie ein Geschwür. Gas. Kohlengas. Wie ein unsichtbares Tier kroch es über den Tunnelboden.

Wieder bäumte sich Alessandro auf, doch plötzlich wurde Noce schlaff und begrub ihn unter sich. Panisch versuchte er ihn abzuschütteln, als die Last plötzlich von ihm abfiel und er hochgerissen wurde. Jemand stellte ihn an die Tunnelwand und hielt ihn fest.

„Ingegnere, langsam atmen."

Alessandro blinzelte ins Licht einer Grubenlampe und erkannte Pico. Neben ihm stand der englische Journalist.

„Gute Geschichte", hörte er Fox murmeln. „Ich dachte schon, wir hätten Sie verloren. Wir wussten nicht, in welchen Seitenstollen er mit Ihnen verschwunden war."

„Seinen Plan", stammelte Alessandro, „die Papiere."

Fox hielt ihn fest, während er an der Tunnelwand lehnte.

Alessandro sah Pico dabei zu, wie er Noces Taschen durchwühlte, das Dynamit hoch hielt, die Papiere, ein Feuerzeug und Streichhölzer. Den Zigarrenabschneider fand er zuletzt.

„Das ist alles."

Alessandro streckte die Hand nach dem Zigarrenabschneider aus und steckte ihn in die Tasche.

Fox nahm die Papiere an sich, warf einen Blick darauf und hielt sie Alessandro hin. Die Schmerzen schwanden langsam aus Alessandros Kopf, aber die Zahlen tanzten vor seinen Augen.

„Sind das Zahlenkolonnen?“

Fox nickte.

„Mehr hat er nicht bei sich“, sagte Pico, „lassen Sie uns verschwinden.“

„Wir müssen Noce mitnehmen.“

„Sie oder er“, murmelte Fox.

„Haben Sie ihn bewusstlos geschlagen?“

„Sieht so aus. Ich hatte Glück.“

„Was ist, wenn er aufwacht? Er könnte sich zurückschleppen zu den eingemauerten Sprengladungen.“

„Ich denke, das Gas lässt ihn nicht wieder aufwachen.“

„Und wenn doch?“

Alessandro lehnte an zwei schweren Stützpfeilern, großen Holzstempeln, fast zwei Meter hoch. Ihm wurde schlecht, seine Beine gaben nach und er strauchelte gegen die Stützpfeiler.

Fox fing ihn auf, aber die Stempel rutschten langsam an der Tunnelwand zur Seite. Sie hörten den dumpfen Aufschlag, als sie auf Noces Körper fielen. Alessandro spürte Picos Blick.

Wortlos legte Fox sich Alessandros Arm um die Schulter, Pico ging voran.

Vom Vortrieb hörte er Stimmen, die näher kamen, Hände ergriffen ihn, zogen ihn auf eine Lore und sie rollten dem Ausgang entgegen. Bellmers Gesicht tauchte über ihm auf, starrte ihn schweigend an. Alessandro reichte ihm Noces Papiere und Bellmers Gesicht verschwand wieder. Fox lief jetzt neben ihm her.

„Haben Sie gehört, was Noce über den kleinen Bellmer gesagt hat“, fragte Alessandro leise.

Fox nickte und beugte sich zu ihm hinunter.

„Kein Wort zu Bellmer“, sagte Alessandro leise, „und danke.“

„Das war ich Ihnen schuldig“, sagte Fox ruhig.

Alessandro schloss die Augen, sah Gianna und Errico mit seinen blonden Haaren, Giannas hellen Strohhut, wie er leuchtete, als sie zum ersten Mal das Tal verließ, und der Schmerz in seiner Brust löste sich.

„Sie sind mir nichts schuldig“, sagte er langsam.

„Aber seien Sie gut zu Errico. Und behandeln Sie Gianna besser als ich."

Fox antwortete nicht. Er fuhr sich mit der Hand über die Augen und sah dem langsam größer werdenden Licht am Ende des Tunnels entgegen.

Die Sirenen heulten, dann begannen die Glocken zu läuten. Traforo-Rufe schallten aus dem Tal herauf.

„Sie haben es geschafft", sagte Paola und öffnete das Fenster, um das Läuten der Glocken hereinzulassen. Es schneite in dicken Flocken.

Lenga umarmte Paola. „Endlich", murmelte er, „endlich ist es vorbei."

Er zog sich seinen dicken Mantel über und ging hinunter.

„Ich komme mit", sagte Paola.

Sie hatten den Wagen schon am Vorabend vorbereitet, für den Fall, dass es Verletzte geben sollte beim Durchbruch. Sie hatten ihn mit Decken ausgelegt und eine Plane gegen den Schnee darüber gespannt.

Wenn Gas ausgetreten war, konnte man ohnehin nicht viel tun. Dann half nur Ruhe und frische Luft.

Zwei Krankenwärter saßen hinten auf dem Wagen und froren. Der Vorplatz vor dem Tunneleingang war voller Menschen, Frauen schenkten heißen Rotwein aus.

Dichte Wasserdampfwolken quollen aus dem Tunneleingang, sie hatten eine Lokomotive bis zu dem entgleisten Zug geschickt, die Wagen wieder auf die Schienen gezogen und die Männer aus dem Tunnel mit ins Freie genommen. Die Arbeiter vor dem Tunnel begannen zu jubeln und ihre Hüte in die Luft zu werfen, als der Zug ins Freie fuhr.

Die Männer sprangen von den Wagen, wurden von den Wartenden umringt. Betacca, der die letzte Sprengung überwacht hatte, hoben sie in die Luft und setzten ihn auf eine Schulter.

Nur einen mussten sie stützen.

„Alessandro", Lenga sprang vom Wagen. „Was ist los mit dir?"
„Er hat Gas eingeatmet", sagte Bellmer, „und sehen Sie sich mal seine Schulter an. Er ist gestürzt. Aber sonst ist alles in Ordnung."
Ein schlaksiger Junge stützte Alessandro. „Pico?", fragte Lenga. Der Junge nickte. Für jeden Tag im Tunnel war er um drei gealtert, dachte Lenga.
„Sie haben, was Sie brauchen", sagte Alessandro leise zu Bellmer. „Geben Sie Mangiagalli und Betacca die Pläne. Sie finden die restlichen Stellen schon."
Bellmer nickte und verschwand in einer schmalen Gasse, die sich zwischen den jubelnden Menschen auftat.

Als Lenga Alessandro vorsichtig auf den Wagen half, sah er Sandau mit seinen Gästen auf den Zug steigen. Bellmer saß neben Sandau, die Journalisten hatten auf dem hinteren Wagen Platz genommen. Unter lautem Jubeln der Arbeiter zog der Lokführer dreimal an seiner Signalpfeife und der Zug verschwand im Innern des Tunnels.
Sie wickelten Alessandro in Decken, Pico setzte sich zu ihm. Als Lenga auf den Wagen stieg, sah er einen Mann auf der Passstraße, der zu ihnen herüberwinkte. Der englische Journalist. Da hob Alessandro die Hand und winkte zurück.

Lenga ließ sie schlafen. Er hatte sich Alessandros Schulter angesehen. Die Haut war aufgeschürft, aber mehr als eine schmerzhafte Prellung war es nicht. Als Pico keine Anstalten machte zu gehen, hatte er ihm das Bett neben Alessandro gegeben.
Am späten Mittag musste Lenga wieder los. Aus der Gruppe mit Sandau waren zwei Männer zusammengebrochen.
Als er zum Krankenhaus zurückkehrte, sah er Alessandro mit Pico davongehen.
„Alessandro."
Alessandro blieb stehen, der Junge ging ein paar Schritte und stellte sich unter ein Vordach.
„Du kannst zu uns kommen, wann immer du willst", sagte Lenga.

„Danke, Cesare“, murmelte Alessandro.

Dann sagte er leise: „Sie werden noch einen Toten aus dem Tunnel bringen.“

„Ein Unfall? Zuviel Gas?“

„Nein“, Alessandro spielte mit dem Zigarrenabschneider in seiner Tasche, „kein Unfall.“

Lenga sah ihn ruhig an.

„Er wird in den Krankenberichten nicht vorkommen. Auch nicht in Paolas Statistiken. Es hat ihn nie gegeben.“

Schweigend standen sie einander gegenüber, zwischen ihnen tanzten die Schneeflocken.

„Möchtest du, dass ich mitkomme?“, fragte Lenga und dachte an das Haus oberhalb von Varzo, das jetzt dunkel und leer war.

„Wohin?“, antwortete Alessandro und umarmte ihn.

„Und nun?“

Alessandro sah in das gealterte Gesicht des Jungen, blickte noch einmal zurück und winkte dem Arzt zu, bis er langsam im Schnee verschwand.

„Ich weiß nicht“, gab Alessandro zurück. Sie gingen langsam das Tal hinunter an der weißen Kirche vorbei, bis sich die ersten Konturen von Balmalonesca aus dem Schneetreiben herausschälten.

Er dachte an Marcella, und in dem Moment fing er Picos Blick auf und lächelte.

Er hatte den letzten Schritt gemacht. Er hatte einen Menschen getötet. Um der Zukunft willen. Er hatte die letzte Barriere überschritten. Er war frei. Er war frei für alles, was da kommen sollte. Er war die Zukunft.

Alessandro nahm den Zigarrenabschneider und warf ihn mit aller Kraft den Hang hinab.

Was jenseits des Tunnels lag

Der Mann träumte. Tagelang hatte er um Hilfe gerufen, bis ihn das Luftholen schmerzte, hatte ab und zu eine Handvoll Schnee im Hals zergehen lassen gegen die Schmerzen, dann weiter in die Dämmerung hineingebrüllt. Endlich hatte die eisige Kälte auch seine Arme gelähmt und die Kraft hatte ihn verlassen. Jetzt träumte er gegen den Eisblock an, der in ihm in die Höhe wuchs wie ein Kristall. Träumte von der Hitze, die ihm entgegenschlug, wenn er mit seinen Leuten in den Tunnel einfuhr. Und von der letzten Fahrt vor vielen Jahren, der Eröffnung des Tunnels, als er seinem König so nahe stand, dass er die Schweißtropfen auf dessen Schläfen sehen konnte, von dem Schiff, das ihn über den Kanal nach England zu seinem Sohn gebracht hatte.

Einen Rest von Kraft verspürte er und von der Zuversicht, die ihn erfüllt hatte, wenn er in dem dunklen Schlund verschwand. Er bäumte sich auf, stieß einen Schrei aus, den nur noch er selber hörte. Sein Kopf rutschte zur Seite und drückte ihm die graue Filzkappe über die Augen, während der eisige Kristall in ihm weiter wuchs.

Seitdem es hell geworden war, hatten sie im dichten Schneetreiben den Hang abgesucht nach der Stimme. Es fiel ihnen schwer, sich zu orientieren, jetzt, nachdem sie verstummt war. Sie waren zu dritt, jeder eine weiße Fahne mit rotem Kreuz auf dem Tornister. Zur Vorsicht hatten sie noch eine Fahne an eine Stange gebunden, für den Fall, dass das Schneetreiben nachließ und die Österreicher sie vom gegenüberliegenden Hang aus entdeckten und das Feuer eröffneten.

Drei Tage lang hatten sie die Hilferufe gehört, Österreicher wie Italiener. Wie ein unsichtbares Tier waren die Schreie über die Berghänge gesprungen, nachts waren die Soldaten aus ihren Alpträumen aufgeschreckt. Manchmal hörten sie nur ein Wimmern, dann ein verzweifeltes, wütendes Brüllen.

Mit Spiegeln hatten sie sich mit den Österreichern über das Tal hinüber auf eine Feuerpause verständigt und sich mit dem Arzt auf die Suche gemacht. Wenig später setzte das Schneetreiben wieder ein.

Als die Flocken kleiner wurden und die Sicht besser, hockten sie sich erschöpft in den Schnee und beratschlagten. Viel Zeit blieb ihnen nicht, sie einigten sich auf eine Stelle am Abhang, von der sie vermuteten, dass die Schreie von dort gekommen seien. Mit ihren Stangen und Pickeln richteten sie einen Stand ein, banden den Arzt in das Seil und ließen ihn über den Abhang hinab.

Die Dämmerung warf erste Schatten und es dauerte eine Weile, bis der Arzt das Pferd auf dem Felsvorsprung erkannte. Es lag auf der Seite, geschützt vom Sturm hinter einer vorspringenden Kante. Bis auf den Kopf war es unterm Schnee verschwunden, doch als sie ihn weiter herabließen, erkannte er deutlich die Konturen des Pferdes unter der weißen Decke.

Große Schneeklumpen fielen auf ihn, als sich das Seil bewegte, an dem er hing.

Ununterbrochen hatte es geschneit, so dicht war der Schnee gefallen, dass Italiener und Österreicher sich von ihren Unterständen aus nicht mehr sehen konnten. Das Feuer der Maschinengewehre und das Heulen der Mörsergranaten hatte nachgelassen. In der eisigen Kälte lagen sie sich in den Gipfeln des Adamello-Massivs gegenüber, immer wieder mussten sie ihre Unterstände frei graben, um nicht unter dem Schnee zu ersticken.

Über zwei Jahre schon zerfetzte der große Krieg Europa und

seine Menschen. Fast ebenso lang belauerten sie sich in den Bergen, schossen aufeinander, töteten einander. Nur um ihre Toten oder Verwundeten zu bergen, einigten sie sich auf Feuerpausen.

Waren sie vorbei, wechselten sie stündlich die Wachen in der Kälte aus Angst, der Feind könnte im Schutz des Schneetreibens den Berg hochkriechen und sie überraschen. Die Soldaten zitterten, wenn sie den Unterstand verließen, manche beteten. Das Rauschen eines Schneebretts, das sie in die Tiefe riss oder das Echo einer Kugel in den weißen Bergen war für viele das Letzte, was sie hörten. Die jüngeren Soldaten klammerten sich an das Gerücht, dass ihnen im Moment des Todes noch einmal warm würde.

In ihren Unterständen lasen sie sich die Briefe ihrer Mütter und Frauen vor, dicht gedrängt in der Kälte. Sie alle wussten, was passieren würde, wenn es aufhörte zu schneien und die Gefechte wieder aufflammten. Der erste Schuss, die erste Granate würde die Lawinen losbrechen lassen. Verstohlen sahen sie sich an, fragten sich, wer überleben würde, bis die Ablösung aus dem Tal kam. Sie wussten, dass es von zehn Soldaten selten mehr waren als zwei.

In der Nacht, bevor es zu schneien begonnen hatte, war von Süden her eine Handvoll Alpini mit dem Arzt und zwei Haflingern in die Berge aufgestiegen, um einen Trupp italienischer Soldaten abzulösen, der seit zwei Monaten dort zu überleben versuchte. Der Schneefall hatte sie überrascht und gerade noch hatten sie es bis in einen Unterstand geschafft, ein paar hundert Meter entfernt von den Soldaten, die sie ablösen sollten. Sie hatten sich zusammengekauert in den Verhau aus Felsen und Brettern und gewartet. Nur die beiden Haflinger passten nicht mehr in den Unterstand.

Ein paar Tage hatten sie im Schneetreiben ausgeharrt, geraucht und sich Geschichten aus einer Zeit vor dem Krieg erzählt. Als die meisten von ihnen Tunnel durch die Alpen gebaut hatten, oder Straßen.

Immer wieder nickten die Soldaten ein, schreckten hoch, wenn ihre Schatten über die graue Schneewand ihres Unterstands tanzten, weil jemand die Tür des winzigen Ofens öffnete, um Holz nachzulegen.

Wenn es draußen heller wurde, versuchten sie, zum nächsten Unterstand vorzudringen, um ihre Kameraden abzulösen, doch der heulende Schneesturm trieb sie zurück.

Am Nachmittag des vierten Tages hörten sie das dumpfe Brüllen eines Mörsers, dann flog die Tür des Ofens auf, spuckte glühende Asche und Funken zwischen die Soldaten, als die Lawine über sie hinwegschoss. Der Luftdruck nahm ihnen den Atem. Als sie sich wieder ausgruben, hatte das Schneetreiben nachgelassen. Sie suchten den Hang ab nach dem Unterstand ihrer Kameraden, doch der war verschwunden. Ebenso wie die beiden Haflinger.

Wenig später hatten die Schreie angefangen und wollten nicht mehr aufhören.

Der Arzt fuhr sich übers Gesicht. Schnee rieselte auf ihn herab, als die Soldaten ihn weiter abließen, das Seil schnürte ihm die Brust ein. Er erkannte die helle Mähne des Haflingers. Am Hals, unter dem Kopf des Pferdes, ein grauer Fleck.

Er brüllte einen Befehl nach oben, ruckte kurz am Seil, als er Boden unter den Füßen hatte, und machte ein paar Schritte auf das Pferd zu. Er begann zu zittern, kämpfte den plötzlichen Drang nieder, zu schreien, sich hochziehen zu lassen, mit einem „Nichts zu finden" die Fragen der Soldaten zu ersticken und mit ihnen zum Unterstand zurückzukehren.

Der graue Fleck unter dem Kopf des Pferdes war eine Filzkappe, mit Eichhörnchenfell gefüttert. Der Arzt ließ sich auf die Knie fallen, starrte die Kappe an, dann wischte er vorsichtig den Schnee zur Seite. Kinn und Wangen unter der Kappe waren schwarz. Vorsichtig zog er die Kappe in die Höhe. Sie war steif gefroren und es kostete ihn einige Kraft, dann gab sie nach und ein Stöhnen kroch durch den Kopf vor ihm. Wie ein Stromschlag fuhr ihm der Schreck in die Glieder. Zwei Augen blickten ihn an. Die wimpernlosen Lider mussten innen an der Kappe festgefroren sein und er hatte sie mit aufgerissen. Ein paar Haare vom Fell klebten an den Lidern.

Dann bewegten sich die Augen und in dem Augenblick erkannte er ihn.

„Alessandro."

Alessandro, der Ingenieur. Alessandro, sein Freund.

Er lebte. Zumindest lebte noch etwas in ihm, was immer es war.

„Alessandro", wiederholte er, beugte sich über ihn, wischte ihm den Schnee vom Gesicht.

Ein lang gezogenes Ausatmen. Ein Rest von Leben in Alessandro gab nicht auf.

„Wir bringen dich hier raus. Ins Warme."

Lenga wusste, dass Alessandro ihn nicht verstand. Und er wusste, dass er log. Alessandros Gehirn musste ein gefrorener Klumpen sein. Aber irgendetwas in Alessandro reagierte.

„Zu viele Quellen. Zu viel heißes Wasser", murmelte er. Lenga beugte sich tiefer zu ihm herab. Ein eisiger Hauch drang aus Alessandros Mund.

„Ja, zu den warmen Quellen."

Ein Schleier wehte über Alessandros Augen.

„Er schwitzt. Der König schwitzt."

Es war das letzte Mal, dass sie sich gesehen hatten. Über zehn Jahre war es her. Bei der Eröffnung des Tunnels waren sie im selben Zug gefahren wie der italienische König. Paola hatte ihn begleitet, Alessandro war allein gekommen. Der König war durch die Waggons gelaufen und hatte die Mitfahrenden und ihre Frauen persönlich begrüßt. Schweiß war hinter den Ohren in seine Uniform gelaufen.

Als sie ausstiegen, hatte Alessandro Lenga umarmt, einen Augenblick gezögert und Paola in die Arme genommen. Dann hatte er sich umgedreht und war davongegangen.

Lenga sah sich den Haflinger an. Er musste auf Alessandro gestürzt sein, als die Lawine den Unterstand der Soldaten und die Pferde mitriss. Sie waren auf der Felsnase liegen geblieben, die anderen waren in die Tiefe gestürzt. Er fragte sich, wie Alessandro Tage und Nächte hatte schreien können.

Mit bloßen Händen wischte er den Schnee um das schwarze Gesicht zur Seite, suchte seine Schulter, seinen Arm. Aber da war nichts, nur der Kadaver des Haflingers. Seltsame Knollen lagen neben dem Pferd. Hartgefrorene Gedärme. Dann stieß er auf das Messer. Ein Bajonett, wie es die italienischen Soldaten in den Bergen trugen.

Er wühlte schneller, und dann wusste er, wie sein Freund auf dem Felsvorsprung überlebt hatte. Er hatte das Pferd aufgeschnitten, ein paar Rippen herausgebrochen, die Eingeweide rausgerissen und war dann in den Haflinger hineingekrochen, hatte von den Innereien gelebt, solange sie warm waren. Während all der Zeit hatte er in das Schneetreiben hineingebrüllt, bis die Kälte erst den Haflinger, dann Alessandro packte, das Blut in seinen Beinen immer zäher wurde und schließlich gefror, das Eis in seinem Körper hinaufkroch, seine Lungen, seinen Hals zu einem dunklen Stein werden ließ.

Wie ein Geschwür hing nur noch Alessandros Kopf und ein Teil seiner Schulter aus dem Hals des Pferdes.

Lenga spürte, wie Alessandros Augen ihn verfolgten. Er packte das Bajonett an der Klinge und schlug mit dem Griff auf die Flanke des Pferdes. Der Griff sprang zurück, ein hölzerner Klang. Der Kadaver war tief gefroren. Und der Mensch in ihm auch.

„Cesare."

Es war nicht mehr als ein kalter Hauch.

Er kam ganz nah an Alessandros Mund, ganz nah an den eisigen Atem.

„Es tut mir leid", flüsterte die Stimme, die aus dem erfrorenen Kopf kam.

„Was tut dir leid?"

Die Augen bewegten sich, rollten nach oben, als versuchten sie, der eisigen Kälte zu entfliehen, die sich in seinem Körper ausbreitete.

„Zukunft", wieder rollten die Augen nach oben, bis Lenga nur noch das Weiße des Augapfels sah, „dass alles besser wird."

Er hatte sie nie vergessen, die langen Gespräche mit Alessandro, die Reise an den Lago Maggiore. Alessandros Zuversicht und die Hoffnung, die er in das neue Jahrhundert setzte. Wie oft hatten sie abends in seinem kleinen Behandlungszimmer im Krankenhaus am Simplon gesessen und über die Zukunft philosophiert. Über den Tunnel, der von einem ins andere Jahrhundert reichte. Wenn wir das schaffen, hatte Alessandro immer gesagt, wenn wir durch diesen Berg hindurch kommen, dann schaffen wir auch, dass die Menschen in Frieden leben.

Jetzt tobte ein Krieg durch Europa, wie sie ihn noch nie gekannt hatten.

Lenga klopfte den toten Haflinger noch einmal ab, der dumpfe, hölzerne Ton antwortete ihm. Im Tunnel, hatte Alessandro ihm erzählt, schlugen sie gegen die hölzernen Stempel, die das Tunnelgewölbe abstützten. Wenn sich ihr Ton veränderte, wussten sie, dass der Berg anfing, sich zu bewegen.

In einem plötzlichen Wutanfall stach Lenga mit dem Bajonett auf den Kadaver ein, doch nicht einmal die Spitze drang durch das gefrorene Fell.

Als hätte dieser Wutanfall seine Energie auf Alessandro übertragen, begann dieser plötzlich zu summen. Lenga erkannte die Melodie sofort, Liszt's *Abschied.* Paola hatte das Stück oft gespielt.

Alessandro starrte Lenga an. Mit aller Kraft stemmte er sich dagegen, dass seine Augäpfel sich wieder wegdrehten.

„Bald kommt die Sonne raus“, murmelte er, „dann haben wir es hinter uns. Dann trinken wir etwas. Auf der Piazza Mercato. Mit unseren Frauen.“ Er stockte. „Mit unseren Frauen“, wiederholte er.

Er spürte, wie Alessandro sich gegen den Eiskristall in seinem Inneren aufbäumte. Sein Wispern ging in ein unzusammenhängendes Gebrabbel über. Ein Krampf drehte die Augäpfel weg.

Lenga wog das Bajonett in seiner Hand, als die Pupillen in Alessandros erfrorene Augen zurückkehrten.

„Lass mich noch einen Moment ausruhen, Cesare“, flüsterte Alessandro.

Das Schneetreiben hatte wieder eingesetzt.

„Der Frühling war immer schön. Die ersten Blumen. Gianna

kennt sie alle. Jeden Frühling muss ich sie wieder danach fragen. Gianna ..."

Von oben riefen sie nach ihm und zerrten am Seil.

„Es ist schön hier", murmelte Alessandro. „Lass mich ein bisschen in der Sonne sitzen. Es war anstrengend im Tunnel." Ein kaum spürbares Zucken lief durch Alessandros gefrorenes Gesicht, wie ein Sprung durch Glas. „Dann nehme ich das Schiff. Zu Errico."

Wieder rollten die Pupillen nach oben, ganz langsam, bis nur noch ihr unterer Rand zu sehen war über dem Weiß des Augapfels. Der Eiskristall, der in seinem Körper emporwuchs, griff nach seinen letzten Bewegungen.

Lenga umklammerte das Bajonett, Tränen gefroren ihm auf den Wangen.

„Geh schon vor, Cesare", wisperte Alessandro.

Seine Stimme war fast nicht mehr zu hören.

Mit einer ausholenden Bewegung warf Lenga das Bajonett über die Felskante und brüllte nach oben, dass sie ihn hochzogen.

Ein letztes Mal beugte er sich zu Alessandro herab. Er reagierte nicht. Nichts drang mehr durch das Eis zu ihm.

„Siehst du die Blumen in der Sonne?", flüsterte Lenga in das schwarz gefrorene Ohr, „die Krokusse? Die gefielen Gianna immer am besten. Wenn die Krokusse kommen, ist der Sommer nicht weit."

Doch Alessandro reagierte nicht mehr.

Das Seil spannte sich über der Brust des Arztes, als sie ihn langsam in die Höhe zogen.

„Hast du ihn gefunden?", fragten die Soldaten.

„Nein, nur einen toten Haflinger."

Erschöpft und schweigend kämpften sie sich durch den Schnee zu ihrem Unterstand. Der Arzt warf einen Blick zurück, um sich die Stelle einzuprägen, an der sie ihn abgelassen hatten. Im Frühjahr würde er wiederkommen, Alessandro aus dem Haflinger schneiden und ihn beerdigen.

Das Echo von Gewehrfeuer peitschte durch das Tal. Ein müdes

Lächeln kroch über das Gesicht des Arztes. Der große Krieg war in seinen besten Jahren und würde sicher noch ein Weilchen weiter toben.

Wer weiß, vielleicht sah er Alessandro schon viel früher wieder.

Bauplatz auf der Südseite des Simplon bei Balmalonesca

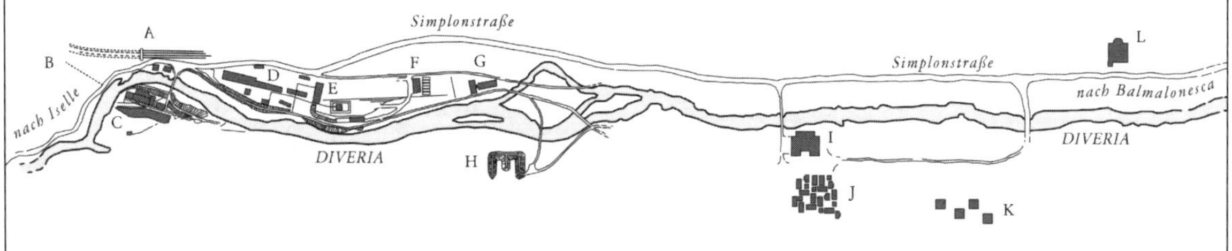

A	Tunneleingang	G	Kantine und Schlafsäle
B	Richtstollen	H	Dynamitlager
C	Wirtshaus, Bade- und Brauseräume	I	Hospital
D	Kessel- und Pumpenhaus, Werkstätten	J	Arbeiterhäuser
E	Bureau	K	Häuser der Ingenieure
F	Gasthaus	L	Kirche

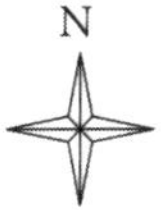

Dank

Dieses Buch wäre undenkbar ohne meine Großmutter, Margarethe Ziegler (1892–1987), geb. Beißner. Am 8. Februar 1892 kam sie im spanischen Posadas zur Welt, wo ihr Vater für ein deutsches Unternehmen arbeitete. Mit ihren Eltern ging sie 1898 nach Iselle, an den Südausgang des Simplon-Tunnels, wo ihr Vater, der Ingenieur Hans Beißner (1860–1932), den Vortrieb leitete.

Ihr Sohn, mein Onkel Wolfgang Ziegler (1915–2002), hat viele Daten und einige Anekdoten aus dieser Zeit gesammelt und mir zur Verfügung gestellt.

Vielen meiner Freunde bin ich über Jahre mit der Geschichte um den Simplon auf den Nerv gegangen, allen voran Karla Tuma und Josie Heine, Uli Leschak und Rolf Kauffeldt. Sie haben sich meine Geschichten klaglos immer wieder angehört. Und damit wohl mehr dazu beigetragen, dass der Roman dann doch noch geschrieben wurde, als sie ahnen.

Als ich in Bern das Archiv der SBB durchforstete, haben Alice und Stig Förster mich in ihrem Haus aufgenommen, als seien zwanzig Jahre nur ein Tag.

Bettina Hesse schließlich hat mich, schon lange bevor sie den Verlag Tisch 7 gründete, immer wieder angespornt, dieses Buch zu schreiben.

Die Literatur zum Simplon-Tunnel ist groß. Vor allem die zeitgenössischen ingenieurwissenschaftlichen Zeitschriften in Europa sind voll von akribischen Beschreibungen des Tunnelbaus. Im

Deutschen Museum in München ist ein Stück des Tunnels nachgebildet.

Die beiden Ärzte am Simplon-Tunnel, Giuseppe Volante im Süden und Daniel Pometta im Norden, haben spannende Beschreibungen ihrer Arbeit hinterlassen, und Luciana Rigoni hat die meines Wissens einzige Beschreibung von Balmalonesca verfasst.

Über sieben Jahre dauerte der Bau des Simplon, von Ende 1898 bis zu seiner Eröffnung 1906. Tausende von Menschen arbeiteten an dem damals wohl größten europäischen Projekt. Einige von ihnen finden sich in den Gestalten dieses Romans wieder. Dennoch ist er ein Werk der Fiktion.

TISCH 7